ANNIE O'NEIL

MIRACLE À CHRISTMAS STREET

Traduit de l'anglais
par Laura Contartese

fleuve
ÉDITIONS

Titre original :
Miracle on Christmas Street

Fleuve Éditions
92, avenue de France - 75013 Paris
serviceclients@lisez.com

Publication originale en Grande-Bretagne en 2020 par Orion Books

ISBN : 978-2-265-15954-9

Dépôt légal : octobre 2025

MIRACLE
À CHRISTMAS STREET

Ceci est pour Tormod, mon Kris Kringle à moi.

Black Friday

Il y a 367 jours

Jess repéra un père Noël splendide à l'autre bout de la boutique bondée de monde. Il était en plastique, avec les joues couleur cerise, son petit corps potelé en costume rouge blotti au milieu de fausses branches de sapin blanchies, de baies de houx criardes et de flocons de neige fluorescents. La couronne de bienvenue la plus kitsch qui soit. Le mariage parfait du pire et du meilleur en matière de déco de Noël.

C'était exactement ce qu'il lui fallait.

En avait-elle besoin ? Non, pas vraiment. Mais cela rentrait-il réellement en ligne de compte le jour du Black Friday ? Dans ces moments-là, maintenant qu'elle y pensait, compressée depuis une heure dans cette queue faite de gens pas toujours sympathiques qui attendaient l'ouverture de la boutique Urban Outfitters, la convoitise gagnait haut la main sur le besoin. Démoralisant ? Oui. De quoi se faire des cheveux blancs ? Pas pour elle, pas à cet instant. Non, là, tout de suite, Jess consacrait activement chaque fibre de son être et, en l'occurrence, le reste de son compte bancaire sur le déclin, à faire paraître sa vie si merveilleuse qu'elle finirait par avoir l'impression qu'elle l'était pour de vrai. C'était, à ses yeux, le seul moyen de dissiper l'affreuse impression que tout était parti en vrille.

Qui aurait cru qu'un simple sandwich au fromage puisse causer tant de dégâts dans l'existence d'une maîtresse d'école ?

La sensation familière d'une montée de larmes picota le fond de sa gorge.

Allez, on se reprend.

Elle adressa au père Noël un sourire plein de promesses. Mais… ne venait-il pas de lui faire un clin d'œil ? Voilà qui était inattendu ! Le petit bonhomme lui-même approuvait son projet de s'adonner au consumérisme pour se regonfler le moral pendant sa période de congé forcé. Elle le fixa droit dans les yeux.

OK, papa Noël. Notre sort est lié, mon gars.

Emplie de détermination, fredonnant « *Have yourself a kitschy little Christmas* », Jess entreprit de se frayer un chemin à coups d'épaule dans la foule déchaînée. C'était la jungle, on aurait dit que les gens avaient englouti quatorze expressos d'affilée avant de partir à l'assaut de la boutique et de bourrer leurs paniers, comme si leur vie en dépendait, de diverses boules, guirlandes au crochet et mini-cactus aux couleurs de Noël. Une femme la dépassa en trombe, chargée d'un calendrier de l'avent contenant des petites bouteilles de gin. L'étiquette accrochée aux ravissants tiroirs, sans doute peints à la main en Laponie à la lueur de l'étoile Polaire, affichait un prix exorbitant. L'équivalent pour Jess d'un mois de loyer. Pas donné pour quelques mignonnettes de gin cachées dans un sapin en bois.

Mais loin d'elle l'idée de juger.

La décoration, c'était important. Linge de maison et autres babioles bien choisies avaient le pouvoir de transformer un domicile en foyer. Elle était bien placée pour le savoir. Vivre dans un univers épuré, tout d'anthracite, de chrome et de verre, faisait d'elle une experte du goût. (#ConseilDeVieNuméroUn : ne pas laisser votre petit ami agent immobilier vous convaincre de résider dans un appartement témoin de sa boîte en échange d'une réduction de loyer. Plus possible de faire sécher ses petites culottes sur le radiateur. Jamais.)

Deux pas en avant, un pas en arrière. On n'avançait pas très vite. Aussi pathétique que cela puisse sembler, elle avait vraiment, vraiment besoin de cette couronne de bienvenue. C'était un symbole. Un trophée qui lui prouverait qu'elle était capable de reprendre sa vie en main. Certes, baser son avenir sur une déco de Noël tape-à-l'œil confinait à la folie douce, mais il y avait des moments clés comme ça, où de petites choses pouvaient faire toute la différence. Et dans le cas présent, il s'agissait d'un bonhomme en rouge kitsch à souhait.

Après avoir longuement joué des coudes (il y aurait des hématomes), elle arriva enfin à portée de l'objet. Il n'en restait qu'un seul exemplaire. Et il lui tendait les bras.

Une main impeccablement manucurée apparut en lisière de son champ de vision. De minuscules boules de Noël aux dessins exquis ornaient chacun de ses ongles. Qui tous, s'étiraient dans la direction du père Noël.

Noooooonnnnnn !

Jess s'élança, résolue à poser en premier ses propres ongles rongés jusqu'au sang sur la couronne. À la seconde où elle la toucha, elle vit que l'autre femme l'avait saisie aussi. Elle leva la tête et croisa le regard de son adversaire.

Oh, super.

Elle lui faisait penser à l'une des mères de son école. Son ancienne école ? Elle le saurait la semaine prochaine, après « analyse des faits » par la directrice et le conseil d'administration de l'établissement. Ignorant l'angoisse qui lui nouait les tripes, elle se concentra sur sa mission. Elle en était capable. Dans la salle des professeurs, on surnommait ce type de mère le « Modèle Numéro Deux ». Le Modèle Numéro Un, quant à lui, qualifiait une épouse d'un premier mariage de longue durée ; figure haut placée du barreau ou de la finance, auto-entrepreneuse multimillionnaire organisant des collectes de fonds pour la protection des forêts tropicales ou des tribus de Papouasie Nouvelle-Guinée. Le Modèle Numéro Deux était le plus souvent une seconde épouse, du genre pourri gâté. Presque toujours mariée à un magnat d'Internet ou à une star du rock vieillissante. En général deux fois plus jeune que monsieur, dotée de longs cheveux blond cendré qui ondulaient avec une perfection préraphaélique, d'une silhouette menue et sans défaut façonnée par un entraîneur personnel, sanglée dans un ensemble Lululemon et une doudoune ultra-longue d'où dépassaient des baskets à semelles compensées Alexander McQueen ou autres chaussures imposées par la mode en vigueur. La femme devant elle cochait toutes les cases, en plus de posséder une paire d'yeux magnifiques. D'un bleu presque irréel. Azur ? Céruléen ? Des lentilles colorées, forcément. Le naturel n'était jamais aussi parfait. Ses paupières s'abaissaient à moitié sur ces iris turquoise : un serpent prêt à mordre. Le sourire qu'elle affichait était si artificiel qu'elle le devait à n'en pas douter à un chirurgien aussi discret que recherché. Ombre à paupières et trait d'eye-liner sans bavure, peau de pêche fraîche et éclatante. L'espace d'un instant, Jess hésita. Les apparences se révélaient parfois trompeuses. Ce sourire trahissait peut-être le stress d'une belle-mère dans la tourmente s'efforçant d'organiser le plus beau des Noëls pour sa nouvelle famille d'ados belliqueux.

Jess sentit la couronne lui échapper des mains. Sa rivale avait clairement perçu sa baisse de combativité passagère.

Ah, c'est comme ça ?

Au diable cette nana et sa famille imaginaire ! Le père Noël en plastique était à elle !

Elle plissa à son tour les paupières. À quelle sauce mangerait-elle cette femme si elle la rencontrait lors d'une journée parents-professeurs ?

Numéro Deux ressemblait comme deux gouttes d'eau à la maman qui avait demandé qu'on réprimande Jess « sans prendre de gants » pour son manque de professionnalisme. Elle se fichait que l'enseignement ne soit pas simplement le gagne-pain de Jess, mais sa vocation, et qu'un licenciement ruinerait sa vie dans tous les sens du terme. Jess n'aimait décidément pas le Modèle Numéro Deux. Elle ancra ses talons dans le sol, bien fermement, avant de repartir au combat.

Elle fixa un point à mi-hauteur, laissant le reste de la boutique se fondre en une espèce de masse mouvante tissée de guirlandes lumineuses, tandis qu'une détermination farouche l'envahissait jusqu'aux tréfonds de son âme.

— Désolée, dit Jess en resserrant sa prise à s'en blanchir les jointures. Je crois que je l'ai attrapée la première.

— Non, c'est moi qui suis désolée, répondit la femme avec un accent irlandais adorable (les accents irlandais n'étaient-ils pas tous adorables ?). C'est que... c'est pour ma mère. Ma vieille maman, en maison de retraite. Alors si ça ne vous ennuie pas...

Mais bien sûr. Sa mère ne devait pas avoir plus de soixante ans. À moins d'avoir accouché d'elle à la cinquantaine. Son histoire ne tenait pas la route une seconde. Mille excuses, Numéro Deux. Une prochaine fois peut-être !

— Navrée de vous décevoir, fit Jess en secouant la tête. C'est pour mon petit neveu qui est à l'hôpital.

Ses joues s'empourprèrent. Elle espéra que ce soit vu comme une marque d'émotion plutôt que de gêne. Elle rougissait toujours quand elle mentait. Son neveu ne se trouvait pas à l'hôpital, et d'ailleurs, elle n'avait même pas de neveu.

Le regard de son adversaire se durcit.

— Comment s'appelle-t-il ?

— Euh... Tim.

— Tim tout court ? insista l'autre, étrécissant encore les paupières.

C'était quoi cet interrogatoire ? La police de Noël ?

— Tim Cratchit.

Zut !

— Enfin, c'est son surnom. Parce qu'il est tout petit, comme le personnage de Dickens. Mais il finira bien par grandir, évidemment. Son vrai nom, c'est Green, comme moi. Tim Green.

— Cratchit, hein ?

Ce n'était pas une question, c'était une accusation.

— Oui, absolument.

Jess rajusta sa position. Cette altercation allait mal tourner.

— Ma mère souffre de démence précoce, contre-attaqua Numéro Deux. Depuis l'âge de dix ans.

Quoi ? Non, impossible. N'importe quoi ! Ouh, la vilaine menteuse !

— Mon neveu n'a plus de jambes, lui. Ni de reins.

Le nez de madame se fronça comme si elle réfléchissait à la plausibilité de la chose. C'était possible, en effet, à condition d'être mort.

Une vague de honte brassa dans l'estomac de Jess le latte à la muscade qu'elle venait de boire. Mentir sur le compte d'enfants moribonds était un moyen infaillible de se faire frapper sur-le-champ par la foudre céleste. Ce n'était pas très malin de sa part, car même si sa vie était un enfer, elle y tenait encore. Et c'était d'autant plus grave si la mère de cette femme moisissait réellement dans une maison de retraite, sa mémoire en capilotade, et qu'une couronne de Noël fluo style années 1950 représentait son seul espoir de pouvoir revivre un souvenir précieux. À nouveau, les larmes lui montèrent. Oh, bon Dieu, non ! Elle n'allait quand même pas pleurer ! La semaine passée avait été horrible. Et celles à venir menaçaient d'être pires encore, mais voilà qu'elle était tombée sur ce père Noël. Ce n'était pas pour rien, tout de même !

Numéro Deux tira à elle l'objet du conflit. Elle pensait apparemment avoir remporté la victoire.

Jess tira de son côté. Elle refusait de céder. Il lui avait fait un clin d'œil, bon sang !

La blonde le lui arracha d'un coup sec, si brusque que Jess perdit l'équilibre. Elle moulina des bras, glissa sur un avocat en feutrine à accrocher au sapin et bascula en arrière, droit dans le bac des – aïe ! – cactus de Noël. C'était forcément les cactus ; rien d'autre ne pouvait être aussi douloureux. Quand elle se relèverait, si jamais elle se relevait un jour, elle aurait des mini-cactus plantés dans les fesses, le dos et les épaules. Sa vieille doudoune faisait une parfaite pelote à épines. Numéro Deux lui adressa une moue d'excuse hypocrite avant de disparaître dans la foule. Un agent de sécurité s'avançait vers elle. Un couple de badauds l'observait d'un air réprobateur en discutant à voix plus ou moins basse de la cupidité et de ses conséquences.

Soudain, Jess n'eut plus qu'une envie : partir. Loin des guirlandes lumineuses aux ampoules en forme de piments et des décos de Noël avant-gardistes. Loin de la bousculade des trottoirs encombrés d'Oxford Street. Loin de ce doux rêve de devenir l'enseignante favorite des célébrités londoniennes. Un éclair de lucidité la frappa, aussi cuisant que cette séance d'acupuncture impromptue sur son postérieur. Elle avait besoin de changement. De s'abstraire de ses propres attentes excessives quant à la vie qu'elle s'imaginait devoir mener. Et il n'y avait qu'une façon d'y arriver : fuir ce lieu darwinien où régnait la loi du plus fort. Une existence au jour le jour où le contact visuel était perçu comme une menace, où se faire des amis était pratiquement impossible et où décrocher un boulot qui rapportait assez pour accéder à un logement où elle aurait le droit de faire sécher ses culottes sur le radiateur ne relevait pas de l'absurde. Elle voulait aller dans un endroit où elle pourrait sortir de chez elle et passer à l'improviste chez son voisin prendre une tasse de thé, sans se la voir refuser. En somme, loin de Londres.

1er décembre, un an plus tard

Le jour J était arrivé. Celui du déménagement.

Les nerfs de Jess vrillèrent d'un cran supplémentaire. Le camion qui renfermait l'ensemble de ses possessions venait d'allumer son clignotant à l'approche de l'entrée de l'avenue principale de sa nouvelle ville. Difficile de savoir si son corps vibrait d'impatience ou d'effroi façon « Oh non, j'ai tout gâché ! ». Elle oscillait telle une funambule entre les deux états depuis un an maintenant. Aujourd'hui, elle découvrirait enfin où pencherait la balance.

Le véhicule s'engagea gaiement dans sa nouvelle vie comme si de rien n'était. Elle observa les alentours. Personne en vue. Elle pouvait donner un coup de volant et prendre la fuite. Faire demi-tour pour se rendre… où donc ? Elle n'avait d'autre choix que de suivre le chemin qu'elle s'était tracé. Nouvelle ville, nouvelle maison, nouvel emploi. C'était ça, ou… ou rien. Elle actionna son clignotant et emprunta le virage.

Elle y était. En plein cœur de Boughton (à ne pas prononcer « bou-ton », avait plaisanté l'agent immobilier, mais « beau-ton », plus joli non ?). Son nouveau chez-elle. À quelques rues de là, un petit pavillon jumelé attendait sa venue, battant de ses volets fraîchement repeints, tout content de la voir emménager après des mois de tergiversations. Jess s'apprêtait à embarquer dans une toute nouvelle vie de célibat et de désespoir.

Voyons, Jess... gronda dans sa tête la voix de sa mère.

Elle se ressaisit. Bien sûr qu'elle ne passerait pas le reste de son existence enlisée dans la solitude et le chagrin. Celle-ci serait remplie de joies et de découvertes. Du plaisir de ressusciter la personne qu'elle était autrefois et qu'elle espérait de tout cœur redevenir. Du moins, c'est ce qu'elle avait expliqué à ses parents pendant qu'eux aussi pliaient bagage pour se lancer dans leur propre aventure. Avec le recul, elle regrettait d'avoir débité ces bêtises. Elle aurait dû se montrer honnête. Leur avouer qu'elle avait une frousse de tous les diables et qu'elle aurait aimé les avoir à ses côtés quand elle viderait les cartons de son ancienne vie dans la nouvelle. Ça lui paraissait faisable une semaine plus tôt, mais à présent qu'ils étaient partis... L'idée d'ouvrir la porte de cette maison faisait naître dans sa tête une bande-son déprimante au possible.

Ses poumons oppressés manquaient d'oxygène. La crise d'angoisse se profilait. Mais non... Ah, si. Dix-neuf-huit-sept-six-cinq-quatre-trois-deux-un... eeeeet on respire. Tout allait bien. Aucun problème.

Elle se força à regarder autour d'elle. Elle repéra une boucherie à l'ancienne, une jolie petite boulangerie, un cinéma de quartier qui servait du vin à la place du pop-corn. N'était-ce pas merveilleux ? Trois adresses idéales au milieu de la brochette habituelle des charity shops, restaurants et marchands de journaux qui s'alignaient d'un bout à l'autre de l'avenue. Mais... les lieux semblaient avoir changé depuis sa dernière visite. Elle plissa les yeux, essayant de comprendre. Une chose était sûre, tout scintillait beaucoup plus. Oui, la ville était différente. Il était près de 19 h 30, il aurait dû faire nuit depuis des heures. Les magasins auraient dû être fermés, volets baissés, à moins que… y avait-il des jours de nocturne en dehors de Londres ?

Elle appuya sur le frein alors que le fourgon de déménagement négociait au ralenti un délicat chassé-croisé avec un poids lourd.

Une minute. Elle avait compris ! Boughton paraissait avoir été transformé en décor pour un de ces téléfilms de Noël cucul la praline.

Une part d'elle-même se hérissait face à cette allégresse insouciante et festive, mais une autre savourait avec une subite indulgence les lumières clignotantes et la promesse des réjouissances à venir.

La boulangerie (avec ses roulés à la cannelle à vous mettre l'eau à la bouche) avait agrémenté sa devanture d'une gigantesque maison en pain d'épices. Le restau chinois (numéro quatre sur sa liste des composants essentiels de sa future ville de résidence) avait garni sa vitrine embuée avec des guirlandes familiales (traduction : vieilles, mais encore utilisables), et la boucherie avait un écriteau « Commandez vite ! » orné d'une rangée de dindes dansant le french cancan. En hauteur étaient suspendues des décorations lumineuses à profusion. Elles n'étaient pas aussi impressionnantes que celles de Londres, mais ces ribambelles d'ampoules multicolores toutes simples et ces longs chapelets de brins de houx évoquaient la douceur d'antan, l'époque où Noël était une vraie fête de famille plutôt qu'une violente mêlée entre inconnus chez Urban Outfitters un jour de Black Friday.

Cela aurait dû lui réchauffer le cœur, de savoir qu'elle allait habiter dans un lieu où l'authentique esprit de Noël importait plus qu'une couronne en plastique fluo. Mais la vérité, c'est qu'elle ne se sentait pas encore imprégnée de l'ambiance des fêtes. D'habitude, à cette période, elle était toute : « Faites pleuvoir le gui ! » Mais cette année, le gui pouvait aller se rhabiller.

Elle arriva près du cinéma après avoir croisé à son tour le poids lourd sur le flanc duquel un immense père Noël traditionnel mangeait une tartine. Elle regarda le fronton. On y passait *La vie est belle*.

Ben tiens, évidemment.

Était-ce le cas, d'ailleurs ? Est-ce que c'était ça, la belle vie ?

Une nouvelle maison, un nouvel emploi, une nouvelle coupe de cheveux, même. Autant de raisons pour trépigner de joie, normalement, sauf que…

Elle ne savait plus. Depuis que sa confiance en elle lui avait été arrachée 367 jours auparavant (oui, elle les comptait), elle se demandait si sa fête favorite n'avait pas perdu toute sa beauté, de même que son existence. Noël n'était pas synonyme d'allégresse, de générosité et d'amour pour son prochain. Pas à Londres, du moins. Dans la capitale, ça ressemblait à une compétition. Il fallait décorer plus que les autres, acheter plus que les autres, photocopier ses fesses plus que les autres à la soirée d'entreprise la plus réussie possible. En supposant qu'elle ait déjà été invitée à une telle soirée.

Elle pouvait toujours essayer d'apprécier le mois en lui-même, se dit-elle. Ce n'était pas la faute de décembre si Noël était dedans. Décembre égalait vêtements chauds, ses préférés. Sa « tenue de déménagement spécialement choisie pour faire une bonne première impression » comprenait un pull imprimé d'un renard, dont les oreilles dépassaient d'une grosse salopette en velours côtelé aux revers remontés jusqu'en haut de ses bottines (doublées de fausse fourrure blanche, bien sûr), un bonnet en tricot rouge avec un énorme pompon au bout façon boule de neige, et pour finir, un trousseau de clés tout neuf enfoui dans la poche de son ciré « je vis quasiment à la campagne mais pas tout à fait » que ses parents lui avaient offert en guise de cadeau de Noël avant l'heure, puisqu'ils seraient absents le jour J. Pour la première fois.

En réalité, ce Noël-ci était une épreuve à subir plutôt qu'une occasion de se réjouir. Avec la tonne de nettoyage, d'aménagement et de rangement qu'elle aurait à accomplir, elle n'aurait pas le temps de dire ouf que décembre serait déjà terminé, la nouvelle année commencerait et elle pourrait alors apprendre à aimer chaque mois au fur et à mesure, tout comme elle était sûre qu'avec de la patience, elle apprécierait habiter Christmas Street.

C'est ce qu'elle se répétait, en tout cas.

Tandis que sur sa route, les commerçants retournaient leurs pancartes de « ouvert » à « fermé », elle se repassa le scénario qu'elle avait élaboré pour cet emménagement. Jess adorait tout planifier.

Dès que les déménageurs et elle auraient gagné sa nouvelle maison, elle les aiderait à transporter à l'intérieur tout son bric-à-brac (moitié pillé chez ses parents, moitié Ikea). Ces efforts ne serviraient pas qu'à augmenter son taux d'endorphines, ils réduiraient aussi le coût du déménagement tarifé à l'heure, car son prochain salaire ne tomberait pas avant fin janvier et elle tenait à économiser sur le moindre bout de chandelle. Une fois le fourgon vidé, elle offrirait aux travailleurs, pour fêter ça, une tasse de chocolat chaud (présentement dans une Thermos sur le siège passager, à côté d'un carton contenant trois mugs et diverses provisions), après quoi elle les saluerait joyeusement et les regarderait repartir, puis, cheveux ébouriffés, joues rougies par l'exercice, elle fermerait la porte, s'adosserait au battant et contemplerait son nouveau foyer avec délices. Un coup de sonnette retentirait. Elle ouvrirait et se trouverait face à un voisin sublime (mais pas trop quand même). Combinaison de bricolage déchirée laissant entrevoir un corps sculpté de pub Coca-Cola, ceinture à outils se balançant sur ses hanches de manière suggestive. Il se présenterait comme ouvrier du bâtiment (ou artisan, elle hésitait encore sur ce détail), et lui proposerait son aide pour monter ses meubles Ikea : un bureau, une desserte, et un lit qu'ils garderaient pour la fin. Le travail terminé (passé à échanger des anecdotes sur leurs vies respectives, à l'exclusion pour elle des humiliations de l'année précédente), la vieille voisine qui occupait dans son imagination le pavillon jumeau du sien ferait son apparition, les bras chargés d'un panier de bienvenue débordant de pâtisseries tout juste sorties du four.

Après réflexion, pas besoin du voisin sublime, la grand-mère et son panier plein de bonnes choses suffirait. Jess était assez grande pour enfoncer elle-même ses rivets dans ses emboîtures ou tout autres trucs dans des machins afin de reconstituer un cadre de lit en kit. Elle était professeur des écoles, nom de nom ! Elle avait déjà fabriqué une crèche entière à partir de rouleaux de papier toilette et de paillettes. Elle était sûrement capable d'assembler quelques morceaux de bois et de métal. Ou sa confiance en elle avait-elle régressé à ce point ?

Oh, une camionnette Ocado ! Cette ville n'était pas si perdue au milieu de nulle part, en fin de compte. Jess se promit d'envoyer un SMS à Amanda, la seule amie et collègue qui lui restait à Londres, pour lui annoncer que malgré son éloignement de la capitale, salicorne, betteraves jaunes et smoothies au gingembre seraient encore à portée de clic. Non pas qu'elle ait déjà acheté la moindre de ces choses quand elle habitait là-bas, mais Amanda lui avait assuré, au cours de la soirée d'adieu arrosée d'une bouteille de pinot moins d'un an plus tôt, que la vie en dehors de Londres allait être épouvantable. Où donc, avait-elle demandé, Jess trouverait-elle un cosmopolitan autre que dans une canette de supermarché ? Amanda, en bonne amie, espérait encore que Jess reviendrait. Qu'elle prendrait un nouveau départ dans une école tout aussi prestigieuse que l'ancienne. Seulement c'était impossible. Il y avait eu beaucoup trop de casse.

En plus, Amanda s'était trompée au sujet du cosmopolitan. Jess en avait préparé des tas chez ses parents où elle s'était réfugiée après son licenciement ignominieux. Ça n'avait pas été désagréable, à vrai dire. De panser ses plaies à proximité de leur placard à alcool jusqu'à ce qu'ils refusent de remplacer les bouteilles vides de vodka et de Cointreau. Après quoi ils avaient soudain trouvé un acheteur pour leur maison au bout de deux ans de mise en vente, ainsi qu'une mission pour Dentistes sans frontières (#PasLeVraiNom). À l'heure qu'il était, ils devaient être en train d'extraire des chicots et de dévitaliser des molaires, tartinés de crème solaire SPF90, dans les îles Marshall. Lesquelles se situaient, si on se posait la question, aussi loin de la civilisation qu'il était possible de l'être. D'où la nécessité des soins dentaires gratuits.

Ses parents avaient proposé de revoir leur projet. Ou de l'emmener avec eux, si elle le souhaitait. Ils étaient aussi aimants et merveilleux que ça. Mais en toute honnêteté, Jess préférait rester seule. Elle avait des blessures à soigner, des aspirations à mûrir. Un premier Noël en solo à traverser sans éprouver l'envie de s'étrangler de ses propres mains.

Elle sortit le paquet de biscuits qui lui faisait de l'œil dans le carton du siège passager et l'ouvrit. Quiconque prétendait qu'un sablé au chocolat fourré à la crème ne rendait pas tout meilleur ne connaissait rien à la vie.

Jess fronça les sourcils face à son reflet dans le rétroviseur, encore peu habituée à sa nouvelle tête. Son dernier (et unique ?) acte de témérité londonien avait été de passer chez le coiffeur d'Amanda et de demander une frange droite à la Cher ou à la Audrey Hepburn. Le résultat, qui ne ressemblait à aucun des deux modèles, lui donnait au moins l'occasion d'utiliser le fer à lisser que sa mère lui avait refilé avant de partir pour une contrée sans électricité. Cette initiative était sa manière de remercier Amanda de lui avoir obtenu un mois de travail en free-lance qui lui permettrait de joindre les deux bouts le temps que son nouveau job démarre. Il s'agissait d'une mission pour une entreprise de fournitures de bureau, consistant à rédiger des descriptifs originaux pour les articles de leur catalogue de printemps. On lui avait garanti du boulot supplémentaire quand elle aurait fait ses preuves. Et puisque ses soirées seraient libres de toute obligation à présent qu'elle était célibataire, son avenir proche se colorait de cinquante nuances de trombones.

Tout à coup, comme si le trajet n'avait duré qu'une fraction de seconde, le camion de déménagement se rangea sur le bas-côté, un bras jaillit de la vitre pour lui faire signe de passer devant et pour la toute première fois, Jess entra dans Christmas Street en qualité de résidente.

Un gros magma blanc s'écrasa contre son parebrise.

Mais qu'est-ce que... ?

Elle tira de toutes ses forces sur le frein à main. Hallucinait-elle, ou venait-elle de quitter un ciel anglais clair et étoilé pour une subite tempête de neige ? Elle sortit d'un bond de sa voiture et se fit percuter en pleine face par... une boule de neige ?

— Désolé ! fit une voix masculine tandis qu'elle clignait des yeux sous un amas de prismes glacés ; lesquels semblaient bien décidés à s'accrocher au mascara qu'elle avait appliqué à la va-vite juste au cas où un voisin viendrait réellement lui souhaiter la bienvenue.

Un homme se dessina derrière les paupières papillotantes de Jess, dont le cœur affolé refusait de ralentir. Elle vit ses chaussures d'abord, son pantalon à la dernière mode ensuite, une très jolie veste matelassée en troisième et... hmmm... Il se retenait clairement d'éclater de rire.

— Je suis vraiment, vraiment désolé, répéta-t-il d'une voix chantante qui dédramatisa aussitôt le drôle d'accueil qu'elle avait reçu. On est en train de...

Il pivota sur lui-même en écartant les bras comme s'il ouvrait grand les portes d'un royaume magique ; et d'une certaine façon, c'était le cas.

Il neigeait sur Christmas Street. De gros flocons pelucheux tombaient avec légèreté d'un ciel parsemé d'étoiles. Des étoiles ?

Un autre homme arriva en courant : mince, asiatique, très beau. Il glissa la main autour de la taille du premier.

— Oh mon Dieu, on est tellement navrés ! (Son regard se posa sur le fourgon de déménagement qui patientait derrière la voiture de Jess.) Tu es la nouvelle occupante du numéro quatorze ?

— Euh, oui ?

Pourquoi sa réponse sonnait-elle comme une question ?

— Moi c'est Kai, et lui Rex, reprit le deuxième homme. Rex vise comme un pied. J'espère que tu n'as rien. On t'enverra des fleurs. On est fleuristes, alors tu n'as pas le droit de refuser. Tu devrais déplacer ta voiture. Ici c'est un peu...

Il embrassa du geste l'impasse, assez brillamment éclairée pour qu'on voie qu'elle était recouverte de neige. À l'exception des toits. Et de certains jardins. En fait, la plupart des jardins en étaient dépourvus. Pourquoi ne neigeait-il que sur la chaussée ?

— Hello ! Hello, miss. Tu dois être Jess... Jess Green, c'est ça ?

Une femme à l'accent australien, d'une prestance folle, rejoignit leur petit groupe. Cheveux noirs brillants, yeux vert sapin, teint d'albâtre à la Blanche-Neige, elle paraissait sortie d'un catalogue de vêtements d'hiver. Du genre où les batailles de boules de neige semblaient un jeu amusant plutôt qu'une expérience traumatisante comme celle que Jess venait de vivre.

L'inconnue lui tendit la main.

— Dréa. Dréa Zamboni. J'habite au numéro un

Elle désigna un grand pavillon jumelé en brique de l'autre côté de la rue, juste en face de l'endroit où Jess avait arrêté sa voiture. Et là, devant un jardin de la taille d'un timbre-poste, était installé un énorme canon à neige. Un geyser de flocons scintillants en jaillissait, formant une arche au-dessus de leurs têtes. Dréa posa sur le bras de Jess une main aux ongles peints aux couleurs de Noël.

— J'ai soudoyé l'agent immobilier pour obtenir ton nom.

Elle lui fit un clin d'œil, avec un sourire que d'aucuns auraient pu qualifier de diabolique.

Le ventre de Jess se noua. Mais qu'est-ce qu'elle fichait ici ? Elle ferait mieux de rebrousser chemin dès maintenant, avant de découvrir que les habitants de Christmas Street étaient tous des vampires ou des zombies, voire pire. Qu'y avait-il de pire que des vampires ou des zombies ? Des wombats ? C'était méchant, un wombat ? Elle n'aurait peut-être pas dû regarder *Game of Thrones* avant d'empaqueter son ordinateur portable.

— Je blague ! s'esclaffa Dréa. Pas besoin de le soudoyer, il a la langue aussi pendue que la culotte d'une bonne sœur un lundi de Pâques.

Jess ouvrit la bouche pour glisser qu'à sa connaissance cette expression n'existait pas, mais Dréa était partie sur sa lancée :

— Désolée pour tout ce bazar. Tu es plus que bienvenue si tu veux te joindre à nous. Nous insistons, même ! ajouta-t-elle en brandissant une bouteille de chenin blanc australien.

Jess secoua la tête, ne s'expliquant pas bien ce qui se passait dans « l'impasse calme et paisible » qu'on lui avait promise quand elle avait signé sur les petits pointillés en bas de la feuille.

Un canon à neige, Dréa l'Australienne, Rex et Kai les fleuristes… et une guerre de tranchées qui faisait rage au beau milieu de la rue.

Oh non… L'hiver arrivait bel et bien.

— Allez, hop !

Ses prunelles vertes fixées sur Jess, Dréa fit signe aux messieurs de retourner sur le champ de bataille. Ils s'exécutèrent. Mais qui était cette femme, et quel pouvoir exerçait-elle sur le quartier ?

— Ça paraît un peu dingue comme ça, je sais, mais c'est très bon enfant.

— Euuuuh… Si je puis me permettre, c'est à quelle occasion ?

Le sourire de Dréa s'élargit comme si elle s'apprêtait à se lancer dans un discours publicitaire.

— C'est le premier jour du calendrier de l'avent grandeur nature de Christmas Street.

Les sourcils de Jess remontèrent sur son front.

— C'est-à-dire ?

— Il y a vingt-quatre maisons dans la rue.

Elle s'interrompit avec un hochement de tête impliquant que de toute évidence, Jess devait avoir compris désormais. Comme ce n'était visiblement pas le cas, elle développa :

— Au départ, on voulait juste que chacun colle une image à sa fenêtre, mais j'ai pensé que ce serait plus festif si on s'invitait les uns les autres. Tu sais, comme le font des voisins dignes de ce nom. On n'arrêtait pas de me demander si la vie en Australie était comme dans *Neighbours*.

Jess se surprit presque à chercher des yeux les personnages de la série culte.

— En vrai, ça n'a rien à voir, soupira Dréa. Mais les gens voisinent drôlement plus qu'ici en tout cas, alors je tente à mon petit niveau d'apporter un peu de liesse aux habitants de Christmas Street. Bon, miss, fit-elle en prenant soudain le ton allègre mais strict d'une hôtesse de l'air expliquant aux voyageurs assis près des issues de secours comment s'assurer que tout le monde enlève ses chaussures à talons avant de s'engager sur le toboggan gonflable. Voici comment ça se passe : chaque maison organise une petite surprise tous les jours jusqu'à Noël, comme si nos portes étaient celles d'un calendrier de l'avent.

Jess secoua la tête, ayant encore du mal à percuter.

Dréa l'orienta face à l'impasse et fit comme si elle cliquait sur la télécommande d'une présentation PowerPoint.

— Il y a vingt-quatre maisons, et vingt-quatre jours avant Noël. Chaque jour, la maison dont le numéro correspond à la date ouvrira ses portes et offrira à toute la rue une petite surprise de circonstance, de la même façon qu'un calendrier de l'avent distribue un chocolat, une image, une poupée ou une bouteille de vodka artisanale, vu ? Simple comme bonjour ! Tout le monde a ses instructions, il ne reste plus qu'à profiter de la fête.

Jess demeura bouche bée. C'est à peine si elle saluait ses voisins de palier à Londres, alors de là à ouvrir son appartement à tout l'immeuble ! Difficile de se défaire d'une décennie à respecter le commandement : « Tu ne fréquenteras point ton voisin. » Et surtout de passer sans transition d'un extrême à l'autre. Cela dit… les gens semblaient vraiment s'amuser comme des fous.

Dréa reprit du même ton enjoué mais factuel :

— J'habite au numéro un, comme je te l'ai dit. Ce soir, nous avons de la neige, bien sûr, pour débuter en bonne et due forme, et… (Elle indiqua le seuil de sa porte, où Jess aperçut un barbecue fumant.)… des tonnes de crevettes grillées pour nous rappeler – enfin, pour me rappeler – mon pays d'origine. Noël, ce sont surtout des souvenirs d'enfance, non ?

Là où Jess avait grandi, Noël signifiait famille, pudding et chaussette remplie de chocolats à l'orange. Serait-elle obligée d'offrir une boîte de chocolats à l'orange à tous les habitants de l'impasse ?

— Tu es au numéro quatorze, tu as donc deux semaines pour trouver une idée sympa, annonça Dréa comme si elle avait lu dans ses pensées et écarté d'office son projet.

— Deux semaines… répéta Jess en promenant son regard sur la rue – sa rue – inondée de lumière, tapissée de flocons, peuplée d'individus qui se balançaient des boules de neige en riant.

Elle sentit alors poindre en elle les premiers frémissements de la magie des fêtes qu'elle avait crue morte durant l'année écoulée.

Un nouveau projectile la frappa, au genou cette fois.

— Désolé, ma chérie ! cria Rex, avant d'agiter le doigt sous le nez de Kai en grondant : Sois gentil avec Jess ! Le père Noël le voit, tu sais, quand on est vilain !

— Allez, miss, viens avec nous. (Dréa l'enlaça brièvement d'un bras et leva sa bouteille vers elle.) Tu es des nôtres maintenant !

Au moment où Jess posa enfin le pied sur la première marche de son escalier (menant à son lit pas encore monté), la sonnette retentit. Son dos se raidit, ses épaules touchèrent presque ses oreilles. Cet importun n'était-il pas au courant qu'il était l'heure de se coucher ? La journée avait été longue. Terminer les cartons, regarder *Game of Thrones* en attendant les déménageurs, charger le camion, confier les clés de la maison de ses parents aux nouveaux propriétaires, rouler jusqu'à Boughton, décharger le camion, sans parler des millions de calories brûlées dans la bataille de boules de neige. Tout ça l'avait épuisée, aussi bien moralement que physiquement.

Elle s'immobilisa au deuxième coup de sonnette.

C'est ce qu'elle avait voulu, non ? Ces visites inopinées des voisins qui passaient chez les uns ou chez les autres. C'était déjà bien plus que ce qu'elle avait imaginé. Elle n'était pas la seule à avoir participé à la bataille de boules de neige, les déménageurs s'étaient incrustés aussi. Elle avait en outre aidé à faire un bonhomme de neige, après avoir dégusté quelques-unes des délicieuses crevettes de Dréa, pleines de beurre et d'ail (les Australiens s'y connaissaient en crevettes), et trinqué une fois ou deux. Juste pour montrer qu'elle était une bonne voisine, évidemment.

Puis, alors que les parents de jeunes enfants rentraient mettre leur marmaille au lit et que les cadavres de chenin blanc atterrissaient avec fracas dans les bacs de recyclage, une quinzaine de personnes avaient formé une file à l'arrière du fourgon de déménagement (sous la tutelle de Dréa, comme par hasard) et pim pam poum ! l'ensemble de ses biens se trouvait à présent proprement rangé dans le salon, hormis son matelas et son cadre de lit Ikea, que Kai et Rex avaient hissés jusqu'à sa nouvelle chambre à l'étage. (« Pénitence, ma chérie. Pénitence. »)

Elle ouvrit la porte, espérant découvrir le voisin de ses fantasmes, tournevis dans une main et canette de Coca fraîche dans l'autre, venu lui proposer d'assembler son lit.

C'était Dréa.

— J'espère qu'on ne t'a pas fait peur, miss. Bienvenue dans le quartier ! hasarda-t-elle en levant légèrement son verre de vin à demi plein.

Pour un peu, Jess n'aurait rien remarqué. Mais il y avait une infime note de fragilité dans sa voix. Juste assez pour balayer ses inquiétudes initiales quant au fait que Dréa était peut-être trop effrayante pour devenir une amie.

— Merci. Vous avez tous été adorables de me donner un coup de main.

— Vraiment ? Parce que des fois, je sais que je peux être un peu…

Elle fit un geste et un bruit de gorge qui voulaient dire « rentre-dedans ». La fragilité que Jess avait décelée devint alors claire et nette. À tel point qu'elle fut tentée de prendre sa nouvelle voisine dans ses bras. Un spasme douloureux doucha son impulsion. Si elle avait atterri ici, c'était précisément pour s'être mêlée de ce qui ne la regardait pas ; mieux valait garder ses distances, physiquement du moins.

Elle opta pour la version verbale toute britannique du câlin :

— Tu vas bien ?

— Oui, bien sûr, très bien. C'est juste Noël, tu vois ?

Hum… non. Encore vingt-quatre jours à attendre.

— Je suis une grande fan de Noël, assura Dréa en s'appuyant à l'encadrement de la porte, les yeux tournés vers le bonhomme de neige sur sa pelouse, tête décentrée, carotte nasale un peu en berne dans l'air nocturne pas encore glacial du mois de décembre.

— Tu rentreras le fêter chez toi ? Je veux dire, en Australie ?

— Quoi ? Moi ? Non. (Elle ne lui accorda pas un regard, toujours focalisée sur le Olaf du quartier.) Non, je vis ici maintenant.

— Ah, oui ? Ton accent est pourtant… (Jess chercha le bon terme.)… tout frais.

Dréa éclata de rire.

— Oh, tu sais, quand tu as parlé comme ça toute ton enfance, c'est dur de changer. Et puis les Anglais adorent mon accent. Dans mon métier tout au moins. Je suis une Australienne pur jus, mais ma vie est ici. Depuis quatre ans déjà. Mon travail est ici, ma maison. La seule chose qui n'y est pas, c'est mon fils.

Le cœur de Jess se serra tandis que l'inquiétude dans les yeux de Dréa se muait en souffrance.

— Ah ? fit-elle en lieu et place de la foule de questions qui traversaient son esprit.

— Il est grand maintenant, dit Dréa en guise d'explication. Vingt-quatre ans. Il bosse dans un cabinet d'avocats.

Il a son propre appartement à Melbourne. Des tatouages. Une planche de surf. Une relation sérieuse. Il a la belle vie.

Elle conclut dans un chuchotement, comme si cet idéal lui paraissait inatteignable.

— Eh bien, si je puis me permettre, tu n'as pas l'air assez vieille pour avoir un gamin de vingt-quatre ans.

Elle était sincère. Dréa semblait avoir à peine plus de quarante ans. Et Jess était douée pour deviner l'âge des gens. C'était un de ces nombreux jeux auxquels ses collègues et elle aimaient se livrer. Le vainqueur avait le droit de se servir en premier dans la boîte de Celebrations qu'un des pères célibataires apportait chaque mois pour les remercier de s'occuper de ses mômes pendant la journée. Et bien que ce soit leur métier, qui refuserait un chocolat ?

— J'ai été mariée à l'adolescence, confia Dréa avec un sourire triste.

— C'est vrai ?

— Non ! pouffa-t-elle. Je me suis retrouvée en cloque à seize ans, mais il était hors de question que j'épouse ce minable. Bon, je te laisse aller au dodo. Demain, le numéro deux ! (Elle désigna l'entrée de la rue, et le mouvement la fit renverser un peu de vin sur le perron.) Oups ! Dréa a trop bu. Allez, miss. Je me sauve. Je crois que c'est à 19 h 30 demain. (Elle mit les doigts en V, les dirigea vers ses yeux puis vers Jess.) Tu as intérêt à être là ! Bienvenue dans le quartier !

— Merci. Et merci d'avoir rendu mon premier jour si mémorable, ajouta Jess à qui ce démarrage en fanfare redonnait du courage pour la suite.

Dréa avait déjà fait demi-tour en la saluant mollement par-dessus son épaule. D'un pas chancelant, elle traversa la chaussée en diagonale non sans larguer un peu de vin sur la neige au passage, cria : « J'en ai pas renversé une goutte ! » quand elle s'aperçut que Jess la suivait du regard, siffla le reste d'un trait, puis rentra chez elle.

Quelques minutes plus tard, après avoir exhumé sa couette (encore dans sa housse) d'un des cartons de déménagement, déniché un oreiller et s'être installée sur le matelas à côté du cadre de lit toujours en kit, Jess se rendit compte qu'elle souriait. Sa journée ne s'était pas déroulée comme prévu, mais mieux qu'elle ne s'y attendait. Peut-être que réapprendre à se fier à son instinct ne serait pas si difficile, en fin de compte.

2 décembre

Jess laissa tomber son front contre la porte du réfrigérateur. Pas de lait. Pas de pain. Rien. Le scénario qu'elle avait échafaudé pour la journée de la veille incluait d'aller faire quelques emplettes afin de se ravitailler une fois les déménageurs partis. Elle avait aussi prévu, étape de la plus haute importance, de remettre la main sur sa cafetière. En l'état actuel des choses, elle ne disposait que de trois mugs sales et d'un petit fond de chocolat chaud. Peut-être restait-il deux ou trois biscuits fourrés ?

La sonnette retentit.

Sérieusement ? Il était, quoi… ? Elle jeta un œil sur l'écran de son téléphone : 7 heures. Pourquoi y avait-il quelqu'un à sa porte alors qu'il faisait encore nuit dehors ?

Ces histoires de voisins qui se pointaient sans crier gare, c'était très bien hier soir. Dréa était clairement un peu triste, son fils lui manquait, ce à quoi Jess pouvait compatir vu qu'elle-même avait déprimé et regretté son ancienne vie durant toute l'année écoulée. Mais 7 heures du matin ? Vraiment ? Elle était en pyjama. Sa frange rebiquait dans tous les sens et, par-dessus tout, elle n'avait pas bu son indispensable première tasse de café.

Deuxième coup de sonnette.

Elle fut tentée de rester planquée dans la cuisine tant elle ne désirait voir personne. La soirée de la veille constituait une exception. Elle avait besoin d'un ultime mois de vie en ermite pour déterminer si oui ou non, elle avait fait le bon choix.

Une fois de plus, le carillon tinta.

C'était peut-être le facteur. Ses parents l'avaient prévenue qu'un paquet allait arriver pour elle. Elle se rendit à la porte d'entrée en traînant les pieds, ses chaussons licornes chuintant sur le carrelage victorien. Chaussons dont son ex n'arrêtait pas de se moquer, si bien qu'elle les avait remisés dans un placard avec la majorité de ses affaires, qu'il jugeait indignes d'être vues par les visiteurs. Elle s'était rappelé combien elle les adorait lorsqu'elle les avait retrouvés en faisant ses cartons avant de quitter Londres. Elle les avait portés tous les jours depuis, tel un acte de rébellion post-rupture.

Elle aperçut deux ombres derrière le vitrail de la porte, ce qui la fit hésiter. Les facteurs ne travaillaient pas en binômes, si ? Elle fixa le battant comme si celui-ci lui fournirait la réponse, et se laissa distraire par le panneau en verre encastré au centre. Les colonnes de losanges rouges, verts et or qui le parcouraient étaient un des premiers éléments qui l'avait séduite dans ce pavillon. C'est ce qui avait motivé son achat, en plus du nom de la rue, de la proximité de l'école primaire où elle devait enseigner et aussi de la bâtisse située tout au fond de l'impasse. Plus ancienne et plus grande que les autres, en briques couleur miel et ocre, coiffée d'un toit d'ardoises grises avec une cheminée de chaque côté. Trois fenêtres carrées au cadre blanc en haut, deux en bas. Une porte vert sauge sous un petit porche. Une clôture blanche le long d'une haie de buis taillée au cordeau qui ceignait deux quadrilatères parfaits de terre retournée, comme prêts à être occupés par un jardin potager. Le genre de maison où Elizabeth Bennet aurait pu habiter.

La sonnette récidiva au moment où elle atteignait la porte. Elle l'ouvrit en grand avec un « Oui ? » pas très avenant.

— Bonjour, ma chérie ! fit Kai.

Tout sourire, une mèche de cheveux noirs dans les yeux, il agitait devant elle une bouteille de lait demi-écrémé ainsi qu'une boîte de grande marque sur laquelle on pouvait lire en jolis caractères désuets le mot magique : « Café ».

— On ne savait pas si tu aurais eu le temps de faire des courses, et on voulait en profiter pour te demander pardon convenablement pour l'attaque-surprise d'hier.

Rex confirma d'un hochement de tête.

— D'habitude, on n'accueille pas nos nouveaux voisins en les agressant à coups de projectiles glacés. On efface et on recommence ?

Kai n'attendit pas la réponse.

— On a inscrit le numéro du livreur de lait sur la bouteille, si ça t'intéresse. Est-ce que tu bois plutôt du thé ? Je peux retourner t'en chercher en vitesse, si tu préfères.

Jess fit un grand sourire, sa mauvaise humeur oubliée.

— Du café, c'est parfait. Et s'il vous plaît, excusez-moi aussi de vous avoir agressés avec ma sublime dégaine du matin.

Une main à la taille, elle se déhancha et fit voler ses cheveux en arrière, comme si accueillir ses visiteurs en pyjama était pour elle une routine de tous les jours.

Kai gloussa.

— On sait qu'on débarque très tôt, mais rassure-toi, on a déjà vu pire.

Rex le considéra, le sourcil incurvé.

— Ah bon, quand ça ?

— Mais non, mon amour, je plaisante. Tu es bien placé pour savoir que moi-même je ne ressemble pas à ça dès le réveil.

Il pencha la bouteille pour indiquer son visage et leva le menton de telle sorte que la lumière du porche l'arrosait de sa lueur chaude.

Jess ne voyait rien qui puisse laisser penser qu'il avait passé des heures à se pomponner avant de sortir de chez lui.

Il lui donna la bouteille, puis plaça les mains en éventail de chaque côté de son visage.

— D'abord, rasage. Ensuite, gommage. Contour des yeux, crème hydratante, sérum antifatigue, et filtre solaire, même les mois d'hiver. Et bien sûr, il y a le coiffage.

Il semblait prêt à s'embarquer dans la description détaillée dudit coiffage lorsque Rex le coupa.

— Mon chéri, on pourrait y passer la journée. Laissons la pauvrette boire son café et garder un peu de chaleur à l'intérieur de sa maison, d'accord ?

Il exhiba une couronne de bienvenue d'une beauté à couper le souffle, ornée de grenades, de rondelles d'oranges séchées et de bâtons de cannelle. En plus d'être fabuleuse, elle sentait divinement bon. À Londres, elle aurait coûté dans les cent livres, au grand minimum. Jamais Jess n'aurait eu l'idée d'en acheter une pareille, encore moins de la suspendre à sa porte (vivre dans un appartement témoin impliquait l'anonymat le plus total). Rex la lui tendit en expliquant :

— J'ai dû passer à la boutique tôt ce matin pour recevoir une livraison, et je me suis dit que ça pourrait égayer un peu ta maison. En attendant que tu aies le temps d'installer tes propres décorations, naturellement.

Le sourire de Jess s'affaissa. Elle n'avait même pas ouvert un carton d'objets de première nécessité, et encore moins songé à se procurer un sapin. La vérité, c'est qu'elle n'avait pas prévu de décorer du tout. Le Noël précédent avait été cauchemardesque, alors celui-ci… elle aurait préféré le zapper.

— Tu n'aimes pas ? s'inquiétèrent les deux hommes à l'unisson.

Aucun de leur front ne se plissa. Jess supputa qu'il y avait sans doute un peu de Botox dans leur rituel de beauté.

— Au contraire, parvint-elle à bredouiller. J'adore ! Sincèrement. Vous avez raison, ça va vraiment égayer la maison.

Peut-être même que ça suffirait pour qu'on ne lui reproche pas de faire l'impasse sur le sapin ?

Ils échangèrent un sourire ravi. On aurait dit qu'offrir des cadeaux leur apportait plus de joie que de les recevoir. Elle devait l'avouer, les avoir comme voisins lui faisait chaud au cœur. Elle regretta d'avoir aussi mal réagi en entendant la sonnette. À ce sujet… se pouvait-il que Kai et Rex soient les voisins Coca-Cola de ses fantasmes ?

— Je pense que tu peux demander à l'agence immobilière de retirer ça, maintenant, dit Rex en désignant la pancarte « À vendre » barrée d'un bandeau rouge vif « Vendu ».

— Oui, tout à fait. C'est sur ma liste.

Elle n'était pourtant pas sûre de vouloir s'en débarrasser ; pas tout de suite, du moins. Même si ces hommes étaient formidables et si la soirée de l'avent de Dréa avait été merveilleuse, garder cet écriteau devant chez elle lui donnait l'impression d'avoir encore le choix. C'était faux, bien sûr. Mais pour le moment, elle se faisait d'une certaine façon passer pour quelqu'un d'autre. Une boute-en-train sûre d'elle et insouciante qui engouffrait des crevettes et lançait des boules de neige. Qu'adviendrait-il s'ils découvraient qui elle était en réalité ? Une enseignante en disgrâce, bannie d'une école privée de renom pour avoir supposément fait du mal à un enfant. Se montreraient-ils aussi accueillants ? Elle mit un couvercle sur ses pensées et demanda :

— À quel numéro vous habitez, vous deux ?

— Au onze, répondit Kai en indiquant une maison individuelle plus loin sur le trottoir d'en face ; puis il enfila la couronne sur le bras de Jess tel un gigantesque bracelet et lui fourra la boîte de café dans la main. Si tu as besoin de quelque chose, n'hésite pas à sonner !

— En dehors des heures ouvrables, précisa Rex ; il lui pressa le bras en signe d'excuse. Désolé, ma belle, c'est une des périodes les plus chargées à la boutique. Quand on ne bosse pas, on en profite pour bosser encore plus. Bon, on doit filer distribuer leurs bouquets de houx et de gui aux hordes enragées... Tu as besoin de gui, au fait ?

— Non, répondit-elle un peu trop brusquement.

— D'accord, fit Rex sans se vexer le moins du monde. Si jamais, tu sais où en trouver.

— Ça ne changera pas, affirma-t-elle, maussade.

Sa relation avec Martin ne s'était pas terminée de la meilleure des manières. Et dans l'immédiat, elle avait trop de problèmes personnels à démêler pour songer à sa vie sentimentale. Bref. Elle frissonna ostensiblement.

— Bon, vous avez raison, je vais tâcher de garder la chaleur à l'intérieur.

Ils se saluèrent, gênés, l'attitude sèche de Jess ayant soudain jeté un froid.

— Merci encore ! lança-t-elle alors que les deux hommes redescendaient la petite allée. On se voit ce soir ?

Ils se retournèrent à moitié, retrouvant leur sourire débonnaire, et hochèrent la tête.

— À 19 h 30, je crois !

— Ce sera quoi ? Cours de construction d'igloos ? fit-elle, s'efforçant de jouer les joyeux drilles. Dressage de rennes ?

Ses voisins rigolèrent.

— Attends-toi à une soirée moins extravagante que celle d'hier, dit Kai, ajoutant un peu plus bas : Dréa ne fait jamais dans la dentelle !

Sur un dernier au revoir de la main, ils grimpèrent à bord d'une superbe Range Rover couleur baie de houx et s'éloignèrent en discutant entre eux, sans doute de leur journée à venir.

Bon ! À présent qu'il y avait du café et du lait dans la maison, l'heure était venue de s'attaquer à la pile de cartons qui attendait dans le salon.

Lorsque Jess regarda par la fenêtre, la nuit était de nouveau tombée.

Son cœur s'arrêta quand elle s'aperçut que la rue éclairée était déserte, en dehors d'un petit tas de neige là où la veille se dressait Olaf et ses yeux en morceaux de charbon. Avait-elle manqué la surprise du calendrier de l'avent du numéro deux ? La promesse de revoir Kai et Rex et de pouvoir leur montrer qu'elle avait accroché leur couronne l'avait portée toute la journée. Elle espérait aussi noyer sa déception que ses parents ne l'aient pas appelée – encore – dans un verre de vin et un brin de causette avec Dréa. Même si cette dernière l'effrayait un peu, cette journée de solitude l'avait rendue avide de compagnie. Tout du long jusqu'à leur départ, ses parents avaient excellé dans l'art de la maintenir occupée. Elle avait eu le droit de se morfondre pendant une semaine seulement avant d'être mise à contribution. Ils lui avaient attribué un poste régulier à l'accueil de leur cabinet dentaire, et l'avaient persuadée en douceur de dispenser quelques cours en ligne afin de lui redonner confiance dans ses capacités d'enseignante. Dès qu'elle menaçait de se remettre à broyer du noir, ils l'envoyaient faire des courses sûrement inutiles ou la plantaient devant un oignon à émincer. Cette journée avait agi comme une piqûre de rappel : la seule personne qu'elle devrait supporter le reste de sa vie, c'était elle-même. Et cette « elle-même » commençait à lui peser à la longue.

Elle éprouvait un besoin vital d'interaction sociale. Ne serait-ce que pour une heure.

Elle farfouilla dans les boules de journaux éparses qui avaient servi à caler ses affaires, en quête de son téléphone. Il était 18 h 30. Bon, très bien. Il lui restait assez de temps pour prendre une douche et avaler un sandwich. Elle passa en revue dans sa tête les quelques denrées qu'elle avait achetées au supermarché d'à côté pendant sa brève pause-déjeuner, réfléchissant à ce qu'elle pourrait se mettre dans le ventre pour éponger le vin s'il y en avait à la soirée. La première chose à laquelle elle pensa fut un gros bloc de cheddar. Pourquoi pas un sandwich chips-cheddar, comme sa maman lui faisait quand elle était petite ? Pain rond, généreuse couche de beurre, chips au sel et au vinaigre sur une épaisse tranche de fromage…

Son estomac gargouilla à ce souvenir. Elle serra les paupières, mais l'image qui s'imposa fut celle du réfectoire de St Benedict. Elle rouvrit les yeux, se forçant à revenir à l'instant présent. Ethan se portait à merveille, Dieu merci ! Et Crispin ? Il avait sans doute un nouveau prof d'arts plastiques à prendre de haut, ce tyran en culottes courtes. De toute manière, ce n'était plus le problème de Jess.

À moins que…

Il avait menti, et elle s'était fait virer par sa faute. Recommencerait-il ? Elle avait estimé qu'exposer la vérité à la direction relevait de son devoir moral, mais où l'honnêteté l'avait-elle conduite ?

Ici, à Christmas Street. Où, espérait-elle, le père Noël ne récompensait que les enfants sages pour qu'elle n'ait plus jamais à subir une pareille épreuve.

Elle calma ses nerfs en écrasant des journaux au fond du seul carton encore debout – les autres ayant été aplatis à destination de son bac de recyclage flambant neuf – puis elle recula jusqu'au seuil du salon pour admirer son travail.

Le résultat était...

Eh bien...

C'était comme si quelqu'un avait hérité de divers meubles de ses parents et les avait complétés avec le premier canapé apparu sur eBay. Ce qui était, en réalité, plus ou moins ce qui s'était passé.

Cela lui fit un léger choc. Elle s'en était tellement peu souciée ! Elle était professeur d'arts plastiques, pourtant ; l'esthétisme, le plaisir d'être entourée de belles choses, c'était son truc à elle. Elle avait d'ailleurs été tentée de suspendre la couronne de Kai et Rex au-dessus de sa petite cheminée de style victorien (actuellement ornée d'une peinture au doigt représentant un lapin à cheval sur une licorne, encadrée par les parents et signée par l'enfant, datant de l'époque où elle jouissait encore du statut de maîtresse préférée).

Pour la défense du canapé, il était d'un assez joli bleu canard et dégageait un charme suranné qui plaisait bien à Jess. Il était assez long pour y faire la sieste (elle avait testé), et assez profond pour s'y lover avec un livre. On pouvait aussi tracer du doigt ses initiales ou dessiner un cœur sur le velours, si on voulait.

L'inconvénient, c'est qu'il occupait la moitié de la pièce, si bien qu'il ne restait plus de place pour une table à côté. Il ne s'accordait de surcroît avec aucun des autres meubles : la vieille bergère en cuir de son père (déchirée, à faire recouvrir), une petite bibliothèque tellement cabossée qu'elle avait dépassé le stade « bohème » et frôlait le stade « à expédier à la décharge », et, histoire de lui rappeler tout ce qui s'était passé, un petit cactus décoratif.

Une fois qu'elle aurait ajouté quelques livres sur les étagères et jeté un plaid ou deux sur le fauteuil en cuir, ce serait déjà plus convenable. Mieux que ça, même : ce serait un endroit cosy où elle aurait envie de revenir après une longue journée de travail, et non plus une pièce remplie de cartons encore scellés, parmi lesquels une grosse boîte de fournitures de bureau dont elle devait envoyer les descriptifs (merci Amanda !) avant la fin du mois.

Elle s'empara de cette dernière et la transporta dans la cuisine. Elle aurait dû se sentir fière, se disait-elle, plutôt que démoralisée. Elle avait fait beaucoup de chemin.

Un an plus tôt, à la même date, elle passait quasiment toutes ses journées à pleurer (et pas seulement à cause des piqûres de cactus). Une semaine après, elle se retrouvait sans emploi. Et deux semaines après, sans petit ami, sans logement, sans but. Avait suivi une année de reconstruction chez ses parents. Ce ne fut qu'au prix de grosses crises de larmes et de patiente persuasion de la part de sa mère qu'elle avait consenti à envisager de donner des cours à distance… avant de finir par sauter le pas. Après quoi elle avait entrepris de postuler dans quelques écoles élémentaires les plus modestes jusqu'au jour où, enfin, elle avait osé accepter un poste dans l'établissement privé de Boughton. Une jolie ville à une heure de route seulement de chez ses parents. Assez loin pour qu'ils ne la soupçonnent pas de ne pas vouloir couper le cordon, mais pas trop non plus, pour qu'elle puisse toujours s'inviter régulièrement au déjeuner du dimanche. Ils l'avaient accompagnée dans sa recherche immobilière. Ce petit pavillon sur Christmas Street, à dix minutes de marche de son nouveau lieu de travail, était apparu comme un signe. Comme si les étoiles s'alignaient enfin en sa faveur.

Ensuite, l'association Dentistes sans frontières avait contacté ses parents, qui avaient pris la décision de partir. Ils avaient vendu leur maison, avaient assuré à leur fille qu'elle serait la bienvenue si elle voulait venir avec eux, même s'il était clair qu'ils espéraient la voir prendre son courage à deux mains et rebondir. On n'était plus au dix-huitième siècle, après tout ; elle n'allait pas passer sa vie chez eux à faire de la broderie et polir l'argenterie jusqu'à ce qu'elle meure de consomption, un livre de poésie entamé sur sa table de nuit. Elle s'apprêtait donc, à l'âge avancé de trente et un ans, à tenter une nouvelle fois de prendre son envol.

Une heure plus tard, elle était douchée et avait nettoyé les miettes du sandwich à la Marmite pour lequel elle avait finalement opté. Avant de se dégonfler, elle enfila son manteau et sortit dans la rue.

— Jess !

Elle se tourna en identifiant la voix très reconnaissable de Dréa.

Le sourire aux lèvres, elle se faufila dans l'attroupement qui commençait à se former devant le numéro deux ; seuls deux enfants se tenaient à l'écart, occupés à façonner des bonshommes de neige miniatures à partir de ce qui restait d'Olaf.

— Salut ! fit Jess avec un petit coucou timide à l'Australienne et au couple près d'elle.

— Salut, miss. Ravie que tu sois venue ! (Elle lui planta une bise sur chaque joue.) On dirait qu'il va y avoir du monde ce soir. Peut-être même plus qu'hier.

Son regard balayait la foule croissante, mais elle gardait la main sur le bras de Jess, comme pour s'assurer de sa présence.

— Bon, reprit-elle, on va attendre encore quelques minutes avant de commencer, mais c'est bien parti. (Elle lui décocha un grand sourire.) Tu veux que je te présente quelques autres de tes voisins ?

— Oui, volontiers.

D'autant plus qu'ils ne risquaient pas cette fois de lui jeter des boules de neige à la figure.

— Super. Je ne comptais pas te laisser le choix, de toute façon. Alors…

Elle se tourna vers le couple à ses côtés. Ils avaient à peu près son âge et n'habitaient pas ici depuis très longtemps.

Les deux gamins qui jouaient avec les vestiges d'Olaf étaient les leurs, et après quelques encouragements, eux aussi vinrent dire bonjour. Au bout d'une dizaine de présentations, Jess avait renoncé à essayer de retenir tous les noms, et se persuadait que ça viendrait avec le temps.

— Et il y a bien sûr les Sloan, du numéro deux. Ils ont des triplés, aussi remuants qu'une caisse de grenouilles, mais adorables. Bon, tu as tout en mémoire ? Interro demain matin à 8 heures précises. (Elle éclata de rire avant que Jess ait pu répondre.) Oh, regarde ! Je crois que ça démarre.

Jess observa la façade du numéro deux, en face de chez Dréa. L'éclairage du porche fut allumé depuis l'intérieur.

— Le spectacle va commencer ! lança quelqu'un.

— Ils envoient un signal au père Noël ? demanda un marmot surexcité, ce qui, évidemment, conduisit tous les autres enfants à poser la même question à leurs parents.

— À mon avis, ils veulent qu'on se taise, proclama un homme en costume qui n'avait pas l'air enchanté de participer au rassemblement.

Une femme, sans doute la sienne, siffla « Chut, Giles ! », avant de reporter son attention sur la porte qui s'ouvrait.

Un adolescent (préadolescent ? Difficile à dire parfois) s'avança. Il arborait une paire de bois de rennes clignotants, un nez rouge et une expression très sérieuse. Il portait une énorme boîte enveloppée de papier rouge avec un large ruban doré autour et un gros nœud sur le dessus : le cadeau de Noël par excellence.

— J'espère que c'est pour moi ! cria un homme jovial emmitouflé dans une parka.

— Je reconnais bien là ton côté rapiat, John ! rétorqua un autre.

Dréa les fit taire d'un mot. Jess réprima un sourire. Elle priait pour ne jamais se mettre l'Australienne à dos.

Tout à coup, apparurent derrière le garçon deux autres préados pareillement déguisés, suivis de leurs parents. Ils soufflaient tous dans des kazoos. Qu'est-ce que… Est-ce que c'était… « Vive le vent » ? Oui. C'était bel et bien « Vive le vent ».

Au moment où Jess identifia l'air, le premier enfant souleva le couvercle de la boîte, le jeta et entreprit de passer à travers la foule. Il y avait un kazoo pour chacun.

L'activité de la soirée ne laissait plus aucun doute. M. Sloan lança un « Ho, ho, ho ! » tonitruant puis déclara :

— Eh oui ! Ce soir, en direct du numéro deux, Christmas Street, je vous présente : la seule et unique chorale de Noël des kazoos !

Après quelques éclats de rire et grommellements, vite muselés par un sévère rappel à l'ordre de Dréa, la séance musicale débuta.

Une demi-heure plus tard, elle s'acheva sur un « *Joy to the world* » émaillé de gloussements, hilarité d'autant plus incoercible que les vibrations des instruments chatouillaient le nez.

Le silence revenu, comme la veille, les parents s'éclipsèrent en vitesse avec leurs enfants. Jess entendit s'élever quelques invitations à boire un verre ou une tasse de thé. Un intense sentiment de solitude la submergea. Une réminiscence de rentrée scolaire. Le genre de sensation qui s'accompagnait du désir éperdu que la vie puisse redevenir comme avant ; pas totalement parfaite, mais merveilleusement familière. Alors qu'elle se hissait sur la pointe des pieds pour essayer d'apercevoir Kai et Rex, un gobelet en plastique apparut sous son nez.

Dréa.

— Un petit coup avant de rentrer ?

Jess acquiesça en souriant. Elle avait passé la journée seule, et le lendemain s'annonçait identique, le surlendemain aussi, alors… elle tendit son verre pour que Dréa le remplisse.

D'autres voisins ressurgirent de chez eux, gobelets et bouteilles en main, prétextant avec malice qu'il n'y aurait pas besoin de seau à glace si on restait à l'extérieur.

— C'est comme ça que tu brûles les calories avant Noël, Dréa ? lança une femme deux portes plus loin, avant de sautiller sur place, de s'essuyer le front puis d'avaler une enthousiaste gorgée de vin.

— Ha, ha, fit l'Australienne, levant les yeux au ciel à l'intention de Jess. Je travaille dans le fitness, lui expliqua-t-elle.

— Ah oui ?

Dréa fit un geste négligent, les sapins de Noël miniatures sur ses ongles reflétant la lumière des lampadaires.

— Ça paye l'emprunt de la maison. Bon, tu t'en sortirais comment si je t'interrogeais sur les noms des voisins, là tout de suite ?

— Mal. Horriblement mal.

— T'inquiète, miss, ça viendra. J'ai moi-même mis un sacré bout de temps à connaître tout le monde, vu la manière dont vous autres Anglais préférez vivre cloîtrés chez vous. (Elle contempla avec amusement les petits groupes qui s'attardaient dans la rue.) Et ça, ça confirme ma théorie.

— Laquelle ?

— L'idée que les gens ont besoin de ressentir un esprit de communauté là où ils vivent. Et quel meilleur moment que Noël pour l'éveiller ? (Elle fit signe à un groupe de femmes d'approcher.) Allez, Jess, on reprend.

Vingt minutes, un sachet de bretzels en forme de flocons de neige et une bouteille de vin plus tard, Jess avait officiellement mémorisé quatre noms : Dréa, Kai, Rex, et Martha Snodgrass du numéro vingt et un, parce qu'il était impossible d'oublier un nom pareil. Cette septuagénaire hébergeait depuis six mois un pensionnaire avec qui elle n'arrêtait pas de se prendre le bec. À partir de là, tout s'embrouillait un peu. Il y avait un tas de Emma et de Gemma, qu'on appelait dans la rue les Gem'n'Emm car personne ne savait jamais qui était qui. Leurs maris, eux, étaient surnommés les Rob'n'Bob, même s'il n'existait qu'un seul de chaque et que l'un d'eux s'appelait en réalité Darren. Il y avait aussi une tripotée d'autres gens dont elle ne se souvenait plus.

Mais elle y arriverait un jour. Peut-être.

— Et cette maison, là ? questionna Jess en profitant d'un blanc dans la conversation. Qui est-ce qui y habite ?

Tout le monde suivit des yeux la direction qu'elle indiquait : la grande demeure au fond de l'impasse. Le numéro vingt-quatre. Lumières éteintes, rideaux tirés, on n'y décelait aucun signe de vie. Elle était plutôt bien entretenue, sans tas de feuilles mortes ni plantes desséchées comme dans *Psychose*, et pourtant... l'humeur générale passa aussitôt de l'euphorie à la défiance morose. Jess sentit des frissons remonter le long de sa colonne vertébrale.

— Oh, c'est M. Winters, répondit enfin Dréa, rompant le silence. C'est le monsieur Scrooge local.

Jess voulut faire remarquer que Scrooge changeait à la fin de l'histoire, quand les informations se mirent à pleuvoir :

— Il est du genre solitaire.

— Il paraît qu'il est raciste.

— Misogyne, aussi.

— Il est sûrement végan.

— Hein ? Parce qu'il est raciste et misogyne, il est forcément végan ? C'est quoi, cette logique ?

— C'est parce qu'il a fait de la prison pour meurtre, alors il essaie de se racheter.

— Non, pas du tout. J'ai entendu dire qu'il était assigné à domicile pour une fraude financière. Il a quand même réussi à conserver sa grande baraque, vous avez vu ?

— N'importe quoi ! On l'a arrêté parce qu'il gardait des esclaves dans sa cave. Un pour la cuisine, un pour le ménage, il en avait toute une troupe là-dessous.

— Oh, mais ça suffit ! s'énerva Dréa. C'est juste un pauvre vieillard qui vit seul depuis si longtemps qu'il ne sait plus comment se faire des amis. Un Scrooge, quoi.

Toutes les têtes se tournèrent vers elle dans un bel ensemble. L'espace d'un instant, elle sembla sincèrement triste à la pensée de ce pauvre vieux esseulé, sans rien au monde qui lui apporte la moindre joie. Puis, en un clin d'œil, sa compassion protectrice s'évanouit, remplacée par un sourire rayonnant.

— Bon, les enfants, il ne faut pas se coucher trop tard, ce n'est pas encore le week-end ! On se voit demain soir, même heure ?

— Ce sera où, déjà ?

— Au numéro trois.

Des murmures dépités s'élevèrent.

Jess interrogea Dréa du regard.

— Disons juste qu'on n'attend pas grand-chose du numéro trois. Le quatre sera mieux.

Elle hocha la tête en direction de ce dernier, un joli pavillon individuel avec une couronne de bienvenue sur la porte, un sapin de Noël qui clignotait par la fenêtre et un charmant renne en osier qui broutait la haie de devant.

Un soupir de bonheur collectif parcourut le groupe.

— Chez Chantal, murmura une femme avec vénération.

Dréa se mit en devoir de ramasser les bouteilles vides et de les jeter dans le bac à verre le plus proche, souhaitant à tout le monde une bonne nuit d'un ton appuyé.

— On adore Chantal, expliqua une voisine à Jess d'une manière qui laissait entendre qu'elle aussi tomberait bientôt sous le charme de cette mystérieuse inconnue.

— Et pourquoi on l'adore ? demanda Jess.

— Pour la même raison qu'on est toutes grosses alors qu'elle est belle et mince, pouffa une autre. Tu verras.

Le groupe s'éparpilla, la résidente du numéro huit prit Dréa à part pour débattre avec elle de la politique de santé, et Jess se sentit de nouveau envahie par une insupportable solitude. Il était temps de rentrer.

En arrivant chez elle, passé le perturbant panneau « À vendre », elle tomba en arrêt devant sa porte d'entrée : la couronne de bienvenue s'était décrochée et pendait lamentablement au heurtoir. Il faudrait arranger ça. Encore un truc à faire sur sa liste. Elle sortit ses clés de sa poche et, en ouvrant, remarqua que quelqu'un avait glissé un tout petit brin de gui parmi les branches de sapin. Contre toute attente, l'onde de chaleur qu'elle avait ressentie la veille au fond de son cœur refit surface. Peut-être que venir habiter à Christmas Street était la seule bonne décision qu'elle ait prise cette année.

3 décembre

— Bonjour, ma chérie !

La mère de Jess agita la main et son père leva une noix de coco avec une paille plantée dedans.

— YOKWE ! rugit-il. ÇA VEUT DIRE BONJOUR EN MARSHALLAIS !

— Harry, inutile de crier, elle nous entend très bien. TU NOUS ENTENDS, N'EST-CE PAS, MA CHÉRIE ?

Jess opina du chef. La connexion vidéo était étonnamment bonne compte tenu des milliards de kilomètres qui les séparaient.

— Salut, maman. (Sa voix se brisa.) Papa…

Une larme roula sur sa joue.

— Jess, mon ange, qu'est-ce qui ne va pas ?

— Rien ! Ça me fait plaisir de vous voir.

On ne faisait pas plus bel euphémisme. Mais si grand que soit ce plaisir, c'était difficile aussi. Leurs chemisettes à fleurs, leur bronzage naissant et leurs boissons exotiques ne servaient qu'à accentuer l'impression de distance et le sentiment de solitude de Jess. Le calendrier de l'avent avait été jusque-là une chouette façon de lier connaissance avec ses voisins, certes, mais vingt-deux soirées de plus à faire tapisserie avant de rentrer se coucher sans avoir discuté avec personne n'allait pas remplir son carnet de bal avec une ribambelle de nouvelles copines ni une quantité de princes charmants. Sans parler de sa soirée à elle, pour laquelle il lui faudrait penser à une idée, et vite. L'imminence de la date la terrifiait. Une rue entière d'étrangers prêts à la juger. Elle avait songé à inviter Kai et Rex pour une séance de brainstorming – elle trouvait Dréa trop intimidante pour lui avouer son absence totale d'inspiration –, mais il ne lui semblait pas juste de leur imposer ses angoisses alors qu'ils avaient une boutique à gérer et leur propre réception à organiser ; en plus, il lui restait encore une tonne de cartons à ranger.

— On ne voulait pas manquer ton emménagement ! s'exclama sa mère avec un sourire encourageant.

Elle espérait clairement voir Jess sécher ses larmes, retrouver sa bonne humeur et les régaler en leur racontant combien elle aimait sa maison, son quartier, la ville dans laquelle elle était censée commencer une toute nouvelle vie.

Au lieu de quoi Jess se frotta les yeux en sanglotant.

— C'était il y a deux jours !

— Quoi ? Non ! Diane ?

Son père regarda sa mère, puis son poignet qui, pour la première fois de son existence, était dépourvu de montre. Son épouse le gratifia d'un regard accusateur.

— Harry. Pourquoi nous sommes-nous trompés de jour ?

Un vif échange verbal s'ensuivit tandis que ses parents essayaient de déterminer qui des deux était responsable du calendrier, des fuseaux horaires et du planning hebdomadaire, jusqu'au moment où Jess se surprit à taper dans ses mains par réflexe, comme avec sa classe. Sa technique magique de professeur pour ramener le calme dans trois... deux... un...

Tels des élèves bien disciplinés, ses parents tournèrent face à elle un visage penaud.

— Pardon, ma chérie. On était persuadés que c'était aujourd'hui. On perd la notion du temps dans les îles !

— Déjà ?

— Oh, mon ange ! (Ils poussèrent en chœur un soupir d'aise.) Tout est tellement… Enfin, il fait une chaleur délicieuse, les gens sont adorables, et leurs dents ! (Sa mère joignit les mains et les pressa contre ses lèvres.) Leurs dents sont magnifiques dans l'ensemble. À vrai dire, glissa-t-elle tout bas, je crois que ce sont les Britanniques qui ont le plus besoin de nous ici. On se demande qui s'est occupé d'eux quand ils étaient petits. Sûrement pas nous en tout cas.

— Vous ne vous ennuyez pas, on dirait, dit Jess, soulagée de se rabattre sur le sujet de conversation préféré de ses parents : leur métier.

— C'est le moins qu'on puisse dire !

Jess écouta sa mère discourir avec enthousiasme, tandis que son père mettait parfois son grain de sel pour rectifier un détail ou ajouter un commentaire. Ils prirent ensuite leur tablette pour lui faire visiter leur petite mais confortable maisonnette en parpaings, laquelle se situait à quelques minutes de marche de l'hôpital où ils exerçaient en tant que bénévoles.

— C'est juste à côté de la mer ! se réjouit sa maman, avant de se rembrunir soudain. Un travailleur d'une ONG nous a prévenus qu'on ferait mieux d'en profiter tant qu'on pouvait, parce que tout se retrouvera bientôt sous l'eau.

— Hein ? Pourquoi ?

— Le changement climatique, ma chérie. Il est partout.

Son père bâilla, passa une main sur sa figure et sourit d'un air contrit.

— Désolé, mon ange. Je crois qu'il est l'heure pour nous d'aller dormir.

Jess consulta sa montre. Il était 14 h 30 à Boughton, c'est-à-dire…

— C'est le milieu de la nuit chez vous ?

Sa mère sourit en bâillant à son tour.

— On souffre encore un peu du décalage horaire. On se met au lit tôt, on se réveille au beau milieu de la nuit, on va nager au clair de lune, et on se recouche.

Jess se força à ravaler les larmes qui montaient de nouveau. Ses parents avaient changé de vie, et ils en récoltaient à présent les fruits. Elle devait se convaincre qu'elle aussi, un jour, aurait des étoiles plein les yeux. Son bonheur ne se présenterait peut-être pas sous la forme d'une noix de coco avec une paille dedans ou de bains de minuit, mais il arriverait, c'était certain.

En attendant, ses parents prenaient leur pied là-bas. Ils l'avaient bien gagné, c'était indéniable. Ils avaient fait tourner avec succès leur cabinet dentaire d'aussi loin que remontaient les souvenirs de Jess. Ils lui avaient offert une enfance heureuse dans un charmant village, sans jamais faire un drame de n'avoir eu qu'un seul enfant au lieu de la joyeuse tribu dont ils auraient rêvé. Ils l'avaient soutenue dans son ambition de devenir enseignante au lieu de la pousser à rallier l'entreprise familiale. L'unique fois où ils avaient mis en doute une de ses décisions, c'était quand on lui avait proposé ce poste à l'école élémentaire St Benedict. Acceptait-elle pour Londres ou pour l'établissement ? (L'établissement !) Celui-ci incarnait-il les valeurs qui lui tenaient à cœur ? (Évidemment !) Était-elle certaine que travailler là-bas ferait d'elle la prof qu'elle souhaitait devenir ? (La meilleure !)

En définitive, les réponses à ces questions avaient changé. Elle-même avait changé. Au point que ses parents, après l'avoir poussée hors du nid une première fois, l'avaient accueillie chez eux à bras ouverts alors qu'elle se trouvait au fond du gouffre, l'avaient remise d'aplomb, lui avaient fourni l'apport pour cette maison qu'elle n'aurait jamais, au grand jamais, eu les moyens de se payer avec son salaire d'enseignante, avant de l'envoyer de nouveau dans le vaste monde afin qu'elle puisse tout reprendre de zéro.

En vertu de quoi, si réparer des dentitions à l'ouest de la ligne de changement de date les bottait, ils méritaient chacune des caries que la vie leur donnait à soigner. Même si cela obligeait Jess à faire semblant d'être ravie de passer ce premier Noël en solo. Deux ans plus tôt, leur absence n'aurait pas eu tant d'importance. Elle avait un petit ami, un logement et un travail à Londres. Les rues illuminées de la capitale l'avaient émerveillée. Les cadeaux distribués aux professeurs par les parents d'élèves aussi. Les invitations délirantes qu'ils recevaient ! Cette directrice d'une marque de maquillage qui l'avait conviée à ses vacances familiales dans son chalet de Courchevel, officiellement en tant qu'hôte, mais en réalité pour garder les enfants pendant que les parents s'offraient d'interminables déjeuners arrosés. Cette femme d'affaires russe qui semblait posséder toute une chaîne montagneuse avec une datcha au sommet (même topo pour le baby-sitting). Et ce producteur de cinéma qui n'invitait que les jolies maîtresses célibataires à venir observer « un vrai plateau de tournage ». En général, on déclinait poliment. C'était une vie de rêve par procuration. Un idéal, du moins pour certains.

Les paillettes de St Benedict lui avaient-elles tourné la tête ? Avait-elle perdu de vue l'essentiel : les élèves ? Est-ce pour cela qu'elle en était arrivée là ? Qu'elle avait si mal géré l'Incident du Sandwich au Fromage ?

Elle remisa ces pensées dans la boîte étiquetée « À étudier plus tard », se plaqua un sourire sur le visage et fit au revoir à ses parents qui avaient toutes les peines du monde à trouver la touche « raccrocher » de leur iPad. Quelques secondes après que l'écran fut devenu noir, elle entendit le clapet métallique de la porte : du courrier.

Elle courut dans l'entrée, heureuse de cette occasion d'échapper à la solitude béante qui menaçait de l'engloutir si elle s'attardait trop sur son passé. Ses parents lui manquaient plus affreusement que jamais. Elle avait envers eux une dette qu'elle ne pourrait solder qu'en se reprenant en main et en leur prouvant qu'elle était capable de courage et de ténacité.

Elle ramassa le paquet de lettres, enchantée d'apercevoir deux enveloppes au rouge de saison pour changer des prospectus et des factures de gaz et d'électricité qu'elle avait reçues jusqu'à présent.

Elle s'assit en tailleur sur le carrelage et déchira la première.

La carte était entièrement blanche, mis à part deux ronds – un noir, un rouge –, et la légende : « Rudolph laisse Tornade prendre la tête dans une tempête de neige. » Elle éclata de rire, l'ouvrit et regarda le nom de l'expéditeur tout en bas. Elle eut un pincement au cœur. C'était son amie et collègue de St Benedict, Amanda.

Salut ma puce ! Je voulais que tu aies quelque chose à poser sur le manteau de ta jolie cheminée dans ton tout nouveau palais. Un an déjà, et tu me manques toujours terriblement, ici dans le smog. Les apéros-ragots continuent, mais c'est plus pareil sans toi. Les parents sont toujours aussi détestables. La crèche est moche comme tout (la nouvelle prof d'arts plastiques ne t'arrive pas à la cheville). Je compte les jours avant les vacances ! J'espère que tu prends le temps de t'installer avant de démarrer dans ta nouvelle école. Si on se revoyait pendant les vacances de Pâques ? Un goûter entre copines, peut-être ? J'apporterai le nécessaire de notre bonne vieille capitale, ou alors c'est toi qui viendras, histoire de ne pas oublier ce que ça fait d'être compressée comme une sardine en boîte dans les transports en commun ! Bisous, Amanda.

Jess reposa sa tête contre le mur. Amanda lui manquait aussi, mais avoir de ses nouvelles faisait remonter toutes sortes de souvenirs gênants et désagréables qui lui rappelaient la sensation qu'elle avait éprouvée en étant convoquée dans le bureau de la directrice en décembre dernier. Elle répondrait à la proposition de son amie plus tard.

Elle prit la deuxième enveloppe rouge et glissa le doigt sous le rabat triangulaire. Elle sortit la carte. En joli papier écru, celle-ci montrait la photo d'une loutre sur ce qui ressemblait à une île, avec des petits sapins de Noël imprimés au tampon tout autour.

Elle la déplia. Elle crut voir du coin de l'œil quelque chose en tomber mais, ne trouvant rien, elle entama la lecture :

Cher grand-père,

J'espère que ça ne t'ennuie pas que je t'appelle grand-père alors que nous ne nous sommes jamais rencontrés, mais cette carte servira justement à me présenter. Je m'appelle Will. Je suis l'un des fils de Robert. Mon frère Callum habitait encore il y a peu en Écosse où, comme tu le sais sans doute, nous avons grandi. Je souhaitais t'informer que je viens de déménager à Greenleigh, à une trentaine de kilomètres seulement de chez toi. Je dirige un modeste service de traiteur qui m'occupe pas mal, surtout avec les fêtes qui approchent à vitesse grand V. Je ne suis toutefois pas débordé au point de ne pas pouvoir te rendre visite. Peut-être à Noël si tu es disponible ? J'apporterais de quoi déjeuner ensemble. Je l'aurais bien passé avec mes parents mais nous avons des commandes tous les jours sauf le 25, et j'aimerais vraiment faire ta connaissance. J'ai baptisé mon entreprise : « Au joyeux traiteur ». Nous sommes présents sur tous les réseaux sociaux, si tu veux regarder.

Je te laisse réfléchir. Je me suis dit qu'une lettre était le meilleur moyen de me présenter à toi.

Je t'embrasse,

Will Winters

Winters ?

« Grand-père » ?

Jess sentit monter une bouffée de culpabilité. Cette lettre n'était manifestement pas adressée à elle. Elle retourna l'enveloppe.

M. Arnold Winters
24 Christmas Street
Boughton

Misère. Elle avait non seulement ouvert et lu le courrier de quelqu'un d'autre – un délit puni par la loi ! –, mais c'était celui du vieil homme solitaire du bout de la rue, potentiellement raciste/misogyne/esclavagiste/meurtrier, qui n'avait donc jamais rencontré son petit-fils. Elle revit la tête de Dréa lorsque les commérages avaient commencé à voler ; était-ce du simple agacement, ou une colère plus profonde ? Si les rumeurs étaient fondées, il y avait peu de chances que ce Scrooge organise un réveillon de Noël en grande pompe. D'un autre côté, qui sait ce qu'on racontait sur elle dans son dos à St Benedict ? Elle résolut de ne porter aucun jugement avant d'avoir vu le voisin en question, à savoir quand elle lui apporterait la lettre en main propre plutôt que d'aller lâchement la reposter.

Elle examina l'enveloppe. Par chance, elle ne l'avait pas déchirée comme celle d'Amanda. Elle se rendit dans la cuisine et ouvrit la boîte de fournitures de bureau destinées au catalogue, dans laquelle elle dénicha un petit tube de Super Glue. Elle en appliqua une généreuse couche sur toute la longueur du rabat avant de le sceller bien proprement. Elle agita l'enveloppe pour la faire sécher, puis passa sa paume dessus pour s'assurer qu'elle soit bien fermée et qu'elle n'ait pas l'air d'avoir été décachetée par une parfaite inconnue.

Attrapant son manteau sur le dossier du tabouret de bar, elle se dirigea vers la porte d'entrée. Son cœur fit une embardée.

Là, sur le sol, se trouvait une carte de visite.

Will Winters
« Au joyeux traiteur »
Traiteur traditionnel avec un zeste de modernité
Tous événements

Au verso étaient inscrits numéro de téléphone, adresse et e-mail.

C'est ce qui avait dû tomber de la carte de vœux quand elle l'avait dépliée. Elle avait sans doute été assise dessus. Elle tenta d'insérer un ongle sous le rabat de l'enveloppe. Non, rien à faire. Pas étonnant, sachant qu'elle avait utilisé sur du simple papier une colle extra-forte à la formule améliorée qui promettait de sécher en dix secondes chrono.

La gorge nouée, elle fourra le pli dans sa poche, essayant de trouver une explication à donner. La carte de visite était scotchée à l'enveloppe, peut-être ? Non, ce serait trop gros comme mensonge. En s'y prenant bien, elle pourrait s'arranger pour que M. Winters lise le message en sa présence, et faire comme si le carton venait de tomber par terre ? Ou, au pire, le glisser dans sa boîte à la faveur de la nuit ? En portant un masque de cambrioleuse ? Ce serait d'une discrétion ! Elle se voyait déjà, affublée d'un masque de ski, bondissant de lampadaire en lampadaire dans cette ravissante impasse de banlieue. Comme ça, elle aurait deux motifs pour passer Noël en prison : atteinte au secret des correspondances, et s'être déguisée en cambrioleuse pour poster une carte de visite volée par mégarde, si tant est que ce délit ait un nom.

Avant d'avoir le temps de se dégonfler, enveloppe en main, cœur battant la chamade, doudoune zippée jusqu'au menton, Jess quitta la maison et mit le cap vers l'extrémité de la rue.

Le soleil commençait déjà à se coucher ; le ciel limpide s'obscurcissait, prenant une superbe teinte bleu nuit. Il faisait frisquet, mais rien à voir avec un froid hivernal qui forcerait à marcher en rentrant la tête dans les épaules comme si on cheminait à travers le blizzard. Des couronnes de bienvenue ornaient quelques portes d'entrée. Certaines étaient aussi somptueuses que la sienne ; elles venaient probablement de la boutique de Kai et Rex. Des sapins illuminés se voyaient aux fenêtres, tantôt naturels et tantôt artificiels. Deux voisins se livraient visiblement à une compétition de décorations de Noël : l'un jouait à fond la carte « guirlandes clignotantes et pères Noël/rennes/bonshommes de neige géants en plastique lumineux sur le moindre centimètre carré », tandis que l'autre avait converti son pavillon en maisonnette en pain d'épices, sans oublier le toit dégoulinant de glaçage blanc.

D'autres n'avaient pas décoré. Rien de surprenant, on n'était que le 3 décembre et chacun avait ses propres traditions. Dans la famille de Jess, le branle-bas de combat avait lieu le premier samedi du mois. Tous les trois avaient un rôle bien défini : les femmes donnaient les ordres et son père s'exécutait, jusqu'à la veille de Noël, au retour de la messe célébrée dans leur église de quartier, où il se transformait en pacha et se faisait offrir un grog chaud, un pyjama de Noël et une paire de chaussons neufs (oui, tous les ans).

Deux femmes avec des poussettes se dirigeaient vers l'école primaire, d'où parvenait, portée par une brise légère, la clameur des enfants dans la cour de récréation. Pour s'y rendre, il suffisait de descendre l'impasse, la contourner, et prendre la rue suivante. De la fenêtre de sa chambre, Jess pouvait même distinguer la façade en pierre du bâtiment. Il existait, semblait-il, un raccourci au fond du cul-de-sac, près de chez M. Winters, mais il n'était pas officiel. Dans tous les cas, c'était un trajet qu'elle serait capable d'accomplir les yeux fermés d'ici quelques mois. Les deux jeunes mamans la saluèrent avec un « On se voit ce soir ! », ce qui était à la fois sympathique et un peu gênant. Elle avait vaguement envie de sécher la soirée. À Londres, les gens disaient toujours « D'accord, à tout à l'heure ! » pour finir par se décommander en invoquant tout un éventail d'excuses plausibles (les bouchons, le travail, les transports). Elle doutait que ça fonctionne ici. Bien qu'ils ne la connaissent ni d'Ève ni d'Adam, ces gens se mettaient en quatre pour qu'elle se sente la bienvenue. Repousser leurs efforts ne serait pas correct.

Elle arriva face au numéro vingt-quatre et prit une minute pour admirer la bâtisse. Elle était magnifique. Pierres rectangulaires, toit en tuiles. Un petit porche couvert soutenu par deux minces colonnes qui, enveloppées de rubans rouges, ressembleraient à des cannes en sucre d'orge. Non qu'elle soit tout à coup saisie d'une furieuse envie de décorer, mais elle avait l'intuition que personne n'avait prévu de le faire ici. Tous les rideaux étaient tirés, sauf un seul où… Oh, il y avait un homme à la fenêtre ! Un vieux monsieur qui aurait eu fière allure en costume d'époque, ambiance Jane Austen ou Dickens. Dickens, plutôt, parce qu'il avait la mine très renfrognée. Un peu comme Clint Eastwood quand il jouait les vieillards atrabilaires en guerre avec ses voisins.

Elle lui fit coucou en souriant.

Il plissa le front encore plus.

Elle lui montra l'enveloppe.

Il ferma les rideaux d'un coup sec.

Jess tenta de se dire qu'il était venu à la fenêtre justement dans ce but : fermer les rideaux. Mais était-il obligé d'y mettre autant de passion ?

Son humeur instable bascula soudain au mode « vertu outragée ». Elle qui voulait jouer les bonnes voisines en restituant cette lettre à son destinataire légitime ! (Après avoir lu son contenu et tout recollé ni vu ni connu, mais passons.)

Elle alla frapper à la porte au-dessus d'un grand écriteau : « Non aux prospectus, non aux publicités, non au démarchage, non aux groupes religieux, non aux représentants de commerce. »

Voilà qui était exhaustif.

Jess ne se classait dans aucune de ces catégories. Pile au moment où son poing entrait en contact avec le bois, le battant s'ouvrit.

— Vous ne savez pas lire ? gronda M. Winters, incarnant à la perfection son rôle de vieux ronchon à la Clint Eastwood.

Il était tiré à quatre épingles. Rasé de frais, chemise bien repassée sous un pull sans manches à croisillons gris ton sur ton. Pantalon à pinces au pli impeccable. Pas de vulgaires chaussons, mais des souliers vernis, carrément. Ses yeux bleus étaient vifs et alertes, et son épaisse chevelure blanche était soignée avec autant de méticulosité que ses vêtements. Le genre d'homme qui ne passait pas ses journées dans un fauteuil à attendre que la grande Faucheuse l'emporte. Le genre d'homme qui avait une raison d'être.

— Alors ? Je vous ai posé une question. Vous savez lire ou pas ?

Il tapota l'écriteau d'un doigt légèrement déformé par l'arthrite.

— Oui, bredouilla Jess, totalement désarçonnée par sa brusquerie. Je ne suis pas…

— Je ne veux rien signer. Je ne veux écouter ni vos messages d'espoir, ni vos propositions. Je n'achète pas en gros, je ne crois pas en votre dieu, quel qu'il soit, ni en Noël. Est-ce bien clair ?

— Mais je…

— Non !

Il lui claqua la porte au nez.

Mais qu'est-ce que… ?

Ça ne lui était jamais arrivé auparavant. Qu'on lui claque la porte au nez. Elle, qui venait pourtant avec de bonnes intentions, se sentait aussi déstabilisée que lorsqu'on l'avait appelée dans le bureau de la directrice pour l'accuser d'agression.

Un bourdonnement dans sa tête noya le bruit de la rue. Des picotements parcoururent sa peau et une bouffée de chaleur l'assaillit. Non. Il faisait froid. Très froid. Alors pourquoi transpirait-elle ? Son cœur tambourinait si fort qu'elle avait du mal à respirer normalement. Pas de doute, la crise d'angoisse arrivait. Comme lorsque la directrice lui avait expliqué qu'elle lui imposait un congé sans solde le temps que Jess réfléchisse à son comportement et, bien sûr, qu'elle se prépare à faire face aux accusations.

Pour éviter de se liquéfier au beau milieu du perron de M. Winters, elle redescendit les marches en titubant, à l'aveuglette, franchit le portillon en bois et, les yeux au sol, fila droit chez elle, sans toutefois parvenir à reprendre le contrôle de sa respiration.

Une fois à l'intérieur, les larmes se mirent à couler et elle éclata en sanglots. Elle ne comprenait pas. Elle avait juste voulu être gentille et lui apporter la… Oh zut, la lettre était encore dans sa main. Un peu froissée à présent. Pourquoi ne la lui avait-elle pas jetée à la figure, ou glissée par le clapet en laiton de la porte ?

Parce qu'elle avait été prise au dépourvu, et quand bien même aurait-elle fait cela, il aurait sûrement déchiré l'enveloppe sans lire le message, et ce pauvre Will le joyeux traiteur aurait passé le reste du mois à déprimer, lui aussi rejeté par le grand-père le plus grincheux de la planète.

Ce qui ne lui remontait en rien le moral. L'odieuse attitude de M. Winters l'avait replongée dans cet état où seuls le lit de sa chambre d'enfance, une bouillotte bien chaude et un visionnage en boucle d'épisodes de *Friends* réussissaient à empêcher ses pensées de tourbillonner dans les abîmes les plus noirs de son esprit.

Elle regarda l'heure : 16 heures passées. L'éclairage public s'allumait dans la rue, de même que les guirlandes dans le sapin de la maison d'en face.

Imitant le geste théâtral de M. Winters, elle ferma ses rideaux (tout juste installés) afin de s'isoler du monde extérieur. Elle avait hâte que cette journée se termine. Elle avait besoin de temps pour retrouver la Jess qu'elle connaissait – et, surtout, qu'elle aimait – derrière ces nerfs à fleur de peau. Elle n'était pas en état de revoir M. Winters aujourd'hui, mais elle réessaierait demain. Elle se rendrait au fond de l'impasse, frapperait à sa porte et lui donnerait la lettre parce qu'elle était quelqu'un de bien. Quoi qu'en pense le conseil d'administration de St Benedict. Les saligauds.

Une sieste agitée, trois tasses de thé et plusieurs épisodes en replay du « Meilleur pâtissier » plus tard, la sonnette retentit.

Elle s'extirpa à contrecœur de sa couette et força ses jambes à la transporter jusqu'à la porte. Ses rideaux n'étaient pas occultants au point de masquer la lueur de la télévision à la personne qui attendait derrière. Elle ouvrit.

C'était Dréa.

— Bigre ! Tu as vraiment une sale tête, miss.

Sympa, l'accueil australien ! Jess haussa les épaules. Peu importe. Dréa avait sûrement raison. Elle-même aurait pu vérifier, si elle avait trouvé la force d'accrocher le miroir au mur de l'entrée.

— Qu'est-ce qu'il y a ? marmonna-t-elle en espérant que son intonation laisserait entendre : « Va-t'en et fiche-moi la paix. »

— Tu nous manques, au numéro trois. (Dréa inclina la tête vers la maison d'en face où, en effet, se massait une foule de gens.) On fabrique des guirlandes de canneberges et de pop-corn. (Elle aventura un regard dans le salon de Jess.) Ça ne ferait pas de mal d'en mettre quelques-unes sur ton linteau de cheminée.

Jess frissonna et fit semblant d'éternuer. Ses yeux rougis pouvaient très bien être imputables au froid et non aux pleurs.

— Désolée... Je be sens pas super.

Dréa recula.

— Ah oui, je vois. Pardon miss, mais les rhumes, très peu pour moi. Tu ferais mieux d'aller te mettre au lit, ajouta-t-elle en pointant le doigt vers l'escalier.

Jess simula encore un éternuement et opina tristement. Oui, ce serait préférable. Peut-être même qu'elle devrait y rester jusqu'à ce que Noël soit passé et que les habitants de Christmas Street redeviennent comme à Londres où on n'adressait jamais la parole à ses voisins, sauf en cas d'extrême urgence. Quand il n'y avait plus de lait dans le frigo, par exemple. Ou si quelqu'un se faisait assassiner, ce genre de choses.

— D'accord...

Dréa lui souffla un baiser.

— Si tu te sens mieux demain, viens au numéro quatre. Ce sera un peu plus tôt, à 19 heures. Les célèbres biscuits de Noël de Chantal ! Il ne faut pas que tu rates ça. Bourre-toi de médocs si nécessaire, ça en vaudra le coup. Mais ne te mets pas à côté de moi si tu es encore contaminée.

— Berci !

Jess la salua de la main et, une fois ramassés la montagne de mouchoirs et les mugs posés en équilibre sur l'accoudoir de son nouveau canapé, elle se traîna jusqu'à son lit en récitant le mantra que sa maman lui avait répété encore et encore durant les premiers mois, après que St Benedict avait préféré croire en la parole d'une petite terreur de onze ans et non à celle d'une prof de trente et un ans.

Ça ira mieux demain.

Ça ira mieux demain.

Ça ira mieux demain.

4 décembre

— Je vous l'ai déjà dit, je ne veux pas savoir ce que vous vendez !

Jess se composa une expression éberluée pour détourner l'attention de M. Winters de ses genoux qui jouaient des castagnettes. Une joyeuse séquelle laissée par l'Incident du Sandwich au Fromage : trembler comme une feuille dès qu'elle se sentait intimidée. L'autre était un tic nerveux de la paupière, mais il ne se déclenchait que dans les situations les plus extrêmes. Voilà comment son corps réagissait au choc. Heureusement, vu qu'il faisait froid, elle avait une bonne excuse.

M. Winters était dans son jardin. Derrière la clôture blanche, il balayait son allée qui n'en avait pourtant pas grand besoin. Cela concordait avec la taille parfaite de ses haies, la symétrie exemplaire de ses parterres. Cet homme aimait les lignes droites. Peut-être un ancien ingénieur ? Ou un architecte ? Aucune importance. Il était un être humain, et tous les êtres humains avaient un bon fond. Excepté, éventuellement, les tueurs en série.

Sa mère, qui l'avait rappelée ce matin-là pour s'excuser platement du « couac de calendrier », avait raison. Jess se sentait déjà mieux aujourd'hui. Aujourd'hui, elle refuserait de se laisser traiter comme une pestiférée alors qu'elle n'avait rien fait de mal.

Comme pour lui prouver que le monde était plein de jolies choses, quand elle avait ouvert sa porte pour récupérer sa toute première livraison de lait (en vraies bouteilles en verre !), elle avait trouvé aussi une boîte à chaussures remplie de guirlandes de pop-corn et de canneberges avec un petit mot signé « Dréa et compagnie », expliquant que Jess leur avait manqué et qu'ils espéraient que les décorations lui plairaient. Elle les avait suspendues à sa cheminée et, en effet, elles ajoutaient une petite touche cosy à son intérieur qui manquait jusque-là un peu de vie. Cela lui rappela qu'elle était venue habiter ici pour cette raison précise : le voisinage. Et cela renforça sa décision de ne pas repousser à plus tard la restitution de la lettre. Pas alors que des inconnus lui avaient témoigné tant de gentillesse. Donner cette carte à M. Winters serait une forme de renvoi d'ascenseur. Dans cette optique, elle s'était forcée à prendre une douche, avait dompté sa chevelure et modelé sa frange à l'aide du lisseur, et s'était habillée comme si elle y attachait de l'importance. Il fallait parfois œuvrer sur l'extérieur pour que les effets pénètrent en profondeur.

Au lieu de lui fourrer la lettre de Will dans la main et de partir en courant, elle opta pour un sourire affable. Le genre de sourire qu'elle réservait d'ordinaire aux parents soutenant que leur chérubin était incapable de perturber la classe alors qu'il n'y avait en réalité pas plus turbulent.

— Je n'ai rien à vendre, répliqua-t-elle en faisant de son mieux pour invoquer sa Dréa intérieure qui, elle, n'autoriserait jamais personne à lui claquer la porte au nez. Je viens vous remettre votre courrier.

Elle lui présenta l'enveloppe, qu'elle avait repassée parce qu'elle avait quand même encore un peu peur de lui.

M. Winters portait une tenue similaire à celle de la veille, sauf que le pull était bordeaux. Vu la météo, il s'était en outre équipé d'une grosse parka bleu marine et d'une écharpe écossaise vert et bleu nouée autour de son cou. Cela lui allait à ravir et, contre toute attente, adoucissait son regard.

— D'accord, je vois, dit-il, les yeux posés sur l'enveloppe. Cette tâche ne revient-elle pas normalement au facteur ?

Elle la lui tendit, brûlant d'envie de lui révéler que c'était son petit-fils qui lui écrivait ; toutefois, la certitude qu'il ferait une crise d'apoplexie devant cette intrusion (illégale) dans sa vie privée la convainquit de garder l'information pour elle. Elle trouverait un moyen de lui remettre la carte de visite plus tard. Dans sa boîte aux lettres quand il sortirait faire une course... ou alors, s'il lisait la missive tout de suite, elle pourrait la lancer sur la haie et s'exclamer : « Oh, regardez, vous avez fait tomber quelque chose ! » Oui, excellent plan !

— Il l'a déposée chez moi par erreur. (Elle indiqua sa maison à quelques portes de là.) Je m'appelle Jess, au fait. Jess Green.

Il la considéra comme s'il n'avait pas la moindre idée de la raison pour laquelle elle se présentait.

— C'est juste que... (Elle montra l'adresse au dos.) Je connais votre nom, vous voyez. « M. Arnold Winters », énonça-t-elle d'une voix qui aurait été parfaite pour un crieur public, mais moins pour une personne qui essayait de faire ami-ami avec l'ours mal léché du quartier.

Il s'empara de la lettre et la rangea dans sa poche sans même la regarder.

Une minute. Quoi ? Non ! Ce n'était pas censé se passer comme ça ! Il devait l'ouvrir, pour qu'elle lui refile la carte de visite. En plus de ça, elle aurait aimé qu'il la lise devant elle, pour voir sa réaction en apprenant qu'il avait un petit-fils pas loin d'ici qui désirait rebâtir les ponts visiblement coupés entre lui et son fils, le père de Will. Lequel, présumait-elle, habitait à plusieurs centaines de kilomètres, en Écosse. M. Winters portait une écharpe écossaise ; c'était peut-être un cadeau que lui avait fait ce dernier avant l'événement qui les avait séparés. Pas étonnant que ce pauvre vieil homme soit si grincheux ! Il n'avait pas eu de contact avec son fils depuis Dieu seul savait combien d'années. Vingt ? Vingt-cinq ? C'était l'âge où les gens lançaient leur entreprise, non ?

Une vague de désespoir déchira le cœur de Jess. Elle n'allait peut-être pas passer un joyeux Noël, mais quelqu'un d'autre devait avoir cette chance, et subitement, elle désirait à tout prix que ce quelqu'un soit M. Winters. Allait-il ouvrir la lettre ? Il le fallait absolument.

— On dirait une carte de Noël, lança-t-elle.

— Hmmm, grogna-t-il en retournant à sa tâche ; il balayait avec une telle application qu'il apparut à Jess comme une version britannique de M. Miyagi.

— Je ne vous ai vu à aucune des soirées du calendrier de l'avent. Ce soir, on décore des biscuits. Chez Chantal, précisa-t-elle, car la mention de son nom paraissait toujours déclencher une explosion de joie.

M. Winters ne répondit pas.

— Bon, fit-elle après un long silence, tout à fait consciente qu'elle outrepassait les limites acceptables d'un dialogue à sens unique. Vous avez des projets pour les fêtes ?

Il leva les yeux vers elle, avant de reprendre son travail.

— La même chose que d'habitude.

Une réponse ! Elle sauta sur cette aubaine.

— Ah ? Et… euh… vous faites quoi d'habitude ?

— Je me réveille, la journée passe, et je me recouche.

Ah.

C'était grosso modo ce qu'elle avait prévu pour elle le 25. Avec peut-être une boîte de Celebrations, un programme télé sirupeux qui la ferait larmoyer et un plateau de chez Marks & Spencer qui aurait un air de repas de Noël, de telle sorte qu'elle ne mentirait pas tout à fait en disant à ses parents qu'elle mangeait mieux. Cependant, en toute honnêteté, savoir que M. Winters avait le même projet qu'elle rendait la chose déprimante.

— Pas de déjeuner de famille ?

Il lui décocha de nouveau un de ses regards bleus par en dessous, manifestement irrité de la voir encore plantée là. Non, ce n'était pas de l'irritation. C'était de la souffrance.

— Non.

Il fit demi-tour, essaya de glisser ses cisailles dans la même poche que l'enveloppe, n'y parvint pas, regarda sa poche, sortit l'enveloppe, la lorgna d'un œil mauvais, puis remonta la petite allée de briques vers sa maison.

Un désir éperdu de le retenir envahit Jess. Il n'était qu'à deux doigts du bonheur, il lui suffisait d'ouvrir une simple lettre. Elle devait trouver un moyen de l'inciter à le faire. Il saurait alors qu'il n'était pas obligé de passer les fêtes seul, si bien que pour l'un d'eux au moins, ce ne serait pas une journée de tristesse et de solitude.

— Qu'est-ce que vous comptez mettre dans vos parterres ? cria-t-elle à titre d'ultime tentative.

Il s'arrêta, contempla la terre nue, et la ligne de ses épaules s'affaissa. Quand il se retourna, il semblait avoir vieilli de cent ans.

— Je voulais planter des tulipes cette année, mais mes genoux m'en empêchent, alors je vais peut-être les laisser comme ça.

Des tulipes. L'endroit serait magnifique avec des tulipes. Roses, rouges, zébrées, n'importe. L'idée d'y renoncer paraissait l'anéantir.

— Non ! Non, ne les laissez pas comme ça. Je vous aiderai. J'ai des genoux en très bon état.

Elle se lança dans une série de flexions et de fentes pour lui démontrer le fonctionnement optimal de ses genoux, en espérant qu'il ne les entendait pas craquer. Elle n'avait pas fait d'exercice depuis belle lurette.

Il la scruta entre ses paupières, tourna les yeux vers ses parterres, puis la regarda de nouveau.

— Ne proposez pas de faire quelque chose dont vous n'avez pas envie.

— Mais si, j'en ai envie ! Vraiment ! (Elle le fixa droit dans les yeux et baissa sa voix trop aiguë d'une octave.) Vraiment. Je veux vous aider. J'adorerais planter des bulbes de tulipes avec vous.

Il hocha la tête, l'air de se demander s'il devait ou non accepter cette proposition, puis tourna de nouveau les talons sans rien ajouter.

Jess resta immobile un moment, sans trop savoir quoi faire, mais déjà M. Winters gravissait les premières marches de son perron, lui signifiant de toute évidence son refus. Néanmoins, il n'avait pas clairement dit non…

Avant qu'il atteigne la porte, elle prit une voix encore plus grave et déclara, façon *Terminator* :

— OK, Arnold. Je reviendrai.

Elle le regretta aussitôt. Connaissait-il seulement Arnold Schwarzenegger ? En même temps, elle venait déjà de faire une petite séance de gym ridicule devant lui, après lui avoir remis en main propre un courrier qu'elle aurait simplement pu déposer dans sa boîte aux lettres comme toute personne normale. Elle n'était plus à une bizarrerie près.

Il opina, puis rentra chez lui.

Il avait dit oui ! Victoire ! Elle allait l'aider à jardiner, ferait semblant de découvrir la carte de Will, rétablirait l'harmonie dans la vie du vieil homme et grâce à elle, il passerait le plus joyeux de tous les Noëls.

***

Lorsque la porte du numéro quatre s'ouvrit, une énorme bouffée de sucre, de gingembre et d'épices frappa Jess en pleine face. L'extase absolue. C'était comme pénétrer dans une fabrique de biscuits au pôle Nord. Et ce que Jess entrevoyait corroborait cette impression.

— Bonsoir ! fit la jolie métisse qui l'accueillait.

Elle avait un sourire avenant et une chevelure à tomber. Elle était du même âge que Jess, ou un peu plus jeune. Elle portait un legging sombre imprimé de flocons de neige, un haut rouge cerise et un tablier de Noël couvert de glaçage et de traces de mains pailletées. Elle exsudait la gentillesse par tous les pores.

— Entre, je t'en prie. Moi, c'est Chantal. Je présume que tu es Jess, du numéro quatorze ?

Jess acquiesça avec un petit coucou timide.

— Gagné ! J'adore ton tablier.

Chantal baissa les yeux dessus et sourit comme si elle le découvrait à l'instant.

— Il est rigolo, non ?

— Orla Kiely ?

— Non, c'est moi qui l'ai fabriqué. Ma tante m'a envoyé le tissu du Nigéria. Mais tu as raison, ça ressemble à du Orla Kiely. (Elle fronça le nez d'une manière adorable.) Prépare-toi, c'est la folie là-dedans !

Elle fit un pas de côté pour que Jess puisse observer la scène.

On aurait dit un décor de film de Noël. Une rangée de tables à tréteaux trônait au milieu du salon jusque dans l'espace cuisine-salle à manger. Elles étaient recouvertes de nappes en toile cirée rouges et blanches à pois et, bien que Jess soit arrivée à l'heure, grouillaient déjà de visiteurs, jeunes et moins jeunes. Les Gem'n'Emm, venues en nombre, aidaient gaiement leurs enfants à manier la poche à douille, à répartir les perles de sucre argent et or et, bien sûr, les paillettes. Les têtes avaient beau être baissées et la concentration à son maximum, on bavardait et on riait beaucoup. Les participants se montraient leurs réalisations, juste avant de croquer à pleines dents dans l'œuvre d'art comestible à peine achevée.

— Salut, Josh ! fit Chantal en regardant vers la petite allée de briques qui menait à la rue derrière Jess. Zoe ! Eli ! Prêts à décorer quelques pères Noël ?

Un chœur de « oui ! » lui répondit. Jess fit volte-face et se retrouva nez à nez avec un homme extrêmement séduisant. Il était grand comme il faut (pas au point de se choper un torticolis, juste assez pour lui demander d'attraper une boîte sur le rayonnage du haut). Cheveux bruns, courts, nets. Les yeux les plus verts qu'elle ait jamais vus de toute sa vie. Jake Gyllenhaal en plus soigné. Avec une barbe de trois jours.

— Bonsoir, je suis Josh, dit-il en lui offrant une brève poignée de main chaleureuse ; puis il pointa le doigt vers le bout de l'impasse. On est au numéro vingt. N'attends pas trop de notre soirée.

— Jess. Numéro quatorze. Pareil ?

Pourquoi tout ce qu'elle disait sonnait comme si elle mettait des points d'interrogation à la fin de ses phrases ?

Chantal les invita tous à entrer. Tout en guidant les enfants vers deux chaises libres, elle dit à Josh et Jess :

— Je suis sûre que vous allez faire des merveilles. (Elle ajouta d'un ton faussement discret :) Sinon, gare au courroux de Dréa !

— Pardon, qu'entends-je ? fit une voix à l'accent australien derrière eux.

Dréa posa les bras sur les épaules de Josh et de Jess, laquelle se raidit automatiquement et dut résister à l'envie de se dégager.

— Bien, je vois que vous avez enfin fait connaissance, tous les deux.

Ils la regardèrent d'un même air ébahi, puis Josh haussa gentiment les épaules, s'extirpa de l'accolade et s'excusa.

— Bon, je vais m'assurer qu'il reste un peu de glaçage pour les biscuits ! Fiston, décale-toi. Fais une petite place à ton vieux père, tu veux bien ?

Dréa garda son bras sur l'épaule de Jess tandis que Chantal repartait chercher une nouvelle fournée de biscuits dans la cuisine et que Josh croulait sous les attentions des Gem'n'Emm : « Salut, Josh ! » « Ça va, les enfants ? » « Alors, ces préparatifs de Noël ? » « Vous avez besoin de quelque chose ? Des paillettes ? »

— Il est mignon, pas vrai ? chuchota Dréa.

Jess répondit d'un grognement vague qui voulait dire à la fois « Oui » et « Je ne suis pas vraiment en quête de l'âme sœur pour le moment ».

— C'est le plus beau mec de la rue. Et il est célibataire, en plus de ça. Enfin… veuf.

Jess mit la main sur son cœur.

— Oh, mon Dieu, c'est affreux ! Pour lui, évidemment. Et pour les enfants.

Dréa la gratifia de son hochement de tête pragmatique « La vie n'est pas toujours toute rose, miss ».

— Elle est décédée environ un an après la naissance du petit, Eli. C'était donc il y a… quatre ans, je crois. Ou cinq ? Un cancer du col de l'utérus.

— Quelle horreur !

— D'après ce que j'ai entendu dire, c'était, en effet, terrible.

— Tu n'étais pas là ?

— Non, j'habitais à Nottingham à l'époque.

Un petit muscle tressauta en haut de sa mâchoire, comme si la seule mention de Nottingham faisait ressurgir de mauvais souvenirs.

Il y avait une histoire là-dessous, ça crevait les yeux. D'un autre côté, tout le monde avait une histoire, supposait Jess. Heureuse, triste, mystérieuse. Pas uniquement elle, avec son Incident du Sandwich au Fromage, planquée derrière la porte du numéro quatorze. Tout le monde avait ses bagages. Même au joli numéro vingt-quatre où le pauvre M. Winters et ses genoux usés se cachaient en permanence derrière des rideaux hermétiquement clos.

Elle parcourut du regard la multitude de visages, dans le cas peu probable où celui-ci aurait changé d'avis. Certains d'entre eux étaient devenus un peu plus familiers. Les Gem'n'Emm, tout d'abord. Il faudrait quand même faire un effort pour apprendre à les différencier, car elles avaient toutes de jeunes enfants qui se retrouveraient certainement dans sa classe ces prochaines années. Dréa, bien sûr. Et Josh : un nouveau nom à ajouter à sa liste. Qui d'autre connaissait-elle ?

— Bon ! fit la souriante Dréa, revenant à la charge. Viens, je t'installe !

Avant de pouvoir protester, Jess fut tractée jusqu'à l'endroit où Josh supervisait le travail de sa progéniture. L'Australienne ordonna à un type jovial en bleu de mécanicien de lui trouver « une autre chaise, et plus vite que ça, Kev ! » et en moins de temps qu'il n'en faut pour le dire, elle se retrouva assise à côté de Josh, avec Dréa en face d'eux qui l'encourageait lourdement du regard.

— Oh ! là, là ! fit Jess, ignorant les mimiques de Dréa pour observer avec perplexité l'activité intense qui régnait autour des tables.

— Je ne te le fais pas dire, approuva Josh avec une grimace faussement paniquée devant l'impossibilité de rivaliser avec cette soirée.

Il fallait avouer que l'étalage était impressionnant. Ce n'était visiblement pas la première fois que Chantal cuisinait pour un si grand nombre. Il y avait des plateaux de biscuits, nature ou aux épices, de toutes les formes : étoiles, rennes, pères Noël, sapins, cadeaux, bonshommes de neige, cannes en sucre d'orge. Sans parler des montagnes de meringues miniatures rouge et blanc, parfumées à la menthe d'après l'odeur qui s'en échappait. Leur hôte avait dû passer des jours entiers en cuisine.

Cette dernière apparut justement à cet instant, apportant à Jess trois petites poches à douille remplies de glaçage rouge, vert et blanc.

— Il y a d'autres couleurs sur la table. Des paillettes, des mini-flocons de neige, tout ce que tu veux. Amuse-toi bien !

Jess n'en revenait pas.

— Elle est toujours aussi incroyable ? demanda-t-elle à Josh.

— Et encore, ce n'est qu'un échantillon. Tu devrais voir son stand au festival d'été ! Personne ne fait mieux qu'elle, alors n'essaie pas, et profite, tout simplement ! (Il sourit puis examina le plateau de biscuits devant eux.) Tiens, dit-il, lui en donnant un en forme d'ange. Il m'a l'air bien pour commencer, celui-là.

Lorsque leurs doigts se frôlèrent, Jess rougit.

Quelle nunuche !

Elle baissa le nez vers son ange qu'elle s'appliqua à habiller d'une robe blanche, avant d'y adjoindre un liseré vert, des yeux assortis, un sourire et des cheveux rouges. Puis elle leva la tête à la recherche de paillettes, trouva des vermicelles multicolores et les utilisa à la place.

— Waouh ! s'exclama Josh. Zoé, Eli, regardez ça ! Jess s'est mieux débrouillée que moi, hein ?

Il leur montra son œuvre. C'était un père Noël. Enfin, en théorie. Sa ceinture était de travers, son pantalon vert et sa barbe, bleue. Un élève de Jess n'aurait pas fait pire. Elle le trouva génial, et la partie d'elle-même qui savait Josh célibataire exécuta un petit saut périlleux, un peu bancal après tous ces mois d'inactivité.

Les enfants rirent du biscuit de Josh et poussèrent des oh ! et des ah ! devant celui de Jess.

— Il est magnifique, le rassura-t-elle.

— Menteuse !

Ils échangèrent un sourire.

Elle repiqua aussitôt un fard. *Espèce de gourde !*

— Où as-tu appris à décorer aussi bien ?

— Je suis prof d'arts plastiques. Pour les petits. À l'école primaire. Celle qui est juste à côté.

Elle pointa le doigt dans la direction présumée de l'établissement. *Mais arrête de parler !* s'ordonna-t-elle.

— Pas étonnant que tu aies tant de talent ! On en a, de la chance, pas vrai, les enfants ? On a la prochaine... euh, voyons voir, un artiste célèbre... Picasso ? Manet ? Monet ?

Jess ricana et piocha un biscuit en forme d'étoile. C'était plus facile que de regarder Josh, parce que chaque fois qu'elle croisait son regard, sa Jess intérieure ne cessait de la bourrer de coups de coude approbateurs.

— Je crois que mes chances de dépasser ces maîtres avec du glaçage et des vermicelles sont assez minces.

— Je ne sais pas... (Il fit semblant d'examiner le biscuit avec un monocle, et reprit avec un accent tout droit sorti de Buckingham Palace :) Je trouve que les vermicelles se prêtent à merveille au style impressionniste.

Elle contint son hilarité pour répliquer d'un ton tout aussi snob :

— Pour ma part, j'estime qu'ils conviendraient mieux au pointillisme.

Il arqua le sourcil.

Elle arqua le sien.

— Quand vous aurez fini de flirter, tous les deux, vous pourrez me passer une poche de glaçage blanc ?

Ils tournèrent la tête. De l'autre côté de la table, une femme aux cheveux blancs et aux yeux bruns les considérait avec une expression amusée mais impatiente. Dréa aussi les fixait du regard. Jess se souvint que celle-ci lui avait parlé de cette dame l'autre soir. À l'instant même où son nom lui revenait sur le bout de la langue, Josh lui donna la poche à douille, puis adressa à Dréa un hochement de tête dont Jess ne comprit pas le sens.

— Bien sûr, Martha. Excusez-moi de l'avoir monopolisée.

Martha Snodgrass ! Évidemment ! Inoubliable, ce nom.

— Mais non, je disais juste ça pour vous taquiner. Martha Snodgrass, se présenta-t-elle à Jess en s'inclinant avec distinction, les mains trop prises pour faire plus.

— Jess Green.

— Ah ! la nouvelle, celle du numéro quatorze ?

— Celle-là même.

Jess sourit, un peu déroutée que tout le monde semble la connaître. Elle était à peu près certaine que ses voisins de palier à Londres n'étaient même pas au courant de son existence.

— Si je puis me permettre, je crois que nous avons gagné au change avec toi.

— Ah ?

Jess redressa le dos. Elle ne savait rien des précédents occupants de sa maison, mis à part qu'il s'agissait d'un couple qui, en attente de son deuxième enfant, souhaitait s'éloigner de la ville pour disposer d'un plus grand jardin.

— La musique, expliqua Martha. Ils en passaient constamment.

Josh rigola gentiment.

— Ce n'est pas la musique en elle-même qui vous dérangeait, Martha, c'est plutôt le style.

Elle approuva, les lèvres pincées, tout en déposant d'une main experte une goutte de glaçage au sommet de son sapin aux épices.

— Il y a une différence entre musique et pollution sonore, assena-t-elle en collant une petite étoile dorée par-dessus.

— Vous n'avez sans doute pas tort, concéda Jess sans trop comprendre.

Sa voisine détourna l'attention de Martha en la consultant sur des flocons de neige miniatures dont elle avait besoin, et Josh se pencha vers Jess, l'enrobant d'un nuage parfumé à l'orange et au clou de girofle.

— Elle loue une chambre à un musicien qui joue dans un groupe. Tyler. Tout le monde s'étonne qu'elle ne l'ait pas encore flanqué à la porte.

Jess se contenta de hausser les épaules. Peut-être que Martha se sentait seule et qu'elle préférait encore avoir quelqu'un de qui se plaindre, plutôt que personne. Elle songea aussitôt à M. Winters et se demanda si… Non. Elle ne s'improviserait pas entremetteuse. Elle ne s'immiscerait plus dans la vie privée des gens. Elle avait retenu la leçon. Dans la douleur.

— Alors, jeune fille, qu'as-tu prévu de beau à Noël ?

Jess se trémoussa sur sa chaise, gênée, tandis que les regards alentour convergeaient sur elle.

— Ben, c'est-à-dire que…

— Hmm, fit Martha en plissant les paupières. Oui, moi aussi. Peux-tu me passer les vermicelles, s'il te plaît ? (Les ayant obtenus, elle se racla la gorge.) EmmaGemma, martela-t-elle à l'adresse des femmes qui attendaient toujours la réponse de Jess, pourriez-vous me redire quels sont les jours de collecte des recyclables, déjà ? Ça n'arrête pas de changer.

Jess sourit. Martha avait fait diversion dès l'instant où elle avait perçu son embarras. Elle lui devait une fière chandelle. Mais pour l'heure, elle avait surtout envie de partir avant qu'on ne la questionne davantage.

Après avoir décoré quelques biscuits supplémentaires et été invitée par Martha à boire un sherry devant le discours de la reine le jour de Noël, Jess profita d'une discussion houleuse entre Dréa, Josh et sa fille sur la possibilité de transformer un renne en licorne pour se couler hors de son siège. Elle remercia Chantal pour cette soirée formidable puis, aussi discrètement qu'elle le pouvait, elle regagna le numéro quatorze avec ample matière à réflexion. Une part d'elle-même était tombée sous le charme de Josh. Ses joues empourprées en témoignaient. Mais elle rougissait aussi quand elle mentait, alors était-elle vraiment attirée par lui ou bien se mentait-elle à elle-même ? Le regard aiguisé de Dréa avait fait la navette entre lui et elle toute la soirée. Celle-ci, une fois n'est pas coutume, s'était d'ailleurs montrée très effacée. Trop effacée, même. Quel stress, de se faire de nouveaux amis ! Elle voyait ça sans arrêt dans la cour de récréation, quand arrivait un petit nouveau, seul, effrayé et bien trop prompt à se lier d'amitié avec le premier qui lui manifestait un tant soit peu d'attention ; et soudain, patatras ! il se rendait compte de son erreur. Il aurait dû faire preuve de patience. Attendre le camarade qui, même s'il ne semblait pas le choix le plus évident de prime abord, lui aurait offert au bout du compte une amitié gratifiante et sincère. Peut-être Jess n'était-elle qu'un pion dans le plan machiavélique de Dréa visant à prendre le contrôle de Boughton et à y instaurer un Noël permanent ? Christmasville : là où joie et bonne humeur étaient une obligation. Ce qui contraindrait Jess à partir, tant elle avait du mal à positiver ces derniers temps.

Elle pensa alors à M. Winters qui, une fois de plus, avait été aux abonnés absents.

Chez Chantal étaient venues des personnes que Jess n'avait jamais vues auparavant, donc s'il y avait une soirée à laquelle il aurait dû participer, c'était celle-ci. Peut-être qu'il n'aimait pas se mélanger, tout simplement.

Elle colla le nez à sa fenêtre et contempla la maison obscure au fond de l'impasse. Quelqu'un qui n'aimait pas les gens n'accepterait jamais qu'une parfaite inconnue l'aide à planter ses tulipes. Un petit « Ah ah ! » résonna en son for intérieur. M. Winters avait la main verte. Et les jardiniers, aussi revêches qu'ils paraissent en surface, avaient le cœur tendre, à l'instar des meilleurs chocolats. Sinon pourquoi Cadbury aurait baptisé sa fameuse boîte de chocolats du nom de « Roses » ? Elle ouvrit un moteur de recherche et saisit plusieurs mots clés avec pour objectif de déterminer à quelle espèce de rose correspondait M. Winters, espérant en dépit de tout qu'elle ne se berçait pas d'illusions et que sous ses dehors épineux se cachait bel et bien une fleur digne d'être découverte.

5 décembre

— Youhouuuuuuu !

Dréa. Qui d'autre ?

— Jess ? (Un léger tambourinement à la porte, suivi de trois coups de sonnette.) Jessica, ouvre ! Il faut qu'on parle de ce que tu feras le quatorze.

Oh non ! Jess sentit tous ses poils se hérisser. Elle n'avait toujours pas eu d'inspiration pour sa soirée. Elle ramena ses pieds sur le canapé et coupa le son de la télé.

— Jess ? J'ai une assiette de biscuits et j'ai terriblement besoin d'une tasse de thé pour les accompagner.

Elle se creusa les méninges pour trouver une idée, n'importe laquelle. Enfin non, pas n'importe laquelle, une idée qui en mette plein les yeux. C'était peine perdue. Rien de brillant ni d'époustouflant ne traversa son esprit. Elle se recroquevilla un peu plus dans les coussins.

— Jessica ! (Dréa s'esclaffa à travers le volet de la trappe à lettres.) Je t'ai vue ! Tu veux bien ouvrir cette fichue porte ? Il gèle dehors !

Honteuse, Jess se leva et alla lui ouvrir.

— Désolée, je…

— Mais enfin, qu'est-ce qui t'arrive ? Tu es encore enrhumée ? Tu semblais en forme hier. (Elle jeta un regard à l'intérieur et afficha une mine dégoûtée.) Ben mon vieux ! Surtout ne me dis pas que tu as fini de tout aménager. C'est quoi cette déco ? Minimalisme hétéroclite ? Auquel cas, navrée de te l'annoncer, miss, mais c'est un bide.

Si quiconque de son ancienne vie avait formulé une telle critique, Jess aurait pris la mouche. Mais bizarrement, venant de Dréa, ce n'était qu'une simple constatation. Et elle avait raison. Jess n'avait fait aucun effort pour rendre sa maison plus accueillante. L'agence immobilière l'avait appelée un peu plus tôt pour récupérer le panneau « À vendre ». Son interlocutrice avait l'air si débordée, à la veille de s'envoler pour un séjour de trois semaines sur quelque plage ensoleillée, que Jess lui avait répondu que rien ne pressait : elle s'était déjà chargée d'arracher le panneau, ça pouvait attendre la nouvelle année. Un mensonge éhonté. Elle n'avait rien arraché du tout. Et elle n'en avait pas l'intention. Pas avant d'avoir entamé son futur boulot et de savoir si elle se sentait capable de continuer. Comme ça, elle éviterait à l'agence d'avoir à en mettre un nouveau.

Invitant Dréa à entrer, Jess se dirigea vers la bouilloire électrique.

L'Australienne la suivit avec l'assiette de biscuits. Des restes de la veille, décorés par plusieurs personnes différentes d'après leurs esthétiques pour le moins variées.

— Bon, fit Dréa en tapotant la table d'un ongle rouge laqué. Assieds-toi, et parle.

— Je croyais que c'était toi qui voulais parler, grogna Jess dont le ton boudeur ne seyait guère à une femme de trente et un ans s'adressant à sa nouvelle voisine (sa nouvelle amie ?) ; elle secoua la tête. Excuse-moi, c'est seulement que…

— Pourquoi es-tu venue habiter ici ?

— Je te l'ai dit, non ?

— Non.

Ah. Elle aurait peut-être dû rédiger une petite présentation et la glisser dans toutes les boîtes aux lettres le jour de son arrivée. Voire s'inventer un nouveau passé. Leur raconter qu'elle faisait partie d'un programme de protection des témoins ; quoique, le crier sur tous les toits ruinerait tout l'intérêt du concept. Elle éprouvait le besoin de se créer un alibi, une couverture pour pouvoir vivre au milieu de cette incroyable brochette d'individus merveilleusement normaux menant leur petite vie tandis qu'elle s'efforçait de reprendre la sienne en main.

Dréa attendait sa réponse d'un air bienveillant. Elle était du genre autoritaire, certes, mais Jess voyait en elle une alliée. Se confier à elle contribuerait peut-être à alléger en partie l'angoisse qui la rongeait.

La bouilloire électrique s'éteignit avec un clic.

— Allez, fit l'Australienne en indiquant de la tête le comptoir de la cuisine. Verse-nous une tasse de thé. Bien fort pour moi, s'il te plaît. Ensuite tu t'assiéras et tu déballeras tout à tatie Dréa.

Une heure plus tard, Jess se sentait mille fois mieux qu'en se réveillant ce matin-là. Ragaillardie, même. C'était peut-être les quatre biscuits et les deux tasses de thé qu'elle avait ingurgités, mais surtout, c'était grâce à Dréa qui avait réussi, contrairement aux parents de Jess, à mettre les choses en perspective. Et ce, bien qu'elle soit restée un peu floue sur les vrais tenants et aboutissants du problème. « Besoin de changer d'air. » « Perdu de vue ce qui importait réellement. » « Pas normal que les parents aient leur mot à dire sur le programme. »

Bon, d'accord : elle avait menti.

Elle avait raconté qu'elle avait eu un accrochage avec un élève (vrai) et avec les parents de celui-ci (vrai) au sujet d'une note (faux), et que les parents avaient menacé de porter plainte à moins que Jess ne soit renvoyée (vrai), mais qu'un compromis avait été obtenu grâce à la médiation d'un autre parent du conseil d'établissement, juge dans la vraie vie (une épouse Numéro Un), et que Jess avait finalement pris la porte de son plein gré (en partie vrai).

— Le truc, c'est que s'ils avaient vraiment voulu porter plainte, ils l'auraient fait, disait Dréa avec une force de conviction que Jess trouvait rassurante. Ils m'ont l'air assez riches et assez stupides pour mettre leur menace à exécution. Vu qu'ils ont cédé, j'imagine que l'école a dû leur démontrer qu'ils ne pourraient pas gagner. Ce qui veut dire que tu avais raison sur toute la ligne, mais qu'ils – les parents – tenaient à ce qu'on te punisse pour l'exemple, histoire de satisfaire leur ego et de ne surtout pas admettre qu'ils avaient passé leur vie à élever un petit merdeux.

Jess acquiesça. C'était plutôt bien résumé, si on omettait le fait que le désaccord ne portait pas sur les notes de Crispin.

Quant à elle, on lui avait donné le choix entre partir sans faire de vagues avec une lettre de recommandation neutre, ou ruer dans les brancards et se faire virer pour incompétence, sans recommandation. Ils se doutaient qu'elle opterait pour la première solution. Elle n'avait que trente et un ans et ils savaient très bien qu'elle n'avait jamais envisagé d'autre métier que l'enseignement.

— Les gens comme ça me dégoûtent. (Dréa essuya avec délicatesse une miette au coin de ses lèvres parfaitement maquillées.) Ils recourent à l'intimidation pour couvrir leur inaptitude à élever leurs enfants correctement, et ils trouvent ça normal. Comme si distribuer des billets pouvait faire oublier qu'ils ont fabriqué un sale mioche.

— Oh, tu sais…

Jess voulait protester mais n'y parvint pas. Crispin Anand-Haight avait été un des élèves qu'elle appréciait le moins, et de loin. En huit ans de carrière, durant lesquels elle avait vu passer dans les deux mille élèves. Donc… elle était plutôt d'accord avec Dréa sur ce coup-là.

— J'aimerais juste tirer un trait sur cette affaire, tu comprends ? Commencer ma nouvelle vie sans avoir à traîner les casseroles de l'ancienne.

Dréa ricana.

— Alors là, je te souhaite bonne chance !

Elle continua à pouffer, prit une gorgée de thé, s'étrangla dessus, essaya à grand bruit de ne pas tout recracher, et finit par s'en remettre, avant de repartir aussitôt en fou rire.

Ce n'était pas si drôle. Message reçu cinq sur cinq : tout le monde avait un passif. Mais comment faire pour se débarrasser de ce poison qui vous dévorait de l'intérieur ?

— Il y en a qui surmontent bien pire, conclut Dréa. Tu t'en relèveras, miss.

Jess s'empêcha de répliquer qu'à ses yeux, voir sa réputation professionnelle entachée à tort se plaçait relativement haut sur la liste des pires choses qui pouvaient arriver, et se borna à décapiter un bonhomme aux épices d'un coup de dents. Ressasser le passé ne changerait rien à sa situation, après tout.

— Et toi ? demanda-t-elle à Dréa une fois sa bouchée avalée.

— Quoi, moi ?

L'attitude décontractée de l'Australienne s'était crispée et tendait soudain vers la défensive.

— Pourquoi es-tu venue habiter ici ? Tu vivais à Nottingham avant, tu m'as dit.

— Ah, oui. Nottingham, répéta-t-elle d'un ton léger. Le Melbourne de l'hémisphère Nord.

La surprise donna à Jess un double menton.

— Je plaisante ! (Dréa reprit une gorgée de thé, pensive.) Disons seulement que Nottingham était un chapitre de ma vie que j'aurais pu me passer d'écrire.

Elle préleva un biscuit en forme de flocon de neige et entreprit de retirer les vermicelles un par un du bout de l'ongle, les alignant méticuleusement sur le torchon que Jess lui avait prêté en guise de serviette.

— Tu viens de Melbourne, donc ?

Dréa fit oui de la tête.

— C'était quand, ton dernier voyage là-bas ?

— Il y a quatre ou cinq ans environ. Pas depuis que j'habite ici. (De nouveau, cette note défensive dans sa voix.) J'aurais dû y retourner. Pas définitivement, je suis heureuse ici, mais… J'ai raté certains moments avec mon fils qu'une mère ne devrait pas manquer.

Un autre vermicelle fut délogé du biscuit. Jess laissa en suspens la question suivante, évidente.

— Les hommes, avoua finalement Dréa. Enfin, un homme dans le cas de Nottingham, mais… (Elle fit un mouvement du bras devant elle, comme si elle effaçait une ardoise.) Ce sont eux qui sont à l'origine de la plupart de mes problèmes.

Jess se tut. Le silence était sa meilleure tactique pour pousser les enfants à dire la vérité, quand ils essayaient de couvrir une bêtise en racontant n'importe quoi. Non qu'elle soupçonnât Dréa de lui mentir, quoique… on ne pouvait être sûr de rien.

— Qu'est-ce que tu as pensé de Josh ? interrogea celle-ci, changeant de sujet ; elle prenait l'air innocent mais son regard la trahissait.

— Il est sympa, répondit Jess avec prudence, ne sachant si elle avait affaire à de la simple curiosité ou si Dréa avait elle-même des vues sur lui. Et très beau mec, effectivement.

— Tu m'étonnes ! (Dréa baissa le nez sur son flocon de neige où les vermicelles se raréfiaient de plus en plus.) Tu n'aimerais pas en faire ton quatre-heures ?

— Quoi ? Au secours ! Non ! Je n'aimerais faire mon quatre-heures de personne !

Dréa leva les yeux au ciel.

— Tu es une petite chose délicate, toi, non ? Ce que je voulais dire, c'est seulement que cet homme est disponible, et que tu es prof, donc facile pour toi de mettre ses enfants dans ta poche, et…

— Ce n'est pas parce que je suis prof que j'ai envie de sortir avec un homme qui a des enfants !

Intéressant. Elle n'avait jamais eu conscience qu'il s'agissait d'un de ses critères.

Dréa ouvrit la bouche ; on aurait dit que plusieurs phrases se bousculaient pour être la première à sortir. Aucune d'elles ne gagna la bataille.

Jess répondit à la question que, à l'évidence, son amie n'osait pas poser :

— Oui, je souhaite avoir des enfants à moi un jour, mais pas tout de suite. Et non, je ne cherche pas de copain, qu'il soit veuf, célibataire, marié, papa ou non, canon, hideux ou autre. Je veux être seule. Pour ce qui est du quatre-heures…

La vérité, c'est que le contact physique la mettait mal à l'aise ces derniers temps. Comme si l'Incident du Sandwich au Fromage lui avait provoqué une espèce de stress post-traumatique. Elle se revoyait serrer les bras de Crispin avant que le poing du gamin ne la percute en plein dans… ouch ! Elle préférait ne pas y penser.

— Je devine qu'il y a un ex, et qu'il t'en a fait voir de toutes les couleurs.

Jess se surprit à ricaner. Sa rupture avec Martin n'avait étonnamment pas grand-chose à voir avec son état d'esprit actuel.

— À vrai dire, je pense si peu à lui que c'en est presque inquiétant.

C'était en effet étrange. Elle avait éprouvé des sentiments pour lui, au point d'emménager ensemble. Elle avait même cru l'aimer. Ils avaient des goûts identiques en matière de restaurants, de films, de jeux de société. Ils ne vivaient pas l'un sur l'autre, comme ses parents, ce qui n'était pas une mauvaise chose. C'était une relation sans prise de tête, bien que sans passion, Jess s'en rendait compte à présent. En réalité, ils étaient tous deux pris par un rythme de vie trépidant centré sur leurs carrières professionnelles. Ils ne se croisaient pas très souvent en dehors des soirées où ils étaient tous les deux invités, lesquelles n'étaient guère fréquentes. Jess se levait à 5 h 30 presque tous les matins, partait au travail moins d'une heure plus tard et ne rentrait pas avant 19 ou 20 heures, quand elle avait fini de préparer les devoirs à noter ou les cours pour le lendemain. Martin, agent immobilier londonien, avait des horaires on ne peut plus irréguliers et comme sa devise était « on n'a jamais trop de contacts », il était en permanence en représentation (traduction : au pub).

— J'aime bien quand il dit « fiston ».

Jess cligna des paupières, déroutée.

— Pardon ?

— Josh, expliqua Dréa en ôtant le tout dernier vermicelle du biscuit – un rouge. Quand il s'adresse à Eli, il l'appelle « fiston ». « Viens, fiston. » « Pose ça, fiston. » « Bien joué, fiston. » J'aime bien.

Elle avait les yeux dans le vague, comme si elle s'imaginait parler ainsi à son propre enfant.

— Le père de ton fils ne s'est pas impliqué dans sa vie ?

— Nan, fit-elle avec un geste dédaigneux.

— Il te manque ?

— Qui ça ?

— Ton fils.

Le regard de Dréa s'éteignit un instant, puis elle s'ébroua.

— Bien sûr, oui, mais c'est un homme maintenant. Il n'a pas besoin que sa maman le flique depuis l'autre bout de la planète, tu crois pas ?

Jess plissa le nez.

— Parce que tu l'as déjà fliqué ?

Dréa secoua la tête, haussa les épaules.

— J'étais... Je... je n'étais pas toujours très cohérente avec lui.

— Comment ça ?

— J'étais hyper-étouffante sur certains trucs, et sur d'autres je lui disais de se démerder tout seul. Généralement parce que j'avais un copain à qui j'essayais de faire plaisir.

Jess la regarda d'un air interrogateur.

— La plupart des hommes, d'après mon expérience, ont du mal avec les enfants d'un autre. Bref... J'aurais pu mieux faire. (Son nez remua comme si elle s'efforçait de retenir ses pleurs, et elle s'attaqua aux vermicelles d'un autre biscuit.) Je n'ai pas lâché sur l'essentiel, cela dit. L'école, les bonnes manières, les responsabilités. Et il a réussi. Il a trimé dur pour terminer ses études de droit sans que je sois là à le harceler ou à le surprotéger. C'est un chouette gamin, même si je ne suis pas très objective.

— Il s'appelle comment ?

— Spencer.

Elle prononçait son prénom avec tant d'amour, de nostalgie et de regret que Jess en eut les larmes aux yeux.

— J'adorerais le rencontrer un jour.

Dréa s'éclaircit la gorge et affronta enfin son regard.

— Avec un peu de chance, ce sera très bientôt.

— Vraiment ?

La perspective de rencontrer l'avatar masculin de Dréa la mettait curieusement en joie.

— Oui, ce Noël. Oh, écoute, ce n'est pas encore sûr, mais... Bon, voilà, je lui ai envoyé un billet d'avion. Pour venir ici. Voir ma nouvelle maison, faire la connaissance de mes amis.

Elle lui adressa un sourire complice qui renforça d'emblée l'amitié qui semblait naître entre elles.

— Et pourquoi ce ne serait pas sûr ?

— Je lui en envoie un chaque année.

— Waouh. C'est gentil de ta part. Et… ?

Dréa se racla de nouveau la gorge, reposa son biscuit et repoussa l'assiette.

— Il n'est jamais venu.

Ah.

— Il… (Dréa tapota la table de ses ongles.) Quand je suis partie, c'est devenu un peu… compliqué entre lui et moi.

Jess se leva, remit la bouilloire à chauffer et s'accouda au comptoir de la cuisine pour l'écouter poursuivre.

— Quand j'ai eu Spence, je n'étais pas la personne sûre d'elle et posée que tu as devant toi. J'étais une enfant, pour ainsi dire. Mes parents m'ont virée de la maison. Ils étaient de la haute, tu comprends : pas question pour eux de garder une jeune débutante de seize ans enceinte sous leur toit. Je n'avais aucun espoir d'obtenir de l'aide de mon copain parce que c'était un vrai crétin, mais ça ne m'a pas empêchée d'enchaîner les histoires nulles jusqu'à ce que j'aie enfin un peu plus de plomb dans la cervelle.

— Ils t'ont virée de la maison ? s'indigna Jess, incapable d'imaginer ses parents la traiter de la sorte. Qu'est-ce que tu as fait ?

— La seule chose que je savais faire, répondit Dréa sans un zeste d'humour. J'ai dansé.

— Hein ?

Elle essaya de se la représenter en collant et justaucorps à paillettes, et s'étonna d'y arriver sans peine.

— Du pole-dance, miss. Depuis toute petite je prenais des cours de danse classique, jazz, moderne, tout le tintouin. Après la naissance de Spence, j'ai transposé ma technique à la barre verticale.

Jess visualisa des hommes glissant des billets de banque dans le string d'une jeune mère de seize ans, et en eut des frissons. Dréa le remarqua et précisa d'un air vexé :

— Je ne travaillais que dans les clubs où il était interdit de toucher les danseuses et où les videurs étaient les plus imposants, et seulement jusqu'à ce que j'aie économisé assez pour réaliser mon vrai projet.

— C'est-à-dire ?

— Du coaching sportif. Du fitness.

Jess inclina la tête, attendant des détails. Dréa regarda par-dessus son épaule comme si elle s'apprêtait à révéler un secret honteux.

— As-tu entendu parler du « Bondi Beach Body » ?

Jess acquiesça. Tout le monde en avait entendu parler. Cette discipline avait éclipsé la Zumba, le Soul Cycle et toutes les autres vogues du même acabit. Amanda s'y adonnait régulièrement avant le travail. Elle appelait ça « les fentes de la mort », mais elle avait des jambes magnifiques.

— C'est moi, confia Dréa.

— Quoi ? (Jess faillit en recracher son thé.) C'est toi qui l'as inventé ?

L'Australienne confirma d'une inclinaison de la tête. Son expression disait qu'elle avait bossé dur pour en arriver là.

— Waouh, c'est extraordinaire !

— Et pourtant, je ne l'étais pas tant que ça quand on pense à tous les abrutis avec qui je suis sortie à cette époque. À la mère que j'aurais dû être si je n'avais pas été aussi obnubilée par ma quête de l'homme idéal. Spence a grandi en étant obligé de gérer pas mal de choses par lui-même. Trop pour un enfant. (Elle poussa un gros soupir et sourit tristement à Jess.) Heureusement, l'histoire se termine bien. Enfin, à peu près. J'ai largué le tout dernier il y a deux ans. À Nottingham.

— Mais tu n'es pas retournée en Australie depuis ?

Dréa jeta à la poubelle son biscuit désormais tout nu.

— Je crois qu'il y a eu assez de confidences pour aujourd'hui, miss.

Donc, la réponse était non.

— Je suis sûre que tu t'es mieux débrouillée que tu ne le penses, affirma Jess, tentant de relancer la conversation.

— Avec Spence ? (Dréa choisit un biscuit en forme d'étoile.) Oui, c'est quelqu'un de bien, à l'arrivée. Il sait distinguer le bien du mal quand il le faut. (Elle fronça le nez et se remit à dépouiller le biscuit de ses vermicelles.) Il n'a pas eu le meilleur des exemples en matière de vie amoureuse, par contre. (Elle leva les yeux vers Jess.) J'aimerais pouvoir revenir en arrière, assister à sa remise de diplôme, l'aider à s'installer dans son appart, rencontrer sa copine, mais je ne l'ai pas mérité. Je n'ai pas non plus gagné le droit d'implorer son pardon. Ce serait trop de pression à mettre sur ses épaules. Il a le billet d'avion, à lui de décider.

— Tout le monde fait des erreurs.

— Tout le monde n'accepte pas de suivre un mec qui veut s'expatrier alors que leur gamin n'a pas encore fini ses études.

— Je suis certaine que tu avais tes raisons. La mère de Barack Obama l'a bien confié à ses grands-parents quand elle s'est remariée, non ? Il s'est en pas si mal tiré !

— Elle est morte d'un cancer longtemps avant qu'il devienne président. (Elle fixa Jess d'un air entendu, puis se passa la main dans les cheveux.) Écoute, la vérité, c'est que… je suis très forte pour donner des leçons de vie aux autres, mais moi, j'ai très mal défini mes priorités. C'est Spencer qui aurait dû être l'homme le plus important pour moi dès le départ.

— Il sait sûrement que tu l'aimes.

Dréa émit un son étranglé.

— Ça, je n'en suis pas si convaincue.

Le cœur de Jess se serra. S'il y avait une chose dont elle était sûre, c'était l'amour de ses parents.

— Ce billet, il est pour quelle date ?

— Entre maintenant et Noël.

Jess déglutit. Il avait dû lui coûter une fortune. D'un autre côté, si c'est elle qui avait créé le Bondi Beach Body, elle en avait sans doute les moyens. Ce qui soulevait une question : pourquoi habitait-elle dans ce quartier, charmant certes, mais pas franchement huppé ?

— Pourquoi tu ne rentres pas en Australie ? choisit-elle plutôt de demander. Tu peux toujours vivre dans une autre ville si tu ne veux pas trop le coller.

Dréa prit une brève inspiration et secoua la tête.

— Je préférerais que Spence ait envie de venir, tu comprends ? De sa propre volonté. J'aimerais qu'il sache que je suis une maman normale, maintenant. Avec une vie normale.

Tout à coup, le calendrier de l'avent grandeur nature prit tout son sens. Dréa offrait un tribut aux dieux des miracles de Noël afin d'en obtenir un à son tour.

— Alors je vais croiser tout ce que je peux pour toi, déclara Jess en joignant le geste à la parole.

Soudain, son sang se glaça.

— Je suis vraiment désolée, Dréa, il faut que je me sauve.

— Euh, d'accord. (L'Australienne la scruta d'un air dubitatif.) Je ne savais pas qu'il y avait des horaires si stricts pour glandouiller sur le canapé.

— Non, excuse-moi, ce n'est pas ça. C'est… c'est M. Winters.

— Hein ? Du numéro vingt-quatre ?

— Oui. Je lui ai promis de l'aider à planter ses bulbes de tulipes.

Dréa la regarda de travers.

— Et à quelle occasion cet arrangement a été conclu ?

Jess lui dévoila en quelques mots comment elle avait reçu la carte de vœux, l'avait ouverte par accident, l'avait lue, s'était sentie terriblement coupable et avait essayé de camoufler sa bêtise.

— Ce que je n'aurais jamais dû te raconter, parce que maintenant on est deux à être au courant alors qu'on ne devrait pas, et M. Winters, lui, ne sait rien.

— Sauf s'il a ouvert la lettre.

— Pas faux. Mais même dans ce cas, je le vois mal aller chercher sur Internet les coordonnées de l'entreprise de Will. Il a besoin de sa carte de visite pour entrer en contact avec lui. (Elle se sentit soudain nauséeuse.) Et si la carte l'avait fait sombrer dans la déprime ? En réveillant des souvenirs de son fils, en lui apprenant qu'il avait deux petits-fils dont il avait ignoré l'existence pendant toutes ces années ?

— Il va falloir que tu répares ça. (Le ton catégorique de Dréa lui indiquait qu'elle n'avait pas le choix.) S'il a une chance de renouer avec sa famille, tu dois te débrouiller pour que ça arrive.

Intéressant comme injonction, de la part de quelqu'un qui résolvait ses problèmes familiaux par la méthode du « Je propose, tu disposes ».

— Mais comment ?

— Ça, c'est ta responsabilité, miss. (La mine de Dréa s'assombrit.) Mais si cet homme n'organise rien pour son jour du calendrier de l'avent, je l'aurai très mauvaise, et c'est toi que je jugerai coupable.

Elle décocha à Jess un adorable sourire étincelant, le sourire d'une femme capable d'enchaîner un millier de fentes sans ressentir la moindre douleur, et elle ajouta :

— Pas de pression !

Après le départ de Dréa, Jess fila sous la douche, passa un peigne dans ses cheveux, glissa un bandeau sur son crâne pour ne pas avoir à dompter sa frange récalcitrante, le retira, mit son bonnet à pompon à la place, puis se rendit au fond de l'impasse au pas de course. Elle frappa à la porte du vingt-quatre mais seul lui répondit un silence assourdissant. Elle refit une tentative. Toujours rien. Elle jeta un coup d'œil par la fenêtre. Non, aucun signe de vie à l'exception d'un gros siamois aux yeux bleus, qui remua la queue d'un air dédaigneux à son adresse avant de quitter la pièce.

Les épaules basses, se reprochant d'avoir déçu non seulement le vieil homme mais le voisinage tout entier, Jess rentra chez elle en réfléchissant aux moyens d'attirer M. Winters hors de sa maison et surtout, de le convaincre qu'inviter tous les habitants du quartier pour le réveillon était une bonne idée.

6 décembre

À : WillWinters@LeJoyeuxTraiteur.com
De : JessGreen2000@gmail.com
Objet : Votre carte de vœux

Cher M. Winters,
Supprimer supprimer supprimer
Cher Will (puis-je vous appeler Will ?),
Supprimer supprimer supprimer

Cher Will,

Permettez-moi de me présenter. Je m'appelle Jess(ica) Green. J'habite au 14 Christmas Street, dans la même rue que votre grand-père, M. Arnold Winters.

Comment suis-je au courant qu'il est votre grand-père, vous demandez-vous peut-être ? Bonne question. C'est une histoire assez cocasse, en fait. Le facteur a déposé par erreur votre courrier chez moi, et toute à ma joie de recevoir une carte de vœux à ma nouvelle adresse, je n'ai pas pris le temps de vérifier le nom de l'expéditeur (ni celui du destinataire, vous l'aurez compris), et... euh... je l'ai lue.(Mille excuses, vraiment, pardon, je sais que c'est illégal, ne portez pas plainte, je vous en prie, c'était une simple méprise.)

J'ai tout de suite apporté la lettre à votre grand-père, mais j'avais malheureusement recollé l'enveloppe sans le carton contenant vos coordonnées. Comme votre grand-père est premièrement d'un certain âge et deuxièmement guère enclin semble-t-il à élargir son cercle de connaissances, je n'ai pas réussi à lui remettre le carton en question. J'ai donc décidé de vous écrire afin de vous suggérer d'envoyer une deuxième lettre avec une deuxième carte de visite, car je détesterais que votre projet de rencontrer votre grand-père tourne court. Je suis navrée d'avoir causé toutes ces complications. Je sais que vous n'avez pas une minute à vous avec la période des fêtes. Peut-être d'ailleurs aura-t-il besoin de vos services le soir du réveillon vu que sa maison est la dernière étape du calendrier de l'avent taille réelle de notre rue !

Bref. Encore une fois, désolée. Ce ne sont pas mes affaires, et me mêler de ce qui ne me regarde pas m'a déjà valu des problèmes par le passé. J'en resterai donc là, mais si vous avez des questions, n'hésitez pas.

Cordialement,

Jess(ica) Green (14 Christmas Street)

— Je dirais que tu es… euh… (Kevin croisa les bras et se pencha un peu plus vers Jess.) C'est pas facile, avec toi.

Agacée, Jess recula d'un pas. Elle était à cran ce soir, et ce n'était pas seulement à cause de Kev du numéro six qui la détaillait comme un cheval de course.

D'accord, elle réagissait sans doute de manière un poil excessive à l'inspection à la loupe qu'il lui infligeait. Kev était très gentil, tout comme son épouse, et la raison pour laquelle il la dévisageait ainsi, c'était le jeu de la soirée : « Quelle voiture seriez-vous ? » Jusqu'à présent, il avait distribué trois monospaces, une Jaguar (Dréa), une Porsche, une Aston Martin (l'ex de Jess aurait adoré hériter de celle-là), quatre Coccinelle Volkswagen décapotables pastel (Les Gem'n'Emm, dont les maris étaient tous des camping-cars de la même marque dans des couleurs primaires), une Range Rover, une Bugatti, quoi que ça puisse être, et, pour Martha Snodgrass, une Land Rover de collection. Tout le monde pouffa derrière sa main ou roula des yeux étonnés quand elle répliqua que la praticité et la fiabilité valaient mieux que ces chimères modernes en fibre de carbone, « surtout que » dans une ancienne Land Rover, il n'y avait pas « d'autoradio » pour vous casser les oreilles avec « cette musique qui n'en a que le nom ». Cette dernière remarque s'assortissant d'un regard appuyé vers Tyler, son pensionnaire, qui s'amusait trop avec son modèle réduit de DeLorean pour relever l'insulte.

Quoi qu'il en soit, Kevin mettait une éternité à déterminer quel modèle de véhicule correspondait à Jess, et se retrouver le point de mire de l'assemblée la rendait nerveuse. Elle avait l'impression d'être transparente et d'exposer ses failles à la vue de tous.

Dréa (ou la mère de Jess, si elle avait été là) lui aurait dit de redresser la tête ; elle était plus forte que ça, et c'était à elle de décider quel visage elle souhaitait présenter au monde : une femme positive et confiante, ou bien une loque tremblotante persécutée par un couple de parents bouffis de privilèges dont le fils ne survivrait pas une seconde dans la vraie vie – ou deviendrait Premier ministre, c'était du cinquante-cinquante.

Là, devant tous ses nouveaux voisins, elle aurait aimé afficher une attitude pleine d'assurance. Un extérieur en Teflon, imperméable aux opinions d'autrui. Tandis que chez elle, entre ses quatre murs… elle n'était bel et bien qu'un débris rongé par l'angoisse. Surtout après cette énième journée décevante.

Elle avait eu beau rafraîchir l'écran de sa messagerie assez de fois pour user la touche de son clavier, Will Winters ne lui avait pas répondu. Il devait être au poste de police, occupé à rédiger une demande d'éloignement ou une plainte pour violation de la vie privée.

Elle avait tenté à nouveau de tenir la promesse qu'elle avait faite à M. Winters de mettre ses jeunes genoux à sa disposition afin de planter ses bulbes de tulipes, mais il n'avait pas ouvert la porte. Elle était même passée lentement devant chez lui ce soir au cas où le vieil homme se serait décidé à les rejoindre. Hélas, elle n'avait vu aucune trace du chat siamois, et les rideaux étaient tirés, sans la moindre lueur derrière. La maison était assez grande pour qu'il se soit retranché dans une pièce à l'arrière. Il y avait un large chemin en pas japonais qui menait visiblement au jardin de l'autre côté, mais ajouter la violation de propriété à la liste de ses activités délictueuses ne lui semblait pas une idée lumineuse. Elle s'était donc contentée de feindre une simple promenade innocente. Quand elle avait vu Rex et Kai sortir de chez eux, elle leur avait fait signe et les avait rejoints à destination du numéro six. Tous les deux avaient déjà reçu leur voiture : Kai une petite Corvette rouge qui l'enchantait, et Rex un gros pick-up comme dans *Sur la route de Madison*, transportant des bidons de lait miniatures remplis de fleurs. Lui aussi était aux anges. Ne restait plus que Jess. La cinquième roue du carrosse, songea-t-elle avec amertume. Elle se repositionna, tâchant d'adopter une posture qui fasse moins « biche éblouie par les phares » et plus « Visez-moi ça, on ne peut pas me coller d'étiquette ! ».

— Allez, Kev, grouille-toi ! cria une voix dans le fond. On caille ici !

— Je dois partir dans une demi-heure, Kev, tu pourrais accélérer un peu ? Oups, attention, ça glisse par terre !

— C'est bon, c'est bon ! fit Kev avec un geste d'apaisement. J'aimerais juste terminer en beauté.

— Quelqu'un sait s'ils ont prévu de sabler les routes ? J'ai des courses à faire.

— Kev ! On se gèle les miches, mec. Accouche !

Kevin du numéro six était mécanicien. C'était aussi un fervent collectionneur de petites voitures. À ce titre, sa contribution au calendrier de l'avent prenait la forme du don d'un véhicule miniature à chacun, avec lequel ils disputeraient une course sur une rampe phosphorescente qu'il avait montée lui-même et qui partait du sommet de sa haie haute de près de deux mètres jusqu'au trottoir d'en face. Son épouse disait à qui voulait l'entendre de ne pas hésiter à demander plus d'un exemplaire, parce qu'elle en avait assez que la « précieuse collection » de son mari encombre ses étagères. « Il nous ferait tous dormir au grenier s'il pouvait ! » confiait-elle à un voisin tandis que tout le monde attendait que Kev choisisse un modèle pour Jess.

Enfin, après ce qui parut une éternité, il tendit la main vers la sélection qu'il avait fièrement disposée sur une petite table une heure plus tôt, et se saisit d'une Mini Cooper vert bouteille. Elle sentit une mince volute de chaleur lui envelopper le cœur. Elle avait toujours adoré les Mini. Jamais elle n'aurait pu s'en acheter une si elle était restée à Londres, mais à présent… elle pourrait peut-être ouvrir un compte d'épargne et se lancer ?

Elle chassa vite cette idée. Ce ne sont pas les biens matériels qui rendent la vie meilleure, mais le bonheur, la confiance et la bonté.

Kev s'empara d'une Rover plutôt banale et la compara avec la Mini. Le moral de Jess retomba en flèche. Après une hésitation, son voisin finit par sourire et lui tendre la Mini Cooper.

Un soupir de soulagement général s'éleva.

Jess admira sa voiture, absurdement heureuse qu'il se soit décidé pour celle-ci. Devait-elle y voir un bon présage ? Elle la poserait sur le linteau de sa cheminée en rentrant, comme un symbole d'espoir.

— Allez, Kev, fit l'homme qui devait bientôt partir, frictionnant ses mains puis les claquant l'une contre l'autre. Dis-nous ce qu'on doit faire, maintenant. On les met sur la rampe et on voit ce que ça donne ?

Le visage de Kev se décomposa. Il se lança dans une explication détaillée à outrance sur la manière dont il avait classifié les véhicules pour organiser les courses par types et par marques, quand Dréa lui coupa la parole :

— Dis simplement à trois personnes de poser leur voiture dessus, les vainqueurs s'affronteront après par groupes de trois, et ainsi de suite jusqu'à ce qu'on tienne notre grand gagnant. C'est pas mieux ?

Jess masqua un gloussement derrière ses mains gantées. Si Dréa leur en donnait l'ordre, tous les habitants de la rue se mettraient aussi sec à faire des pompes ou des sauts carpés. Pas étonnant qu'ils aient tous participé à la bataille de boules de neige le soir de son arrivée. Pas étonnant non plus, songea-t-elle avec tristesse, que son fils la voie sous un jour différent.

Kevin opina docilement et appela trois noms.

Son épouse applaudit Dréa et lui demanda si elle pourrait se libérer la prochaine fois que Kevin aurait des tâches ménagères à effectuer.

— Ça marche, répondit l'Australienne avec un clin d'œil. Bon, on s'y colle ?

Quand la compétition eut débuté, Dréa se fraya un chemin dans la cohue avec sa Jaguar victorieuse et tendit à Jess une gourde.

— Il y a un bon petit picpoul là-dedans, si tu as envie de te détendre un peu. Je l'ai planqué pour qu'on ne me prenne pas pour une grosse poivrote.

Elle lui fit un sourire malicieux, puis embrassa du regard la foule telle une reine contemplant ses sujets.

Jess goûta une gorgée de vin, et reconnut qu'il n'était pas mauvais. Une infime réticence tout au fond d'elle, la part que Dréa intimidait, s'évapora dans la nuit. L'Australienne était d'une profonde gentillesse. Réunir tout le quartier avec ce calendrier de l'avent, entretenir cette convivialité (tout le monde tapait dans ses mains en regardant un enfant de cinq ans faire une petite danse de la victoire parce que sa famille venait de remporter une course), et ce avec de si beaux résultats (malgré quelques menues chamailleries) !

— Dréa ? fit-elle en lui rendant la gourde.

— Oui, miss ?

— J'ai remarqué que M. Winters n'est venu à aucune des soirées.

— Il cherche probablement à t'éviter, rétorqua-t-elle sans lui accorder un regard.

— Quoi ? Pourquoi ? Qu'est-ce qui te fait dire ça ? s'exclama Jess, horrifiée.

— Il m'a fait le même coup quand je suis arrivée.

— Pourquoi ?

Dréa agita une main dédaigneuse.

— Je voulais un sapin de Noël.

— Hein ? Mais pourquoi tu es allée le voir ?

Dréa désigna la grande demeure de M. Winters.

— Fut un temps, c'était le bâtiment principal d'une plantation de sapins. Il a dû vendre les terres, lui ou celui qui les possédait, mais je m'étais imaginé, je ne sais pas pourquoi, qu'il avait un champ de sapins derrière chez lui.

Elles regardèrent toutes deux vers le fond de l'impasse où s'étendait un petit bois, au-delà duquel plusieurs terrains de sport se succédaient, accolés à l'école élémentaire et au collège plus loin.

— Et c'est le cas ?

— Non. Il a un super joli jardin, par contre. Cet homme a un vrai don.

— Pas pour la conversation, déplora Jess en acceptant une autre gorgée de vin glacé à la gourde.

Des acclamations retentirent à nouveau parmi la foule. Cela lui comprimait le cœur que M. Winters ne participe pas à ces réjouissances. Même Mme Snodgrass, qui se complaisait pourtant dans son rôle de Mamie Bougonne, sautillait de joie après sa victoire contre une des Gem'n'Emm et Josh, lequel portait un serre-tête bois de renne qui dodelinait à chacun de ses mouvements. N'importe quel homme sans famille ni amis apprécierait le réconfort d'une fête de quartier. Être vieux et seul devait déjà être effrayant en soi, mais l'être à Noël alors qu'il aurait eu la possibilité d'avoir un petit-fils pour prendre soin de lui…

Une pensée s'imposa à elle. Si ça se trouve, il l'avait contacté. C'était peut-être pour ça qu'il n'était pas ici. Il avait cherché l'adresse de l'entreprise de Will et avait fait le trajet jusque là-bas. Son ventre se fit tout chamallow à les imaginer partageant des *mince pies*, petites tourtes traditionnelles de Noël garnies de fruits secs et d'épices, et du vin chaud. Non, pas d'alcool avant de conduire, surtout avec ce verglas. Elle modifia le scénario : *mince pies* et chocolat chaud ? Oui, voilà. À moins que… Et si M. Winters avait pris contact avec lui pour l'enguirlander à cause de ce qui s'était passé tant d'années auparavant ? S'il l'avait accusé d'ingérence, et ordonné de lui ficher la paix ?

Le chamallow se racornit d'un coup. Tout était la faute de Jess. Si elle avait gardé la carte de vœux, M. Winters serait demeuré dans une heureuse ignorance. Il se trouverait actuellement chez lui, en sécurité derrière ses rideaux fermés, comme à l'accoutumée.

C'est alors qu'une voiture s'engouffra dans la rue. Elle continua tout droit et s'arrêta à la lisière de la foule, après quoi son conducteur – que Jess ne voyait pas, étant de l'autre côté – appuya sur le klaxon. Plusieurs fois de suite.

Les gens s'écartèrent pour lui laisser la voie libre dans un concert de « Du calme ! », « Minute, papillon ! », « Ces stressés de la vie, c'est pas possible ! » Un enfant se mit à pleurer. Tout à coup, la voiture fit un bond en avant dans un énorme grondement de moteur. Les parents attrapèrent leurs rejetons dans les bras et crièrent sur le conducteur. Kevin s'élança vers sa table de miniatures pour l'ôter du chemin, tandis qu'une poignée d'autres se hâtaient de démonter la rampe et de récupérer les véhicules qui venaient de l'emprunter.

Lorsque la voiture passa devant elle, Jess sentit le sang refluer de son visage. C'était M. Winters. Il était aussi blême qu'elle. Il avait également l'air apeuré, et furieux. Les mains cramponnées au volant de son robuste break Volvo, le regard braqué vers sa maison au fond de l'impasse. Roulant lentement et sans à-coups, il se gara dans l'allée qui bordait son jardin de devant. Puis il descendit et disparut sur le chemin menant à l'arrière de la bâtisse.

Jess comprenait sa réaction. S'il était aussi chamboulé qu'elle le pensait, à sa place, elle aussi aurait couru se cacher.

— C'est un danger public, ce type ! hurla quelqu'un.

— Je crois qu'on devrait aller lui toucher un mot.

— N'envoyez pas quelqu'un de trop gentil !

— Hors de question de passer le réveillon chez lui !

— Vous imaginez le genre de fête qu'il organisera ?

— Il versera sûrement de l'arsenic dans le lait de poule, histoire de tous nous zigouiller.

— Bon sang, ce bazar ! Il n'a pas vu qu'il y avait des enfants ? Il aurait pu blesser quelqu'un !

— Ça me rappelle cet homme, là… où c'était déjà ? En Californie ? Il a confondu le frein et l'accélérateur, je crois. Il a tué des centaines de personnes.

— Non, c'était moins que ça.

— Je sais plus, en tout cas il y a eu des morts.

Le silence retomba.

Puis, comme si la question avait été réglée, une des Gem'n'Emm se hissa un bambin sur la hanche, prit un autre par la main et se tourna vers Dréa.

— Tu dois lui dire qu'il n'est plus le bienvenu. Je ne veux pas que cet homme s'approche de mes enfants.

Le regard que Dréa lui jeta aurait pu réduire au silence le plus barbare des dictateurs.

— Ce calendrier de l'avent s'applique à toute la rue.

— Pfff ! fit Emma ou Gemma. Je ne pense pas qu'il se sente concerné, lui. Tu n'as qu'à faire le réveillon chez toi ! Tout ça, c'est de ta faute, de toute façon.

— De ma faute ? répéta Dréa d'une voix glaciale.

— Oui, c'était ton idée. Ça paraissait très sympa sur le papier, mais ça prend énormément de temps finalement, et personne n'en a à cette période de l'année, avec les spectacles des enfants qui s'accumulent, sans parler des préparatifs à l'église...

— Parfait, trancha Dréa d'un ton à la fois neutre et un peu effrayant. On annule tout.

Tous échangèrent des regards anxieux. Quelques « qu'est-ce qui se passe ? » furent chuchotés tandis que tout le monde se rassemblait au milieu de la rue.

— Non, ce n'est pas... (Emma ou Gemma supplia des yeux un homme, sans doute son mari, qui répondit à son appel en venant se placer à côté d'elle.) Je ne voulais pas qu'on annule tout, se défendit-elle avec un gloussement nerveux, repris dans diverses tonalités par les autres Gem'n'Emm.

— Non, vraiment, ne t'en fais pas, insista Dréa avec la même tranquillité que si elle parlait à quelqu'un qui s'inquiétait de lui rendre un livre emprunté trois ans plus tôt. Si c'est trop de tracas, surtout à cette période de l'année si particulière où on prêche l'harmonie et le pardon, on n'a qu'à oublier tout ça.

— Non ! Je... nous... nous adorons cette idée.

— Sauf si un pauvre vieil homme solitaire qu'on empêchait de rentrer chez lui en bouchant la rue doit participer ? C'est ça, la condition ?

Emma ou Gemma jeta un coup d'œil affolé par-dessus son épaule.

— Non, je... euh...

— Tant mieux ! Nous sommes donc tous d'accord. On se voit demain au numéro sept !

On entendit à nouveau quelques chuchotements inintelligibles, mais personne ne réfuta l'annonce de Dréa : le calendrier se poursuivrait comme prévu.

Alors que tout le monde rentrait chez soi ou se réunissait en petits groupes sur les trottoirs, Dréa entraîna Jess à l'écart.

— Je vais avoir besoin de ton soutien là-dessus.

— Pardon ?

— Pour le vieux Winters.

Elles tournèrent la tête vers le fond de l'impasse. La grande maison était presque entièrement plongée dans le noir, à l'exception d'une lumière à peine visible à travers le vitrail surplombant la porte.

— On se retrouve *mañana* pour un café, et on réfléchira à un plan d'action. À moins que tu ne sois trop occupée ?

La question mit Jess en rogne. Elle avait effectivement des choses à faire. Des descriptions de punaises à rédiger. Des cartons de livres qu'elle avait lus pour la dernière fois quand elle avait douze ans à déballer. Un cadre de lit Ikea à assembler.

— 10 heures, ce sera parfait.

— Super ! (Dréa lui fit un grand sourire chaleureux.) Merci, miss. Ça fait du bien d'avoir une alliée.

Oh, c'est adorable ! Jess lui rendit son sourire.

— Ce sera chez qui, demain ? demanda-t-elle après avoir refusé d'un geste la gourde de vin.

— Les hippies, répondit Dréa en levant les yeux au ciel.

Elles regardèrent le numéro sept. Rien ne faisait spécialement hippie dans cette maisonnette, la première d'une rangée de trois. La couronne de bienvenue paraissait fabriquée à la main et les poubelles de tri étaient pleines ; peut-être était-ce là un indice ?

— Et c'est mal, d'être hippie ?

— Non, si on aime les graines de lin et le patchouli. Ils vont sûrement nous purifier avec des bâtonnets de fumigation, puis nous donner des boules de graisse faites maison pour les oiseaux et nous débiter un sermon sur le changement climatique.

Comme par hasard, une femme d'une cinquantaine d'années, les cheveux moitié bruns et moitié gris réunis en une natte serrée qui encerclait sa tête presque comme une auréole, apparut devant elles dans un nuage de patchouli et de sauge. Elle portait un épais gilet de laine sentant le renfermé comme s'il sortait tout droit du rayon hommes d'une friperie, et de grosses bottes qu'on aurait dites confectionnées par un hobbit. Elle leur remit à chacune un petit papier.

Dréa le lut.

— Pourquoi tu me donnes un tract concernant la marche pour le climat de l'année dernière ?

— Oups, désolée ! s'exclama leur voisine, tout sourire. Je les ai réutilisés pour ne pas gaspiller.

Elle retourna le papier de Dréa ; le verso arborait une note manuscrite, que celle-ci survola rapidement.

— Un troc de vêtements ?

— Exactement.

— Comme une sorte de braderie, où on revend les fringues dont on ne veut plus ?

— Non. (Mme Hippie fronça les sourcils, visiblement habituée à être mal comprise mais incapable de deviner pourquoi.) C'est un échange.

— On échange nos fringues ?

— Oui. (Le sourire revint.) Ça fait trois ans maintenant qu'on n'achète plus aucun vêtement neuf.

— Génial. Et c'est quoi le rapport avec le calendrier de l'avent ?

— Tu sais ce qu'on dit ! s'exclama l'autre comme si la réponse se trouvait là, sous leurs yeux, dans l'air frisquet de décembre.

— Non, je ne sais pas.

— Les petits ruisseaux font les grandes rivières ? suggéra Jess.

Mme Hippie lui tapota le bras gentiment, mais avec une condescendance certaine.

— « En tout, l'excès est un vice », pontifia-t-elle.

Dréa ricana.

— Moi, je préfère : « La modération est une chose fatale, rien n'a de succès comme l'excès. »

— Bien ! fit la voisine, les dents serrées et le ton faussement enjoué. Si ça veut dire que tu te proposes d'apporter une tonne de vêtements demain soir, je suis sûre que tout le monde sera ravi. Tu as toujours eu des goûts vestimentaires si… intéressants.

Dréa la regarda s'éloigner sans prendre la peine de réfréner son fou rire.

— La pauvre. Son mari lui a demandé d'arrêter de se teindre les cheveux il y a quelques années. Je crois que laisser le gris pousser lui a déclenché un complexe du martyr. Enfin bon, c'est pas tout ça, mais il faut que je file. J'ai un appel vidéo avec mon équipe en Australie. On se voit demain, OK ? Sois sage !

Sans attendre la réponse, elle salua Jess par-dessus son épaule et repartit chez elle. Alors que Jess se tournait vers son nouveau foyer, son regard s'arrêta sur une fenêtre à l'étage de la demeure de M. Winters. Il se tenait là, face à la rue qui se vidait petit à petit, mais la distance empêchait de discerner son expression. Elle lui fit coucou, et il referma les rideaux. Elle connaissait ce sentiment. Il avait été très difficile pour elle d'accepter que quiconque, hormis ses parents, soit au courant de sa détresse de l'année écoulée. L'intensité de sa souffrance l'avait terrifiée elle-même. Elle ne supportait pas l'idée que M. Winters vive si seul dans cette grande maison. Sans chambre d'enfance où se réfugier. Sans père ni mère pour lui apporter du chocolat chaud ou des biscuits. Elle savait qu'elle ne remplacerait jamais sa famille. Mais elle devait trouver un moyen de lui montrer qu'il n'était pas seul. Amanda appelait ça son super-pouvoir de maîtresse : elle avait un don pour identifier, parmi ses élèves, les plus influençables, les plus timides, les plus tyranniques, et elle modifiait l'équilibre de la classe afin que tous prennent leur place, en tant que membres d'un groupe soudé, sur un pied d'égalité. Il n'y avait pas de chouchous chez elle, seulement des enfants qui avaient besoin d'un surcroît d'encouragement ou d'attention.

Si elle était capable de recouvrer ce super-pouvoir, son premier jour à l'école élémentaire de Boughton passerait comme une lettre à la poste.

La lumière disparut derrière les rideaux. Jess hocha la tête dans leur direction.

Ce n'est pas grave, M. Winters, songea-t-elle. Je vous vois. Vous n'êtes pas seul.

7 décembre

Après avoir vérifié une dernière fois l'orthographe, Jess envoya son travail. Son activité de rédactrice free-lance ne la rendrait pas riche, mais ajouté à son projet de sortir M. Winters de sa coquille, cela détournait son esprit de la question qui l'obsédait : posséderait-elle encore la fameuse « magie Jess Green » quand elle entamerait son nouveau poste à l'école ? En prime, décrire les multiples avantages des trombones et des classeurs lui permettrait de s'offrir un déjeuner de Noël à haute teneur en calories pour une personne. Non qu'elle ait passé des heures sur Google à explorer les possibilités de menu après s'être réveillée en sursaut au milieu de la nuit avec cette question : est-ce qu'être une Mini Cooper signifiait qu'elle coulerait le reste de ses jours dans la solitude ? (Une nouvelle hantise à inscrire sur sa liste qui n'en finissait plus de s'allonger.)

Par bonheur, le Web l'avait informée qu'il existait une abondance de choix propres à régaler ses papilles si d'aventure elle décidait de se remplir la panse de spécialités festives. Marks & Spencer proposait des plateaux individuels : dinde, pommes de terre, choux de Bruxelles, la totale. Si elle se sentait d'humeur à faire des folies sans se soucier de connaître chacun des ingrédients, Waitrose vendait un plat préparé contenant une caille surmontée d'une feuille d'or, des baies de goji et un autre truc commençant par un « g » dont elle n'était pas sûre que ce soit comestible. Chez Lidl, on trouvait un plateau-repas surgelé avec du poulet et un gâteau au chocolat carré assez rudimentaire. Ces recherches lui avaient laissé un sentiment de grande tristesse. Il y avait un tel éventail de menus pour une personne ! Ce qui voulait dire qu'un nombre incalculable de gens prévoyaient de déjeuner seuls ce jour-là. Cela lui donnait plutôt envie de s'acheter une pizza, ainsi que ses trois parfums de glace préférés, et de remettre Noël à l'année prochaine.

Avant d'éteindre l'ordinateur, elle rafraîchit sa messagerie (encore), puis vérifia ses spams (encore). Non, Will Winters n'avait toujours pas répondu à son e-mail. Elle n'était pas du genre à se faire des films, mais elle en déduisait qu'il était pour de vrai en train d'engager une procédure judiciaire contre elle et qu'il avait sûrement recommandé à son grand-père de ne plus lui adresser la parole. Ce qui la rendait très, très malheureuse.

Certes, M. Winters était un vieux rabat-joie. Et après la soirée de la veille, personne ne dirait de lui qu'il était un adorable voisin, encore moins un bon conducteur, néanmoins…

Derrière cette façade rébarbative, Jess croyait déceler ce que Dréa voyait en lui. La tristesse. D'une intensité qui pénétrait jusqu'au plus profond de vos cellules, qui colorait de noir votre vision du monde. La même qu'elle avait éprouvée quand on l'avait accusée d'avoir fait du mal à un enfant alors qu'elle essayait en réalité d'en aider un autre. Une énergie nouvelle, pétulante, embrasa son système nerveux.

Dès l'arrivée de Dréa, elles iraient toutes les deux planter les bulbes d'Arnold Winters. Avec ou sans sa permission. Parfois, les gens étaient trop déprimés pour savoir ce qu'ils voulaient. Il avait envie de ces tulipes, mais pour quelque raison absurde, il se privait de ce plaisir.

Le téléphone de Jess annonça un message : Dréa était encore prise par une vidéoconférence, et ne pouvait pas s'absenter. Elle ne serait pas en mesure d'honorer leur rendez-vous. « Désolée, miss. On se voit plus tard ? »

Jess en eut le moral dans les chaussettes. Elle se faisait une telle joie d'aller chez M. Winters !

Mais... finalement, qu'est-ce qui la retenait ? Elle n'avait pas besoin de garde du corps. Elle lui avait déjà parlé seul à seul. Elle pouvait réitérer l'exploit.

Une détermination qu'elle n'avait pas ressentie depuis un bail l'envahit.

Elle transféra les fournitures de bureau qu'elle avait traitées dans la boîte « fait », heureuse de la voir se remplir. Ce matin, elle avait loué les mérites de la Super Glue (testée et approuvée), de trois types différents de mini-agrafeuses, de dix sortes d'agrafeuses-arracheuses (#PasLeVraiNom), et de tous les accessoires de la collection de Pâques. Qui aurait cru que des Post-it en forme de lapin pouvaient être aussi tentants ?

Se plonger dans les stylos garnis d'un pompon poussin, la papeterie à motifs d'œufs colorés et les guirlandes lumineuses lapinous (trop mimi !), lui avait changé les idées, mais chaque fois qu'elle terminait une fiche et retrouvait la réalité, toutes les choses auxquelles elle avait évité de penser lui revenaient en pleine figure. Aujourd'hui moins que d'habitude, cependant. C'était la première fois qu'un projet concret lui redonnait cette pêche qu'elle ressentait naguère tous les jours en partant travailler à St Benedict.

Elle allait non seulement acheter des oignons de tulipes et les apporter à M. Winters, mais elle comptait en outre lui offrir une couronne de bienvenue. Celle de Kai et Rex lui rendait le sourire tous les jours, d'une part parce qu'elle était magnifique, et surtout parce qu'elle représentait un cadeau fait par de parfaits inconnus. Des inconnus qui l'avaient attaquée avec une boule de neige, certes. Cela dit, elle aussi était une inconnue qui avait ouvert le courrier de M. Winters, donc c'était presque du pareil au même.

Vingt minutes plus tard, après s'être garée non loin de la grand-rue de Boughton, elle longeait les boutiques décorées en direction de « Fleurs à la folie ». Toutes les vitrines, sans exception, étaient festonnées de guirlandes, de boules de Noël ou de branches de sapin, voire les trois. Cela lui rappela qu'elle n'avait encore rien fait chez elle. Avec un peu de chance, son projet d'apporter un soupçon d'esprit de Noël à quelqu'un d'autre compenserait cette omission.

Tout en marchant, elle cherchait des yeux le porche voûté qui menait à la cour dans laquelle se nichait le magasin de ses voisins. Il abritait jadis une fabrique de confitures, paraît-il. En avisant l'enseigne à l'antique suspendue fièrement au-dessus de l'arche, elle en eut le souffle coupé. Elle était entourée d'une couronne de bienvenue somptueuse, composée en tout et pour tout d'ananas et de prunes. Puis elle découvrit l'intérieur du passage, tapissé d'un assortiment de fruits séchés, de houx et de gui, qui appelait chaque passant à prendre un selfie. Ce qu'elle s'empressa de faire. Elle l'enverrait à ses parents pour leur montrer combien elle s'éclatait et n'envisageait pas le moins du monde de vendre sa maison et quitter son nouveau boulot. Quand elle déboucha dans la cour, son cœur s'arrêta. En lieu et place de la décoration criarde que certaines autres boutiques avaient choisie, Rex et Kai n'avaient pas uniquement transformé leur magasin, mais carrément la cour tout entière en une sorte de forêt d'hiver féerique. Les murs de briques disparaissaient derrière des sapins de Noël superbement ornés. Chacun d'eux s'habillait de spirales de guirlandes lumineuses qui laissaient entrevoir tout un florilège de pommes de pin blanchies, jolies suspensions en bois, oranges piquées de clous de girofle, et même des grenades enserrées dans un lacis de rubans de velours vert. Des bancs avaient été disposés dans cet espace, couverts d'épaisses peaux de mouton, et devant eux crépitaient des torches scandinaves dans de petits braseros. Des chapelets de délicats lumignons en forme d'étoile étaient accrochés au-dessus de la tête de Jess tels des fanions. Un homme coiffé d'un chapeau en bois faisait griller des châtaignes au-dessus d'un feu à l'autre bout de la cour. C'était comme pénétrer dans un roman de Dickens avec un décor réalisé par Harrods. Proprement fabuleux.

— Ma chère Jess ! s'exclama Rex, la serrant dans ses bras. Qu'est-ce qui t'amène par ici ?

— Je… (Elle le dévisagea un moment, bouche bée.) Tu es un véritable artiste. Un artiste botanique !

Il éclata de rire.

— Non, ça c'est Kai. C'est inné chez lui. Moi, je m'occupe du côté commercial. C'est lui qui crée toute cette magie. Tu devrais voir ce qu'il est capable de faire avec un pomelo !

Il la gratifia d'un clin d'œil salace puis, lui attrapant le coude, il la guida vers la boutique qui se révéla être, sans surprise, une authentique caverne d'Ali-Baba. Elle ne se contentait pas de proposer un grand choix de décorations de Noël, elle avait aussi un mur entier de magnifiques bouquets de fleurs, de grosses bougies, de cactus de fête (dont la vision fit grimacer Jess), et… oh, un rayon loisirs créatifs !

— Tu as envie de fabriquer quelque chose ? demanda Rex en voyant son sourire.

— Oui, j'aimerais bien faire une couronne. Ce serait possible ?

— Bien sûr, ma chérie. Mais… (Après une hésitation, il cria vers une porte ouverte dans le fond.) Kaaaaai !

Celui-ci entra en trombe, vêtu d'un épais tablier en coton vert et bretelles en cuir par-dessus une tenue d'hiver comme toujours très classe : pantalon slim en velours côtelé sombre, pull à col roulé noir assorti à ses yeux et ses cils démesurément longs, et gilet de costume Burberry. Une vraie gravure de mode.

— Salut, choupinette !

Il ouvrit grand les bras, un sécateur dans une main et une grosse bobine de ruban argenté dans l'autre.

Après avoir étreint Jess, il s'écarta pour l'examiner, les lèvres pincées.

— Que nous vaut ce plaisir ? Laisse tonton Kai deviner... (Son regard passa de Rex à Jess.) Oh, non, fit-il avec un sourire contrit, posant ses outils sur la table devant lui. Je suis désolé, si tu veux fabriquer une couronne, c'est non.

Le sourire de Jess s'affaissa.

— Allons, ma belle, ne sois pas triste. C'est uniquement parce que... (Il jeta un coup d'œil par-dessus son épaule.) Tu peux garder un secret ? ... C'est le truc qu'on a prévu.

— Le truc ?

— Pour le calendrier de l'avent. On empruntera les tables à tréteaux de Chantal et on les remplira d'accessoires pour que chacun confectionne sa propre couronne de Noël. Et n'essaye pas de m'objecter que la moitié des maisons en ont déjà une, parce que, au cas où tu ne serais pas au courant, on n'a jamais assez de couronnes. J'ai pas raison ? (Il n'attendit pas la réponse : il avait forcément raison.) C'était pour toi, mon petit chou ? La couronne ?

— Non, j'aurais aimé en faire une pour M. Winters.

Un autre regard fut échangé entre Kai et Rex. Celui-ci n'était pas aussi joyeux.

— M. Winters du numéro vingt-quatre ? Ce M. Winters-là ?

— Exactement ! répondit Jess d'un ton qu'elle voulait guilleret mais qui sonnait plutôt comme un anxieux « Pitié, ne réagissez pas mal ! ». En fait... Je sais qu'hier soir, c'était insensé et qu'il a failli renverser des gens, mais il a seulement failli, et ce n'était évidemment pas son intention.

— En es-tu bien sûre ? demanda Rex.

— Soyons sérieux.

Jess désirait leur faire comprendre à quel point leur voisin était malheureux, sans toutefois trahir le secret qu'elle n'était pas censée connaître, celui de l'existence de son petit-fils.

— C'est juste un… un…

— Un vieux con qui s'ennuie tellement qu'il n'a pas le temps d'être gentil ? suggéra Rex.

— Allons, mon amour, ne sois pas méchant, le gourmanda Kai tout en réprimant un sourire.

— Je venais aussi acheter des tulipes pour lui, au fait.

Rex roula des yeux agacés.

— Alors que ce n'est pas la saison, ça ne m'étonne pas de lui !

Jess grinça des dents. Pourquoi étaient-ils si prompts à s'imaginer le pire à son sujet ? D'après ce qu'elle avait constaté, personne ne connaissait sa véritable histoire, alors pourquoi tirer tout de suite des conclusions négatives ?

— Est-ce que vous vendez des bulbes de tulipes ? s'enquit-elle. Ce sont des bulbes qu'il cherchait, pas les fleurs.

— Oui, dit Rex. Bien sûr, ma chérie. Excuse-nous. C'est parce qu'on a eu quelques accrochages avec M. Winters par le passé, et bien qu'on se considère comme de bons voisins, c'est un peu plus difficile avec lui.

— Pourquoi… ces accrochages ?

— On passait souvent par le petit sentier près de chez lui quand on promenait notre chienne, Alexa.

Kai ne put continuer, et Rex prit le relais.

— Il est possible qu'une ou deux fois, Alexa ait couru après son chat, qui a dû se réfugier dans un arbre. Ou trois fois, peut-être.

— Je ne savais pas que vous aviez un chien.

Le chagrin parut soudain engloutir la boutique.

— Plus maintenant, ma belle, révéla Rex d'une voix douce. Elle a traversé le pont arc-en-ciel en début d'année. Ce sera notre premier Noël sans elle.

Les époux se prirent la main en quête de réconfort et une boule se forma dans la gorge de Jess. Ils aimaient très fort cet animal, de toute évidence.

Incapable de formuler des paroles apaisantes qui ne soient pas destinées aux moins de dix ans, elle demanda :

— Vous l'avez baptisée comme ça d'après l'assistante virtuelle d'Amazon ?

Ils serrèrent les lèvres et Rex leva les yeux au ciel.

— Non, ma chérie, d'après Alexa Chung.

Ah, bien sûr. Elle se frappa le front et glissa d'une voix plus douce :

— Et... vous avez songé à prendre un autre chien ?

— Trop tôt ! Trop tôt ! s'écria Kai en se détournant pour sortir un mouchoir de sa poche.

Rex eut beau faire la grimace, Jess lut sur son visage que lui ne serait pas contre cette idée. Il jeta un bref coup d'œil vers le dos de Kai et chuchota :

— C'était horrible !

Quand Kai leur fit de nouveau face, il affichait une expression de courage devant l'adversité.

— Bon, au sujet de M. Winters. D'où t'est venue cette lubie de lui acheter des bulbes de tulipes ?

— Je crois qu'il se sent seul.

— Oh, trésor, s'attendrit Kai en lui pressant le bras. Je vois ce que tu cherches à accomplir, mais ça fait des années maintenant qu'on vit dans cette rue, et il a toujours été comme ça. Autant vouloir dégeler le cœur du roi des neiges.

La neige, ça fond, dit Jess, mais seulement en son for intérieur, car à voix haute elle dit :

— Sinon... ces bulbes ?

La boutique se révéla être une sorte de Tardis, beaucoup plus grande dedans que dehors. Au-delà d'un autre passage voûté se trouvait une autre cour, couverte cette fois, remplie de plantes et de sapins de Noël miniatures en pots, soit nus, soit décorés (« Certaines personnes n'ont ni le temps ni l'imagination, alors on s'en occupe à leur place »).

— On n'a plus de bulbes de jonquilles en stock, il vaut mieux les planter en septembre au plus tard, ceux-là.

— Elle n'a pas besoin d'un cours de jardinage, mon amour, seulement de tulipes, dit Rex en caressant l'épaule de son mari.

— Une idée du code couleur qu'il a prévu cette année ? questionna Kai d'un ton plus conciliant.

M. Winters donnait dans le code couleur ? Intéressant.

— Qu'est-ce qu'il avait choisi l'année dernière ?

Kai et Rex s'entre-regardèrent comme si chacun était une boule de cristal, puis ils répondirent d'une seule voix :

— Des teintes froides.

Jess haussa les sourcils. Voilà qui lui ressemblait bien.

— Quelles couleurs vous avez ?

Un quart d'heure plus tard, elle ressortait avec un plein sac de bulbes à l'odeur terreuse, prêts à être plantés dans les plates-bandes de M. Winters. Première étape de sa mission : accomplie !

— Regarde ! fit Dréa en désignant du doigt le coin du jardin où les enfants de Josh déguisaient leur père avec un diadème et une paire d'ailes de fée. Charmant, non ?

— Oui, soupira Jess. Il est charmant.

— Elle est amoureu-se ! la taquina Dréa.

— Non, pas du tout !

Ce n'était pas tout à fait vrai. Avoir Josh comme voisin lui remémorait la sortie des classes à l'époque où St Benedict avait eu l'honneur d'accueillir parmi ses élèves la benjamine du couple Beckham. Tous les professeurs de sexe féminin bavaient devant David tout en sachant très bien qu'elles ne l'auraient jamais, et cela leur convenait parfaitement. Jess ressentait la même chose à l'égard de Josh. C'était un régal pour l'œil, et ça s'arrêtait là. Inutile de compter les calories, et surtout, dans le cas des Beckham, de craindre qu'on ne lui arrache les yeux si elle avait l'audace d'empiéter sur cette chasse gardée.

— Si tu préfères te voiler la face...

Dréa haussa les épaules et retourna « travailler » à l'un des trois portants que les hippies avaient érigés sur leur allée dont la terre venait d'être bêchée en vue d'y semer des plantes à pollinisateurs (« Le moindre petit bout de verdure compte ! »). Tous les habitants de la rue avaient apparemment vidé leurs armoires, et plusieurs familles étaient déjà reparties chez elles lestées de gros sacs (réutilisables) bourrés de trésors de seconde main.

— Elle t'irait bien celle-là, Jess.

Dréa sortit du portant une petite robe rouge très sexy. Une pièce magnifique, d'une matière fluide et diaphane qui ondoyait sous la brise. Elle semblait très coûteuse. Elle semblait aussi plus à sa place sur un corps parfait dans un restaurant chic.

Dréa l'agita devant elle.

— Je suis sûre que tu plairais beaucoup à Josh là-dedans.

Jess fronça le nez. Elle n'était pas du tout en train de rêver au beau Josh, et encore moins d'une invitation au restaurant.

— Ça ne fait pas franchement maîtresse d'école.

— Oh, allez, fit Dréa en lui donnant un petit coup de coude. Elle est gratuite.

— C'est le genre de truc dont je me débarrasserais dans un autre troc l'année prochaine ! contra Jess en riant, espérant convaincre son amie de ranger la robe.

— Pourquoi ? Tu ne l'aimes pas ?

— Si ! assura Jess, craignant soudain que ce ne soit Dréa qui l'ait apportée. Elle est chouette, mais… elle n'est pas pour moi, c'est tout.

Dréa la tint devant Jess puis, après un examen minutieux, déclara :

— Ouais, tu as raison. Ton style à toi, c'est plutôt maxi-robe à fleurs.

Elle la remit sur le portant.

— Elle était à toi ?

— Oui, avoua l'Australienne, passant en revue les vêtements du portant d'un œil expert, l'un après l'autre. Elle faisait partie du look de l'ancienne Dréa.

Jess lui lança un regard en coin, intriguée.

— C'est-à-dire ?

— Elle ne m'apportait plus de joie. Il était temps de faire du vide. (Elle sortit une deuxième robe qui aurait laissé peu de place à l'imagination si un être humain avait été capable de rentrer dedans.) Je portais ce genre d'inepties à l'époque où je cherchais un mec.

— Tu ne cherches plus ?

— Non, j'en ai fini avec les hommes ! répliqua Dréa d'un ton théâtral.

Il faut dire qu'elle ne savait parler que de cette manière, comme si elle se trimballait partout avec sa bande-son personnelle pour accompagner chacun de ses mouvements. Là, tout de suite, Jess imaginait bien résonner une musique douce évoquant les jours d'antan tandis que Dréa lèverait le regard, les prunelles illuminées par le feu d'artifice des décorations de la maison d'en face où la facture d'électricité du mois de décembre s'annonçait salée. Quelques larmes perleraient au coin de ses cils à la courbure parfaite, menaçant mais n'osant pas rouler sur ses joues fières.

Dréa se mit alors à rigoler comme une baleine.

— Mais non ! C'est ce que je m'amuse à raconter pour essayer de me persuader que je suis très heureuse sans un homme dans mon lit. Mais c'est faux. J'adore les mecs. J'adore le sexe. J'adore cuisiner pour eux. J'adore être chouchoutée par eux. Ils sont mon péché mignon. Et il faut que j'apprenne à corriger ça.

Son sourire s'étiola.

— Il existe peut-être des associations de croqueuses d'hommes anonymes, lança Jess d'un ton nonchalant.

— Oui, miss. Ça s'appelle des foyers d'accueil pour femmes.

L'ambiance retomba d'un coup.

— Tu n'étais pas... Il ne te... Est-ce que... ?

Dréa continua à repousser cintre après cintre le long du portant, le crissement du métal ajoutant une étrange acuité à son expression. Elle leva la tête et adressa à Jess le sourire qui était sa marque de fabrique et qui signifiait : « Tout va bien. »

— Sinon, qu'est-ce que tu as prévu pour ta soirée ? Quelque chose de spectaculaire ?

— Je, euh... Ce sera une surprise.

Elle avait du mal à faire coïncider dans son esprit la femme forte et remarquable qui se tenait devant elle avec une victime de violences domestiques. Ça ne collait pas. D'un autre côté, Jess elle-même n'avait pas l'air d'un bourreau d'enfants, pas vrai ? Elle se força à chasser ces pensées.

— Par « surprise », tu veux dire que tu n'as pas encore trouvé d'idée ?

— Oui, avoua Jess avec un sourire penaud. Tu me pardonnes ?

— Tant que tu me dis tout le moment venu !

— Ça marche.

Elles échangèrent un check, rendu plus intense par l'esprit de solidarité qui les unissait en cet instant.

— Salut, Jess ! Salut, Dréa !

Kai arrivait vers elle, un boa autour du cou.

— Vous aimez ma nouvelle tenue de soirée ?

— Nom d'un chien ! s'exclama Dréa, s'empressant de le lui retirer et de l'enrouler autour de son propre cou. De l'autruche, je m'en doutais !

Elle se lova dans l'épaisse écharpe duveteuse puis la fit courir le long de ses bras comme si elle n'ignorait rien de l'art de son maniement.

— Qui est-ce qui voudrait se débarrasser de ça ? Un boa en vraies plumes !

Jess et Rex le caressèrent en émettant des murmures appréciatifs tandis qu'éclatait une discussion plutôt vive entre Dréa et Kai sur la notion « donner c'est donner, reprendre c'est voler ».

— Comment ça s'est passé avec les bulbes ? souffla Rex en indiquant de la tête la maison de M. Winters, faiblement éclairée.

— Ah, ça… Ben…

En résumé, ça avait été l'horreur. Elle avait frappé à sa porte, qu'il avait promptement ouverte en aboyant avec colère : « Pourquoi vous ne voulez pas me ficher la paix ? » Puis il la lui avait claquée au nez. Elle était rentrée chez elle en courant, folle de rage, et elle y serait encore, occupée à dévorer son poids en crème glacée, si Dréa ne s'était pas pointée une heure en avance en criant par la trappe à lettres : « Petit cochon ! Petit cochon ! Fais-moi entrer ! », et n'avait consenti à repartir qu'après avoir obtenu la promesse que Jess la retrouverait chez les hippies à 19 heures tapantes.

— Désolé, ma belle, compatit Rex en passant un bras autour d'elle. Cet homme est décidé à être désagréable. Mieux vaut le laisser tranquille.

— Tu as peut-être raison.

— Bien sûr que j'ai raison. Il déteste l'ingérence. Il ne parle ni au facteur, ni aux voisins, et n'a aucune famille à ma connaissance. Cet homme est un solitaire, c'est son choix.

Le mot « ingérence » la blessa plus qu'il n'aurait dû. C'est celui que la mère de Crispin avait utilisé, en accusant Jess de s'être mêlée d'une affaire qui ne la concernait en rien.

Un enfant souffrant d'une grave allergie au lait de vache et qui s'apprêtait à recevoir un sandwich au fromage en pleine figure, cela la concernait au plus haut point, pourtant. Du moins... c'est ce qu'elle avait pensé à l'époque. Elle avait ressassé les événements tellement de fois qu'elle n'avait plus aucune certitude.

— C'est triste, je sais, dit Rex ; tous les deux se tournèrent vers la bâtisse obscure où seule une petite lumière filtrait à travers une fenêtre du rez-de-chaussée. Il y a des cas désespérés.

— Je vais peut-être laisser les bulbes devant sa porte.

— Tu devrais plutôt les planter dans ton jardin.

Étouffée par la peur de faire plus de mal que de bien, Jess acquiesça à contrecœur. Peut-être que M. Winters verrait les fleurs au printemps et qu'il viendrait lui en parler. Et peut-être qu'il neigerait en enfer et que le père Noël le survolerait en traîneau pour y déposer des cadeaux.

Elle reporta son attention sur Kai et Dréa, qui terminaient de négocier une garde alternée pour le boa. Celui des deux qui identifierait son propriétaire d'origine aurait en prime le droit de le porter au réveillon du Nouvel An. Ils conclurent leur marché par une poignée de main, tout sourire.

Au moins, certains repartiraient heureux.

22 h 17
À : JessGreen2000@gmail.com
De : WillWinters@LeJoyeuxTraiteur.com
Objet : RE : Votre carte de vœux

Chère Jess(ica),

Pardon de ne pas avoir répondu plus tôt. J'étais plongé jusqu'au cou dans un problème de fabrication de *mince pies*, un vrai cauchemar dont je ne veux plus jamais entendre parler.

Merci beaucoup d'avoir rapporté la carte égarée à son destinataire.

Mon grand-père.

Cela me fait bizarre de l'appeler comme ça, vu que je ne l'ai jamais rencontré. Et même si c'est un peu gênant que vous ayez lu la lettre, ça me fait plaisir aussi. J'en éprouve même une certaine gratitude, ce que vous entendrez rarement de la part d'un Écossais ! Nous sommes censés bomber le torse et affirmer haut et fort que nous n'avons besoin de personne, mais la vérité, c'est que je ne peux parler de cette histoire à aucun membre de ma famille, à cause du passé. Planquer les squelettes dans les placards et ne plus jamais en souffler mot, c'est notre devise.

Confidence pour confidence, ça ne m'étonne même pas que la lettre ne lui soit pas parvenue. Tout part dans tous les sens en ce moment. Me voilà donc fraîchement célibataire, dans un nouveau pays, tout esseulé pendant une période de l'année où tout le monde a plutôt tendance à se rassembler. Je sais, j'ai l'air de m'apitoyer sur mon sort. Ce n'est pas comme si on m'avait forcé à m'expatrier ou à trimer jour et nuit jusqu'à ce que ma petite amie parte chercher de l'attention ailleurs, mais je n'avais pas réalisé jusque-là l'étendue de ma solitude.

D'où mon envie de rencontrer mon grand-père et de lui faire une place dans ma vie. Histoire d'équilibrer un peu les choses. On ne peut pas dire que j'y parvienne brillamment pour l'instant vu la folie qui règne à cette période pour les membres de ma profession, mais j'ai repéré un local avec pignon sur rue qui changerait radicalement la donne pour ma boîte. Si toutes mes commandes pour Noël se confirment, j'aurai de quoi me le payer et engager du personnel afin d'accéder enfin à ce fameux équilibre vie privée-vie professionnelle. L'espoir fait vivre, non ?

Bref, je m'égare. Libre à vous d'effacer, ignorer, oblitérer totalement ce message de votre mémoire. Je donnerai une autre carte de visite à mon grand-père. Je la lui apporterai en personne. En attendant, en guise de punition, je servirai des tartelettes canneberge-stilton et des mini-blinis jusqu'au réveillon. Entre autres. Je ne sais pas cuisiner que ça. Bon sang, voilà que je continue de plus belle. Je vous accorde l'autorisation de tout supprimer immédiatement.

Mes meilleurs, etc.

Will Winters

8 décembre

7 h 43
À : WillWinters@LeJoyeuxTraiteur.com
De : JessGreen2000@gmail.com

Cher Will,
Ouf ! Je suis tellement soulagée !

Supprimer supprimer supprimer

Cher Will,
J'ai effectivement effacé votre message, avant de le déseffacer. LOL.

Supprimer supprimer supprimer

Cher Will,
Je suis si contente d'avoir de vos nouvelles ! Je ne sais pas pourquoi, mais j'ai très envie d'accrocher un sourire sur le vieux visage renfrogné de votre grand-père. Qui, j'imagine, doit être un peu plus ridé que le vôtre, et que celui de votre père.

Supprimer supprimer supprimer

Votre ordinateur s'éteindra dans 60 secondes si vous ne...

***

— Mais bon Dieu, qu'est-ce que vous faites ?

Jess poussa un cri et lâcha son plantoir.

M. Winters dévala les marches de son perron aussi vite que ses rotules le lui permettaient et fit halte devant le carré de terre joliment labourée où Jess était agenouillée.

— Je plante des tulipes, répondit-elle en brandissant le filet rempli de bulbes.

Planter des oignons de tulipes en décembre au milieu d'une vague de froid se révélait plus compliqué que prévu. Elle comptait au départ se glisser dans le jardin ni vu ni connu, creuser quelques trous, fourrer les bulbes dedans, puis déguerpir à toutes jambes et attendre que la magie du printemps fasse son œuvre.

— Je voulais vous faire la surprise, se justifia-t-elle au cas où planter des fleurs pourrait être pris pour un acte de malveillance.

M. Winters la fusillait des yeux, ce qui bizarrement lui donnait envie de rire. Il lui rappelait les personnages de méchants dans les livres qu'elle étudiait avec sa classe, et dont elle mimait l'expression pour la plus grande joie de tous ses élèves. Sa réaction devait être une sorte d'inversion des rôles.

— Vous trouvez ça drôle ? Entrer par effraction sur une propriété privée ? Enterrer des bulbes sans permission sur un terrain qui ne vous appartient pas ?

— Non.

Elle était sincère, surtout à l'entendre décrit de cette façon.

Sorti de nulle part, le chat du vieil homme apparut et la gratifia d'un regard hautain, multipliant par deux le dédain affiché par son maître.

Si le système nerveux central avait pu attraper la tremblote, celui de Jess en aurait présenté subitement un cas sévère.

— Je suis vraiment désolée.

Elle se releva, sans prendre la peine d'épousseter la terre collée à son pantalon. La colère qui irradiait de M. Winters la poussa à reculer. L'arrière de ses genoux heurta la haie, et elle perdit l'équilibre. Plutôt que de s'affaler sur la bordure, elle effectua une contorsion désespérée et se retrouva en position de pont, le dos courbé, avec une souplesse qui l'impressionna elle-même.

— Euh... fit-elle d'une toute petite voix. Je suis un peu coincée, là...

— Que voulez-vous que j'y fasse ?

M. Winters disparut en maugréant. Puis elle le revit, en lisière de son champ de vision inversé, qui passait pour sortir sa poubelle de recyclables, et lui jetait un coup d'œil avant de rentrer dans sa maison.

Elle était belle, la solidarité entre voisins !

— Au secours...

Si elle se laissait tomber maintenant, elle s'écroulerait dans la haie et causerait encore plus de dégâts qu'elle n'en avait déjà commis. Elle écarta d'emblée cette solution. Si elle avait suivi les cours vidéo de Dréa, elle aurait eu des abdos assez puissants pour être capable de se relever en position verticale. Et si elle avait fait partie de la troupe du Cirque du Soleil, elle aurait exécuté un beau flip arrière avant d'atterrir debout de l'autre côté de la haie, un grand sourire aux lèvres. Après quoi elle aurait décampé chez elle sans plus jamais remettre les pieds à cette extrémité de Christmas Street. Maudits soient ses parents d'avoir été si gentils avec elle qu'elle n'avait jamais eu envie de fuguer pour rejoindre un cirque !

— Allez, venez, jeune fille.

Une grande main ridée se matérialisa devant son visage. Malgré ses genoux branlants, M. Winters n'avait rien d'un frêle vieillard, aussi Jess se cala d'une main ferme sur le sol et attrapa de l'autre celle qu'il lui tendait. Tâchant de supporter elle-même le plus gros de son poids, elle se redressa d'une manière fort peu élégante et se retrouva debout face à lui, affreusement proche. Presque nez contre nez. Vu sous cet angle, il n'était plus aussi effrayant. Peut-être parce que, l'espace d'une nanoseconde, elle avait lu une certaine inquiétude sur ses traits.

Il possédait vraiment de très jolis yeux. Si bleus ! Ils avaient une expression juvénile et… agacée. Manifestement, la nanoseconde de compassion avait pris fin.

Il recula, la laissant plaquée contre la haie. Elle s'accroupit et entreprit de ramasser son filet de bulbes et son plantoir (un modèle à motif floral issu d'un lot d'outils de jardinage qu'Amanda lui avait offerts pour son « adaptation à la vie rurale »).

— Excusez-moi. Je voulais vous aider, mais j'ai clairement dépassé les bornes.

— M'aider ? M'espionner, plutôt !

— Quoi ?

— Oh, je sais ce que tout le monde raconte. Que j'ai tenté de vous rouler dessus hier soir.

Elle tâcha de ne pas montrer son embarras. Certains l'affirmaient, en effet. Mais pas tous, loin de là.

— Non, pas du tout, protesta-t-elle du ton le plus assuré possible. Je leur ai dit que vous aviez sans doute été surpris par la foule au milieu de la rue et que votre pied avait dû déraper, mais que jamais vous n'avez voulu blesser qui que ce soit.

En réalité, c'est Dréa qui avait tenu ce discours. Jess s'était contentée d'être à ses côtés. Avait-elle opiné du chef ? Elle espérait que oui.

Il grogna.

C'est comme ça qu'il la remerciait d'être restée à côté de la personne qui avait défendu son honneur ? Eh bien, tant pis pour lui !

Elle se mit à creuser à un endroit où elle pensait avoir enterré un oignon.

— Je croyais vous avoir demandé d'arrêter vos bêtises !

Elle lui adressa un regard qu'elle espérait pétrifiant.

— Je déterre les bulbes ! expliqua-t-elle, réussissant par le plus grand des hasards à en trouver un et le lui montrant.

Elle vit son front se plisser encore plus.

— Vous l'avez planté à l'envers.

— Hein ? Pas du tout. Comment vous voyez ça ?

Il lui prit le bulbe et indiqua du doigt le gros bout plat.

— Les racines partent d'ici, et la tige pousse de ce côté.

— Ah. (Elle aurait dû le savoir, pourtant.) Désolée.

— Décidément, vous n'en ratez pas une !

Elle lui jeta un regard noir puis entreprit de fouiller la terre, s'ébréchant les ongles au passage, résolue à récupérer les trois autres oignons de tulipes plantés par erreur.

— J'essayais de vous aider ! Je cherchais à faire une bonne action ! À me comporter en voisine serviable ! (Elle pointa le plantoir vers lui.) Contrairement à vous, qui évitez vos voisins comme la peste ! C'est peut-être pour ça que vous vivez dans cette immense maison au bout de la rue : pour pouvoir toiser tous les gens de haut et les faire fuir avant qu'il leur prenne l'envie de se montrer gentils !

Elle se leva avec un soupir excédé, l'air furibond. Il lui rendit son regard mauvais et gronda :

— Je pourrais vous apprendre, si vous voulez !

— M'apprendre quoi ?

Elle espérait que son ton suffirait à faire passer le message : elle refusait que quiconque lui enseigne quoi que ce soit, et encore moins ce vieux rabat-joie insupportable.

— À planter des bulbes. Correctement.

M. Winters avait les yeux rivés dans les siens, et elle voyait des petits nuages de buée sortir de ses narines comme chez un élan prêt à charger. Ou peut-être un renne, saison oblige.

— Ce serait sympa, siffla-t-elle.

Le regard du vieil homme descendit vers ses mains.

— Ce plantoir est ridicule.

— Ce plantoir est un cadeau, offert par une amie. Une amie qui cherchait à faire une bonne action.

Jess se rendit compte alors que cette joute verbale l'amusait beaucoup en réalité. Et que si M. Winters ne s'était pas encore sauvé, c'est qu'il y prenait peut-être tout autant de plaisir.

Ses yeux pétillèrent d'une lueur qu'elle ne parvint pas à identifier.

— Votre amie aurait besoin de leçons sur l'importance de bien choisir ses outils.

L'humeur de Jess vira de nouveau à 180 degrés. Il pouvait l'insulter autant qu'il le voulait. Mais dire du mal de son amie qui l'avait accueillie chez elle et laissée pleurer sur son épaule tout son soûl durant les deux semaines où elle avait été mise à pied de St Benedict ? Ça, pas question ! Cette fois, il poussait le bouchon trop loin.

D'une voix qu'elle eut peine à reconnaître, elle répliqua :

— Mon amie habite à Londres dans un appartement sans jardin, où il est en l'occurrence inutile de « bien choisir », ni même de posséder un plantoir, donc il est même impressionnant qu'elle sache de quoi il s'agit.

Ha ! Tiens ! Prends ça dans les dents, monsieur Arnold Winters !

Il plissa les paupières, le menton levé de telle sorte qu'il la regardait littéralement de haut, puis il tourna les talons et disparut derrière l'angle de la maison.

Voilà qui était gênant.

Elle demeura clouée sur place, agitant les bras tel un épouvantail ballotté par le vent. Comment était-on censé réagir dans un cas pareil ? Profiter de l'occasion pour s'enfuir et faire comme si rien ne s'était passé ? Ou rester pour voir s'il parlait sérieusement en proposant de lui apprendre à jardiner ?

Elle tenta de se mettre dans la peau du vieil homme : quelle serait sa réaction à elle si, à son réveil, elle découvrait un importun en train de farfouiller dans ses parterres ? Dit comme ça, ça paraissait franchement intrusif.

Bon, d'accord. Il avait le droit d'être fâché. Elle lui accorderait cinq minutes d'attente. Plantée comme un piquet au beau milieu du jardin. Au moins, elle aurait quelque chose à raconter à Will lorsqu'elle se résoudrait enfin à lui répondre. C'est pour ça qu'elle avait pris cette initiative au départ, après avoir vainement tenté de rédiger un message qui inviterait subtilement son correspondant à en dévoiler plus sur la mystérieuse pomme de discorde entre M. Winters et son fils. Il s'agissait quand même de son voisin, lequel semblait plus triste que méchant, surtout quand on le prenait au dépourvu comme elle venait de le faire. Ou peut-être qu'elle essayait d'arranger une situation qui ne la regardait pas uniquement pour se prouver qu'elle était capable de faire quelque chose de bien.

— Tenez !

M. Winters était de retour. Il lui tendait une énorme paire de gants de jardin.

— Pour vous protéger du froid, expliqua-t-il.

— Oh, merci.

Il répondit d'un grognement.

Elle les enfila et les claqua l'un contre l'autre. Il lui désigna le parterre et elle s'y agenouilla de nouveau.

Ils avaient visiblement épuisé leur réserve de paroles lors de leur échange d'amabilités. Pas grave. Elle n'avait plus trop le cœur à bavarder, de toute manière. Sans compter le risque de laisser échapper une gaffe sur l'existence de Will. S'ils avaient réussi à aboutir à une trêve, ce serait dommage de l'anéantir tout de suite. Elle était persuadée que les hostilités reprendraient dès la seconde où il découvrirait qu'elle avait lu son courrier, mais peut-être que d'ici là une amitié serait née, et qu'il lui pardonnerait.

Peut-être.

Lorsqu'il eut vérifié et validé la palette de couleurs choisie (violets profonds, roses intenses et une touche d'ivoire ici ou là), il lui montra comment les répartir de manière que les fleurs poussent sous forme de bouquets naturels plutôt qu'alignées en rang comme des fantassins à la parade (selon ses propres mots). Il parlait d'une voix plus douce à présent qu'il ne cherchait plus à jouer les croque-mitaines, et il ne cessait de s'éclipser derrière sa maison pour en revenir avec toutes sortes de gadgets. Il possédait non pas un, mais deux types de transplantoirs différents (à long manche et à main). Il disposait également d'un plantoir à bulbes, non seulement très rigolo selon Jess mais aussi très efficace une fois qu'elle eut maîtrisé la technique (« Enfoncer, un tour à gauche, un tour à droite »), avec l'approbation de M. Winters.

— Vous vous y connaissez drôlement, le complimenta-t-elle.

— Il faut stimuler son cerveau sans relâche avec des choses nouvelles, expliqua-t-il en se tapotant la tempe de sa main gantée. C'est quand tout s'arrête là-dedans qu'on est prêt à casser sa pipe.

En tant qu'enseignante, Jess ne pouvait qu'approuver cette philosophie, mais allez dire ça à la directrice de St Benedict ! Une femme si claquemurée dans les traditions que c'était un miracle si elle n'empestait pas la naphtaline. La bonne nouvelle, c'est que M. Winters ne semblait pas près de passer l'arme à gauche. Et son petit doigt disait à Jess qu'avec de la persévérance, et à condition de ne pas aimer plus que ça les démonstrations d'affection, il y avait un homme loyal et tendre à découvrir caché sous cette carapace.

Après ce long moment de complicité partagée et une fois tous les oignons plantés – ce qui, réalisé dans les règles de l'art, prit environ une heure –, Jess se sentit réchauffée, satisfaite et un brin fière d'elle. Ce serait chouette de rapporter à Will que son grand-père était à la fois un excellent professeur et de bonne compagnie, à sa façon bourrue.

— Ouf ! lâcha-t-elle en faisant mine de s'essuyer le front. Je ne dirais pas non à un bon chocolat chaud, maintenant !

Le naturel revêche de M. Winters revint au galop.

— Je n'ai rien de ce genre chez moi.

Elle se leva, épousseta son pantalon cette fois, et ramassa les filets vides.

— Ne vous en faites pas, je ne m'imposerai pas plus longtemps.

Sur les traits du vieil homme passa une ombre qui s'apparentait fort à de la déception.

Le cœur de Jess se désintégra. Elle ouvrit la bouche, prête à dire qu'elle s'imposerait avec plaisir chaque fois qu'il le voudrait, quand un hurlement de guitare électrique déchira l'atmosphère.

Le numéro 21.

Tyler, forcément.

La figure de M. Winters se chiffonna, redevenant celle du pisse-vinaigre irascible qu'il était lorsque Jess l'avait rencontré.

Elle avisa sur le perron le siamois qui faisait sa toilette et y vit une chance de réalimenter leur fragile camaraderie.

— Comment est-ce qu'il s'appelle ?

— M. Perkins.

— Ce n'est pas courant, comme nom.

Elle espérait une explication, mais il marmonna qu'à présent il fallait patienter jusqu'au printemps, que le fruit de son travail ne paraîtrait pas avant fin mars ou début avril, en fonction de la météo ; puis, outils en main, il disparut de nouveau à l'arrière de la maison, définitivement semblait-il.

Ce fut au tour de Jess de se sentir déçue. Même si la matinée avait débuté par une altercation – ou du moins, une petite chamaillerie –, elle s'était révélée curieusement plaisante. C'était le même sentiment qu'elle éprouvait, adolescente, quand ses parents l'obligeaient à ranger sa chambre. Elle commençait toujours par se rebiffer, avant de se résigner à leur obéir en boudant, et quelques heures plus tard, elle descendait l'escalier quatre à quatre, impatiente de leur montrer le fruit de son travail. Elle eut un rictus amer. Pas étonnant qu'elle ait fini avec un agent immobilier.

Elle n'en revenait pas de penser si peu à Martin et à la vie qu'ils avaient plus ou moins partagée. Peut-être leur relation était-elle aussi superficielle que l'appartement témoin où ils logeaient. Très belle en apparence, mais pas faite pour durer.

Elle quitta le jardin de M. Winters en prenant soin de refermer le portillon blanc. N'ayant pas très envie de rentrer directement, elle décida de faire le tour du cul-de-sac en passant par le trottoir opposé avant de regagner sa jolie porte rouge, derrière laquelle trois différents paquets de surligneurs pastel attendaient leurs adjectifs adéquats, à côté d'une montagne d'autres accessoires de bureau. Et, bien sûr, il y avait aussi le message pour Will à terminer.

Elle remonta la rue en songeant qu'au cours des prochains jours, chacun de ses voisins lui ouvrirait un plus ample accès à sa vie. À l'exemple de ses parents qui lui offraient des calendriers de l'avent confectionnés par leurs soins, les habitants de Christmas Street s'étaient montrés bien plus généreux et attentionnés que ceux du quartier moderne et huppé où elle résidait auparavant.

Sans oublier les avantages inattendus de s'être forcée à participer, même si elle restait toujours en retrait pendant ces soirées. Elle avait trouvé une amie en Dréa, elle en était presque sûre. Les Gem'n'Emm étaient gentilles aussi, bien qu'elle ne soit pas totalement à son aise avec elles parce que leurs enfants fréquenteraient un jour sa classe (à supposer qu'elle ne jette pas l'éponge et n'aille pas rejoindre ses parents sous les tropiques pour enseigner la peinture sur noix de coco). Kev le mécano pouvait se révéler utile dans la mesure où elle conduisait la vieille guimbarde de sa mère. Kai et Rex, quant à eux, étaient fabuleux. Elle se trouvait devant leur domicile, justement. C'était un des rares pavillons individuels de l'impasse, et il était magnifique. Un peu en recul sur les autres, il possédait par voie de conséquence un terrain plus grand à l'avant. Cela n'aurait pas dû la surprendre que ces deux esthètes amoureux des plantes aient privilégié l'espace vert au détriment de l'allée carrossable, contrairement à la majorité (les hippies exceptés, naturellement). Ils avaient accroché une grosse guirlande de sapin, tissée de petites lumières, tout le long du chambranle de leur porte d'entrée bordeaux, qui s'ornait aussi d'un ravissant bouquet de houx noué d'un ruban en velours émeraude. Au milieu du jardin, une spirale d'ampoules électriques de la taille de cerises s'enroulait autour d'un splendide buisson de buis sculpté en torsade.

Plus loin dans l'impasse, le volume de la guitare augmenta encore. Le triple vitrage que les anciens propriétaires avaient installé chez elle devait être très efficace si c'était comme ça tous les jours. Elle espérait que Mme Snodgrass portait un appareil auditif qu'elle pouvait éteindre à loisir.

Quand elle atteignit le numéro 21, elle jeta un œil par la fenêtre et aperçut la vieille dame qui entrait dans son séjour avec un balai à la main, la mine orageuse, et donnait au plafond quelques coups vigoureux.

Le vacarme s'interrompit aussitôt et on entendit un : « Pardon, Martha ! » Quelques secondes plus tard, la musique repartit à un volume plus acceptable.

Jess eut un léger mouvement de compassion pour Mme Snodgrass. La pauvre ! Elle devait avoir vraiment besoin de cet argent pour garder ce jeune homme chez elle. Cela lui fit prendre conscience de sa chance incroyable d'avoir des parents qui avaient pu l'aider à reconstruire sa vie après que celle-ci avait été fracassée en mille morceaux. Leur soutien financier avait été plus que bienvenu. Elle se promit d'essayer de les joindre. Les horaires irréguliers de leur quotidien d'insulaires les embrouillaient tellement qu'ils n'arrêtaient pas de se rater.

Il faudrait aussi qu'elle rappelle Amanda, se dit-elle. Si elle avait pris si vite la défense de son amie ce matin, c'était surtout parce qu'elle se sentait coupable. Amanda lui avait laissé un nombre incalculable de messages audio sur Whatsapp en l'implorant de la recontacter. Elle avait des nouvelles à lui annoncer, apparemment. Si les nouvelles en question n'étaient pas transmissibles par texte, Jess préférait ne pas les connaître. À tous les coups, elles concernaient soit Martin (qui habitait pas loin de chez Amanda et participait aux soirées quiz hebdomadaires du même pub, quoique dans une équipe différente), soit St Benedict. Le seul fait de songer à l'un ou à l'autre rendait sa peau toute moite. Alors parler à une amie de son ancienne vie pour qu'elle évoque les deux garçons (le premier tout jeune, le second plus tellement) qui lui avaient fait prendre ses jambes à son cou ? Non, merci. Elle lui enverrait un petit mot dans la journée, pour lui expliquer qu'entre le calendrier de l'avent du quartier et son travail de rédaction, elle n'avait pas eu une minute à elle. Ce qui n'était pas entièrement faux. Elle n'allait tout de même pas lui confier qu'elle était aussi très occupée à vider pot après pot de crème glacée en contemplant son intérieur dégarni et en se demandant si elle s'y sentirait un jour chez elle. Elle était peut-être tombée bas, mais pas à ce point. Du moins, pas encore.

21 h 19
À : WillWinters@LeJoyeuxTraiteur.com
De : JessGreen2000@gmail.com
Objet : RE : RE : Votre carte de vœux

Cher Will,

Merci pour votre message en réponse au mien. Je suis rassurée que vous ne m'en vouliez pas d'avoir ouvert par erreur votre carte de vœux et de l'avoir lue (la honte !). La carte vient d'une chouette association caritative, d'ailleurs. Vous êtes investi dans la protection de la faune écossaise ou vous l'avez choisie au hasard ?

Enfin bref, je souhaitais simplement vous informer que par un étrange concours de circonstances je me suis retrouvée à passer la matinée avec votre grand-père qui m'a enseigné l'art et la manière de planter des oignons de tulipes. Cet homme manie le plantoir en virtuose !

J'espère que vos prochaines cartes seront livrées à la bonne adresse, et soyez assuré que je vérifie désormais méticuleusement chaque enveloppe avant de l'ouvrir. Si la méprise se reproduit, le pli restera scellé !

Maintenant que vous m'avez donné envie de mini-blinis et de tartelettes canneberge-stilton, j'irai peut-être faire un tour chez Marks & Spencer m'acheter des canapés de fêtes pour le dîner.

Bien à vous,

Jess(ica) du numéro 14

9 décembre

2 h 07
À : JessGreen2000@gmail.com
De : WillWinters@LeJoyeuxTraiteur.com
Objet : NOOOOOOOON !!!!!!!!!!

Chère Jess(ica) du numéro 14,

N'ACHETEZ PAS DE CANAPÉS DE SUPERMARCHÉ !!!!!

OK, je ne suis pas très fair-play. Certains de leurs produits ne sont pas si mauvais et, je me dois d'ajouter en bon Écossais, pas chers. Et puis comment résister à une exquise mini-brochette de cubes de cheddar et d'ananas en boîte ? Sachez qu'il s'agit là du snobisme complètement biaisé d'un pauvre bobo en jean skinny luttant pour se faire un nom dans le monde de la restauration, et sincèrement convaincu des mérites des produits locaux et de saison. Remarquez, mon amour du fromage fermier sur chips de navets n'empêche pas mes clients de commander des blinis au saumon fumé et à la crème, ni moi de les préparer, mais au moins je peux choisir un saumon écossais issu de petits élevages familiaux et une farine de blé cultivé et moulu localement pour les blinis.

Mince. Je me la joue moralisateur, là, non ? Mon ex avait horreur de ça. Disons que la vie m'a enseigné quelques leçons précieuses, et que je continue à apprendre chaque jour. Il faut stimuler son cerveau avec des choses nouvelles, comme dit mon père. C'est quand tout s'arrête là-dedans qu'on est prêt à casser sa pipe.

J'adore l'image de mon grand-père – Papi ? Pépé ? Aucune idée de comment l'appeler – vous donnant un cours magistral sur la plantation des oignons de tulipes. Ça ne devrait pas m'étonner, en fait, parce que mon père est du genre exigeant lui aussi. Le fruit a peut-être roulé très loin de l'arbre, mais on dirait qu'il était tombé tout près du tronc.

En parlant de fruits, j'ai des kilos de chutney à préparer pour un déjeuner de gala organisé demain par des francs-maçons, que j'appréhende un peu d'ailleurs. Vont-ils essayer de me recruter dans leurs rangs, ou de m'offrir en sacrifice à leur dieu, quel qu'il soit ? (Le dieu du commerce, je crois.) Oh zut, j'ai manqué l'occasion de rigoler un peu : j'aurais dû confectionner un mur de briques avec des mini-sandwiches ! Quel idiot !

Sur ce, merci encore de me tenir au courant des frasques de mon grand-père. Je suis sûr que le parterre de tulipes sera magnifique, si je me réfère aux talents de jardinier de mon père. Oh, à propos, l'association caritative se trouve sur l'île dont mes parents sont les gardiens. C'est un petit rocher perdu tout au nord des Orcades où ils sont allés s'installer quand mon frère et moi avons terminé nos études et cessé de les « saigner à blanc ». Ils veillent à ce que les moutons ne s'égarent pas de l'autre côté des murets de pierre qui passent leur temps à s'écrouler au moindre souffle de vent. Ils font aussi le relevé des plantes et le comptage des oiseaux. Ne me demandez pas comment, je n'en ai aucune idée. C'est une forme de réparation pour eux, j'imagine. Mon père a travaillé pour BP des dizaines d'années, mais il a toujours adoré la nature. Acheter ces cartes de vœux n'est qu'une minuscule contrepartie pour l'enfance formidable qu'ils m'ont offerte (le grand-père en moins, mais ça, c'est une autre histoire).

Il faut vraiment que j'arrête, sans quoi je risque de vous déballer toute ma vie. Si vous croisez encore mon grand-père/papi/pépé, racontez-moi. C'est comme glaner des indices sur un cadeau de Noël dont on ignorait avoir envie.

Amitiés,

Will

***

Les parents de Jess agitaient la main à l'écran.

— À bientôt, ma chérie ! fit son père. Et guette l'arrivée du livreur ! Il…

— Ou ELLE, corrigea sa mère.

— LE PÈRE NOËL t'apportera un cadeau à temps pour le jour J.

Ils lui soufflèrent des baisers et ajoutèrent quelques mots qu'elle ne comprit pas ; ce devait être du marshallais. Ou alors ils avaient déjà tapé dans le rhum un peu plus que de raison.

Elle quitta l'application et resta les yeux rivés sur son ordinateur, pas encore prête à répondre à Will ni à enregistrer un message pour ses parents. Ils avaient enfin appris à envoyer des vidéos et préféraient cette solution plutôt que d'essayer de fixer des rendez-vous téléphoniques. Entre les caprices des groupes électrogènes, le décalage horaire et le rythme de vie local, leur emploi du temps jadis routinier avait viré au chaos intégral. Cela ne la dérangeait pas outre mesure. Après s'être complu dans son malheur sous sa couette licornes et arcs-en-ciel pendant toute une année, il était grand temps pour elle de se reprendre en main. Comme Will Winters semblait le faire lui-même. Il ne chômait pas, apparemment. Tiens, et si elle se portait volontaire pour disposer de la chiffonnade de saumon sur des canapés ?

Elle coupa court à ses élucubrations. Ce serait très louche de faire ça, et puis elle s'était déjà suffisamment immiscée dans ses affaires. Elle trouvait un peu bizarre qu'il se montre si bavard et qu'il lui révèle autant de détails personnels qu'elle-même n'aurait jamais partagés avec un inconnu, mais il ne fallait pas oublier qu'il travaillait comme un dingue, qu'il sortait d'une rupture, que sa couette d'enfance était loin… peut-être n'avait-il qu'elle à qui parler pour le moment. Pauvre Will. Il méritait d'avoir un grand-père, tout autant que M. Winters méritait d'avoir un petit-fils.

On tambourina à la porte d'entrée, et Jess poussa un jappement de surprise.

— Ouvre-moi, poulette ! cria Dréa par la trappe à lettres.

Mince alors, cette femme était douée pour attirer l'attention ! La main sur la poitrine, Jess s'efforça de calmer les battements de son cœur tandis que le clapet retombait dans un claquement. Contente de ne pas être en pyjama pour une fois, elle ouvrit la porte avec le sourire et l'invita à entrer.

— Ah, te voilà, miss ! fit sa voisine en lui tendant un grand gobelet à rayures rouges et blanches qui, même de loin, embaumait la cannelle et la muscade. Tiens, ça te filera le petit coup de fouet qu'il te faut pour enfin apporter ta touche personnelle à cet espace vierge.

Jess regarda derrière elle le couloir menant à la cuisine. Murs blancs, portes blanches, tapis beige le long des escaliers blancs qui donnaient sur… encore du blanc. N'importe qui aurait pu vivre ici. Ou personne.

Cette pensée lui plomba le cœur.

Dréa avait raison. Il était temps que cette maison ait l'air habitée. Pour l'heure, seul se distinguait son sublime canapé en velours bleu canard. L'idée de devoir personnaliser son intérieur la rendait malgré tout nerveuse. Comme si le choix d'une décoration particulière définirait ensuite son identité pour l'éternité. Le problème, c'est qu'elle ne savait pas qui elle était actuellement, ni même qui elle aurait aimé être. Elle rêvait simplement d'être plus sûre d'elle. D'être heureuse. Et d'enseigner.

Voilà qui constituait une bonne base de travail, après tout.

— Allô, la Terre ?

Elle revint d'un coup à la réalité. Dréa agitait la main devant son visage.

— Alors, tu feras quoi ?

— Comment ça ?

Dréa écarquilla les yeux, étonnée que Jess n'ait pas suivi le fil de ses pensées.

— L'heure tourne, miss ! Plus que cinq jours avant ta soirée, et d'après ce que je sais, les prochaines avant la tienne seront plutôt merdiques. Tu dois saisir cette chance d'impressionner tout le quartier.

— Celle de Kai et Rex ne sera pas mer…

Jess s'interrompit avant d'éventer le secret.

— Oh, tu ne veux pas dire de gros mots, c'est trop mignon ! Tu es réellement une maîtresse dans l'âme. Oui, tu as raison, la leur sera certainement de bon goût. Mais de bon goût ne signifie pas toujours marrante, pas vrai ?

— Les soirées doivent forcément être toutes marrantes ?

Dréa la regarda comme si elle avait perdu la boule.

— Je ne m'abaisserai pas à répondre. Allez, bois vite ! Ensuite, tu me raconteras tout. Tu expliqueras à tata Dré-Dré ce que tu comptes faire.

Jess éclata de rire.

— Tu es sûre que tu ne veux pas entrer ?

— Certaine. J'ai une tonne de paperasse qui m'attend, mais je n'arriverai pas à me concentrer tant que je ne connaîtrai pas tes projets.

Jess faisait confiance à Dréa pour s'acquitter de n'importe quelle tâche pour peu qu'elle le décide, et la soupçonnait tout bonnement de procrastiner. Elle fut tentée de lui demander si elle avait reçu des nouvelles de son fils, mais au souvenir de sa tristesse la dernière fois, elle préféra tenir sa langue.

— Je te l'ai dit, c'est un secret.

— Ouais, c'est ça. (Elle haussa les épaules, capitulant, et se tourna pour partir.) On se voit ce soir, alors ? Et n'oublie pas de sortir ta poubelle !

— Encore ?

À Londres, ils fourraient l'ensemble de leurs détritus dans un même sac et le jetaient dans le vide-ordures, quel que soit le jour de la semaine.

— Ce sont les marron aujourd'hui.

— On y met quoi ?

L'Australienne la dévisagea, la mine désespérée.

— Les déchets végétaux, miss. Il n'y en a pas des masses en cette saison, mais je doute que les anciens proprios aient passé beaucoup de temps à nettoyer le jardin, ces gros flemmards.

Dréa attendit qu'elle confirme ou non, mais rien ne vint. Il faisait sombre en permanence et l'énergie de Jess avait été plus que limitée dernièrement.

— Je t'en prie, dis-moi que tu as visité ton jardin.

— Euh…

— Oh, pour l'amour du ciel ! (Elle eut soudain l'air très sérieux. C'était terrifiant.) Tout ce qui t'est arrivé à Londres, c'est derrière toi maintenant ! Il va falloir que tu te relèves et que tu tournes la page ! C'est à toi de prendre ton destin en main. À personne d'autre. T'apitoyer sur ton sort ne changera rien à ce qui s'est passé. C'est à l'avenir que tu dois penser, à ton avenir ! Pigé ?

Jess acquiesça, la gorge trop serrée pour prononcer un mot. Même si elle n'avait pas raconté à Dréa toute l'histoire, son sermon tapait dans le mille.

— Savoure ton café ! lança sa visiteuse en accomplissant sa grande sortie habituelle, agitant les doigts en guise de salut par-dessus son épaule.

Une fois seule, Jess se laissa glisser au sol, le dos contre la porte fermée, et contempla la toile blanche qu'était son vestibule. Elle était assortie à son salon (abstraction faite du canapé et des guirlandes de pop-corn et de baies de canneberge), à sa cuisine, aux chambres nues où – eh oui ! – son lit n'était toujours pas monté, et à la minuscule pièce attenante à la chambre d'ami et orientée au sud. Lorsqu'elle avait exploré la maison pour la première fois, elle avait imaginé la transformer en un petit atelier d'artiste. Un endroit où revenir à ses anciennes amours en revisitant à sa manière fantasque les grands classiques de la peinture. Ces années de travail avec les enfants l'avaient poussée vers d'autres voies, et vu qu'elle n'avait le droit de rien accrocher aux murs des appartements qu'elle louait avec Martin, elle avait perdu l'habitude d'exercer sa créativité. C'était vraiment dommage, maintenant qu'elle y pensait. Elle qui autrefois aimait tant s'immerger dans ses œuvres ! Elle n'avait pas le talent d'un Michel-Ange, mais elle s'y entendait pour reproduire des tableaux. Le frisson de plaisir qu'elle ressentait en parvenant à un résultat concret à partir de quelques touches de couleur éparses était ce qui avait suscité sa vocation d'enseignante. C'était une sensation enivrante de voir une surface totalement vierge – comme une toile, ou le coin d'un carnet de notes – devenir quelque chose de tout à fait différent.

Lorsqu'elle étudiait l'art à l'université, elle courait souvent les brocantes à la recherche de cadres dorés. Les vrais étaient hors de prix, mais vu qu'elle peignait des imitations, les mettre dans de fausses dorures paraissait cohérent. Son père les appelait ses « contrefaçons fantaisie ». En vidant leur maison, ses parents lui avaient offert deux tableaux qui avaient orné leur salle de séjour. L'un était le célèbre portrait d'Henri VIII, sa tête remplacée par celle du gros labrador qu'ils avaient lorsqu'elle était petite. L'autre était un portrait de la reine en tenue de chasse, une paire de jumelles devant les yeux, avec la tête d'une biche. Monarchistes purs et durs, ses parents adoraient pourtant cette œuvre et affirmaient que la reine aurait été du même avis. Jess avait hésité à les prendre, mais avait finalement décidé de laisser ses anciennes ambitions là où était leur place : dans le passé.

Sachant cela, pourquoi cette espèce de cagibi lui avait-il tant plu ? Elle n'y était même pas entrée depuis son emménagement. Ses parents avaient insisté pour qu'elle emporte son vieux chevalet et le reste de son matériel, qui dormaient depuis dans des cartons à l'arrière de la maison. Mais maintenant…

Elle but une gorgée de café. Il était excellent. Elle ne s'était pas aperçue qu'elle en avait autant besoin. Comment Dréa s'y prenait-elle ? Désormais, Jess attendait avec impatience ce moment où elle frappait à sa porte le matin et la forçait à assumer ses responsabilités.

« C'est à toi de prendre ton destin en main. »

Elle avait raison. Passer son temps à se lamenter sur son sort ne servait qu'à la déprimer encore plus. Était-ce vraiment ce qu'elle voulait ? Ce qu'elle présenterait à ses futurs élèves ? Une trentenaire ringarde et morose qui avait donné le meilleur d'elle-même à des gamins privilégiés et n'avait reçu en retour qu'ingratitude ?

Non. Elle désirait leur offrir l'image d'une personne gaie, meilleure. Une personne pour laquelle les biens matériels n'apportaient pas le bonheur. Ce qui rendait heureux, c'était… – son enthousiasme flancha –… qu'est-ce qui rendait heureux, au juste ? Elle baissa les yeux vers le gobelet de café dans sa main, dont le parfum épicé emplissait l'air de l'esprit de Noël.

Le café, oui.

Et des voisins qui tenaient à vous suffisamment pour vous secouer les puces.

Elle repensa à sa matinée dans le froid aux côtés de M. Winters.

Parfois, ce qui rendait heureux, c'était un voisin grincheux qui avait lui aussi besoin qu'on le remonte du fond de son gouffre. Et un petit-fils secret attendant dans les coulisses de provoquer encore plus de joie.

Bon. Le moment était venu de passer à l'action. Que le destin accroche bien sa ceinture, Jess Green arrivait !

Une véritable foule s'agglutinait devant le numéro 9 de la rue. Il était plus de la demie et aucune lumière ne brillait dans la maison. On ne voyait pas un chat non plus ; ni un rat, comme un petit plaisantin l'avait fait remarquer avant de secouer une poubelle en faisant hurler de terreur toutes les Gem'n'Emm. Le mystère de ce qui les attendait suscitait une vive effervescence. Les précédentes soirées n'avaient pas vraiment réservé de grandes surprises, hormis la chorale de kazoos, aussi se répandait-on en hypothèses diverses et variées.

— Qui est-ce qui habite ici, déjà ?

Jess sursauta au son de la voix de Josh, étonnamment proche de son tympan. Elle aurait pensé que leur relation en était au stade « on se fait coucou de loin », plutôt que « on se chuchote dans le creux de l'oreille ». Intéressant. Et assez excitant, aussi. Elle se tourna vers lui, comme aimantée, le nez pointé vers ce recoin entre son menton et son épaule qui sentait l'orange et le sucre, et… Au dernier moment, elle s'obligea à redresser le dos et à prendre un air dégagé, espérant dissimuler son émoi olfactif.

— Je ne suis pas la mieux placée pour répondre.

Elle indiqua de la tête Dréa, occupée à extorquer à un autre voisin le programme de sa soirée au moyen d'un grand numéro de charme (traduction : d'intimidation).

Jess sentit quelque chose contre son genou. Elle baissa les yeux, s'attendant à voir un enfant. Ah. Elle comprenait mieux pourquoi Josh était si près d'elle. Un bouvier bernois le tirait au bout d'une laisse et quelqu'un devant elle tenait dans la main un reste de hot dog. Elle s'accroupit pour se mettre à la hauteur du chien. C'était une femelle, et elle était superbe : prunelles brunes, sourcils caramel, bande blanche fuselée montant au milieu de son front vers son dos d'un noir d'encre.

— Jess, je te présente Audrey.

— Audrey ?

Elle leva la tête vers Josh, et en croisant son regard, perçut à nouveau cette petite étincelle entre eux.

— Ma femme… euh… (Il se détourna, reportant son attention sur la chienne.) On l'a nommée comme ça en hommage à Audrey Hepburn.

Sa femme. Oui, évidemment. La raison pour laquelle tous les habitants de la rue se montraient si protecteurs envers lui. Pauvre Josh. Mais qu'est-ce qu'il était beau ! Voyons, Jess, un peu de jugeote ! Quelle idée de s'intéresser à lui ! D'une, il portait encore le deuil de son épouse, parce que ça marchait comme ça quand on avait de jeunes enfants, n'est-ce pas ? De deux, il était trop vieux pour elle. Quarante ans et des poussières, d'après ses estimations. Pas vraiment le troisième âge, mais quand même. Et surtout, de trois : elle ne voulait pas de mec. Encore moins d'un mec séduisant, adulé par tout le quartier, qui fleurait bon le sablé même quand il n'y en avait pas dans les parages. Et l'orange, avait-elle mentionné le parfum d'orange ?

Il y avait un autre petit truc qui coinçait ; elle n'arrivait pas à mettre le doigt dessus, mais elle sentait que Josh ne serait pas le bon choix pour elle si jamais, par le plus grand des hasards, un miracle se produisait et qu'elle envisageait de se caser à nouveau. La chienne, en revanche, était prête à tomber amoureuse d'elle sur-le-champ ! Elle scruta la forêt de jambes pour chercher Zoé et Eli, et les aperçut qui couraient après l'un des triplés Sloan, lequel, kazoo à la bouche, s'était attribué le rôle du petit joueur de flûte de Christmas Street.

Audrey lui lécha la figure comme pour réclamer son attention pleine et entière. Jess se blottit contre son pelage épais.

— Tu es aussi belle qu'une star de cinéma. Mmm... tu sens bon ! Ça m'avait manqué, cette odeur de chien.

— Il n'y a pas de chiens à Londres ?

Jess se releva et fixa Josh avec sérieux.

— Format sac à main uniquement. Et arrosés de parfum. C'est la loi.

Josh se composa une expression grave.

— Pas de chance. Il faudrait un gros sac à main pour Audrey.

— Oh que oui !

— Pourquoi vous tirez ces tronches d'enterrement, tous les deux ? On est ici pour faire la fête !

Dréa s'inséra entre Josh et Jess, les empoignant chacun par une épaule et les secouant comme des pruniers.

— La surprise a intérêt à être bonne !

C'est alors qu'apparut une voiture à l'entrée de la rue. Elle roula jusqu'à une place à une vingtaine de mètres de la foule, où elle se gara. Une femme à l'air exténué en jaillit, habillée en tenue d'infirmière sous un manteau d'hiver usé jusqu'à la corde. Elle tenait dans ses bras plusieurs boîtes en plastique. Sans regarder personne, elle courut jusque chez elle : le numéro neuf. Quelques secondes plus tard, le perron s'illumina, et elle ressortit chargée d'une petite table pliante avec les boîtes dessus. Elle ouvrit les couvercles, scotcha une note à l'avant de la table et cria :

— Désolée, on a besoin de moi à mon travail. Vraiment désolée !

Puis elle regagna sa voiture et repartit.

Tout le monde se regarda, éberlué.

— « Servez-vous, et joyeux Noël », lut quelqu'un.

Dréa, de la part de qui Jess se serait attendue à un commentaire bien senti, resta coite. Pendant environ cinq secondes. Puis elle se mit à applaudir.

— Un grand bravo à Katie Ash ! Infirmière dévouée profitant de sa pause pour nous distribuer des *mince pies* ! Un modèle pour nous tous !

Tous furent d'accord : un modèle à suivre, en effet.

La réaction de son amie toucha beaucoup Jess. Elle avait déjà eu quelques aperçus de son bon cœur derrière ce caractère intrépide, mais elle ne la savait pas capable d'un tel altruisme.

Tandis qu'une file bien disciplinée se formait et que chacun s'emparait d'une tartelette aux fruits secs, Dréa suggéra d'en laisser quelques-unes pour Katie quand elle rentrerait. Puis elle posa la bouteille de gin qu'elle avait apportée près du petit mot, et y inscrivit avec un stylo sorti de sa poche : « Pour après », avec une petite flèche.

— Bon ! (Dréa claqua dans ses mains puis se tourna vers Josh.) Plus qu'une dizaine de jours pour nous préparer une soirée merveilleuse. Tu vas nous éblouir, j'espère !

— J'y compte bien.

Ils se fixèrent dans le blanc des yeux assez longtemps pour que Jess, déroutée, ait l'impression de tenir la chandelle. Puis Josh l'appela au secours d'un regard éperdu en sachant très bien que Dréa le voyait.

— Ne t'inquiète pas, Joshy, fit l'Australienne en riant. J'ai toute confiance en toi.

— C'est bien ce qui m'effraie.

Elle lui décocha un sourire énigmatique façon chat du Cheshire.

— C'est ce qui nous effraie tous, Josh. De placer sa confiance en quelque chose dont on ne sait rien.

Sur ce, elle leva sa *mince pie* comme pour porter un toast, et la fourra en entier dans sa bouche.

10 décembre

Le claquement de la trappe à lettres tira Jess de ses cogitations sur les fournitures de bureau. Elle tendit l'oreille, attendant le « Youhou » de Dréa.

Celui-ci ne vint pas.

Étrange. Peut-être qu'elle avait appelé, et que Jess, trop absorbée par son travail, n'avait pas entendu.

Peu probable. Dréa avait assez de coffre pour crier ses instructions à une troupe de trois cents sportifs. Et les trombones n'étaient pas si fascinants.

Jess s'étira, puis entreprit de ranger les articles dont elle avait terminé les fiches. Son boulot de la matinée s'était composé de trois quarts de mélancolie et d'un quart d'amertume : tous ces monceaux de craies, crayons de couleur et feutres auxquels ses futurs élèves n'auraient peut-être pas accès, contrairement aux petits Londoniens nantis qu'elle avait quittés. Cela la mettait en colère. Disposer d'un matériel varié et de bonne qualité faisait toute la différence dans les cours d'arts plastiques.

Elle tâcha de se ressaisir.

Il incombait au professeur de tirer le meilleur parti de ce qu'on lui fournissait, et malgré tout ce dont l'Incident du Sandwich au Fromage l'avait dépouillée, son imagination était restée intacte. Un peu rouillée, certes, mais toujours là. Tout ce que Jess avait à faire, c'est trouver le moyen de la réactiver.

Il lui vint à l'esprit qu'il pouvait s'agir du facteur. Elle regarda l'heure : midi et quelques. Oui, c'était bien lui.

Par terre dans l'entrée, elle découvrit une petite pile de courrier, principalement des prospectus et des brochures, mais aussi deux lettres apparemment personnelles. Des erreurs, sans aucun doute. À part Amanda et ses parents, peu de gens connaissaient son adresse.

Elle éplucha le tout avec soin, peu encline à ouvrir de nouveau un pli destiné à un voisin. Mais les deux cartes – une à l'enveloppe rouge et l'autre argentée – étaient bel et bien pour elle.

Il y avait aussi une grande enveloppe A4 avec dessus un en-tête qu'elle reconnut aussitôt : celui de St Benedict.

Toute sa sérénité durement gagnée s'envola d'un seul coup. Que désiraient-ils ? Pourquoi lui écrivaient-ils maintenant ? Ils lui avaient pourtant dit clairement il y a un an qu'ils ne voulaient plus d'elle dans leur école ni à proximité des enfants. Un bourdonnement sourd emplit son cerveau tandis qu'une multitude de conjectures – toutes apocalyptiques – tournoyaient sous son crâne. Comment savaient-ils qu'elle habitait ici, au fait ? La seule adresse de réexpédition qu'elle avait fournie depuis sa rupture avec Martin était celle de ses parents. Elle vérifia l'enveloppe. Ah, elle avait bien transité par chez eux, mais ils faisaient suivre leur courrier ici pendant la durée de leur séjour à l'étranger.

Elle la plaça derrière la pile et examina l'une des deux cartes mystères. L'écriture lui paraissait vaguement familière. Son cœur fit un petit bond dans sa poitrine, dissipant son angoisse.

Elle venait de Will Winters, et était marquée à son nom.

Jess la décacheta avec un grand sourire. Elle découvrit l'image d'une vache écossaise dans un paysage enneigé, les cornes décorées de guirlandes lumineuses. Elle s'esclaffa.

Le petit mot à l'intérieur était court et gentil (surtout gentil). Il la remerciait d'avoir remis sa carte de vœux à son grand-père et lui souhaitait un joyeux Noël. Il proposait aussi de lui mitonner un repas une fois passé la folie des fêtes. Il avait décidé de ne pas travailler pour le réveillon du Nouvel An, donc pourquoi pas un brunch le 1er janvier ?

Formidable ! Pour elle qui savait à peine faire cuire un œuf, être invitée à déguster la cuisine d'un jeune chef semblait un excellent moyen de commencer la nouvelle année. Surtout qu'elle hésitait encore entre une pizza et le plateau-repas de chez Marks & Spencer pour le 25. Tiens, peut-être que l'attrait d'une bonne sauce hollandaise était ce qui parviendrait à ramener un vrai sourire sur le visage de M. Winters. En plus de la découverte de son petit-fils, bien sûr.

Elle ouvrit l'autre carte, qui portait elle aussi une écriture familière. Très familière.

Son ventre se noua.

Martin.

Comment avait-il su où la trouver ? Elle regarda l'enveloppe : non, ce n'était pas une réexpédition. C'était la bonne adresse : 14 Christmas Street. Il avait dû la soutirer à Amanda. À défaut de sensibilité, cet homme avait du charme.

Bien que leur séparation n'ait pas été trop atroce (ils avaient recouru aux excuses d'usage : « sur des chemins différents », « pas prêts pour une relation à distance », « mieux vaut le faire maintenant, avant que ce soit allé trop loin »), elle n'avait pas non plus été une partie de plaisir. Il avait prononcé des paroles qui resteraient gravées en elle toute sa vie. Des critiques qui s'étaient fichées trop aisément dans son amour-propre fragilisé. Qui l'avaient conduite à se demander s'il avait jamais été amoureux d'elle, et vice-versa d'ailleurs.

Il lui avait dit qu'elle s'était montrée faible. Qu'elle ne s'était pas assez défendue. Que Crispin n'était qu'un petit tyran pourri gâté. Puis, dans la foulée, il avait osé décréter qu'elle aurait dû encaisser les reproches et rester à St Benedict. Que si elle l'avait emmené avec elle aux événements parfois organisés par les professeurs où les conjoints étaient invités, il aurait pu casser la baraque. Ce à quoi elle avait rétorqué que si elle avait su que le seul but de sa carrière professionnelle était de lui obtenir de nouveaux clients, elle serait devenue serveuse dans un de ces bars où les oligarques russes se réunissaient pendant que leurs gardes du corps allaient chercher leurs mômes à la sortie de l'école. En plus, il n'était jamais venu à ces événements parce qu'il était trop occupé à caracoler dans tout Londres pour dénicher lui-même de nouveaux clients. Il n'avait pas apprécié le terme « caracoler ». Ensuite ils avaient rompu. Une fois la décision prise, c'était comme si un fossé s'était ouvert entre eux. Elle ne s'était pas vraiment demandé ce qu'il faisait de ses journées depuis ; elle supposait qu'il en profitait mieux maintenant qu'il n'était plus « entravé par le planning de quelqu'un d'autre ». Il n'avait pas téléphoné une seule fois chez ses parents pour prendre de ses nouvelles, alors qu'il n'ignorait pas qu'elle était au trente-sixième dessous. Amanda, qui le croisait à la soirée quiz chaque semaine, avait avoué qu'elle lui divulguait quelques bribes d'information de temps à autre contre la volonté de Jess. Cette dernière ne tenait pas à ce qu'il sache qu'elle avait un jour préparé puis dévoré d'une seule traite une fournée entière de brownies aux pépites de chocolat (pas de jugement, elle avait besoin de magnésium). En fait, elle ne voulait qu'il soit au courant de rien du tout. Elle nota dans un coin de sa tête d'en reparler à Amanda lorsqu'elle aurait trouvé le courage de la rappeler.

Elle fit glisser la carte hors de l'enveloppe. Une carte tendance, stylée. Elle la retourna : oui, elle était au nom de la boîte de Martin. Le message était bref, et rédigé avec distance et parcimonie, ainsi qu'on s'adresserait à une vieille tante célibataire. Il espérait qu'elle allait bien, que la vie lui était douce et qu'elle passerait un joyeux Noël. Comme elle le savait sans doute déjà, il partait aux Maldives pour les vacances et déménagerait dans un appartement à Wimbledon en début d'année. Bisous, Martin.

Elle songea à la jeter à la poubelle et à faire comme si elle n'avait jamais existé, de la même façon que lui avait haussé les épaules en disant « T'en fais pas, ça se calmera » quand elle était revenue de l'école en larmes ce jour de malheur. Mais il était difficile d'ignorer qu'il s'offrait les vacances dont ils avaient autrefois rêvé ensemble. Et qu'il s'installait, définitivement semblait-il, dans un quartier de Londres qu'elle avait toujours adoré et qui se situait plus près de St Benedict que celui de Battersea où ils étaient passés d'appartement témoin en appartement témoin. Et pourquoi présumait-il qu'elle en avait connaissance ? Bizarre, non ? Croyait-il que le monde de Jess tournait autour de lui, et pas l'inverse ? C'était très probable. Il disait souvent ce qu'il convenait de dire plutôt que ce qu'il pensait réellement. Un commercial jusqu'au bout des ongles.

Elle essaya de s'imaginer sur une plage avec Martin. Trinquant avec lui, un cocktail à la main. Lui demandant de lui étaler de la crème solaire sur les épaules pour éviter de griller. Elle n'y parvint pas.

Elle tenta le même exercice, dans un appartement à Wimbledon, mais elle n'arrivait pas à concilier le style ultramoderne que favorisait Martin à celui, plus cosy, qui avait désormais sa préférence. Oui, cette rupture avait finalement été une bonne décision. N'empêche, comment osait-il s'arroger leurs vacances de couple ? Elle doutait fort qu'il ait prévu de partir seul, et cela l'énervait d'autant plus qu'il ait cru bon de l'en informer. Il y avait des milliers de plages aux eaux turquoise à visiter, pourquoi choisir cette destination et pas une autre ? Une femme avait dû lui tourner la tête, à tous les coups. Une agente immobilière branchée pour qui les meubles de famille étaient démodés et les touches personnelles malvenues. Ils étaient faits l'un pour l'autre.

Elle hésita à exposer sa carte à côté de celle d'Amanda sur la cheminée, puis y renonça. Cela ne ferait que lui rappeler de mauvais souvenirs. Au lieu de quoi elle s'inspira du sermon de Dréa et la jeta dans la poubelle des recyclables. Martin n'avait pas inscrit son adresse au dos, après tout, il ne devait donc pas attendre de réponse.

Dans ce cas, pourquoi lui avoir envoyé cette carte ?

Elle regarda ensuite un long moment la grande enveloppe de St Benedict (non manuscrite, impossible de savoir de qui elle provenait), puis la remisa dans un tiroir de la cuisine qui était en train de se transformer peu à peu en tiroir fourre-tout.

Son moral avait pris du plomb dans l'aile en quelques minutes. Elle se força à penser à quelque chose de joyeux.

13 h 01
À : WillWinters@LeJoyeuxTraiteur.com
De : JessGreen2000@gmail.com
Objet : RE : NOOOOOOOON !!!!!!!!!!

Cher Will,

Vous seriez atterré de voir mon frigo, il contient tout ce que vous détestez : plats préparés, barquettes micro-ondables, croquettes au fromage industrielles, saucisses apéritives en sachet... Rien qu'hier soir, histoire de consommer un peu de légumes, j'ai trempé des carottes dans un camembert fondu. Oui, je l'ai avalé en entier, et oui, c'était mon dîner. (Je me sers des efforts physiques effectués chez votre grand-père l'autre jour pour justifier le besoin calorique.) En dessert, j'ai mangé une *mince pie* chez une voisine, pour le calendrier de l'avent de la rue.

J'ai reçu votre carte aujourd'hui. J'adore la vache enguirlandée ! Cet e-mail est ma manière un peu bidon de vous retourner la pareille. Je n'ai pas vraiment l'esprit aux fêtes cette année (les croquettes au fromage sont une exception), et j'ai décidé de ne pas envoyer de cartes (mauvaise année, longue histoire, sans doute un peu comme votre séparation mais avec perte d'emploi, déménagement, coup de cafard et crise existentielle. J'ai hâte que le Nouvel An arrive ! Bon, j'ai l'impression que vous n'êtes pas le seul à raconter votre vie à un inconnu. Remarquez, à présent que vous m'avez envoyé une carte de vœux, est-ce encore le cas ? Sommes-nous amis maintenant ? Confidents ? Bizarre comme question, oubliez ça. Au cas où vous ne seriez pas au courant, écrire entre parenthèses rend le texte invisible).

Votre courrier était un antidote bienvenu aux autres que j'ai reçus en même temps : d'abord, une mystérieuse carte de mon ex. Mystérieuse parce qu'il m'annonce qu'il part aux Maldives pour les vacances de Noël et qu'il achète un appartement à Wimbledon. Cet homme qui affirmait qu'il faudrait un miracle pour l'éloigner de sa capitale chérie pendant les fêtes et un autre plus grand encore pour qu'il achète un appartement un jour (il voulait que sa première acquisition soit une maison à Notting Hill). Il y avait aussi une lettre de mon ancien employeur que je n'ai pas le courage d'ouvrir (sûrement pas une carte de vœux).

Bref, je vais vous laisser, vu que vous êtes le plus débordé de nous deux. Je ne commence pas mon nouvel emploi avant le 9 janvier, et ça me fait tout drôle d'avoir tant de temps libre. Je devrais en profiter pour me mettre au tricot ou à la philatélie, mais ça ne me tente pas trop. Si ça ne vous ennuie pas, je préfère me lancer dans l'espionnage. Souhaitez-moi bonne chance, je vais de ce pas enfiler mon grand imperméable et me cacher de poubelle en poubelle pour voir si votre grand-père a posé votre carte sur sa cheminée (sachant qu'il n'y a pas un, mais deux tuyaux de cheminée qui sortent de son toit). Je plaisante : ce n'est pas mon genre d'espionner.

Amitiés,

Jess

13 h 17
À : JessGreen2000@gmail.com
De : WillWinters@LeJoyeuxTraiteur.com
Objet : RE : NOOOOOOOON !!!!!!!!!!

Jess, vous avez ma permission d'aller espionner tant que ça ne vire pas à l'obsession. La suite plus tard. Pardon d'être expéditif, les vol-au-vent m'appellent ! Bises, W.

***

— Oups ! Attention !

Les pieds de Jess pédalèrent dans tous les sens et elle se raccrocha au premier truc qui lui tomba sous la main ; un truc solide comme le roc. Elle se redressa d'un coup de reins et rentra tête la première dans le torse de Josh. Sapristi ! Cet homme était une montagne de muscles. Elle leva les yeux vers son charmant visage tandis que son doux parfum emplissait ses narines, et espéra qu'il ne remarquerait pas son expression soudain rêveuse. Il pourrait être engagé comme doublure de… d'un acteur beau à tomber. Non, sa beauté était unique en son genre. Le genre « n'y va surtout pas, Jess, c'est un mirage ! ». Le genre qu'elle croyait désirer, si ce n'était ce petit hic indéfinissable et indissoluble qui la dérangeait.

— Merci, dit-elle en se dégageant doucement de ses bras. Du verglas, ajouta-t-elle en montrant le sol comme s'il devait absolument savoir où se trouvait la plaque qui l'avait fait glisser.

Bon sang, pas étonnant que Martin ait cherché à la remplacer par quelqu'un de mieux ! Il ne l'avait bien sûr pas présenté ainsi quand il s'était senti obligé de lui expliquer pourquoi, selon lui, rester ensemble était une mauvaise idée, mais il paraissait évident qu'il serait plus heureux avec une citadine du même acabit plutôt qu'avec une fille de la campagne comme elle, toujours un peu à côté de la plaque.

— Oui, j'espère qu'ils enverront vite les sableuses. C'est sans doute ce qui est arrivé à M. Winters, quand sa voiture a dévié vers la foule.

Jess se frappa le front de la paume.

— C'est ça ! Sa voiture a dérapé sur du verglas ! Je savais bien qu'il n'aurait jamais fait un truc pareil exprès !

Ils se tournèrent vers la demeure du vieil homme au fond de l'impasse. Elle était sombre, les rideaux tirés, comme d'habitude. Jess était passée devant tout à l'heure lors d'une petite balade pour soi-disant « admirer les décorations de Noël du quartier ». Même en fin d'après-midi, alors que des lumières brillaient dans le salon, elle avait eu du mal à voir à l'intérieur parce que la maison était un peu surélevée par rapport aux autres, comme si les nouveaux bâtiments, en sortant de terre, l'avaient repoussée de plus en plus haut, loin du tohu-bohu du monde extérieur, isolant M. Winters à l'abri dans son cocon. Puis M. Perkins avait sauté sur l'appui de la fenêtre en lui flanquant une trouille bleue, et elle avait déguerpi.

— Une idée de ce que tu vas faire pour ta soirée du calendrier de l'avent ? demanda Josh sans détourner les yeux de la bâtisse.

— Non. Et toi ?

— *Nada.*

Il lui lança un regard espiègle et se mit à fredonner un air de *Sweeney Todd*. Jess se sentit doublement toute chose. Il connaissait des comédies musicales ! Il était sans l'ombre d'un doute le Hugh Jackman de Christmas Street. En plus jeune. Et veuf. Et toujours interdit d'accès.

— Dréa va nous hacher menu si on ne l'éblouit pas.

— Je ne vous le fais pas dire ! intervint cette dernière en leur passant un bras autour du cou, les étranglant dans sa singulière accolade sportive.

Elle les relâcha et les observa tour à tour.

— Qu'est-ce qu'on regarde ?

— Le numéro vingt-quatre.

Dréa poussa un grognement agacé.

— Il ne m'a toujours pas répondu, ce vieux chnoque !

Jess se raidit devant l'insulte, puis elle se rappela que sa voisine était aussi protectrice envers M. Winters qu'elle-même.

— Peut-être qu'il préfère nous faire la surprise ?

— Oui, sûrement, dit Dréa en levant les yeux au ciel. Ça se voit que notre chère Jess est maîtresse d'école, tu ne trouves pas ? fit-elle à Josh.

— Ah oui, c'est vrai ! (Il écarta une touffe de boucles châtaines qui lui retomba aussitôt sur le front.) J'avais oublié que tu ferais peut-être la classe à mes petits monstres. Quel niveau tu enseignes ?

Dréa encouragea Jess d'un regard pas très subtil. Cette dernière, qui n'était pas fan des « petits monstres », parvint tout de même à sourire parce qu'elle savait qu'Eli et Zoé étaient des marmots mignons comme tout.

— Le CE1. Je m'occupe aussi des cours d'arts plastiques pour tous les niveaux, donc je verrai presque tous les enfants.

— Attends un peu ! C'est toi qui remplaces Mme Jameson ?

— Oui.

Jess n'avait fait que la croiser, mais elle lui avait paru très gentille. Elle avait la petite quarantaine et lui avait expliqué qu'elle avait toujours rêvé de devenir paysagiste, et préférait entamer une reconversion dès maintenant, avant d'être trop vieille.

— C'est dommage que ça se soit terminé comme ça pour elle.

Le ventre de Jess se contracta en même temps que son front.

— C'est-à-dire ?

Avait-elle été renvoyée, elle aussi ? Accusée de mauvais traitements ?

— Eh bien… que son mari ait été muté au Canada, répondit-il d'un ton qu'on utiliserait pour annoncer un cancer ou autre terrible nouvelle.

— En quoi c'est dommage ? Ils n'ont pas besoin de paysagistes au Canada ?

Josh eut un rire sec qui envoya un petit nuage de buée entre eux.

— Non, c'est pas ça. C'est que les enfants l'adoraient. Je n'ai jamais vu une prof aussi aimée, que ce soit par ses collègues, ses élèves, ou les parents. La mairie a envisagé de lui consacrer une plaque, mais comme elle est en vie… (Il haussa les épaules, l'air de dire que même une statue à son effigie en centre-ville aurait été un piètre hommage.) On s'est tous cotisés pour lui acheter de très beaux cadeaux pour son dernier jour. Oh, si tu avais vu les larmes ! Les enfants étaient inconsolables…

Jess commença à se fermer comme une huître tant la peur lui glaçait le cerveau. Elle baissa le nez sur ses bottines bordées de fausse fourrure. Elle devait remplacer l'enseignante la plus aimée de tous les temps ? Mais comment ferait-elle pour être à la hauteur ?

— Enfin, conclut Josh. Tu t'en sortiras très bien. Ils finiront par s'habituer.

Dréa attrapa Jess par le coude et l'éloigna de lui.

— Reprends-toi, miss.

Elles arrivèrent devant le numéro dix, un pavillon individuel, de la même taille que ses voisins mitoyens, pourvu d'une petite pelouse et d'une allée menant à une porte de garage rouge. La lumière du perron clignotait.

— C'est du morse ! cria Kev le mécano.

— Vous croyez qu'ils sont retenus en otages ? plaisanta une des Gem'n'Emm.

— Qui est-ce qui habite ici ? demanda Jess à Dréa.

— Les Nishio.

Elle réfléchit un instant.

— C'est un nom japonais ?

— Oui. Ils étaient à quelques-unes des soirées. Hiro, le mari, était venu enseigner à l'université dans le cadre d'une sorte d'échange, il a rencontré une belle autochtone, et badabim badaboum, les voilà quatre enfants plus tard installés dans une jolie banlieue anglaise.

Un professeur, comme elle. Qui avait décroché amour, mariage, et non pas un, mais quatre bébés. L'espoir d'accéder un jour au même degré d'épanouissement comprima le cœur de Jess. Peut-être pas les quatre bébés, mais… la bouffée de joie qu'elle ressentait jadis chaque matin quand la cloche de l'école sonnait et que les élèves se déversaient dans sa classe, ce serait déjà un bon début. À condition, naturellement, que les enfants se remettent de la perte de la plus que parfaite Mme Jameson.

— Il est prof de quoi ? se contraignit-elle à demander.

Dréa haussa les épaules.

— De lettres classiques, je crois. Littérature anglaise. Sa femme aussi. Quand ils ne sont pas à la maison des Brontë, ils courent les festivals Jane Austen, ce genre de trucs. Ils adorent se déguiser.

Jess sourit. Ils avaient l'air super, tous les deux. Elle-même avait un gros faible pour les héroïnes de caractère en bonnet à fronces. Si Will Winters lui apprenait à cuisiner autre chose que des œufs brouillés au micro-ondes, peut-être pourrait-elle les inviter à dîner un de ces jours.

— Tu sais ce qu'ils ont prévu ce soir ?

— Aucune idée. Oh, regarde, les volets s'ouvrent ! Est-ce que... ils sont télécommandés, tu crois ?

Cela semblait être le cas. Le silence s'abattit sur la foule tandis que les stores automatiques se relevaient pour dévoiler la famille Nishio dans un magnifique décor de Noël de l'époque victorienne. Il y eut des oh ! et des ah ! suivis d'applaudissements. Le souci du détail était ahurissant.

Il y avait un sapin superbement décoré, garni de véritables bougies au bout de ses branches à la symétrie parfaite. Mme Nishio, grande rousse aux joues roses, portait une robe prune qui paraissait tout droit sortie du vestiaire d'*Un chant de Noël*. Elle se tenait à une extrémité d'une antique table en chêne chargée d'un sublime repas de fête : un énorme jambon, un gâteau cannelé, un plat de pommes de terre au four. La totale. Faisant disparaître d'une main une télécommande dans sa poche, M. Nishio, gentleman replet, levait de l'autre un couteau au-dessus d'une appétissante oie rôtie d'où s'élevaient encore des volutes de vapeur.

Leurs deux plus jeunes enfants, des filles âgées de six ou sept ans, étaient vêtues d'exquises petites robes assorties en velours vert forêt.

— Elles sont jumelles, souligna Dréa. Craquantes, les mouflettes, non ?

Jess en convint. Elles étaient aussi parfaitement immobiles. L'une, l'air malicieux, brandissait une pièce de monnaie au-dessus d'un pudding tandis que l'autre, à califourchon sur un cheval en bois, portait dans ses bras un chat qui n'avait visiblement pas été briefé sur la règle du jeu : « Ne pas bouger. »

Quant aux garçons, le premier faisait mine d'avancer une chaise pour sa mère, et le deuxième tenait un joli paquet cadeau contre son oreille comme s'il le secouait pour deviner ce qu'il renfermait.

Puis le volet commença à redescendre.

— C'est tout ?

— On dirait.

— Merde, déjà ?

— Mark ! s'offusqua une Gem'n'Emm. Sois poli !

— Ils ne vont même pas nous proposer des sandwiches ? Ou des pommes de terre ? se désola Kev en se tapotant le ventre.

Son épouse lui enfonça le coude dans les côtes et lui rappela qu'un dîner tout à fait respectable les attendait à la maison.

Des enfants s'accroupirent pour continuer à profiter du tableau. Au moment où le volet atteignait le bas de la fenêtre, le chat surgit sur le rebord avec un pilon d'oie entre les crocs.

Dréa lança une nouvelle salve d'applaudissements.

— C'était bluffant ! Ça place la barre très haut pour vous autres, hein ? Kai, Rex, vous êtes prêts pour demain ?

— Absolument, Dréa. On n'a pas l'intention de vous décevoir.

— Vous n'avez pas intérêt ! tonna-t-elle avant d'éclater de son grand rire désarmant.

— Oh ! fit Kai, se dressant sur la pointe des pieds pour chuchoter à l'oreille de Rex.

Ils conférèrent un moment, puis Kai émit un « Ding ding ding ! » comme s'il tapait de son couteau contre un verre en cristal.

— Puisque vous êtes tous là, nous aimerions vous demander s'il était possible de se retrouver plus tôt, demain soir.

Quelques voisins crièrent leur assentiment, exprimant l'avis général.

— Parfait. Comme on sera samedi, vous serez libres de vous rendre ensuite à vos diverses soirées de Noël.

— On restera dehors pendant une heure environ, les prévint Rex. Habillez-vous chaudement.

— À quelle heure ?

— 17 heures.

Malgré les ajustements nécessaires, tout le monde finit par admettre que l'horaire leur convenait. Puis, comme si on avait actionné un interrupteur, la rue se vida d'un seul coup et il ne resta plus que Dréa et Jess.

Elles se regardèrent un instant puis gloussèrent.

— J'ai une bouteille de rosé dans le frigo, si ça te tente, proposa Dréa. Et des pâtes, si tu n'es pas trop difficile.

— C'est parfait pour moi, accepta Jess, heureuse de ce prétexte pour ne pas rentrer chez elle.

Elle se sentait bizarre depuis l'arrivée du courrier. Sa kryptonite se trouvait maintenant dans un tiroir de sa cuisine, sous la forme d'une enveloppe grand format, et lui rendait sa maison plus froide et austère que jamais.

11 décembre

Un bruit étrange retentit près de la tête de Jess. Un bruit qui ressemblait à s'y méprendre à un coassement de grenouille. Il faisait nuit noire. Elle tendit une main hésitante. Tiens... elle n'était apparemment pas dans son lit (dont le cadre était toujours en kit, d'ailleurs).

Le coassement recommença. À travers le brouillard de son demi-sommeil comateux, elle finit par se rendre compte qu'il s'agissait de son téléphone. Elle le chercha à tâtons, et l'entendit tomber de la surface molle sur laquelle elle était couchée et qu'elle supposa être un canapé. Elle bascula à sa suite. Pourquoi avait-elle si mal au crâne ? Elle ne se souvenait pas de s'être bagarrée hier soir, pourtant.

Elle entendit une douche couler au-dessus d'elle. Mais... sa salle de bains n'était pas au-dessus du salon. Ah, elle n'était pas chez elle. Elle était chez Dréa.

Elles avaient bu du vin la veille. Beaucoup de vin. Plus d'une bouteille, en tout cas. Il se pouvait qu'elles aient mangé des pâtes. Et visionné sur YouTube un paquet de vidéos de Dréa autour de l'an 2000, en pleine gloire, avec ses justaucorps léopard et ses brushings surdimensionnés. Elle était la Jane Fonda australienne. La, euh... la Davina du Commonwealth. Mais en mieux. Elle était sensationnelle. Step, jazzercise, thighmaster, elle maîtrisait tout. Elle avait enseigné ou pratiqué tous les styles de gym, porté toutes les tenues. D'innombrables pages Pinterest lui étaient consacrées. Elle avait très tôt délaissé la traditionnelle séance d'aérobic dans un studio à la lumière tamisée, où il y avait toujours une paire de fauteuils mauves, des tapis à motifs géométriques et d'énormes plantes artificielles en pots qui évoquaient une salle d'attente de dentiste plutôt que la salle de séjour que les producteurs avaient sans doute en tête. Elle avait inventé sa propre discipline : le Bondi Beach Body. Il lui avait fallu un certain temps pour percer dans le métier, mais elle y était parvenue, et elle avait rendu le sport accessible à tout un chacun. On pouvait s'habiller comme on voulait, s'installer où on voulait et, à condition d'y mettre un peu du sien, on obtenait « Un corps idéal pour parader en maillot ! » – slogan que Dréa avait fait répéter à Jess à maintes et maintes reprises, sans qu'elle réussisse à imiter son accent. La leçon s'était terminée en fou rire.

À un moment, quand Dréa l'avait invitée chez elle le jour de Noël si jamais son fils lui faisait faux bond, elles s'étaient mises à bafouiller de grandes déclarations d'amour avinées : « Je t'aime ! » « Nan, moi ch't'aime ! »

#Génance.

Le crâne de Jess émit un crissement. Pourquoi est-ce que son crâne crissait ? Elle le palpa du bout des doigts pour voir s'il n'était pas devenu friable. Non, elle portait juste une couronne en papier. Mais pourquoi… Ah oui !

Elles avaient effectué un raid dans le stock de crackers de Dréa (de belles papillotes de luxe avec des cadeaux vraiment utiles, comme des mini-tournevis pour les lunettes, ou des bouchons de bouteilles que, à la réflexion, elles auraient mieux fait d'utiliser). Elles s'étaient mis les chapeaux sur la tête et avaient entonné « *All by myself* » d'une voix passablement dissonante après que Dréa eut avoué qu'elle ne pensait pas que son fils viendrait.

— Qu'est-ce que tu fiches par terre ?

Jess se redressa en sursaut, s'apercevant un peu tard qu'elle avait une traînée de bave sur la joue. Elle repoussa sa frange en arrière, comme si cela allait arranger son allure par magie, et tenta un semblant de sourire.

— Pourquoi tu es par terre ? insista Dréa en la touchant du bout de sa basket.

— Tu vas courir, là ?

Dréa contempla sa tenue – un magnifique ensemble de sport Lululemon, haut uni et legging au subtil motif camouflage – puis revint à Jess.

— Une douche froide, puis un footing suivi d'une douche chaude, c'est la meilleure méthode pour éliminer l'alcool, tu sais. (Elle la fixa d'un œil sévère.) Mauvaise influence que tu es. Allez, debout ! Je te prépare un café avant de partir. À moins que tu ne veuilles m'accompagner ?

Un expresso bien serré plus tard, Jess refusa sa seconde invitation à « bouffer quelques kilomètres », préférant rentrer chez elle discrètement tant que le jour n'était pas encore levé. Au programme d'aujourd'hui : prendre une douche, trouver enfin une idée pour sa soirée du calendrier de l'avent, et réfléchir au moyen de surpasser l'insurpassable Mme Jameson. Ou alors, faire un somme.

Jess se leva d'un bond du canapé.

Elle vérifia ; oui, c'était bien le sien cette fois. Pas de filet de bave à déplorer. Elle jeta un œil sur son téléphone : 15 heures. Une journée entière gâchée. Ou esquivée, plutôt. Le énième message d'Amanda disant : « IL FAUT QU'ON PARLE ET VITE » avait résolu le mystère des coassements, mais lui avait aussi flanqué la chair de poule. L'Amanda qu'elle avait connue annonçait clairement les choses, elle n'attendait pas qu'on lui tire les vers du nez. Jess aurait pu mettre un terme au suspense en l'appelant, tout simplement, mais le fait que les sollicitations de son amie concordent avec la réception de la lettre de St Benedict lui semblait suspect. Cela lui faisait craindre le pire : que l'école et/ou les parents de Crispin aient décidé de la poursuivre en justice. À tous les coups, une grosse enveloppe du cabinet d'avocats Costard, Cravate et Pognon arriverait au courrier du jour.

Quelqu'un sonna à la porte, puis toqua, mais sans hurler « Youhou ! » ; ce n'était donc pas Dréa. Heureusement que les rideaux étaient clos, songea Jess ; son visiteur ne verrait pas qu'elle perdait son temps à larver sur son canapé. Dans l'entrée, elle se baissa pour se regarder dans le miroir – toujours posé au pied du mur, en attente d'être accroché –, constata que sa frange n'était qu'un petit peu de traviole et que les plis des coussins sur sa figure ne se remarquaient pas trop, et ouvrit avec un entrain qu'elle était loin de ressentir.

— Salut, ma chérie, comment tu vas ?

C'était Kai et Rex, aussi bien habillés que d'habitude. Kai l'embrassa sur les deux joues.

— Mmm, tu sens bon, dit Jess.

— Myrrhe et fève tonka. Tu aimes ?

— C'est de saison !

Rex lui fit à son tour la bise de rigueur.

— Moi, c'est encens et bergamote.

Jess approuva d'un hochement de tête le choix des parfums et agita sa main en coupe pour attirer à elle les délicieux effluves à la manière d'un chef cuisinier humant sa réduction de vin rouge.

— Rapport aux rois mages, j'imagine ? Et l'or, où il est ?

Kai lui accorda un rire indulgent.

— Il n'y a que deux reines venues te demander un service.

L'espoir et la joie qui se peignaient sur leurs visages à l'idée de lui présenter cette requête emplirent Jess d'une exaltation soudaine.

— Oh ! là, là ! Vous avez adopté un chiot et vous voulez que je le garde un moment, c'est ça ?

Les traits de Kai s'affaissèrent et Rex secoua la tête.

— Non, Jess, désolé.

— C'est moi qui suis désolée ! s'écria-t-elle, rouge de honte. Je ne sais pas ce qui m'a pris… (Elle s'interrompit avant d'aggraver son cas et dit :) Demandez-moi n'importe quoi. Je ferai tout ce que vous voulez.

— Ne dis pas oui trop vite, ma chérie. Tu ne sais pas encore ce qu'on va te demander.

Sage remarque. Si elle avait pris le temps de réfléchir avant d'agir à St Benedict, elle serait à l'heure actuelle en train de mettre son maillot de bain et son tube de crème solaire dans sa valise en vue de partir siroter des cocktails aux Maldives. Après avoir assisté aux obsèques d'Ethan, bien sûr. Elle refoula cette pensée. Ethan n'était pas mort ; c'est tout ce qui comptait.

— D'accord, je retire ce que j'ai dit, asséna-t-elle avec un sourire en coin pour montrer qu'elle plaisantait.

— Surtout pas ! s'exclama Kai, les mains jointes en prière, avec un petit air du chiot qu'il prétendait ne pas désirer. On a besoin d'une personne qui sache gérer une meute indisciplinée. Et par ça, on entend : les habitants de Christmas Street.

— Pourquoi ?

— Pour notre atelier de fabrication de couronnes.

Jess fronça les sourcils. C'était eux, les experts.

— Pourquoi vous avez besoin de mon aide ?

— Parce qu'on ne veut pas qu'elles soient moches.

Elle les dévisagea l'un après l'autre.

— Vous attendez de moi que je détecte les fautes de goût ?

— Pas exactement.

***

Deux heures plus tard, Jess se sentait presque dans son élément, à sa grande surprise. Elle adorait voir des groupes de joyeux lurons exercer leur créativité dans la bonne humeur, et à chaque nouvelle décoration collée sur une couronne, montait en elle un peu de cette euphorie que lui procurait un cours réussi. Elle n'était peut-être pas encore capable de rivaliser avec Mme Jameson, mais elle avait l'impression d'avoir accompli quelques petits pas dans la bonne direction.

Cerise sur le gâteau, elle échappait aux conversations gênantes avec Josh et ses enfants dans lesquelles Dréa n'arrêtait pas de l'embringuer. Elle passait de famille en famille, prêtant son doigt pour fermer un nœud par-ci, tortillant un bout de fil de fer sur une grenade par-là, enfonçant des clous de girofle dans des clémentines, s'attendant à rentrer chez elle imprégnée d'une odeur de pot-pourri de Noël – ce qui, tout bien considéré, n'était pas le pire des parfums.

Alors que Kai et Rex étaient vêtus de somptueux atours royaux (superbes turbans en soie et habits chatoyants), on lui avait collé un torchon sur la tête, une fausse barbe, et une vieille robe de chambre de Rex (laquelle était en réalité plutôt jolie). Les trois couches de vêtements qu'elle portait en dessous la faisaient ressembler plus au Bibendum Michelin qu'à un roi mage, mais les impératifs de protection thermique l'avaient emporté sur l'aspect esthétique en cette froide soirée d'hiver.

Le plus beau, c'est que tout le monde raffolait du concept de la séance : fabriquer une couronne de bienvenue pour l'offrir à quelqu'un d'autre.

Les deux organisateurs avaient emprunté les tables à tréteaux de Chantal, et n'ayant pas d'allée en dur devant leur maison, les avaient disposées sous les lampadaires au fond de l'impasse. On pouvait s'asseoir sur des chaises pliantes ou bien rester debout à la table, selon sa préférence. Il y avait aussi une plaque chauffante avec une grosse marmite de vin chaud et un plateau de *mince pies* exquises. (« On a conclu un marché avec la boulangerie du coin : en échange d'une couronne, ils nous approvisionnent en gâteaux. ») M. Winters ne s'était pas montré, mais Jess apercevait de la lumière derrière les rideaux de son salon.

Les tables fourmillaient d'activité. Suivant les instructions, on courbait des branches de sapin le long des armatures circulaires ou, en fonction de ses goûts, on enroulait un large ruban bien serré autour. Il y avait des montagnes de « touches personnelles » parmi lesquelles choisir : baies de canneberge, de houx ou de genièvre, longs écheveaux de ruban, saladiers remplis de rondelles d'oranges séchées, de grenades ainsi que d'une pyramide de choux de Bruxelles (« ils donnent super bien sur le cadre en forme d'étoile, si ça tente quelqu'un »). C'était incroyable de voir tous ces fronts plissés dans une intense concentration, ces cœurs qui balançaient entre tel ou tel gros nœud, tel fruit ou tel autre accessoire, comme le jour de la décoration de biscuits avec les vermicelles multicolores et les billes argentées. D'ailleurs – ce qui n'avait rien d'étonnant –, Chantal elle-même était en train de confectionner la plus fabuleuse couronne que Jess ait jamais vue, en dehors de celles de Kai et Rex.

— Jess ?

Une main élégamment gantée lui fit signe à l'extrémité d'une des tables. Elle se révéla appartenir à Mme Snodgrass, qui s'était mise sur son trente et un. En lieu et place de son habituel tailleur-pantalon en laine confortable et son manteau passe-partout sans doute acheté dans les années 1970, elle arborait, en plus d'une paire de gants en cuir fin, le type de toque en fourrure qu'on voyait généralement sur une Bond girl, le tout assorti d'un manteau long jusqu'aux chevilles. Elle paraissait prête à dévaler à ski une pente du Mont-Blanc, poursuivie par une bande de méchants armés de mitraillettes. Il ne manquait plus à la vieille dame que les skis.

— Oui, Martha ?

— C'est Mme Snodgrass, ma chère, jusqu'à nouvel ordre.

— Pardon, Mme Snodgrass, se reprit Jess, mouchée.

— Je t'en prie, appelle-moi Martha, susurra celle-ci, tout sourire. Dis-moi, comment dois-je faire pour que mon houx ait l'air blanchi de givre ?

Jess lui expliqua comment se servir de la neige en bombe, mais les doigts arthritiques de Martha lui compliquaient la tâche, et elle finit par le faire à sa place. Alors qu'elle lui rendait le brin, elle la vit dissimuler un bâillement derrière un mouchoir brodé.

— Petite nuit ?

— Elles le sont toutes, gémit sa voisine.

— Comment ça ?

Martha jeta un regard vers l'autre bout de la table, où Tyler donnait un concert d'air guitar à la Jimi Hendrix devant un public d'enfants.

— Il est très talentueux, tu sais, quand il veut bien jouer des mélodies convenables.

— J'imagine que ça n'arrive pas très souvent ?

— Ça n'arrive même jamais.

— Vous devriez sévir, Martha, s'immisça une voisine que Jess n'avait jamais vue (l'infirmière, peut-être ?). Faire intervenir quelqu'un. Je peux appeler la police pour vous, si vous voulez. Me plaindre des nuisances sonores.

— Non, nous en avons déjà discuté. (Elle écarta la suggestion d'un geste puis indiqua une grosse bobine de ruban rouge.) Est-ce que tu pourrais me faire un beau nœud avec ça, Jess ? Cela ne te dérange pas ?

— Non, pas du tout, dit Jess, amusée.

Elle avait l'impression que Mme Snodgrass prenait autant de plaisir à se plaindre de Tyler que lui à balancer ses solos de guitare.

Elle déroula une bonne longueur de ruban et se mit à l'œuvre. Elle ne s'attendait pas à apprécier à ce point de travailler avec ses mains. C'était un peu comme à St Benedict, mais sans le poids des règlements, et sans la peur de couvrir de paillettes les uniformes des élèves qui coûtaient une fortune (une misère, en réalité, comparé aux frais de scolarité). Cela se rapprochait de la vie dont elle avait rêvé lorsqu'elle avait acheté la maison de Christmas Street en vue d'enseigner dans une école normale à des enfants normaux. Autrement dit, c'était super. Quand Kai et Rex lui avaient demandé son aide, son premier réflexe avait été de se braquer, comme quand ses parents lui avaient suggéré de reprendre du service en douceur par le biais des cours en ligne. Et de la même manière, elle se rendait compte à présent que c'était exactement le remède dont elle avait besoin pour se rappeler combien elle aimait enseigner. Sans parler de la joie de bidouiller avec des tas de fournitures artistiques gratuites.

Elle tendit à Martha le nœud qu'elle avait façonné.

— J'adore votre tenue.

— Oh, ça ? (Elle agrippa de ses mains gantées le col en fourrure qui encadrait sa mâchoire délicate.) J'avais oublié que je l'avais. Je l'ai retrouvé l'autre jour en fouillant dans mes armoires, et je me suis dit : pourquoi pas ?

— En effet, pourquoi pas ?

Rex les rejoignait, une grosse boîte de pommes de pin dorées et argentées calée sur la hanche.

— Il est sublime. Et vous êtes sublime dedans. Il vient d'où ?

— Il est à moi. (Elle resserra les doigts d'un geste possessif.) C'était un cadeau.

— Non, Martha, je voulais savoir quel styliste l'avait créé. Ce n'est clairement pas du prêt-à-porter.

Le visage de la vieille dame s'illumina, puis s'imprégna d'une douceur nostalgique.

— Dior, mon cher, confia-t-elle d'une voix rauque que personne ne lui avait jamais entendue, une voix d'animatrice d'émission de radio nocturne.

Rex poussa un sifflement.

— Joli cadeau !

Elle haussa les épaules.

— Les seventies étaient une autre époque. Surtout à Soho.

— Ah, c'est un Londonien qui vous l'a offert, alors ?

— Non. (Elle marqua une pause, puis répondit dans un murmure :) Un Parisien.

— Oooh, madame, voyez-vous ça ! Un amant parisien !

— Ce n'était pas un amant.

Elle arqua un sourcil impérieux et, se protégeant les yeux de la lumière des lampadaires, elle déclara :

— C'était un fan.

— Ah bon ?

Rex posa sa boîte et s'accroupit pour qu'elle ne se torde plus le cou en levant la tête vers lui. Elle grimaça, hésitant à en dire plus, puis avoua d'un ton un peu sec :

— J'étais chanteuse.

— Martha, vilaine cachottière ! (Rex balaya la foule du regard.) Tyler, tu as entendu ça ?

Il se remit debout et fit signe au musicien d'approcher. Aussitôt, l'expression de Martha vira à l'aigre.

— Arrête ! Ce sont mes affaires et j'aimerais que ça le reste, merci bien.

Jess lui pressa le bras mais la vieille dame se dégagea et se leva, chancelant légèrement avant de retrouver l'équilibre.

— J'en ai terminé, Rex. Je te remercie pour cette belle soirée. Bonne nuit.

Elle partit sans un regard en arrière, les laissant tous comme deux ronds de flan.

— Je ne voulais pas… bredouilla Rex.

— Bien sûr, le rassura Jess.

Pas plus que les autres elle ne comprenait le brusque revirement de Martha. Ses yeux se posèrent sur la table.

— Oh, elle a oublié sa couronne ! Est-ce que je la rattrape ?

— C'est pour offrir qu'on les fabriquait, après tout, non ?

— Quelqu'un sait à qui elle destinait la sienne ?

— Josh, lui répondit un chœur de voix.

— Elle le gâte souvent, nota une personne.

— Moi aussi, je voulais donner la mienne à Josh ! se plaignit une autre.

— C'est vrai ? Pas possible ! Moi aussi !

Entre gloussements de rire et soupirs de déception, on s'aperçut que tous les habitants de la rue comptaient offrir leur couronne de bienvenue au beau veuf.

— Josh ! appela Rex.

Au bout de la table, celui-ci, ses enfants et leur bouvier bernois s'employaient à fixer des clémentines sur un cercle en fils métalliques.

— Tu as besoin d'une couronne ?

— Ha ! Non, merci ! On en a déjà une sur la porte d'entrée, une sur la porte de derrière, et une sur le portillon. Les mamans de l'école ont été très généreuses.

Des regards déconfits furent échangés.

Jess jeta un coup d'œil vers la bâtisse derrière elle.

— Et si on la donnait à M. Winters ?

Il y eut un grand silence. Puis :

— Bof, je ne sais pas si ça lui ferait plaisir.

— Il ne fête jamais rien.

— Il plante des fleurs au printemps, fit-elle remarquer.

— Mais le printemps, c'est pas pareil.

— Non, mais…

— Mais rien du tout. Est-ce qu'il en fait une pour toi, lui ?

— Il fera quelque chose le 24 décembre, en tout cas ! s'imposa une voix à l'accent australien.

Un silence gêné parcourut la tablée.

— Vas-y, Jess, reprit Dréa. Offre-la-lui si tu as envie. Je suis sûre que Martha serait d'accord.

Jess sentit le poids de tous les regards atterrir sur elle. Cela lui fila la chair de poule. Exactement comme la fois où elle avait crié à Crispin : « Ne t'avise pas de faire ça ! » Elle avait décidé de suivre son impulsion, et ça s'était très mal terminé. Jamais un réflexe ne lui avait coûté aussi cher.

Elle se tourna vers Rex, l'interrogeant du regard.

— C'est à toi de voir, ma chérie. Aucun de nous n'a créé de lien avec lui.

— Il a failli renverser mon fils ! s'indigna une Gem'n'Emm.

— C'était un accident, objecta quelqu'un d'un ton pas très convaincu.

— Vraiment ? Tu crois ça ? riposta-t-elle.

Kai s'élança vers la table pour poser une enceinte portable en plein milieu. Puis, les mains en porte-voix, il cria afin de réclamer l'attention :

— S'il vous plaît ! Si on remplissait nos verres de vin chaud et qu'on chantait tous ensemble « *Do they know it's Christmas ?* »

Les épaules se relâchèrent, la tension retomba et bientôt, tout le monde chantait à tue-tête. Tyler grimpa sur une table et les accompagna d'un numéro d'air guitar passionné. Les rires et la musique emplirent à nouveau l'atmosphère.

Tout à coup, le fracas d'une porte qui claque résonna dans l'impasse, et la foule se tut. On n'entendait plus que la petite voix de Boy George sortant de l'enceinte.

— Ça suffit, ce boucan !

C'était M. Winters.

Le cœur de Jess se serra.

La chanson prit fin.

Sans attendre de réponse, il fit demi-tour et réintégra d'un pas rageur sa maison.

12 décembre

Jess se trouvait sur un terrain glissant. Et pas seulement au sens figuré. Durant la nuit, comme si le froid jeté entre M. Winters et les résidents de Christmas Street s'était étendu à la nature elle-même, la rue s'était couverte d'un épais tapis de givre. Joli, mais périlleux.

Bien que la pâle lumière du jour commençât à peine à poindre, Jess était debout depuis des heures. Son instinct la poussait dans une direction, mais sa réticence à s'attirer des problèmes la poussait dans une autre. Après un long débat intérieur et deux mugs de chocolat chaud, elle avait mis la dernière main à la couronne de Mme Snodgrass, l'avait passée à son bras, et était sortie en vue de demander à cette dernière la permission de l'offrir à M. Winters.

Ce n'était pas un hasard si le vieil homme était malheureux, ou si Martha s'était si soudainement mise en colère. Il existait une raison à leur attitude, de la même façon que la panique faisait perdre sa langue à Jess chaque fois qu'on lui demandait ses impressions à la perspective de remplacer Mme Jameson en début d'année.

D'un pas précautionneux, elle se dirigeait vers le numéro vingt et un.

Un gros SUV familial qui descendait la rue s'arrêta à sa hauteur. La vitre teintée se baissa, laissant apparaître une Gem'n'Emm.

— Tout va bien, Jess ? Tu prends le raccourci pour aller à l'église ?

Jess se figea, regrettant de ne pouvoir se planquer derrière la couronne à son bras. Après le fiasco de la veille, elle se voyait mal lui expliquer qu'elle partait jouer les Casques bleus et accrocher une couronne à la porte de M. Winters. Elle avait entendu une bande de Gem'n'Emm se jurer de boycotter la soirée du 24 si jamais, par le plus grand des miracles, le vieux bougon se décidait à organiser quelque chose. Il essaierait sûrement de les empoisonner, avait chuchoté l'une d'elles un peu trop fort.

— Non, je me promène, c'est tout, répondit-elle.

La conductrice lorgna la couronne avant de relever les yeux.

— Oh, dommage ! Je t'aurais emmenée, on aurait pu discuter.

— Désolée.

Jess se doutait que la discussion en question aurait inclus toutes sortes d'arguments pour la persuader de se ranger à l'opinion dominante au sujet de M. Winters. S'il y avait une chose qu'elle détestait, c'était qu'on cherche à influencer son avis sur quelqu'un au mépris de son intuition personnelle. Elle devait se convaincre qu'elle avait raison. Qu'elle prenait la bonne décision. Sans quoi tout ce qui faisait d'elle ce qu'elle était risquait de tomber en poussière.

— Il y aura une très belle messe pour les enfants le week-end prochain, annonça sa voisine d'un ton plein de sous-entendus. Mme Jameson aidait toujours à la préparer. C'était une femme extraordinaire.

— Oh, ça m'a l'air sympa, répondit Jess sans trop se mouiller.

La Gem'n'Emm renifla et ajouta :

— Si cela t'intéresse, naturellement. Je connais les personnes chargées du catéchisme à l'école, alors je me disais que…

Elle se tut brusquement, comme si Jésus lui avait soufflé à l'oreille que tout le monde était le bienvenu parmi ses ouailles, même ceux qui n'allaient pas à l'église tous les dimanches.

— Il y aura une crèche, des chants de Noël et tout ça, reprit-elle d'un ton animé. On te trouvera bien une petite place derrière, avec les enfants ! (Son expression vira soudain à la commisération.) Dréa dit que tu seras seule pour les fêtes. On sera ravis de te prendre sous notre aile ! À moins, bien sûr, que tu n'aies d'autres projets ?

La question sonnait davantage comme une accusation que comme une invitation.

Jess se força à sourire. Cette femme cherchait juste à se montrer gentille à sa manière. Ce n'était pas sa faute si Jess n'avait rien de prévu pour le jour de l'année qu'elle préférait entre tous.

Deux ans plus tôt, elle aurait su exactement comment les fêtes se dérouleraient. Elle passerait les vacances chez ses parents. Martin serait convié et déclinerait la proposition. Ses parents se désoleraient de la voir si maigre et si fatiguée, ils la gaveraient de nourriture et circuleraient à pas feutrés pour la laisser dormir. Après le dîner, ils choisiraient chacun leur tour le film de Noël du soir. (Les histoires de princesses sur Netflix pour Jess, un épisode de la série des *Die Hard* pour son père, et pour sa mère, *La vie est belle*, celui-là et aucun autre. Ils adoraient aussi à l'unanimité *Elfe*, *Miracle sur la 34e rue* et *Love Actually*.) Ils feraient de longues balades dans la campagne en famille et entre amis, et partageraient un punch chez l'oncle Colin même si chaque année ils juraient qu'on ne les y reprendrait plus à cause de la terrible gueule de bois du lendemain. Pendant ses moments libres, Jess chercherait sur Google quoi s'acheter avec l'argent offert pour ses étrennes par les parents d'élèves de St Benedict. L'année précédente avait été exceptionnelle, question cadeaux : un bon de trois cents livres chez John Lewis, quatre bougies Jo Malone, un abonnement pour recevoir un bouquet de fleurs chaque mois, et l'incontournable invitation au chalet en tant que « préceptrice » des enfants. Invitation qui lui flanquait la trouille et qu'elle refusait systématiquement. À croire qu'un jour, au lieu de lui demander de falsifier les notes de leur gamin, les parents lui ordonneraient d'assassiner une baby-sitteuse qui avait couché avec un mari volage, ou de donner son passeport à une domestique sans papiers qu'ils retenaient captive depuis plusieurs années parce que personne ne repassait les cols de chemises aussi bien qu'elle. C'est cette vision du monde toute subjective qui l'avait conduite ici, en plein cœur de la vraie vie, parmi les vraies gens, là où elle désirait être. Mais rien de tout cela ne l'aidait à inventer une excuse valable pour esquiver la présente invitation.

— Jess ?

Les rejetons de la Gem'n'Emm avaient à leur tour ouvert leur vitre et la regardaient comme si eux aussi tenaient absolument à savoir quels étaient ses projets pour Noël.

— Tu pourras même dîner avec les enfants, si tu veux. On mange toujours des tacos avant le service, n'est-ce pas, les enfants ?

— Des tacos ! s'écrièrent-ils en applaudissant. Miam !

Jess ne résistait jamais à un plat de tacos, en général. Elle appréciait moyennement qu'on la mette dans le même sac que les enfants, vu qu'elle était tout de même majeure et vaccinée, mais elle aimait tellement cette période de l'année autrefois, surtout ce qui impliquait les plus jeunes. Jusqu'à ce qu'elle soit licenciée et contrainte d'assister à la crèche vivante, aux chants de Noël et au discours de remerciement aux parents pour leur contribution, et tout particulièrement à la famille Anand-Haight qui s'était montrée si généreuse « malgré tout ».

— On te laisse réfléchir ? suggéra la Gem'n'Emm.

— Oui, merci.

Avec un sourire penaud, Jess les salua machinalement tandis qu'ils refermaient leurs vitres et repartaient en direction de l'église dont elle entendait sonner les cloches.

C'était gentil, cette invitation. Adorable, même. Elle aurait agi de la même façon envers une nouvelle voisine isolée, si elle avait été entourée d'une joyeuse famille remontée à bloc pour les fêtes. À présent elle avait l'embarras du choix, entre la proposition de Dréa (si son fils ne venait pas), celle de Kev à partager avec eux la dinde frite familiale, et celle de Mme Snodgrass à boire un verre en regardant le discours de la reine. Chaque fois, son cœur s'était gonflé de gratitude : la rue où elle avait décidé de vivre était remplie de gens fantastiques.

Elle dirait non, bien sûr. À chacune d'entre elles. Les accepter impliquerait de vraies conversations, pas comme les soirées du calendrier de l'avent où on se bornait à bavarder de tout et de rien. Il y aurait aussi du vin. Et des questions. Trois choses qui, additionnées, mèneraient immanquablement à un grand déballage en règle. Elle raconterait toute l'histoire, dans ses détails les plus sordides. Non, elle n'avait pas l'intention de tomber encore dans ce piège.

Perdue dans ses pensées, elle eut un choc en se retrouvant nez à nez avec Martha qui déposait un carton sur le pas de sa porte.

— Tout va bien ? demanda celle-ci en la voyant.

— Oui, désolée, je…

Elle s'apprêtait à lui montrer la couronne, mais avant qu'elle puisse lui exposer sa mission, la vieille dame la coupa.

— Je te dois des excuses, Jess. Pour avoir été si cassante.

— Mais non…

— Si. Je vis dans cette peau depuis largement plus de soixante-dix ans, je sais quand je suis cassante ou pas. Je l'ai été, et je n'en suis pas fière.

— Ce n'est pas la peine de vous excuser.

— Tu as tort, cela s'impose. On doit tous prendre soin de ceux qui nous entourent, et j'ai été incorrecte.

Jess voulut la contredire à nouveau, mais elle se ravisa. Martha avait beaucoup plus de bouteille et, ainsi qu'elle venait de le lui faire remarquer, se connaissait mieux que personne. Elle baissa les yeux vers le carton et vit des plumes dépasser. Des plumes qui ressemblaient fort à celles du boa que Kai et Dréa se partageaient.

Martha surprit son regard.

— Il n'y a rien à voir là-dedans, jeune fille.

— Oh, je ne suis pas d'accord, répliqua Jess, prête à courir chez Dréa lui annoncer qu'elle n'aurait peut-être pas à se contenter d'un mi-temps, en fin de compte. On dirait presque le même boa que celui qu'on a trouvé l'autre jour !

— Non, l'autre était en plumes d'autruche, celui-ci est… (Elle se tut, pinça fermement les lèvres et secoua la tête.) Oh, tu as l'œil, toi. Une véritable Angela Lansbury, hein ?

Jess se fendit d'un sourire en coin qu'elle espérait mystérieux et malicieux à la fois. Elle se voyait bien endosser le rôle de détective du quartier, c'était trop marrant.

Martha leva les bras au ciel, exaspérée.

— C'est bon, d'accord ! Oui, c'est moi qui ai donné le boa. Je ne pensais pas être capable de me séparer du deuxième, mais réflexion faite, ce n'est pas un problème. Je suis disposée à tout jeter.

— Quoi ? Que voulez-vous dire ?

Un doigt noueux se pointa vers le carton.

— Le manteau et la toque sont dedans aussi. C'est ridicule de ma part de les avoir sortis de la naphtaline, et plus ridicule encore d'avoir cru possible de revivre mes jours de gloire.

— Vos jours de gloire ?

L'humeur de Martha changea d'un seul coup, passant de la hargne à la mélancolie. Elle adressa à Jess un sourire doux et triste, et lui tapota le bras.

— Tu comprendras un jour, quand tu seras vieille et chenue. C'est malheureux à dire, mais les jeunes comme toi s'apercevront bien vite que la vie est pleine de rêves auxquels il faut renoncer.

On entendit soudain un grand fracas à l'intérieur de la maison. Martha sursauta et perdit l'équilibre. Jess bondit pour la soutenir et, entraînée par son élan, poussa la porte. Là, au pied de l'escalier, gisait Tyler dans son jean skinny, telle une araignée, bras et jambes emmêlés.

— Mon Dieu, Tyler ! s'écria Martha, affolée.

Elle n'eut pas le temps de courir à sa rescousse que son protégé se relevait déjà, un grand sourire aux lèvres.

— Pas d'inquiétude, Mme S. C'est moi qui ne regardais pas où je mettais les pieds. (Il se retourna et désigna deux cartons sur lesquels il avait vraisemblablement trébuché.) Tiens, tiens, qu'est-ce qu'il y a là-dedans ? Le père Noël est passé en avance ?

Mme Snodgrass grogna.

— Je voulais les transporter dans la voiture avant que tu ne descendes, mais avec mes vieilles douleurs…

Tyler fut à ses côtés en une seconde, et il la conduisit vers un fauteuil à l'air très confortable et très utilisé. Un chat se prélassait sur le dossier, et sauta sur les genoux de Martha dès qu'elle s'y installa.

— Vous avez perdu la tête ou quoi ? ronchonna le musicien. Qu'est-ce que je vous ai dit ? C'est à moi de porter les choses lourdes, pas à vous !

Restée sur le pas de la porte, Jess sentit son cœur se serrer. Elle comprenait mieux pourquoi Martha ne jetait pas son pensionnaire à la rue. Il la dorlotait comme si elle était sa propre grand-mère. Durs à l'extérieur, tendres à l'intérieur, tout autant l'un que l'autre.

— Tu veux me faire dépenser mon budget chauffage en une journée, jeune fille ? lança Martha, le sourcil incurvé, la mine royale, en caressant le dos de son chat.

Jess referma la porte devant elle, la couronne toujours à son bras. Sa mission avait tourné court et elle se sentait très bête.

— Non, mets-toi de l'autre côté de la porte ! cria Martha à travers le battant.

Tyler lui rouvrit.

— C'était sa façon de t'inviter. Jess, c'est ça ?

Il referma derrière elle une fois qu'elle fut entrée, et lui tendit la main.

— Tyler Butterfield.

— Enchantée.

— De même. Bon, au boulot !

Il se frotta les mains et se dirigea vers les cartons.

— Attention, jeune homme, c'est lourd !

Il en souleva un avec un grognement d'effort.

— Mais qu'est-ce que vous avez mis là-dedans ?

— Rien qui puisse t'intéresser, se rembrunit Martha.

Il déplia les rabats.

— Tyler !

— Des vinyles ! s'écria-t-il, faisant la sourde oreille ; il posa le carton sur la table basse et s'agenouilla devant. Martha Snodgrass, espèce de vieille fripouille !

— Un peu de respect, Tyler Butterfield. Et fais-moi le plaisir de refermer ce carton et de l'emporter dans la voiture.

— Non, pas si vous comptez les jeter, répliqua-t-il sans vergogne. Je les garde ! Tu as vu ça, Jess ? John Coltrane,

The Bird, Ella Fitzgerald. Merde alors, Martha, vous aviez de bons goûts musicaux !

— Reste poli, Tyler. Et je te signale que j'ai toujours de bons goûts musicaux. Je ne suis pas encore morte.

Il fit un grand sourire à Jess.

— Je parie que je claquerai avant elle ! (Il montra un album à sa logeuse.) C'est qui, Marti Morgan ?

Il y avait sur la couverture une très belle femme revêtue d'un épais et somptueux manteau de fourrure, sortant d'un établissement nommé « Ronnie Scott's ». Si Jess avait bonne mémoire, il s'agissait d'un club de jazz londonien situé en plein cœur de Soho. Un afflux d'adrénaline la traversa. Ce manteau était le même que celui que Mme Snodgrass portait la veille.

— Est-ce que c'est vous, Martha ? demanda-t-elle.

Une ombre, plus noire encore, voila de nouveau le visage de sa vieille voisine. Consciente qu'elle touchait à quelque chose de très intime, Jess ne savait plus où se mettre. Elle aurait mieux fait de rester sur le perron, finalement.

— Range-moi ça, Tyler ! ordonna Martha. Je veux que ça parte à la décharge.

Son ton était si dur que Jess et lui détournèrent tous deux les yeux. Brusquement, Tyler se leva et se rua dans les escaliers. On entendit ses pas à l'étage, puis un choc sourd, quelques jurons, et il redescendit avec une platine sous un bras et une enceinte dans la main. Il farfouilla derrière le canapé pour brancher le tout, puis sortit le disque de sa pochette, le plaça sur la platine et sourit à Martha.

— Voyons voir ça…

— Non !

— C'est moi qui décide, cette fois.

Il posa l'aiguille sur le disque en rotation.

Martha fit mine de bondir du fauteuil, puis elle se renfonça dans les vieux coussins en fermant les paupières, résignée.

Elle pressa les doigts contre son front, comme prise de migraine, tandis que les premières notes d'une voix cristalline jaillissaient de l'enceinte.

Ils écoutèrent quelques minutes d'une oreille captivée, après quoi Tyler s'assit sur ses talons.

— Putain, Martha, vous êtes sensationnelle !

— Reste poli, Tyler, gronda la vieille dame, les yeux toujours clos.

Malgré tout… Jess hallucinait, ou était-ce la vague ébauche d'un sourire sur ses lèvres ?

Une heure et une tasse de thé plus tard, l'atmosphère s'était nettement détendue et Jess leur dit au revoir après leur avoir arraché la promesse qu'ils la rejoindraient le soir même à la réception du numéro douze.

— Vous avez une idée de ce que vous ferez, vous ?

Martha secoua la tête.

— Je n'y ai même pas réfléchi. Je comptais jouer la carte du vieil âge et laisser Tyler s'en occuper.

— Merci de me prévenir, « Marti » ! la chambra Tyler.

— Vous devriez présenter un duo, suggéra Jess.

Elle regretta aussitôt d'avoir ouvert la bouche en voyant le regard assassin de sa voisine.

— Pas un mot de tout ceci, à personne ! gronda celle-ci.

Jess se zippa les lèvres et jeta la clé.

— Motus et bouche cousue. Et vous êtes sûre de bien vouloir que je donne ça à M. Winters ? demanda-t-elle en levant la couronne, le visage au milieu du trou.

— Sûre et certaine. (Elle lui pressa le bras de sa main ridée.) Pendant que tu y seras, tu pourras me rendre un service, s'il te plaît ?

— Bien sûr.

— Dis-lui que j'en ai assez d'être la seule vieille gâteuse à me geler les fesses dehors tous les soirs.

En dépit de son expression sévère, on décelait une étincelle dans son regard.

Jess, mue par une impulsion soudaine, se pencha pour planter un baiser sur sa joue parcheminée. C'était ça, le véritable esprit de Noël. Traiter les gens avec gentillesse, même les plus grognons.

— Ce sera avec plaisir.

Dix minutes après, elle se trouvait face à M. Winters et crachait :

— Un très joyeux Noël à vous aussi, M. Scrooge !

Il lui claqua la porte au nez. Elle comprenait, vu la volée d'invectives qu'elle venait de lui balancer.

Se retenant à grand-peine de jeter la jolie couronne de Martha contre le battant, Jess fit demi-tour, verte de rage, descendit les marches, franchit le portillon, couva la maison d'un regard noir en s'efforçant de discerner une pensée cohérente à travers le rugissement assourdissant du sang à ses oreilles, et en arriva à cette question : « Que pouvait-elle faire pour rendre l'homme le plus grincheux de l'impasse encore plus grincheux ? »

Elle finit par trouver la réponse.

Et passa à l'action.

13 décembre

23 h 57
À : WillWinters@LeJoyeuxTraiteur.com
De : JessGreen2000@gmail.com
Objet : Nouvelles de Christmas Street

Cher Will,

J'espère que vous ne vous êtes pas noyé sous les vol-au-vent et les pilons de dinde ! Vous avez été trop débordé pour m'écrire, j'imagine. L'avant-dernière semaine avant Noël doit être pire que tout.

Voici quelques nouvelles. Nous avons fait un atelier de fabrication de couronnes de bienvenue devant chez votre grand-père avant-hier, et terminé par une chansonnette qu'il n'a malheureusement pas du tout appréciée (le bruit a dû perturber sa petite soirée tranquille). Je l'ai revu hier soir pour lui remettre la couronne qu'une autre habitante de la rue, Martha Snodgrass (qui, je viens de le découvrir, cachait un passé de chanteuse de jazz !!!), avait confectionnée et voulait gentiment lui offrir. Elle est maintenant accrochée sur son portillon. Avez-vous déjà vu la maison ? Elle est entourée d'une authentique clôture en bois. J'adore ce type de palissade ! Avec la couronne dessus, ça donne aux lieux un joyeux petit air de fête. Tout comme... euh... la douzaine d'autres couronnes qui l'accompagnent.

Pour tout dire, lui et moi avons eu un minuscule différend de rien du tout à propos de cette couronne (et de Noël dans sa globalité). Après un échange verbal un peu vif, il est possible qu'il m'ait claqué la porte au nez. Je ne l'ai pas très bien pris et j'ai peut-être, par accident ou non, demandé à tous les voisins qui ne dormaient pas encore à 22 heures hier soir de m'autoriser à suspendre leurs couronnes à sa clôture en signe de protestation. Il est un tantinet réfractaire à Noël, mais j'avoue que c'est aussi mon cas, donc je ne juge pas ! Du moins pas trop.

Il se trouve que demain, c'est à mon tour d'organiser la soirée du calendrier de l'avent (plus que 24 heures, le compte à rebours est lancé). Je n'ai absolument aucune idée de ce que je vais faire. Celle d'hier était chouette : jeu de la queue de l'âne version « nez de Rudolf » et vin chaud aux épices (on buvait du vin avant de jouer, sauf si on n'était pas majeur, auquel cas c'était du sirop de cassis). Celle d'aujourd'hui était bizarre, par contre. Peut-être parce qu'ils sont au numéro 13, je ne sais pas, mais quand on est arrivés, ils nous ont distribué des ustensiles : balai, chiffon à poussière, aspirateur... et des bonnets de lutins. Après quoi on a tous été mis au travail avec pour consigne de créer le « monde féerique du père Noël ». Ce qui voulait dire, pour mes voisins, nettoyer la maison et la décorer pour Noël sous leur houlette. (Note à moi-même : ne jamais accepter d'invitation à dîner du numéro 13, je risquerais d'avoir à le cuisiner !)

Vous voyez de quoi il est question, au fait ? Moi je n'avais jamais entendu parler de calendrier de l'avent grandeur nature avant de venir vivre ici. En gros, on a transformé la rue, qui contient vingt-quatre maisons, en calendrier de l'avent géant. Numéro 1, bataille de boules de neige, numéro 2, chorale de kazoos, et ainsi de suite. Un vrai cauchemar pour moi qui avais décidé de ne pas fêter Noël cette année. Je n'ai qu'à rester planquée chez moi comme votre grand-père, me direz-vous, mais je dois bien reconnaître que certaines des soirées étaient géniales, et en tant que nouvelle arrivante en bonne voie de se métamorphoser en ermite, décorer des biscuits et fabriquer des couronnes est une manière comme une autre de lier connaissance avec ses voisins. Vous ai-je déjà dit que je n'avais aucune idée de ce que j'allais faire demain ? Rien, nada, que pouic ! Ma cervelle est vide de toute pensée créative.

Je vous débite tout ce qui me passe par la tête, désolée. (Dréa, ma voisine/nouvelle amie/pousse-au-crime avait une flasque de rhum qu'elle proposait à la ronde, et je teste ici la technique « écrire ivre, corriger sobre », même si je doute que ce soit un bon conseil.)

Oh, et puis trêve de balivernes ! Je suis de mauvais poil, j'avoue. J'étais toute joyeuse dimanche (après avoir découvert le secret de ma voisine la chanteuse de jazz), et ensuite je suis allée chez votre grand-père, et il était tout « scrogneugneu, allez voir ailleurs si j'y suis », et malgré tous mes efforts pour rester guillerette et ne pas lui révéler que je sais tout à votre sujet (enfin pas tout, juste un peu), il refusait de se laisser contaminer par ma bonne humeur. Alors qu'on doit tous tâcher de garder le sourire, non ? C'est la saison des fêtes, après tout. Et c'est là qu'il m'a claqué la porte au nez. Ça m'a renvoyée à des souvenirs que, entre vous et moi, je revisite déjà un peu trop fréquemment à mon goût.

Voulez-vous que je vous en parle ? (#AttentionSpoiler : je comprendrais que vous déclariez forfait à ce stade.) Bon, je vous en parle. (#DernierAvertissement) Il y a de ça un an, trois semaines et... six heures, à peu de chose près, ma vie a été mise sens dessus dessous à cause d'un sandwich au fromage (brie et canneberge, si ça vous intéresse). De quelle façon, vous demandez-vous peut-être, un sandwich au fromage peut-il réduire à néant la créativité d'une personne, la forcer à déménager et hurler à la figure d'un vieil homme qu'il serait incapable de reconnaître l'esprit de Noël même s'il lui sautait à la figure ? (Toutes mes excuses, j'avais omis ces détails.)

Eh bien, que je vous explique. (Prenez de quoi grignoter, vous en aurez besoin.)

Il y a treize mois (et voilà, encore ce chiffre porte-poisse), j'étais prof d'arts plastiques dans une école élémentaire prout-prout de la capitale, St Benedict. C'était le bonheur. On avait à disposition tout le matériel dont un prof (ou un élève) pouvait rêver. Un domaine magnifique, des bâtiments incroyables, des cadeaux inouïs de la part des parents s'ils nous aimaient bien. Si vous n'en avez jamais entendu parler, imaginez l'équivalent d'Eton pour la progéniture de chanteurs célèbres, oligarques et reines de l'industrie cosmétique. Vous voyez le tableau.

Bref. Un jour en apparence ordinaire, j'étais de service à la cantine. (Oui, on avait quand même une cantine normale.) Chaque midi, on circulait à tour de rôle parmi les tables pour s'assurer que les enfants se comportaient correctement avec leurs camarades et levaient bien le petit doigt en l'air pour boire leur thé. (Je plaisante, bien sûr, pour le petit doigt.) Donc, ce jour-là, c'était mon tour. Je quadrillais la salle gentiment, gaie comme un pinson, quand tout à coup, l'horreur absolue. Crispant Amanite (le nom a été changé en vertu des lois sur la protection des mineurs), âgé de treize ans, fils unique des parents les plus riches de l'école, qui jusque-là déjeunait sagement, s'est soudain levé de sa chaise, prêt à projeter son sandwich sur un gamin de neuf ans appelé Ethan (j'utilise son vrai nom, alors s'il vous plaît, effacez-le de votre mémoire, et de votre messagerie). Ethan est un bon élève, fluet, le nez toujours dans ses livres. Si ses parents n'étaient pas pleins aux as, ce serait le genre à avoir souvent du scotch sur ses lunettes parce qu'il passe son temps à trébucher ou à se faire bousculer plus ou moins involontairement par les plus grands. Il ne sait pas trop se défendre, et n'a pas non plus d'amis pour le protéger. C'est une crème, ce môme, quand on prend la peine de le connaître. Il est très intelligent, et aussi très allergique aux produits laitiers. Au point qu'un simple contact pourrait carrément le tuer.

J'ai donc fait ce que, à mon sens, n'importe qui aurait fait. J'ai attrapé Crispant par les épaules et je l'ai retourné pour l'empêcher d'atteindre sa cible. Et c'est là que ça devient un peu embrouillé/glauque, ce pour quoi je vous avais prévenu d'arrêter de lire. Crispant m'a donné un coup de poing dans le ventre. Si fort que j'ai perdu l'équilibre. J'ai battu des bras pour me rétablir, et ce faisant, j'ai par inadvertance effleuré son visage avec ma main. Il a dit à la directrice que je l'avais frappé. Ce qui est faux, bien sûr, mais quand on m'a escortée vers la sortie plus tard dans l'après-midi, je l'ai aperçu à une fenêtre, et il avait des griffures sur la joue. Il avait dû se les faire lui-même, je ne vois pas d'autre explication. C'est extrêmement difficile et humiliant à raconter, et c'est sûrement pour ça que je me confie à vous, une personne que je n'ai jamais rencontrée et ne rencontrerai sans doute jamais, mais vous écrivez des messages sympas et envoyez de jolies cartes de vœux. J'espère que vous ne vous en mordez pas les doigts maintenant. Si vous êtes encore en train de lire. Vous êtes là ? Après ça, quelle surprise, j'ai été mise à pied. Une enquête a été ouverte, des rapports déposés. Ethan, ce cher ange, a été transféré dans un autre établissement, plus petit et plus attentif aux problèmes de santé (traduction : avec des EpiPen à disposition). Ses parents sont intervenus en ma faveur, mais sachant que l'école ne recevrait plus leur argent, qui allait les écouter ? On m'a informée qu'un choix s'offrait à moi : être attaquée en justice par les Amanite, ou quitter mon poste avec une lettre de recommandation neutre.

Mon petit ami de l'époque (qui m'a larguée peu après) a vu les bleus sur mon ventre mais a refusé de croire qu'ils avaient été infligés par un enfant. Pourtant, je vous promets, ce préado est ceinture noire en blessures à la fois vilaines et discrètes. Comme le mari de Nicole Kidman dans la minisérie que Reese Witherspoon a réalisée. Vous l'avez vue ? Non, probablement pas. Enfin bref, le temps que ma mise à pied soit levée, les bleus avaient disparu et je n'avais pas pris de photos donc il n'y avait aucune preuve, et tout le monde me regardait comme la méchante de l'histoire. Ce que je ne supportais pas parce que j'adore enseigner à ces sales mioches. Ces petits amours, je veux dire. La plupart sont des amours. Ce sont des enfants, quoi, vous voyez ? Les produits de la société qui les entoure. Crispant, lui, par contre, c'est un suppôt du diable.

Voilà donc où j'en suis : à essayer de me reconstruire après le passage à vide du siècle. Je reprends un poste d'enseignante dans une petite école primaire en janvier. J'ai une trouille de tous les diables. En plus, j'ai découvert que je remplaçais la prof la plus adorée de la planète. De l'univers, même, voire au-delà. Le truc, c'est que je ne veux pas décevoir les enfants, mais j'ai du mal à me refaire confiance. Il faut être sacrément atteinte pour péter les plombs comme ça juste parce qu'un charmant vieux monsieur a refusé la couronne qu'on lui offrait ! Est-ce qu'une personne normale demanderait à tous ses voisins d'accrocher leurs couronnes de bienvenue sur la (ravissante) palissade d'un pauvre vieillard solitaire, pour la simple raison qu'il n'est pas très branché Noël ? Non.

J'ai perdu les pédales. Je devrais demander pardon à votre grand-père, mais il est très tard. Il doit être au lit à l'heure qu'il est, et je serais vraiment bête de le réveiller pour m'excuser de quelque chose dont il n'est peut-être même pas au courant. Argh ! Je n'ai aucune idée de ce que je ferai demain soir quand tout le quartier débarquera chez moi pour avoir sa dose quotidienne d'esprit de Noël. D'ailleurs, si ça se trouve, personne ne viendra. Ils se sont peut-être tous concertés et craignent que je sois une tueuse en série. Vous n'avez qu'un mot à dire et je les liquide tous.

Bises,

Jess(ica) Green

14 décembre

Le problème, quand on appuyait sur la touche « envoyer » d'un e-mail, c'est qu'il était impossible de le récupérer. Tout comme de fermer l'œil ensuite. Jess avait sérieusement envisagé de sortir au milieu de la nuit pour décrocher toutes les couronnes de bienvenue, mais chaque fois qu'elle rassemblait assez de courage, elle entendait une voiture approcher, ou voyait une lumière apparaître à une fenêtre, ou tombait dans un demi-sommeil agité où elle rêvait qu'elle était pourchassée par un père Noël zombie. Les réveils n'étaient pas plus agréables.

Livrer tous ses secrets à un inconnu qui se trouvait être le petit-fils du vieux grigou dont on venait de vandaliser la maison entrait sans conteste dans la catégorie des Très Mauvaises Idées.

Jess tâtonna par terre à la recherche de son téléphone : 5 heures du matin. La dernière fois qu'elle avait regardé, il était 3 heures ; c'était déjà mieux. Elle roula hors du matelas (cadre de lit toujours pas monté) et s'assit en tailleur à la fenêtre. Qu'est-ce qui lui avait pris de s'épancher de cette façon ?

Elle pouvait mettre ça sur le compte du rhum, mais il était temps de commencer à assumer ses actes. Combien de fois avait-elle servi ce même sermon à Amanda, quand son amie arrivait au travail la mine défaite et lui racontait qu'après avoir bu un petit verre de trop « sans faire exprès », elle avait embrassé un type qu'elle devrait à présent envoyer promener parce que, bien entendu, elle lui avait bêtement donné accès à tous ses réseaux sociaux ? Amanda était un peu trop affectueuse. Et elle accusait toujours l'alcool. Jess savait que commettre cette erreur lui vaudrait d'échouer dans le même piège où elle s'était enferrée un an plus tôt. Hier soir, elle s'était encore bassement défaussée de ses erreurs sur les autres, attitude qu'elle ne supportait pourtant pas. « Pauvre de moi, ce n'est pas ma faute ! » L'heure était venue de perdre cette tendance à la victimisation où elle se lovait comme dans un plaid douillet qui l'absolvait de toute responsabilité. Elle n'avait pas frappé Crispin. Pas une seconde. Avait-elle pour autant défendu sa position ? Non, pas une seconde. Elle agita faiblement le poing puis le regarda retomber sur sa cuisse. Elle portait son pyjama en flanelle avec les brins de houx dessus. Elle l'avait sorti d'un carton la veille en espérant qu'il l'aide à trouver l'inspiration pour offrir à ses voisins une belle soirée festive. Et si – les sueurs froides qui l'avaient tenue éveillée la moitié de la nuit chutèrent encore de quelques degrés –, et si non contents de ne pas venir, ils envoyaient un émissaire lui remettre une pétition signée par tous et exigeant son départ ainsi que sa démission de l'école avant même d'avoir commencé ? Mme Jameson n'aurait jamais fait une chose pareille, diraient-ils. Torturer un vieil homme avec des symboles de paix et de joie ! À ce propos… Elle passa la tête par la fenêtre, plissant les paupières dans la lumière diffuse des lampadaires. Oui, elles étaient toujours là. Si ses yeux ne la trompaient pas, il y en avait même quelques-unes de plus. Il n'avait pas dû sortir depuis. Ou alors il estimait que les laisser en place constituait la meilleure solution pour que Jess et ses « comparses », comme il avait appelé le reste du voisinage, lui fichent la paix.

Très bien. Elle devait des excuses à M. Winters. Des excuses d'anthologie qui le convaincraient par la même occasion de participer au calendrier de l'avent – comme ça, Jess n'aurait plus à craindre les représailles de Dréa. Mme Jameson en aurait été capable, elle. Certes, elle n'aurait jamais accroché une kyrielle de couronnes sur cette palissade… mais Jess avait accepté de prendre son relais, et elle entendait bien continuer la course.

D'abord, elle boirait un café en attendant que le soleil se lève, puis elle irait lui demander pardon de l'avoir harcelé, elle collecterait les couronnes et les rendrait à leurs propriétaires légitimes en leur expliquant qu'elle avait eu tort de les inciter à se liguer contre M. Winters. Elle refusait de débuter son nouveau poste avec l'étiquette de la prof cinglée qui avait joué un mauvais tour au Grinch du quartier. Elle avait agi sur un coup de tête, et commis une erreur. Une grave erreur. Et elle était la seule à pouvoir la réparer. Si elle implorait sa clémence, il y avait toutes les chances pour que M. Winters passe l'éponge et lui fasse part du projet fabuleux qu'il avait concocté pour les festivités, et tout serait à nouveau parfait dans le meilleur des mondes. Mais avant tout, du café. Et, vu qu'elle avait décidé de se montrer courageuse, un coup d'œil à sa messagerie.

3h37
À : JessGreen2000@gmail.com
De : WillWinters@LeJoyeuxTraiteur.com
Objet : RE : Nouvelles de Christmas Street

Chère Jess,

Je vous en prie, laissez les couronnes où elles sont ! Il a grand besoin d'une joyeuse déco de Noël, j'ai l'impression. Comme ça, s'il les enlève, vous saurez que vous aviez raison, et puis ça lui fera un peu d'exercice, ce qui n'est jamais un mal à son âge. Elles sont facilement accessibles et pas trop lourdes, j'espère ? Il n'y a pas de bois de cerfs dedans ? (C'est une tradition bizarre des Orcades.)

Désolé d'être bref. Vous avez vu juste, c'est la folie en ce moment. Cette école où vous avez enseigné, elle avait l'air plutôt funky, et pas dans le sens musical du terme. Bon débarras ! Les gens soi-disant « ordinaires » sont tout le contraire et souvent géniaux. Je vous écrirai plus longuement quand j'aurai réussi à décrisper mes doigts. Note à moi-même : ne plus accepter de préparer des diables à cheval (figues enveloppées de bacon) pour la réunion de Noël régionale des ostéopathes et chiropracteurs. (Non, l'ironie de la chose ne m'a pas échappé.)

Amitiés, W.

Son café avalé, son manteau sur le dos, Jess exécuta quelques flexions avant d'ouvrir la porte – et se retrouva nez à nez avec Dréa. Une Dréa à l'air très mécontent.

— Salut…

— Je me sentais pleine de l'esprit de Noël quand je me suis levée ce matin.

— Ah oui ? (Cette femme ressemblait à son amie, mais elle ne parlait pas comme son amie.) Tant mieux. Tu étais partie, non ?

— Oui, à une conférence sur le fitness. Une conférence qui avait pour thème « comment préserver une bonne santé ». Ou, à cette époque de l'année, comment apporter aux gens bien-être et félicité.

Elle avait un ton poli mais cinglant, comme si l'esprit de Noël qu'elle avait évoqué s'était bel et bien évaporé.

— Tu es rentrée quand ? questionna Jess, se demandant si une des voitures qui l'avaient retenue de courir décrocher les couronnes à 3 heures du matin était celle de Dréa.

— Tard hier soir, répondit sa voisine de cette étrange voix possédée par un démon bien élevé. J'ai bien dormi, je me suis réveillée de bonne humeur. Je me suis lavée avec un gel douche au parfum de Noël, je me suis attaché les cheveux avec un chouchou rouge, et j'ai même hésité à enfiler un pull de Noël ridicule en prévision de la soirée de l'avent de ma nouvelle amie Jessica.

— Ah oui ? C'est... euh...

Jess ne savait pas comment terminer sa phrase, mais Dréa poursuivit :

— J'ai mis mon beau manteau chaud, je suis sortie de chez moi et j'ai admiré cette rue dans laquelle je vis. Une rue où tous les habitants se serrent les coudes.

Oh-oh. Le nœud dans l'estomac de Jess se contracta.

— Une rue où on se réunit pour fabriquer des couronnes de bienvenue, pas pour les garder, mais pour se les offrir.

Oui, ce discours s'orientait dans la direction que Jess redoutait.

— J'allais prendre ma voiture pour faire quelques courses, le cœur rempli de la joie des fêtes, quand soudain, quelle vision s'est imposée à mes yeux ébahis ?

Probablement pas un traîneau volant, songea Jess. Ni un attelage de huit petits rennes.

— Je... Dréa, j'allais justement régler...

Sa voisine l'interrompit, sans museler sa colère cette fois.

— Je ne veux rien entendre ! Ce que j'aimerais savoir, en revanche, c'est si tu te souviens que cette histoire de calendrier de l'avent, c'était censé être un plaisir. Un plaisir, tu comprends ? Le but, c'était de rapprocher les gens pour former une communauté, pas un groupe d'assaut ! Le but, c'était que les gens soient heureux d'habiter ici. Pas qu'ils contactent leur agence immobilière pour demander à déménager dans un quartier plus sûr.

— Je sais... Je... Est-ce qu'il a appelé la police ? s'inquiéta Jess en balayant la rue des yeux.

Indifférente au risque d'emprisonnement de son amie, Dréa croisa les bras sur sa poitrine et interrogea :

— Tu sais ce que ça signifie, miss, l'avent ?

L'effroi saisit Jess à la gorge. Elle était incapable de répondre. Elle aurait dû pourtant, mais le regard furieux de Dréa l'empêchait de réfléchir.

— Ça signifie : l'attente dans la liesse de l'avènement du fils de Dieu. Et cette année, pour moi, c'est de l'arrivée de mon fils qu'il est question. (Jess voulut se justifier, mais elle la coupa d'un claquement de langue.) Est-ce que tu connais les quatre piliers de l'avent ?

Jess secoua la tête, avouant son ignorance.

— Paix, amour, joie, espoir, énuméra Dréa en comptant sur ses doigts. Espoir, Jessica Green. J'espérais que ta présence serait un atout pour notre rue. Pas que tu chercherais à saboter mes efforts visant à en faire un lieu de vie agréable et attractif. Un lieu où mon fils aurait envie de rendre visite à sa mère, où il aurait envie de revenir. Et non une zone d'incivilités dignes de figurer dans les journaux à sensation.

De nouveau, Jess essaya de demander pardon, terrifiée à la pensée que des paparazzis se cachaient peut-être derrière les haies, enregistrant chaque mot de ce remontage de bretelles. Ses yeux se posèrent sur la pancarte « À vendre » devant chez elle. Le bandeau « vendu » partirait bientôt, à ce qu'il semblait.

— Dréa, honnêtement, je ne...

L'Australienne leva la paume, le corps déjà à moitié tourné vers la rue.

— J'ai du travail aujourd'hui, mais sache que tu m'as déçue, miss. Je veux que tu m'aies arrangé ça avant qu'on se rassemble ici ce soir.

Jess tenta d'avaler sa salive mais n'y arriva pas. La déception, c'était mille fois pire que la colère. Tout enfant doté d'un minimum de sens moral savait ça. Par-dessus le marché, Dréa avait raison. Sa réaction au rejet de M. Winters avait dépassé la mesure. Elle devait régler le problème par n'importe quel moyen.

En regardant Dréa redescendre la rue d'un pas raide, Jess résolut de lui offrir le plus beau Noël de sa vie. Quoi qu'il lui en coûte.

Et tandis que s'éloignait le rugissement du moteur de la voiture de sport de son amie, elle remonta ses manches métaphoriques. Elle avait des excuses à présenter.

M. Winters mit un long moment à répondre à la porte. La première phase, sans nul doute, du châtiment que Jess aurait à subir pour avoir été si odieuse. Mais elle était prête à l'endurer. Quand bien même il impliquerait de planter des oignons de tulipes jusqu'à la fin des temps, elle s'y plierait.

Quand il ouvrit enfin, au lieu de refermer aussi sec, ce à quoi elle s'attendait, il recula d'un pas comme s'il allait l'inviter à entrer.

Étonnant.

Le discours éloquent qu'elle avait répété s'envola de son esprit. À la place, elle se mit à bafouiller.

— Bonjour. Euh… il fait frisquet dehors. Euh… une question : avez-vous vu votre palissade ?

Il opina, la mine sombre.

— Oui.

Elle s'empressa de lui promettre qu'elle enlèverait toutes les couronnes, surtout celle avec les stormtroopers mécaniques parce qu'elle portait atteinte au symbole qu'elle était censée représenter, c'est-à-dire la vie, la vie éternelle. Était-il au courant ? Elle-même venait de l'apprendre en cherchant sur Internet. Pareil pour les piliers de l'avent. Les connaissait-il ? Elle les lista – paixamourespoirjoie – puis se lança dans de plates excuses circonstanciées. Elle ignorait quelle mouche l'avait piquée, elle avait passé une très mauvaise année qui l'avait conduite à faire des choses improbables, et celle-ci était la pire de toutes parce qu'elle trouvait qu'il était un homme charmant, et elle avait, de façon parfaitement idiote et contre-productive, essayé de mettre un peu de joie dans son existence car à ses yeux, il paraissait triste et non pas hargneux comme le croyaient beaucoup de gens et elle ne supportait pas cette idée parce qu'elle savait à quel point la tristesse peut être un sentiment débilitant.

À ce moment-là, il leva la main pour l'interrompre. Sans doute parce qu'elle s'était mise à se frapper la poitrine du bout de l'index avec une telle force qu'elle en avait attrapé le hoquet, ce qui rendait son discours d'autant plus décousu.

— Laisse-les, petite.

— Quoi ? Pas question, je vais les décrocher !

— Je suis sérieux. N'y touche pas. (Il eut un rire sec.) C'est le genre de coup que ma chère Anne aurait pu me faire.

Jess pencha la tête.

— Anne ?

— Mon épouse. Mon épouse regrettée, précisa-t-il avec gravité ; puis, comme si cela marquait le début d'une nouvelle étape dans leur relation, il lui fit signe d'entrer en ouvrant grand la main. Viens, petite, il fait plus chaud à l'intérieur.

Quelques minutes plus tard, Jess était confortablement installée dans un fauteuil un rien usé mais ravissant, devant un bon feu de bois, avec une tasse de thé idéalement infusée,

M. Winters s'étant excusé de ne pas avoir de chocolat en poudre dans la maison. Après avoir posé sa propre tasse sur une petite table, il s'enfonça pesamment dans son siège et se frotta les cuisses. M. Perkins était assis sur un pouf délavé, son regard d'acier rivé sur Jess, l'air de dire : « Je te surveille, pas de bêtises ! »

— Je te dois des explications, je crois, dit le vieil homme après avoir bu une gorgée.

Jess commença à protester, mais il haussa la voix.

— Tu as raison, je suis triste. Le genre de tristesse qu'on ne peut effacer, quel que soit le nombre de couronnes qu'on a sur sa clôture.

Jess déglutit.

Ayant à ce qu'il semblait pris le parti de tout lui raconter, il continua d'un ton mécanique :

— Il y a trente-cinq ans, Anne a été frappée d'un soudain mal de tête. Un rhume. Du moins c'est ce qu'elle pensait. La douleur était assez forte pour qu'elle juge bon de s'allonger un peu.

Jess sirota son thé, et ne broncha même pas quand le liquide bouillant lui brûla le fond de la gorge.

— Il était à peu près 2 heures de l'après-midi, et juste au moment où elle allait monter, notre fils Robert nous a appelés d'Édimbourg où il étudiait à l'université.

Il retraça du doigt le trajet que son épouse avait sans doute effectué, du pied de l'escalier jusqu'à un vieux téléphone à cadran vert avocat posé sur une table, dans le salon où ils se trouvaient.

Lorsqu'il reprit la parole, on aurait dit qu'il décrivait une succession d'événements qu'il s'était repassés à maintes et maintes reprises mais dont il n'arrivait toujours pas à appréhender la logique.

— Il a parlé avec sa maman. Ce rhume l'a inquiété – elle n'était jamais malade, tu comprends –, alors il lui a demandé de me passer le combiné. Il voulait que je l'emmène chez le médecin, mais Anne n'était pas d'accord. Selon elle, ça irait mieux après une petite sieste. Robert a insisté, mais j'ai refusé de l'écouter, je lui ai dit que sa mère savait mieux que lui et que je respecterais son avis.

Il marqua une pause, but encore une gorgée, et tourna les yeux vers son chat qui vint aussitôt s'asseoir à ses pieds, comme s'il avait compris que son maître avait besoin de soutien, juste un peu, pas au point de faire déborder ses émotions dans toute la pièce.

— Quand je suis allé la voir une heure plus tard environ, elle était couchée, immobile. (Il fonça les sourcils, contemplant sa tasse.) Elle était morte. Brusquement, dans son sommeil. Coma diabétique, d'après le médecin. (Il leva la tête vers Jess, ses prunelles bleues emplies d'incrédulité.) On ne lui avait jamais diagnostiqué de diabète. Elle n'aimait même pas le sucre.

Jess sentit son cœur se briser en deux. De tous les scénarios qu'elle avait imaginés pour expliquer trente-cinq ans de brouille entre un père et son fils, celui-là ne lui était jamais venu à l'esprit.

Elle posa sa tasse sur un napperon, les mains tremblantes. Pauvre M. Winters. Pauvre Mme Winters. Et Robert. Et Will. C'était une tragédie pour chacun d'entre eux.

— Robert ne m'a plus reparlé depuis. Du moins, plus après l'enterrement. Et je n'arrive pas à me défaire du sentiment qu'il avait raison. J'aurais dû conduire Anne chez le médecin comme il le préconisait. Tout était ma faute. Si j'avais écouté mon fils, elle serait encore là.

Jess secoua la tête ; non, ce n'était pas sa faute, il fallait qu'il le sache. Mais avant qu'elle puisse trouver les mots qu'il avait clairement besoin d'entendre, il changea de sujet.

— Tout ça pour dire, Anne aurait bien été capable de faire ce que tu as fait si j'avais été désagréable avec elle alors qu'elle essayait d'être gentille. Accrocher des couronnes, ou planter des bulbes à l'envers ! Alors laisse-les là, Jessica. (Il la fixa dans les yeux pour étouffer ses velléités d'excuses.) Je suis peut-être triste, mais avec tout ça, je me demande s'il n'est pas temps pour moi d'apprendre à vivre avec ma tristesse. De ne plus la laisser me gouverner.

Jess se mettait aisément à sa place sur ce point.

Percevant sans doute un nouveau changement d'humeur chez le vieil homme, M. Perkins sauta sur ses genoux et se roula en une boule protectrice. M. Winters le caressa d'un air absent, les pensées tournées vers un lointain passé auquel Jess n'aurait jamais accès.

Elle le remercia pour le thé et enfila son manteau, car il était évident que son voisin avait atteint la limite de sa disposition aux confidences.

Son cœur saignait pour lui. Elle lui dit au revoir en lui assurant qu'elle ne toucherait pas aux couronnes et ne laisserait personne les décrocher. Le temps du retour chez elle, sa résolution ne fit que grandir. Elle offrirait à M. Winters et à Dréa – et puis zut, à tout Christmas Street, même – le plus beau Noël de tous les temps. Et pas seulement pour damer le pion à Mme Jameson. Elle voulait imprimer un changement. Prouver qu'elle était capable d'apprendre de ses erreurs et de vivre avec.

— Ça sent bon, dit Dréa d'un ton accusateur quand Jess vint répondre à son tambourinement.

— Euh… merci ?

— Elles sont toujours là ! gronda l'Australienne.

Jess baissa la tête.

— Je sais. Mais j'y suis allée.

Dréa haussa ses sourcils parfaits.

— Et ?

— Je me suis excusée. Je me suis engagée à les enlever, c'est lui qui m'a dit de les laisser.

— Vraiment ?

Elle acquiesça. Ne souhaitant pas divulguer le secret de M. Winters, elle se contenta de répéter le message qu'il lui avait demandé de transmettre.

— Il remercie tout le monde pour les couronnes, c'était un gentil cadeau.

— Sérieusement ? (Dréa parut choquée, puis soupçonneuse.) Qu'est-ce qu'il a dit d'autre ?

— Pas grand-chose, répondit Jess avec son expression la plus impassible. Tu ne veux pas savoir ce que j'ai prévu pour ce soir ?

Il était 18 h 30. Une demi-heure avant le rendez-vous qu'elle avait communiqué dans le groupe WhatsApp « Calendrier de l'avent de Christmas Street » que Dréa avait créé une huitaine de jours plus tôt quand les gens s'étaient mis à se pointer à n'importe quelle heure en ignorant quand débuteraient les festivités. Jess ne le consultait toutefois jamais, elle se reposait sur son amie et sur la bonne vieille technique de regarder par sa fenêtre les mouvements dans la rue.

Dréa travaillait visiblement du chapeau, cherchant à comprendre ce qui s'était passé avec M. Winters.

— Bon, vas-y, dit-elle enfin. Montre-moi ce que tu nous as préparé.

Jess s'effaça en l'invitant à entrer d'un grand geste du bras, façon animatrice de jeu télé, impatiente de découvrir sa réaction.

— C'est un sapin de Noël, expliqua-t-elle.

— Je vois ça, fit Dréa d'un ton sec en examinant l'arbre que Jess avait peint sur le vaste mur blanc entre son salon et la cuisine.

Elle en était plutôt fière. Pressée par le temps, elle ne l'avait pas détaillé autant qu'elle aurait aimé, mais elle avait tout de même garni les épaisses ramures d'un ou deux écureuils, de quelques pommes de pin et d'un rouge-gorge. Elle courut vers le canapé où étaient posés les pochoirs.

— L'idée, c'est que chaque personne ajoute un élément pour représenter sa maison. J'ai des pochoirs en forme de chiffres. (Elle les exhiba. Ils faisaient partie des articles à décrire cette semaine et lui avaient donné l'inspiration.) Il y en a aussi en forme d'emojis, de fleurs, de symboles de Noël... il suffit de les remplir. J'ai compté les branches, il y en a assez pour tout le monde.

Dréa fit la grimace, puis poussa un soupir las.

— Bon, heureusement que tu ne t'es pas mise en quatre pour nous éblouir, tout bien pesé.

Ce fut à Jess de faire la grimace.

— Comment ça « tout bien pesé » ?

Elle s'était mise en quatre, au contraire. De son point de vue en tout cas. Elle avait emprunté la marmite de Kai et Rex pour préparer plusieurs litres de chocolat chaud et avait utilisé la vieille cocotte de sa mère pour faire chauffer la même quantité de vin aux épices. Les deux étaient en train de mijoter sur la cuisinière, en attendant d'être versés dans de jolis verres recyclables pour lesquels elle avait dépensé beaucoup plus qu'elle ne pouvait se permettre. Elle s'était aussi rendue à la boulangerie pour acheter des tas de délicieux sablés garnis de confiture de fruits rouges ou de glaçage vert amande.

Dréa sortit son téléphone de sa poche et le brandit devant son nez.

— Tu n'as pas lu la discussion ?

— Quelle discussion ?

— Celle de Christmas Street, voyons !

Elle fit défiler quelques messages, puis montra l'écran à Jess.

Ah. C'était aujourd'hui qu'avait lieu la pièce de théâtre de l'école. *Peter Pan*, apparemment. Le fils d'une des Gem'n'Emm tenait le rôle principal, et donc... tous se décommandaient, les uns après les autres.

Un sentiment de soulagement inattendu la submergea, et ses épaules qu'elle ne savait pas si crispées se détendirent. D'un autre côté, cela signifiait que les projets de Dréa tombaient à l'eau. Elle se mordilla la lèvre, caressant l'idée d'engager des figurants pour égayer un peu la soirée.

— Désolée, miss. (Son amie lui pressa le bras, se méprenant sur l'origine de sa déception.) Et pardon d'avoir été si méchante. C'est juste que ce calendrier de l'avent compte beaucoup pour moi, tu comprends.

— Non, c'est moi qui te dois des excuses.

Dréa fit une moue songeuse.

— D'accord, j'écoute.

— Quoi ? Mes excuses ?

— Oui.

Elle paraissait déjà de meilleure humeur, aussi Jess s'exécuta en bredouillant à moitié comme elle l'avait fait pour M. Winters, jusqu'à ce que l'Australienne éclate de rire, puis lui pince et lui tapote la joue – assez douloureusement, d'ailleurs.

— C'est bon. Estime-toi pardonnée. Pour le moment. (Elle observa la rue déserte par-dessus son épaule.) Il est possible que certains débarquent quand même. Et ton grand copain, il sera là ?

— Qui ça ?

— Arnold Winters.

— Ah ! Oui. Non. Enfin... peut-être, il ne sait pas encore.

— Vraiment ? (Dréa semblait réellement estomaquée.) Je blaguais, moi !

— Moi aussi, quand je l'ai invité. Je veux dire, évidemment qu'il est le bienvenu, mais comme il n'avait pas brillé par sa présence jusque-là... (Elle agita les mains.) Enfin bref, il a dit qu'il viendrait peut-être.

— Est-ce qu'il a dit ça à la manière britannique ?

Jess la regarda de travers.

— Qu'est-ce que tu entends par là ?

— Super enthousiaste, « oui, absolument, je serai là », et après, plus personne ?

Jess réprima sa première réaction indignée et réfléchit à la question. Après tout, c'était ainsi que ça se passait à Londres. Mais non. Il avait paru sincère.

— Je pense qu'il y a une chance pour qu'il vienne.

Dréa plissa les paupières telle une espionne interrogeant un truand à la solde d'une nation ennemie dans le but de découvrir où étaient cachés les redoutables missiles thermonucléaires volés.

— Qu'est-ce qui s'est passé exactement entre vous deux ?

Les tripes de Jess se tortillèrent. Ce n'était pas à elle de dévoiler cette histoire.

— J'ai fait mon *mea culpa*, et avant même que j'aie terminé de parler, il m'a dit que ce n'était pas grave.

— Saluuuuuuut ! fit la voix de Rex au portillon.

— Nous sommes prêts à être éblouis ! enchaîna Kai en sautillant vers elles pour leur faire la bise sous un brin de gui.

Et voilà. En un claquement de doigts, la soirée de Jess avait démarré.

Une douzaine de voisins se présentèrent au final, ce qui, étant donné la taille de sa maison, la passion de Kev pour le vin chaud et le fait que la fresque se trouvait dans un couloir pas franchement gigantesque, était probablement une bonne chose. Malgré sa crainte persistante d'avoir été boycottée par tous les parents de ses futurs élèves pour s'être montrée cruelle envers le pauvre M. Winters, tout le monde paraissait convaincu que ceux-ci étaient vraiment partis assister à la pièce de théâtre, et à en juger par le nombre de voitures familiales qui affluèrent dans la rue quand sonna l'heure du départ, ils avaient sans doute raison. En dépit de l'absence de M. Winters, la soirée avait été excellente. Le sapin était très réussi.

La décoration de Kai et Rex était le numéro de leur maison couvert de rosiers grimpants. Dréa avait choisi un pochoir en forme de surfeur, dans la main duquel elle avait ajouté un grand chiffre un. Kev, fidèle à lui-même, avait peint une voiture de course avec le numéro de chez lui sur la portière. Martha était venue sans Tyler (« Une répétition, un truc comme ça »). Elle avait dessiné un tourne-disque vintage, les pommettes rosies par la dernière tournée de vin épicé que lui avait offert Kev. Le couple du treize qui les avait obligés à nettoyer leur domicile avait opté pour un vélo. Ils leur apprirent qu'ils étaient triathlètes, raison pour laquelle ils n'avaient pas le temps de faire le ménage. (« On s'entraîne sans arrêt, vous voyez. Sans arrêt. ») Les autres avaient peint un chien, une poire dorée, un cheval à bascule. Katie, l'adorable infirmière d'en face, était passée en coup de vent. Elle avait sélectionné un pochoir représentant des patins à glace en leur expliquant, les yeux un peu humides, qu'elle avait fait du patinage artistique dans sa jeunesse mais qu'une blessure l'avait contrainte à envisager « d'autres voies ». Jess avait insisté pour qu'elle emporte deux gobelets de chocolat chaud avant de partir prendre son service de nuit. Elle avait l'air très gentille, et très fatiguée. Jess espérait qu'elles deviendraient amies un jour. Elle ne vit pas Josh, mais s'intéresser de trop près à un homme ne risquait pas de l'aider à remettre sa vie à plat, c'était donc sans doute préférable. À ce sujet... elle passa la tête par la porte pour scruter le fond de l'impasse. Non. Pas de M. Winters.

Elle leva la main à sa bouche puis se força à la baisser. Au cours de la soirée, ses ongles qu'elle avait réussi à laisser pousser s'étaient de nouveau réduits comme peau de chagrin, tant elle s'était retenue de courir chez son vieux voisin et de lui proposer son bras pour marcher jusque chez elle. Dréa, louée soit-elle, n'avait fait aucun commentaire, mais quand tout le monde fut parti et qu'elle l'eut aidée à balayer la cuisine et ranger les bombes de peinture et les pochoirs, elle était sortie sur le pas de la porte, avait jeté un regard éloquent en direction du numéro vingt-quatre et avait déclaré :

— C'est bien un comportement d'Anglais.

— Je suis anglaise, lui rappela Jess.

Dréa s'esclaffa.

— Oui, mais... Tu sais quoi, miss ? Je suis contente que vous ayez fait la paix, lui et toi. Comme ça, avec un peu de chance, cette vieille canaille nous tirera de son chapeau une petite surprise dans dix jours.

— Dix jours ? Déjà ?

— Eh oui ! (Dréa tapota le cadran de sa montre.) Ça approche !

Sa voix était chargée d'un immense espoir. Dans dix jours, elle saurait si son fils avait accepté ou non son invitation. Dans dix jours, M. Winters régalerait ou non le quartier à l'occasion du point culminant de ce calendrier de l'avent géant. Dans dix jours, le climat de ce Noël serait instauré, pour le meilleur ou pour le pire.

Une demi-heure plus tard, couchée sous sa couette avec son ordinateur portable, Jess survolait du doigt la touche entrée du clavier. Envoyer, ou ne pas envoyer ? Telle était la question.

Qui ne demande rien n'a rien, se dit-elle, et elle appuya sur le bouton, visualisant son petit message venu du cœur s'envoler jusqu'à Melbourne où, espérait-elle, le fils de Dréa l'ouvrirait aussitôt. Il n'y avait qu'un seul Spencer Zamboni dans toute l'Australie, d'après Google. Dans le monde entier, même. Et Jess comptait bien faire tout ce qui était en son pouvoir pour qu'il se trouve dans Christmas Street d'ici dix jours.

15 décembre

— Ah, tu es là ! Merveilleux !

La mère de Jess fit claquer sa demi-noix de coco contre celle de son père, puis la tendit vers l'objectif, les joues d'un rose révélateur. Manifestement, l'apéritif était déjà bien entamé.

— On s'est dit qu'on allait essayer de t'appeler, qu'avec un peu de chance tu serais chez toi, expliqua son père après avoir bu une gorgée de son cocktail.

— Gagné ! s'écria Jess en forçant son enthousiasme.

Elle agita des pompons imaginaires, puis trinqua avec eux en levant son mug de café géant, tout en resserrant le col de son sweat à capuche pour leur faire croire qu'elle était habillée et non encore en pyjama à cette heure avancée de la journée.

— Comment ça se passe, sous les tropiques ?

— Oh, Jessica. J'ai eu un cas de dent incluse fascinant aujourd'hui ! commença sa mère.

L'écoutant d'une oreille, Jess croqua dans sa tranche de pain hors caméra (le pain blanc, usine à caries, était prohibé chez ses parents), puis griffonna sur un bout de papier un bonhomme de neige avec des oreilles de lapin. Quand elle finit par redresser la tête, elle s'aperçut qu'ils la fixaient tous les deux sans rien dire.

— Oh, non, fit sa mère en reposant sa noix de coco, le front creusé d'inquiétude. Tu n'as pas de regrets, dis-moi, Jess ? De passer les fêtes seule ? (Elle donna une tape sur le bras de son mari.) Harry ! Je t'avais dit qu'on aurait dû rester. Regarde-la ! Elle a les traits tout tirés.

— Maman, je n'ai pas...

— La mine accablée, insista sa maman en se penchant sur l'écran pour mieux l'examiner, le nez en plein milieu de l'image. Est-ce que tu prends tes vitamines ? Il te faudrait peut-être un supplément de vitamine D.

Jess fit la grimace. N'importe quoi ! Elle ne s'était pas encore douchée ni débarbouillée, mais de là à avoir les traits tirés et la mine accablée ! Ce qui la chiffonnait, c'était surtout cette histoire avec M. Winters. Elle sentait qu'elle devait retourner là-bas. Même s'ils avaient beaucoup parlé la veille, ils devaient poursuivre cette conversation afin qu'elle puisse le persuader d'organiser une soirée spéciale pour le réveillon de Noël.

— C'est vrai qu'elle est un peu pâlotte, approuva son père en s'approchant à son tour, l'objectif produisant un effet loupe sur sa figure. Jess... fit-il d'une voix douce, celle qu'il employait quand il croyait qu'elle était agressive envers lui à cause de ses « tracas féminins ». Est-ce que tu aimerais nous rejoindre ? Il n'est pas trop tard, tu sais. Il n'y a des vols que le mardi et le vendredi, et le billet coûtera sans doute le double, mais notre proposition tient toujours.

— Je suis sûre que ça leur ferait plaisir d'avoir du renfort à l'école, renchérit sa mère. Et puis il y a des jeunes gens formidables ici. Pas mal d'hommes célibataires, même. Rien que l'autre jour, j'ai réalisé une extraction...

— Non ! la coupa Jess en agitant les mains. Non, merci. Ne termine pas cette phrase, s'il te plaît. Je ne veux pas que tu joues les marieuses intercontinentales, je te remercie.

— Jess, ma chérie. On cherche seulement à t'aider...

— Me caser avec un type qui vit dans les îles Marshall et à qui il manque des dents, ça ne m'aide pas.

— Quelqu'un s'est levé du pied gauche, on dirait !

— Non, ça va. Franchement, c'est juste que…

Qu'elle s'efforçait de remettre sa vie sur les rails et se rendait compte que contrairement à ce qu'elle avait espéré, ce n'était pas en partant s'installer ailleurs qu'on échappait à ses démons. Ils l'avaient suivie jusqu'ici. Comme M. Winters l'avait laissé entendre, le vrai défi, c'était de savoir à quoi accorder la plus grande place. Aux problèmes, ou à la résolution de ces problèmes.

— Youhouuuu ! (Le clapet de la porte grinça.) Jess ?

— Désolée les parents, il faut que j'y aille.

Jess leur souffla un baiser et promit de les rappeler très vite.

— Salut, Dréa, dit-elle en ouvrant avec un sourire légèrement agacé. Que puis-je faire pour toi ?

— Houlà ! (Sa voisine se couvrit les yeux comme devant une vision d'horreur.) Tu t'es peignée avec un râteau ce matin ?

Elle ne daigna pas répondre.

— Bon, tu me le proposes, ce café ?

Jess fit demi-tour et se dirigea vers la cuisine pour remplir la bouilloire. Tout le monde lui donnait des ordres aujourd'hui. « Sors avec cet homme ! » « N'oublie pas tes vitamines ! » « Brosse-toi les cheveux ! »

— Je prends ça pour un oui ! cria Dréa avant d'entrer et de s'asseoir à sa place habituelle devant le comptoir.

Une fois l'eau bouillie et la cafetière remplie, elle demanda à Jess :

— Qu'est-ce qui t'arrive ?

— Rien.

— Menteuse.

— Et alors ?

— J'ai mes problèmes, moi aussi.

— Et alors ? répéta Jess d'un ton un peu moins hostile.

— Tu es censée m'aider.

Elle appuya sans douceur sur le piston de la cafetière, s'éclaboussant de café brûlant.

— Aïe ! Mince ! Et pourquoi c'est moi qui suis censée t'aider ?

L'expression de Dréa perdit de sa dureté.

— Parce que tu es mon amie.

Culpabilité, gratitude, et à peu près neuf cents autres sentiments envahirent le cœur de Jess. Dréa la considérait comme son amie ! Elle s'empara d'une lavette sur l'évier et entreprit d'essuyer les dégâts. À bien y réfléchir, c'était Dréa qui, à elle toute seule, avait rendu son installation dans Christmas Street mille fois plus agréable qu'elle aurait pu l'être.

Elle choisit un mug décoré d'une licorne et de petits cœurs, pour s'excuser, y versa du café et le lui tendit.

— Du lait ?

— Juste une goutte, dit Dréa, encore un peu vexée. Les calories du lactose tombent direct ici, expliqua-t-elle en se tapotant le derrière.

— Intéressant. Et les calories des gâteaux au chocolat, elles vont où ?

— Nulle part, répliqua l'Australienne avec un sourire suffisant. Je ne mange jamais de gâteaux au chocolat.

— Oh, tu es la perfection incarnée, c'est ça ?

Le sourire de Dréa disparut.

— Quoi ? j'ai dit une bêtise ?

— Non.

C'était ce qu'il semblait, pourtant.

— Mon fils me sort parfois la même chose, confia Dréa après un instant. « Tout le monde ne peut pas être aussi parfait que toi ! »

— C'est bien de vouloir donner le meilleur de soi, assura Jess, tentant de la réconforter tout en paniquant intérieurement au sujet de l'e-mail qu'elle avait envoyé la veille et auquel elle n'avait pas encore reçu de réponse. Personne d'autre que toi n'aurait pu mettre sur pied ce calendrier de l'avent géant !

Dréa, le nez dans son mug, fronça les sourcils.

— Tu sais aussi bien que moi que ce que je me contente de faire, c'est forcer les gens à se plier à mes quatre volontés.

— Non, ce n'est pas vrai.

En réalité, ce n'était pas tout à fait faux. Toutefois, dès qu'ils s'étaient rendu compte à quel point c'était amusant, tous les voisins s'étaient pris au jeu.

— C'est une belle réussite jusqu'à présent, ajouta-t-elle.

Dréa leva les yeux au ciel, et un silence pesant s'imposa.

De toute évidence, elles étaient toutes les deux aux prises avec leurs démons aujourd'hui. Voir ses parents – bronzés, jouissant des fruits du travail de toute une vie – avait fait plaisir à Jess, mais en même temps... cela lui donnait le sentiment que le chemin ne faisait que commencer pour elle. Comme si ses huit années à St Benedict n'avaient été qu'un entraînement pour la vraie vie et que, maintenant qu'elle avait appris à repérer certains écueils et autres terrains minés, elle était obligée de repartir du début. Sans savoir si elle n'allait pas revivre la même expérience dans huit ans.

Elle prit une gorgée de café et, le silence devenant trop oppressant, se décida à le rompre :

— Alors... qu'est-ce qui se passe ?

— Je ne crois pas que Spencer viendra.

Une bordée de jurons explosa sous son crâne. Était-ce à cause de son message ?

— Qu'est-ce qui te fait dire ça ? se força-t-elle à demander d'une petite voix.

— Oh, rien en particulier, mais quand on a discuté par Skype tout à l'heure…

— Attends. Vous discutez ?

Dréa la regarda comme s'il lui manquait une case.

— Oui. En visio, tous les mardis.

— Je croyais que vous ne vous parliez plus ?

— Si, mais pour le boulot uniquement, donc ça ne compte pas. Les entretiens mère-fils autour d'un tableur ne sont pas vraiment de grands moments de tendresse. (Devant l'air perdu de Jess, elle s'expliqua :) Il gère toute la partie juridique de mon Bondi Beach Body. Bénéfices, contrats, licences. Tout ce qui tombe dans son trust.

Elle s'exprimait d'un ton si mélancolique, si insatisfait de ce seul échange hebdomadaire de données et de chiffres, que Jess sentit son cœur se déchirer. Elle lutta pour trouver quelque chose à dire.

— C'est gentil à toi de lui constituer un trust.

Dréa agita une main.

— Il se fiche de l'argent. Ce petit morveux veut s'en servir pour monter un projet.

— Lequel ?

Le regard de Dréa s'assombrit. Elle traça longuement du doigt le rebord de son mug, puis leva les yeux vers Jess.

— Il aimerait fonder un foyer pour les femmes victimes de violences domestiques.

Jess cligna plusieurs fois des paupières, se remémorant l'allusion que son amie avait glissée à ce propos l'autre jour.

— Et tu as une raison de ne pas vouloir qu'il le fasse ?

Les prunelles de Dréa s'enflammèrent.

— Il tient à lui donner mon nom.

Ah. Oui, c'était compliqué.

Jess but un peu de café.

Dréa poussa un soupir exaspéré.

— Bon, je te raconte, et après on n'en reparle plus jamais, d'accord ?

Jess opina, resserrant les mains autour de son mug.

— Le père de Spence s'est barré avant que notre relation ait la possibilité d'évoluer, que ce soit en bien ou en mal. J'ai mis du temps à retrouver quelqu'un, mais mes parents se plaisaient tellement à me répéter que personne ne voudrait d'une mère célibataire, que ça m'a rendue déterminée à leur donner tort. Le mec suivant était… disons… spécial. Ou classique, ça dépend du point de vue. Il m'a courtisée, m'a assuré que mon enfant n'était pas un souci, a promis de prendre soin de nous deux, de nous aimer toute la vie, et patati et patata, et puis bam ! un jour, j'ai dit ou fait un truc qu'il ne fallait pas, et… (Elle projeta son poing si près de Jess qu'elle tressaillit.) Le temps de rassembler mes esprits, et je suis partie en me jurant que ça ne se reproduirait plus. Et puis je suis revenue, et ça s'est reproduit. Je suis repartie, j'ai trouvé un autre gars, et puis un autre… Ils n'étaient pas toujours violents, mais ils avaient systématiquement un problème. Trop stricts, trop passifs, trop tyranniques, trop j'm'en foutistes. J'étais une Boucle d'Or version brune, en quête de l'homme idéal. Quand je suis venue vivre en Angleterre avec Brett, celui de Nottingham, et qu'il s'est révélé être un gros alcoolo, j'ai jeté l'éponge. Les mecs, terminé pour moi !

— Pourquoi tu n'es pas retournée en Australie ?

— C'était trop tard.

— Pourquoi trop tard ?

— Spencer avait déjà pris ses distances. Il m'a dit que j'avais privilégié ma vie sentimentale au détriment de mon rôle de mère bien avant mon départ pour l'Angleterre, et… (Ses yeux se mouillèrent de larmes, qu'elle s'empressa de refouler.) Enfin bref. Tu connais la suite.

— Tel que je le vois, la fondation de ce refuge, c'est une main qu'il te tend.

— Il voudrait faire de moi un exemple.

— Je crois plutôt qu'il est fier de toi. Que tu aies trouvé la force de partir.

— Mais ça ne regarde que moi, ça ! Je n'ai pas forcément envie que tout le monde soit témoin de ma honte. C'est humiliant ! La dernière chose que je désire, c'est qu'on découvre que celle qui ressassait dans ses vidéos « Votre destin est entre vos mains » était en fait la plus faible du lot. Non seulement j'ai laissé un homme me frapper, mais je suis restée malgré tout.

Voilà donc quel était le secret de Dréa.

Comme si une fenêtre venait de s'ouvrir en elle, Jess prit conscience que la solitude qu'elle avait ressentie en taisant son embarrassante expérience avait été, non pas inutile, mais tout comme. Tout le monde avait des secrets. Des espoirs brisés, telle Katie l'infirmière qui rêvait d'une médaille olympique et avait dû réviser ses projets. La carrière de chanteuse de jazz de Martha Snodgrass dont les fourrures prenaient désormais la poussière. La violence subie par Dréa. La souffrance de M. Winters face au décès incompréhensible de son épouse. Tous portaient au fond de leur cœur un fardeau qui, s'il n'était pas gardé sous contrôle, menaçait de leur faire perdre pied. Dréa avait évacué sa douleur dans le sport. M. Winters avait muré la sienne. Et Jess ? Elle ne savait pas vraiment. Peut-être s'efforçait-elle de la fuir ?

Il était pourtant impossible d'y échapper, elle le voyait bien. En revanche, elle pouvait l'accepter, et continuer de s'ouvrir aux autres.

— Viens-là, toi, dit Jess en contournant le comptoir pour prendre son amie dans ses bras.

Dréa commença par résister, avant de lui rendre son étreinte avec une fougue presque effrayante, comme si sa vie en dépendait.

Après s'être promis de se retrouver plus tard, un peu avant la soirée du numéro quinze, Dréa repartit et Jess coiffa son bonnet à pompon, ajusta son manteau, et mit le cap vers la maison de M. Winters.

— Merci de me recevoir. Je ne voudrais pas abuser de votre temps.

— Aucun problème, petite. C'est agréable d'avoir une occasion de sortir la théière.

— Il est très bon, dit-elle en trempant ses lèvres dans le breuvage aromatique pour appuyer ses dires.

— Du lapsang souchong. C'était le thé préféré d'Anne.

— Waouh, fit Jess en souriant, impressionnée. Votre femme avait une longueur d'avance sur la mode.

Le front de M. Winters se plissa.

— La première fois qu'on en a goûté, c'était en Chine. C'était il y a très longtemps, bien sûr. (Il eut un petit rire.) Anne avait tellement aimé qu'elle en avait rapporté un kilo dans ses bagages. On n'en trouvait pas en Angleterre à l'époque. Pas dans le coin, du moins. C'était… (Il effectua un rapide calcul dans sa tête.)… en 1979.

— Vous êtes allés en Chine en 1979 ?

Il hocha du chef.

— On a visité plein de pays. Brésil, Australie, Madagascar… Je ne partais jamais en voyage d'affaires sans elle, jusqu'à la naissance des enfants, et même après…

La fin de sa phrase se perdit, et il baissa les yeux dans sa tasse comme si elle s'y cachait.

— Vous emmeniez vos enfants avec vous ? le relança Jess.

Il secoua la tête.

— Non, Anne restait avec eux en général, mais ses parents sont venus les garder pour qu'elle puisse m'accompagner en Chine. On fêtait tout juste notre anniversaire de mariage, tu comprends.

Il plongea de nouveau le regard dans sa tasse.

— Qu'est-ce que vous faisiez comme métier, pour voyager autant ?

— Oh, tu ne trouveras pas ça très captivant, dit-il avec un geste évasif.

— J'apprends à des gamins à tenir leur crayon, répliqua-t-elle en riant. Je suis sûre que n'importe quel métier me semblera captivant.

— Ne te moque pas de toi. Les professeurs ont une importance capitale dans notre société. Anne parlait souvent de se former à l'enseignement.

Jess lui adressa un sourire reconnaissant. D'après l'âge de M. Winters, elle estimait qu'Anne et lui s'étaient mariés dans les années 1960. Une fois mères, les femmes arrêtaient généralement de travailler à cette époque, contrairement à la génération de ses parents, mariés dans les années 1980, où l'ambition dominante était de « tout avoir ». Il y avait peut-être une autre raison, bien entendu, mais elle ne voulait pas poser trop de questions. Dans tous les cas, cela lui faisait plaisir qu'il parle d'Anne aussi librement. Ce devait être dur pour lui. Ou au contraire, libératoire. Son fils et lui étaient en froid depuis trente-cinq longues années. Plus que n'en comptait Jess elle-même. Des décennies de silence à cause d'un sentiment de culpabilité pour quelque chose dont il n'était en définitive pas responsable.

— Je concevais et vendais des distributeurs automatiques, révéla le vieil homme, remuant la théière avant de remplir à nouveau la tasse de Jess.

Elle éclata d'un rire ravi.

— Vraiment ? C'est trop cool !

Il fit la grimace.

— « Trop cool » ? Ce ne sont pas les termes que j'aurais employés. Quoique… (Un doux sourire lissa les plis de son front.) Mon fils Robert adorait ça.

— Ah oui ?

Elle aurait voulu poser un million de questions sur Robert, savoir si M. Winters avait l'intention de lui proposer d'enterrer la hache de guerre par l'entremise de Will ou autrement. En fait, elle aurait aimé le presser de lui raconter toute sa vie, mais, comme avec ses élèves à l'école, elle préféra laisser le silence faire son œuvre.

Une fois les tasses remplies et le thé dûment goûté et apprécié, il lança :

— Sais-tu qu'il existe en Chine un distributeur spécialement conçu pour vendre des crabes poilus vivants ?

— Je ne savais même pas qu'il existait des crabes poilus !

— Oh, tu serais surprise de tout ce qui peut se vendre dans des distributeurs fabriqués sur mesure ! Pizzas, burritos, purée de pommes de terre, voitures, tout et n'importe quoi. Il faut distribuer des idées avant de distribuer des produits, comme on disait !

La fierté avec laquelle il énonçait ça la fit sourire. Elle l'imagina réciter cette formule à son fils et, s'il en avait eu la chance, à son petit-fils. Un léger picotement naquit au fond de sa gorge. Avant qu'il ne s'aggrave, elle toussa pour l'éliminer et demanda :

— Quel est le pays que vous avez préféré ?

— L'Écosse, répondit-il sans la moindre hésitation.

— Sérieux ? Ça alors, j'aurais cru qu'avec tous vos voyages, vous…

— Non, la coupa-t-il, le regard soudain dans le vague. On partait si souvent à l'étranger durant l'année, que pendant les vacances de Robert, Anne aimait mieux rester au Royaume-Uni.

— Et c'est pour ça qu'il y vit maintenant, vous pensez ?

Elle se plaqua la main sur la bouche. Elle n'avait jamais eu l'intention de parler de Robert, et encore moins des détails qu'elle connaissait à son sujet.

M. Winters la dévisagea un long moment, puis déclara :

— Will m'a dit qu'il t'avait contactée pour te remercier de m'avoir rapporté la lettre. Dans la carte qu'il m'a envoyée.

Il montra l'appui de fenêtre où, de fait, se trouvait une carte de vœux avec une vache écossaise parée de guirlandes.

— C'est vrai ?

— Absolument.

— Et... vous avez discuté avec lui ? Avec Will ?

Arnold secoua la tête en signe de dénégation. Le cœur de Jess se serra. Quel dommage ! À en juger par ses e-mails, Will semblait être un jeune homme formidable, plein d'allant. Un petit-fils dont n'importe qui pourrait s'enorgueillir.

— Vous avez prévu de le faire ? De l'appeler ?

Elle l'imaginait déjà, dans cette grande cuisine rustique, affairé à préparer un déjeuner de Noël raffiné mais sans prétention pour son grand-père et lui.

— Je ne pense pas.

— Pourquoi ?

— Tu le ferais, toi ? demanda-t-il avec cette amertume coutumière qui aiguisait chacun de ses mots. Si tu étais à ma place ?

Jess se mordilla l'intérieur de la joue. Bonne question. Elle-même n'avait pas encore rappelé Amanda. Pas parce qu'elle avait peur de son amie ; c'était plutôt... qu'elle craignait d'affronter son passé. Après avoir endossé l'identité de prof de St Benedict et la culture qui allait avec, une partie d'elle se demandait si elle ne l'avait pas mérité. Pas le coup de poing, évidemment – personne ne méritait un direct dans l'estomac –, mais elle était bel et bien coupable d'avoir perdu de vue l'essentiel.

Mais c'est Ethan qui importait dans l'histoire, la santé de l'enfant, sa vie. Ce pour quoi elle répondit :

— Il est possible que ça se passe bien.

Les souliers en cuir de M. Winters grincèrent sur le linoléum tandis qu'il croisait les bras sur sa poitrine, sur la défensive.

— Dis-moi, petite. Comment expliquerais-tu au petit-fils que tu n'as jamais connu que si son père, mon fils, ne m'a pas adressé la parole depuis trente-cinq ans, c'est parce que j'ai tué sa grand-mère ? J'ai tué la femme la plus belle, la plus patiente, la plus gentille, la plus aimante que la Terre ait jamais portée. Crois-tu que mon petit-fils réagirait bien ?

— Non ! Je veux dire, vous ne l'avez pas tuée. C'est le diabète qui l'a tuée.

— Robert est persuadé du contraire.

— Mais vous ne pouviez pas savoir ! C'est terrible, oui, mais aucun de vous n'était au courant qu'elle était diabétique.

M. Winters eut un violent frisson, comme si entendre ce mot lui faisait le même effet que la première fois.

— Je savais qu'elle ne se sentait pas bien.

— Vous avez proposé de l'emmener chez le médecin. Elle a dit non.

— J'aurais dû insister.

— Pourquoi ? Elle n'aurait pas changé d'avis.

Jess se pencha vers lui, les avant-bras en appui sur l'épaisse table de cuisine en bois.

Il hocha la tête d'une manière indiquant qu'il en était arrivé à la même pierre d'achoppement un nombre incalculable de fois.

La souffrance se lisait sur ses traits. Jess avait du mal à supporter cette vision. Elle n'en revenait pas qu'il ait vécu si longtemps avec ce poids sur la conscience sans sombrer dans la déchéance.

— Ce n'était pas votre faute, affirma-t-elle.

— Va dire ça à Robert !

— Peut-être qu'il le sait.

Arnold lui lança un regard acéré.

— Pourquoi Will vous aurait-il écrit, sinon ? Il se peut que votre fils ait exprimé des remords sur ce qui s'était passé entre vous deux, mais qu'il n'ose pas faire le premier pas.

— C'est à lui de le faire, trancha M. Winters d'un ton buté.

C'était à cause de cet entêtement, devinait Jess, que son fils hésitait à reprendre contact. Ou alors, Will avait dit la vérité : Robert ne parlait jamais de son père, et sa démarche émanait de sa propre initiative.

Jess se remit à se mordiller l'intérieur de la joue. Maintenant que M. Winters savait qu'elle connaissait l'existence de Will, il y avait sûrement un moyen de les réunir. Elle demanderait conseil à Dréa. Quoique, vu les antécédents de cette dernière dans le domaine des relations conflictuelles parents-enfants, elle lui suggérerait sans doute l'achat d'un billet d'avion, et advienne que pourra.

Jess ferma les yeux, revoyant la déception et la souffrance sur le visage de son amie, persuadée que son fils ne viendrait pas. Arnold et elle étaient des personnes formidables. Et ils aimaient leurs enfants à la folie. Ils méritaient d'être heureux. Surtout à Noël, quand tous les moments tristes de la vie pesaient sur certains à la manière d'une chape de plomb. Ce n'était pas pour rien, elle en était convaincue, que Dréa lui avait enfin parlé de son passé, et que son vieux voisin s'était par miracle confié à elle.

Celui-ci tapota du poing contre la table et se leva.

— Allez, ma mignonne. Je ne te retiens pas plus longtemps.

Elle se leva à son tour, comprenant que la minute sentimentale était terminée.

— Merci pour le thé. (Elle porta sa tasse dans l'évier pour la laver.) Sinon, euh… vous avez besoin d'un coup de main ?

— Pour quoi ?

— Vous savez bien… Votre soirée du calendrier de l'avent approche, et vous avez manqué la mienne alors que je comptais en profiter pour vous donner quelques tuyaux et réfléchir à des idées avec vous, mais je serais plus que ravie de…

— Non, non. Ce n'est pas pour moi. Ça ne me dérange pas que tu laisses les couronnes sur ma clôture, mais ma participation s'arrêtera là, d'accord ?

Il avait une expression si catégorique que l'humeur de Jess passa aussitôt du soleil à la pluie.

— Est-ce que vous viendrez à une des prochaines réceptions ? Il paraît que ce soir, on apprendra à jouer à la toupie de Hanouka chez les Goldstein.

Il fronça le nez, comme s'il essayait de se souvenir de quoi il s'agissait, puis secoua la tête.

— Non. Ce sera sans moi. Je préfère rester chez moi, merci.

Jess sentait qu'il ne fallait pas insister. Elle récupéra son manteau sur le dossier de sa chaise, et M. Winters vint se placer derrière elle pour l'aider à l'enfiler. Une fois de plus, l'idée d'arranger une rencontre entre Martha Snodgrass et lui s'insinua dans son esprit. Elle songea à lui transmettre le message de cette dernière, qui en avait marre d'être « la seule vieille gâteuse à se geler les fesses dehors », mais elle comprit à sa mine épuisée qu'il avait assez donné pour aujourd'hui.

— Merci encore pour le thé, dit-elle en le saluant de la main.

— Merci pour ta compagnie, répondit-il avant de refermer la porte derrière elle.

Jess reprit le chemin de chez elle sans savoir si elle devait éprouver de l'euphorie ou de l'abattement. C'était peut-être ça, la vie, au fond. Moitié bonheur et moitié tristesse. À chacun de trouver le moyen de concilier les deux. Elle se retourna pour contempler la grande demeure de M. Winters. Les couronnes de Noël, accrochées un peu n'importe comment, ressemblaient à la bouche d'un smiley, avec les deux fenêtres allumées au rez-de-chaussée en guise d'yeux.

Après tout, pourquoi ne pas continuer à agir comme sa défunte épouse l'aurait fait ? Intervenir avec humour, le bombarder de gentillesse, afin qu'un jour, peut-être, il finisse par tendre la main à son petit-fils, voire à son fils.

16 décembre

5 h 37
À : WillWinters@LeJoyeuxTraiteur.com
De : JessGreen2000@gmail.com
Objet : Encore des nouvelles de Christmas Street

Salut Will !

C'est Jess(ica).

Je suis allée voir votre page Insta, et waouh ! Vos plats sont INCROYABLES ! Je ne sais pas pourquoi je ne l'avais pas fait avant, mais maintenant que j'ai découvert les merveilles que vous concoctez, je compte bien devenir une followeuse assidue, et je prie pour que votre offre de brunch tienne toujours. Je proposerais bien de vous faire à manger, mais quelque chose me dit que vous ne raffolez pas des toasts carbonisés et des haricots froids à même la boîte.

J'espère que vos doigts se sont décrispés et que vous arrivez à trouver du temps libre entre tous ces diables à cheval et ces crevettes en manteau. Langoustine, pancetta et purée de dattes ? J'en ai eu l'eau à la bouche ! Vos fromages de chèvre à la confiture d'oignon rouge ? #RendezVousAuSeptièmeCiel. Pourquoi n'y a-t-il aucune photo de vous sur votre Insta ou votre site web ? Par timidité, ou par volonté d'entretenir l'image de « l'homme de l'ombre » ?

Enfin bref, sans vouloir abuser de votre temps, je cherchais une façon subtile de vous informer que j'ai eu non pas une, mais deux entrevues avec votre grand-père ! Il sait que je vous connais et que vous me connaissez. Il a ses raisons de ne pas vous avoir répondu. Je ne suis pas forcément d'accord, mais je crois que, lorsque vous en aurez occasion, vous devriez entendre ce qui s'est passé entre votre père et lui de la bouche d'un des principaux intéressés.

Voilà. Je n'irai pas plus loin dans l'intrusion aujourd'hui. Plus que dix jours avant le jour J. Après, vous serez libre jusqu'à... est-ce que vos joyeux traiteurs travaillent pour... disons... l'Épiphanie ? J'imagine bien les rois mages apportant des nems ! (Vous comprenez pourquoi je n'ai pas choisi cette profession.)

J'espère que vous allez bien.

Bises,

Jess(ica)

— Il fait assez froid pour toi, là ? grogna Dréa.

Avec un sourire, Jess dirigea le sèche-cheveux branché sur une rallonge vers le visage de son amie.

— C'est mieux comme ça ?

— Beaucoup mieux, grinça Dréa.

Elles s'étaient retrouvées aux places les plus éloignées des lampes chauffantes que Maurice Headley, le voisin direct de Jess au numéro seize, avait disposées devant son garage où, une fois de plus, tout le monde travaillait autour des tables à tréteaux de Chantal.

Maurice était l'apiculteur du quartier. Il possédait deux ruches dans son jardin, tout un tas de matériel proprement rangé dans son garage, et il s'occupait de plusieurs autres ruches installées dans le verger d'un résident au bout de la rue. Il avait prévu de leur enseigner l'art de la fabrication de l'hydromel, mais Dréa avait objecté que ce n'était pas franchement une activité appropriée pour les enfants, et il avait décidé à la place de leur apprendre à rouler des bougies en cire d'abeille. D'après lui, c'était si facile qu'ils en auraient tous confectionné une paire en cinq minutes, sachant qu'il faudrait tout de même attendre son tour pour ramollir la cire avec les quelques sèche-cheveux qu'il avait empruntés aux Gem'n'Emm.

Dréa s'était montrée un peu plus réservée que d'ordinaire. Jess ne voulait pas l'ennuyer avec ses questions, mais elle soupçonnait que c'était à cause de Spencer. Elle supplia de nouveau le ciel pour qu'il ait lu son e-mail et soit en train de prendre les dispositions nécessaires.

Histoire d'arracher un sourire à son amie, elle porta une plaque de cire colorée en rouge à ses narines et inspira longuement.

— Mmm, ça sent trop bon !

Dréa haussa un sourcil et répondit à voix basse :

— Pas autant que l'homme assis – encore – à côté de toi.

Elle montra des yeux Josh qui écoutait une des Gem'n'Emm lui raconter qu'à la crèche vivante de l'année passée, les deux enfants qui jouaient l'âne avaient par accident accompli le fameux tour de prestidigitation de la personne coupée en deux puis reconstituée par magie. Josh riait à gorge déployée, s'inclinant en arrière juste assez pour que Jess vole une petite bouffée discrète. Miam !

Prise en flagrant délit par Dréa, elle lui lança un regard qui signifiait : « Ce n'est pas ce que tu crois ! »

Ce n'était pas sa faute si elle adorait ce mélange acidulé d'agrumes et de sucre.

Alors que Dréa tentait d'attirer l'attention du beau veuf, Mme Snodgrass, assise de l'autre côté, lui coupa l'herbe sous le pied en se plaignant que son arthrite l'empêchait de rouler sa bougie aussi serrée que Maurice leur avait indiqué. Jess eut un rictus amusé. Si quelqu'un ici savait jouer de ses charmes, c'était indéniablement Martha qui, remarqua-t-elle avec joie, portait à nouveau son manteau de fourrure.

Dréa lui donna un coup de coude dans les côtes assez fort pour la faire basculer et cogner l'épaule de Josh.

— Pardon ! s'exclamèrent-ils ensemble, lui et elle, les yeux dans les yeux.

Bon sang qu'il était séduisant ! Tous les veufs étaient-ils aussi séduisants ?

— Ça va comme tu veux avec tes bougies ? interrogea-t-il.

— Je ne pense pas que ce soit le résultat que Maurice attendait.

Jess présenta le fruit de ses efforts en jetant un coup d'œil rapide vers le bout de la table où leur hôte expliquait aux enfants de Josh comment passer le sèche-cheveux sur la plaque de cire avant de la rouler une fois, deux fois, trois fois, et hop ! obtenir une bougie parfaite. Quel crâneur !

Josh lui montra à son tour son œuvre. Le sommet de sa bougie retombait de telle sorte qu'on aurait plutôt dit une canne en sucre d'orge. Jess éclata de rire.

— Je crois qu'on peut dire adieu à notre carrière de fabricants de bougies.

Au moment où elle disait cela, sa propre bougie se mit à pendiller de la même façon que celle de Josh. Ils s'esclaffèrent, pliés en deux, réduisant encore l'espace entre eux. De petites gerbes de paillettes fusèrent dans la poitrine de Jess tandis que leur rire s'éteignait peu à peu et que leur contact visuel s'intensifiait.

— Eh ben, visez-moi ça, fit Dréa en désignant de la tête leurs deux bougies brandies côte à côte. Ces deux-là sont faits l'un pour l'autre.

— Pff ! fit Jess, tâchant vainement de cacher qu'une équipe de gym miniature exécutait des sauts périlleux dans son ventre.

Josh lui plaisait, mais de la même manière qu'elle craquait parfois pour un acteur de cinéma. C'était juste pour s'amuser, il n'y avait rien de sérieux.

Josh rigola et se pencha devant elle.

— Fais-nous voir comment tu t'en sors, toi, Dréa !

Celle-ci, à la stupéfaction de Jess, devint toute rouge et s'empressa de fourrer sa bougie dans le panier où Maurice leur avait demandé de jeter tous les ratés afin qu'il puisse les refondre et former de nouvelles plaques.

— C'est pas mon fort, moi, les travaux manuels. Bon ! (Elle claqua dans ses mains.) Pour ceux d'entre vous qui étaient trop occupés à exhiber leurs talents, il reste du chocolat chaud dans le garage, grâce à Mme Headley qui s'est chargée du réchaud à gaz. Je pense que nous sommes tous d'accord pour dire que Maurice et elle nous ont offert une superbe soirée, pas vrai ? Même si certains se sont révélés plus doués que d'autres, ajouta-t-elle avec un regard appuyé vers Jess. Applaudissons très fort celui qui a apporté un peu de lumière dans nos vies !

Quand le tonnerre d'applaudissements prit fin, elle poursuivit :

— Et maintenant, il me semble que Gemmmmmaaaaa… Lloyd, Gemma Lloyd du numéro dix-sept a une annonce à nous faire à propos de sa soirée, c'est bien ça ?

Elle balaya la table du regard et s'arrêta sur une des Gem'n'Emm qui agitait une main en l'air en hochant la tête avec vigueur. Son carré blond pointait sous un bonnet en tricot rouge garni d'un pompon argenté scintillant et, ce qui impressionna Jess, ses deux bougies rouges étaient parfaitement réussies, tout comme celles de ses deux enfants et de son mari. Jess eut un coup au cœur. Ils formaient l'image même de la famille idéale. Elle se demanda si elle connaîtrait un jour cette chance.

— Tu veux que je t'apporte un chocolat chaud ? lui proposa Josh.

Jess lui sourit. Oui, volontiers.

— Un pour moi aussi, Joshy, s'il te plaît ! fit Dréa. Avec un max de marshmallows dans le mien, tant que tu y es. Et du lait écrémé, ajouta-t-elle sous une pluie de « Chut ! » lancés depuis l'autre bout de la table, où Gemma avait commencé à s'exprimer de sa petite voix fluette.

Dréa fusilla Jess du regard comme si c'était elle qui avait parlé, puis lui ordonna du geste d'écouter Gemma. Levant les yeux au ciel, Jess obtempéra. Dréa ferait une excellente prof.

— ...donc, si vous avez chez vous un objet dont vous ne voulez plus mais qui ferait plaisir à quelqu'un... disait Gemma.

— Des trucs reçus au *Secret Santa* de l'an dernier, par exemple ? En général, je m'en débarrasse vite fait, de ceux-là.

On fit taire l'importun à nouveau.

— Ça peut être n'importe quoi, pourvu que ce soit un cadeau qui plaira à quelqu'un et qui ne vous coûtera rien.

Josh revint avec les gobelets. On ne distinguait plus le chocolat dans celui de Dréa, avec tous les marshmallows qui flottaient dessus. Elle gloussa comme une écolière quand il le lui remit, et soutint son regard au moment où leurs doigts s'effleurèrent.

Ben mon vieux ! pensa Jess. Il n'y avait pas que le chocolat qui était bouillant ce soir ! Dréa vit sa tête, prit un air de défi style « Tu veux ma photo ? », et fit mine de s'intéresser au chapeau que Gemma faisait circuler autour de la table pour que chacun y pioche un nom.

— Oh, misère, maugréa Kev en découvrant le sien.

— Sur qui tu es tombé ? questionna son épouse.

— Il ne faut pas le dire ! cria quelqu'un. Ça doit rester secret !

— Même si je suis sûr que la personne dont j'ai tiré le nom ne viendra pas ?

Tout le monde parvint à la même conclusion et tourna la tête dans un bel ensemble vers la maison de M. Winters où – Jess fut heureuse de le voir – une lampe illuminait la fenêtre du salon, dessinant la silhouette de M. Perkins. Toujours pas de sapin de Noël, mais il y avait quand même plus d'une douzaine de couronnes pour décorer la clôture.

— Il sera là, assura Jess sans réfléchir.

Tous les regards se braquèrent sur elle.

— Je veux dire, sachant qu'il a accepté les couronnes, tout ça… peut-être qu'il voudra venir ?

L'unique gorgée de chocolat qu'elle réussit à avaler clapota d'un côté à l'autre de son estomac.

— Je n'y crois pas trop, lâcha Kev.

— Et pour la personne à qui il est censé offrir un cadeau ? Comment on fait, puisqu'il est absent ?

— Katie aussi est absente, riposta Dréa. Elle est de service à l'hôpital. Je lui ai dit que je prendrai un nom pour elle, il faut donc appliquer la même solution. Jess, l'ambassadrice du numéro vingt-quatre ici présente, se fera un plaisir d'apporter à M. Winters le nom de son bénéficiaire. N'est-ce pas, Jess ?

Tout le monde la regardait, de la même façon qu'un jury vis-à-vis d'un inculpé : d'un air accusateur.

Elle observa Dréa, qui, remarqua-t-elle, avait soudain les traits tirés. Faisant sien le geste préféré de son amie, elle lui passa un bras autour du cou et s'adressa à la foule :

— Je serai ravie de m'acquitter de cette tâche, et s'il est trop timide pour se déplacer lui-même, j'irai chez lui chercher son cadeau et je l'apporterai demain soir. Est-ce que ça vous convient ?

Elle se fichait que ça leur convienne ou non. Elle ne laisserait personne s'en prendre à M. Winters ou à Dréa. Pas tant qu'elle serait là. Et surtout pas à Noël.

— Il n'est pas timide, c'est une brute.

— Qu'est-ce que vous en savez ? Vous lui avez déjà parlé ? Vous connaissez sa vie ?

Se dégageant de l'étreinte de Jess, Dréa couva l'assemblée d'un œil noir, puis elle s'enfila une longue rasade de son chocolat chaud, ce qui aurait donné un bel effet dramatique si un mini-marshmallow n'était pas resté collé au bout de son nez. Le moment était toutefois assez grave pour que personne n'ose rire.

Jess intervint à nouveau :

— Si tu ne veux pas lui offrir de cadeau, Kev, file-moi ton papier et prends-en un autre.

Quelques secondes de silence gêné s'égrenèrent.

— Oh, pour l'amour du ciel ! s'exclama finalement Martha. Donne-le-moi, Kevin. Je lui offrirai un cadeau, moi, à ce vieux birbe, si c'est trop compliqué pour vous !

— Non, dit Kevin en agrippant son bout de papier. J'ai tiré son nom, je le ferai. Personne n'ira dire que Kevin Strong est un mauvais voisin.

— Personne ne pense ça, Kev, le rassura sa femme, ramassant ses bougies comme si elle se préparait à partir. C'est lui qui est un mauvais voisin.

— C'est un solitaire, lança un des Rob'n'Bob d'un ton impliquant que selon lui, c'était tant mieux.

— Chéri, c'est ce qu'on dit des tueurs en série, s'indigna son épouse avec une moue de désespoir.

Martha tendit une main gantée.

— Donne-moi ça, Kevin. Pioche un autre nom.

Kevin finit par céder.

Quand le panier arriva à Jess, elle en préleva un pour elle, puis un pour M. Winters en le signalant haut et fort, et glissa ce dernier dans sa poche. Elle se programma un rappel sur son téléphone pour ne pas oublier d'aller le lui remettre le lendemain matin, avec un cadeau à offrir au bénéficiaire au cas où il refuserait de participer.

Une fois tout le monde servi, Dréa paraissait exténuée, aussi Jess prit la relève et encouragea activement les pères de famille à rassembler les tables et à les rapporter chez Chantal en échange de cupcakes de Noël qu'il lui restait de sa fournée de l'après-midi. Dréa regagna ses pénates en marchant comme un zombie, son marshmallow encore sur le nez. Josh, chargé de quatre superbes bougies et des deux siennes toutes bancales, s'en alla avec un « À demain ? » plein d'espoir. À son tour, Jess rentra chez elle, et consulta ses e-mails. Elle en trouva un d'Amanda qui exigeait un coup de fil. Son regard se tourna vers le tiroir de la cuisine qui renfermait la lettre de St Benedict, toujours scellée.

Dès qu'elle serait prête, elle l'appellerait.

13 h 17
À : JessGreen2000@gmail.com
De : WillWinters@LeJoyeuxTraiteur.com
Objet : RE : Encore des nouvelles de Christmas Street

Chère Jess(ica),

Waouh, dites donc, vous n'avez pas chômé ! Le rôle de détective vous va comme un gant !

Je n'ai pas les mots, en fait. J'adorerais le voir. Le rencontrer. Entendre son histoire. Être le petit-fils qu'il n'a jamais eu. C'est vrai que je suis débordé ces temps-ci, mais franchement, demandez-le-moi et je trouverai un moyen de me libérer pour venir avant le Nouvel An. J'ai appris à mes dépens qu'être là quand c'est important vaut mille fois mieux que de se pointer quand ça vous arrange. Cela dit, je ne voudrais pas débarquer comme un chien dans un jeu de quilles. Mais peut-être qu'il n'y aura jamais de moment idéal.

Bon, je vide mon sac : si mon couple a explosé, c'est parce qu'en gros, j'étais un bourreau de travail égoïste qui accordait plus d'importance à sa vie professionnelle qu'à sa vie amoureuse. Je me donne l'image d'un jeune entrepreneur dynamique prêt à révolutionner le métier de traiteur, mais la vérité, c'est que j'avais l'intention d'épouser cette femme. Je rêvais du combo : maison, enfants, labrador. Mais je repoussais toujours l'échéance. D'abord, je voulais trouver une ville où j'aurais les moyens de m'installer. Après, je voulais accéder à un certain niveau de revenus. Toucher une clientèle plus haut de gamme. Dénicher de plus beaux locaux, et ainsi de suite.

Elle était mon associée, ma compagne, mon sous-chef, et elle m'a quitté. C'était entièrement ma faute. Raison pour laquelle je lui ai tout laissé : la maison, la voiture. Et j'ai même annulé l'acompte sur le chiot qu'on avait réservé pour Noël... (Vous saviez qu'un chien, c'est pour la vie, pas seulement le temps des fêtes ?) Ça s'est passé l'an dernier. Cette année, je me suis jeté à corps perdu dans le boulot, en essayant par la même occasion de redresser mes finances, mais je me suis rendu compte en cours de route que je me sentais fichtrement seul, et que j'avais très envie de connaître mon grand-père. De faire quelque chose de bien après avoir fait tant de mal. (Mon ex est fiancée à un autre, au fait. Il a des horaires de bureau, l'emmène en week-end, et cerise sur le gâteau, ils ont adopté un chiot. Adorable.)

Je ne vous raconte pas tout ça pour me faire plaindre, mais pour que vous compreniez pourquoi cette rencontre me tient à cœur, et aussi pourquoi je flippe de décevoir à nouveau quelqu'un. Malgré tout, votre message m'a fait réaliser que ce qui compte ici, ce n'est pas moi, c'est lui, et on dirait que le vieux bougre a bien besoin d'une présence dans sa vie pour prendre soin de lui. Je suis très heureux qu'il vous ait déjà, et dès que mes dernières obligations seront derrière moi, je serai là pour lui moi aussi. Je vous dois une fière chandelle. Ainsi qu'un de mes sandwichs au crabe. Une vraie tuerie, sans vouloir me vanter.

Tout ça pour dire, ne soyez pas trop dure envers vous-même pour ce qui s'est passé à Londres. Rappelez-vous toutes les choses fantastiques que vous avez accomplies. Les bonnes ondes que vous avez répandues dans le monde et que vous continuerez de répandre. D'accord, vous vous êtes fait virer. Mais vous vous êtes relevée et vous avez trouvé un nouveau travail. Une nouvelle maison, dans une nouvelle ville. Vous en connaissez beaucoup qui auraient la force de rebondir comme ça après toutes ces épreuves ? Moi pas. Vous vous êtes super bien débrouillée, alors applaudissez-vous pour moi. Et quand nous nous rencontrerons, ce qui est une certitude, je me ferai un devoir de vous donner des cours de cuisine, et de vous expliquer pourquoi il faut sortir les haricots de la boîte et les réchauffer avant de les manger (un indice : le bacon).

Bises,

Will

17 décembre

« Jeeeeeessssss ! »

La voix d'Amanda montait et descendait d'une octave comme si elle agitait la main devant son visage pour la tirer d'une rêverie.

« Appelle-moi ! »

Jess frissonna malgré elle. Son amie employait les mêmes intonations quand elle ordonnait à un enfant trop remuant de s'asseoir immédiatement à sa place. Un tiers d'impartialité, deux tiers de « ton attitude est inacceptable et je ne laisserai pas passer ça ! ».

Elle fronça les sourcils et éteignit son portable avant la fin du message. Son timbre sonnait un peu… bizarre. Comme si elle surjouait la bonne humeur. C'était celui de quelqu'un qui savait que de mauvaises nouvelles se profilaient. À l'époque où elle logeait chez ses parents, elle se sentait capable de parler à Amanda au téléphone parce qu'elle pouvait ensuite se réfugier dans les bras de son père si besoin, ou savourer une bonne tasse de thé de sa maman. Elles ne discutaient pourtant pas de sujets éprouvants. La plupart du temps, sa collègue partageait avec elle les derniers coups bas de la directrice, les bêtises des élèves, les potins sur les épouses Numéro Un et Numéro Deux (surtout les Numéros Deux), et elle évitait avec un tact admirable d'évoquer Crispin Anand-Haight. Au fil des mois, toutefois, les appels s'étaient espacés, en même temps que diminuait la tolérance de Jess vis-à-vis de tout ce qui touchait à son ancienne vie, et dont visiblement, Amanda ne se lassait pas. (Elle était allée à Courchevel, Saint-Moritz et Aspen durant l'année. « Oh, Jess ! Tous ces goûters après les séances de ski m'ont rendue énoooorme ! »)

Avec la lettre de St Benedict dans son tiroir, pas de parents pour la consoler, et Amanda qui ne ressemblait pas à Amanda, Jess n'était pas sûre d'avoir les ressources mentales nécessaires pour se remettre du coup de fil qui l'attendait. Le passé était encore trop douloureux, et l'avenir trop incertain. Dans une charmante petite localité comme celle-ci, tout finissait tôt ou tard par se savoir. Voilà ce qui l'angoissait le plus.

Elle regarda par la fenêtre. Un rayon de soleil illuminait la pancarte « À vendre ». Elle ne se sentait toujours pas prête à l'enlever, mais depuis quelque temps, le seul fait de songer à décoller le bandeau « Vendu » lui tordait les tripes. Elle commençait à se plaire ici. Elle n'était pas encore véritablement installée ; les piles de cartons pas déballés et le matelas à même le sol de sa chambre en témoignaient. Cependant, elle disposait déjà d'une escouade d'amis à qui faire appel en cas de problème. Dréa la givrée, qui avait besoin de soutien autant qu'elle en dispensait. Les Gem'n'Emm et leur efficacité blond cendré. Kev, qui, la dernière fois qu'elle l'avait croisé, avait proposé de regarder sous le capot de sa voiture parce qu'il avait entendu un bruit étrange quand elle était partie faire ses courses. Il avait offert le même service la veille aux Nishio, qui avaient accepté de bon cœur en louant ses talents de mécanicien. Martha, pour ses... euh... ses conseils vestimentaires des années 1970. Et enfin, bien sûr, M. Winters.

D'ailleurs, en parlant du loup...

Son expression se révéla plus amusée qu'excédée lorsqu'il la découvrit devant sa porte.

— Bonjour ! lança gaiement Jess.

Arnold lui répondit d'un simple hochement de tête. Il y avait plus chaleureux comme accueil, mais c'était déjà mieux que lui claquer la porte au nez. Elle-même n'était pas toujours d'humeur sociable, mais grâce aux visites régulières de Dréa, elle apprenait que parfois, on ignorait avoir besoin de compagnie jusqu'à ce que celle-ci pointe son minois souriant. De plus, elle était ici en mission. M. Winters et elle devaient réfléchir ensemble à une idée pour le réveillon.

Elle lui tendit un bout de papier.

— Tenez.

— C'est quoi ?

— Le destinataire mystère de votre cadeau de Noël.

Il tenta aussitôt de lui rendre, mais elle enfouit les mains dans ses poches.

— Vous connaissez le principe du *Secret Santa*, non ?

Il opina sans dire un mot.

— Cool. Je viendrai chercher le cadeau, ou vous-même, à 19 heures.

— Je n'ai pas prévu de sortir aujourd'hui, grommela-t-il.

— Tant mieux, dit-elle en poussant à fond la puissance de son sourire encourageant auquel même les élèves les plus obstinés ne pouvaient résister. On doit offrir quelque chose de chez nous dont on n'a plus l'utilité. Comme par exemple… (Elle se creusa la cervelle pour trouver en vitesse un objet facile à emballer.) Des graines, ou un produit de votre serre ? Un cadeau qu'on vous aurait fait et dont vous ne vous servez jamais ? Une babiole ?

— Une babiole, répéta-t-il.

— Oui. Mettons, un napperon, ou…

— Je sais ce qu'est une babiole, ma mignonne. Mais je ne vois pas en quoi offrir à quelqu'un un objet dont je ne veux plus relève de l'esprit de Noël.

Jess joua un moment avec le zip de son manteau, essayant de trouver quelque chose de philosophique à répondre, dans le genre : le rebut des uns est parfois le trésor des autres.

— Vous ne voulez pas que j'entre, plutôt ? On laisse échapper la chaleur, là. Je sais bien qu'il y a des réductions pour les personnes âgées, mais... il vaut mieux éviter de contribuer au réchauffement climatique, non ?

Bravo, Jess. Tu lui rappelles non seulement qu'il est vieux, mais que sa génération a bousillé la planète.

— Écoute, dit-il sans bouger d'un iota. Je vois très bien où tu veux en venir, et crois-le ou non, j'apprécie l'intention. (Le sourire de Jess n'eut pas le temps de s'épanouir qu'il poursuivit :) Mais pour être honnête, je trouve tout ça... (Sa main se balança d'elle à lui.)... ces interactions... un peu dérangeantes.

— Ah. Mince ! Je suis désolée.

Elle rougit de honte.

M. Winters s'agita, aussi gêné qu'elle par cette conversation.

— C'est gentil, ce que tu essaies de faire. Je n'aurais pas dû être si désagréable quand tu as commencé à venir. L'habitude, j'imagine. De tenir tout le monde à distance.

Trente-cinq ans d'isolement volontaire, ça faisait long. Pas étonnant qu'il ne sache plus comment laisser entrer quelqu'un dans sa vie.

Jess contempla le sol du perron, puis affronta le regard bleu azur de M. Winters.

— Vous n'aviez pas de voisins ou d'amis pour vous aider, après... après la disparition d'Anne ?

— Après sa mort, tu veux dire, rectifia-t-il d'une voix douce, avant de réfléchir un instant. Il est possible que si.

J'ai de vagues souvenirs de plats qu'on nous apportait à Robert et à moi, de choses comme ça, mais quand il est retourné en Écosse… (Il marqua une pause et passa la main dans ses épais cheveux blancs.) J'étais tellement en colère, et si occupé à ne pas perdre mon travail, que je n'ai pas vraiment fait attention.

— Vous étiez en colère contre qui ?

— Contre moi-même, surtout. Même si je ne m'en rendais probablement pas compte à l'époque. Je refusais qu'on traite avec gentillesse le monstre qui avait causé la mort de la femme la plus merveilleuse que cette ville ait jamais connue.

— Ce n'était pas votre faute !

Incapable de se retenir, Jess serra le bras de son vieux voisin. Quelle horreur de devoir vivre avec cette souffrance ! Cette autoflagellation qui ne semblait pas s'être émoussée avec le passage des ans. Il tourna les yeux vers sa main, et elle la remit dans sa poche, luttant contre une montée de larmes. Elle se tut pour le laisser continuer.

— Après l'enterrement, quand Robert et moi nous sommes disputés, j'ai eu le sentiment que je ne méritais plus la moindre marque de bonté.

Il parlait d'un ton détaché, sans apitoiement. Il exposait les choses telles qu'elles étaient. Il avait pris une décision qui s'était révélée être la mauvaise, son fils ne lui avait plus jamais adressé la parole, et il avait passé ces trente-cinq dernières années à se punir d'un malheur dont il n'était pas responsable.

Jess repensa à son propre comportement à la suite de l'Incident du Sandwich au Fromage. Elle avait beaucoup traîné au lit, beaucoup mangé de chocolat, beaucoup pleuré sur son sort. Mais finalement, grâce au soutien et à l'amour de ses parents, ainsi qu'à sa passion indéfectible pour l'enseignement, elle s'était extirpée de ce marasme sordide, et maintenant, sur des jambes encore flageolantes, elle s'efforçait de réapprendre à marcher.

Ce nouveau départ, M. Winters ne semblait pas l'avoir pris. Ce devait être terriblement douloureux pour lui de vivre dans cette maison avec tous ces souvenirs.

— Pourquoi vous n'avez pas déménagé ?

— Comment Robert saurait-il où me trouver, si je déménageais ? rétorqua-t-il vivement, l'air ébahi qu'elle pose une question aussi bête.

Jess porta les mains à son cœur. Pendant tout ce temps, il avait gardé espoir. Et pourtant, à présent que Will cherchait à nouer un lien, il avait trop peur de le rencontrer. La peine qu'elle éprouvait pour Arnold lui vrillait la poitrine, et puis soudain, une barrière céda en elle, et elle se jura de tout faire pour les réunir, eux aussi.

— Pourquoi ne pas écrire à Will ? Ou lui téléphoner ?

Il secoua la tête.

— Je ne sais pas. Je ne suis pas sûr que ce soit une bonne idée de rouvrir de vieilles blessures.

— L'impression que j'ai, c'est qu'elles ne se sont jamais refermées. Et puis, ajouta-t-elle très vite avant qu'il ne l'interrompe, si vous voulez mon avis, vous n'avez pas mérité de souffrir aussi longtemps. Je ne l'ai jamais connue, mais d'après ce que vous m'avez dit sur elle, je ne crois pas qu'Anne aurait aimé que vous vous infligiez ça.

Il cligna des paupières à plusieurs reprises, assimilant peut-être cette notion inédite, celle que sa défunte épouse puisse l'absoudre de la culpabilité qui le minait ; puis il secoua la tête à nouveau.

— C'est gentil de ta part, mais c'est une cause perdue, puisque la seule chose que je veux, je ne pourrai jamais l'obtenir.

Ses paroles s'enfoncèrent au plus profond des entrailles de Jess.

La détresse de M. Winters était différente de la sienne, naturellement. Elle, elle pouvait continuer à enseigner. Oui, ce serait effrayant, et elle trébucherait sans doute plus d'une fois, mais elle avait la possibilité de remonter en selle. En essayant d'être meilleure, plus forte, plus résistante. Mais M. Winters disait vrai. Il n'y aurait jamais d'autre Anne Winters. Malgré tout, il y avait un Will Winters…

— Arnold… puis-je m'inviter à prendre une tasse de thé ?

Il plissa le front, puis s'écarta du passage.

— D'accord, entre. Tu as raison après tout, le changement climatique…

15 h 17

À : WillWinters@LeJoyeuxTraiteur.com

De : JessGreen2000@gmail.com

Objet : RE : RE : Encore des nouvelles de Christmas Street

Salut Will,

J'espère que vous avez reçu mon dernier message en réponse au vôtre. J'ai peur parfois que mes e-mails se perdent à jamais dans le néant !

On dirait que la vie a fait de vous un de ces êtres rarissimes : un homme porté sur l'introspection. Puissiez-vous continuer ainsi sur la voie de la sagesse, et que nombre d'adeptes suivent vos pas ! (À propos, ces sucettes de Saint-Jacques sont magnifiques ! C'est possible d'apprendre à les faire ?)

Bon, j'en arrive au fait.

Je sais que je vous préviens à la dernière minute, mais puisque vous avez proposé de vous rendre disponible pour venir voir votre grand-père avant les vacances en cas de nécessité… je crois que c'est le moment.

Alors si vous êtes libre ce soir, voici ce que j'ai en tête…

— Putain qu'il fait froid !

— Kevin, surveille ton langage ! Il y a des enfants ici.

— Pas les miens.

— Chut !

M. Winters jeta un regard en coin à Jess. Elle lui adressa un sourire crispé. Ce n'était pas exactement la conversation la plus représentative d'un bel esprit de communauté, mais ils étaient présents tous les deux, c'était là l'essentiel.

— Quelqu'un pourrait dire à Emma que les températures sont négatives ?

— J'ai un poulet à sortir du four, moi !

— C'est pas la soirée d'Emma, c'est celle de Gemma.

— Laquelle ?

— Ben, Gemma ! Y en a qu'une !

— Sérieux ?

M. Winters interrogea Jess des yeux. Elle ne put que hausser les épaules. L'identité des Gem'n'Emm resterait l'une des plus grandes énigmes de l'univers.

— Salut, miss. Belle soirée, non ?

Dréa avait un ton nonchalant. Trop nonchalant. Jess partageait son ressenti : se tenir ici à côté d'Arnold lui faisait elle-même un peu drôle.

— Ah, salut, Dréa ! Tu connais déjà M. Winters, je crois ? Arnold, voici Dréa Zamboni, du numéro un.

Il tendit une main gantée et serra la sienne avec vigueur.

— Oui, elle est… Nous avons…

— J'ai inondé ce pauvre homme de flyers pendant des années, n'est-ce pas, M. Winters ? Vous êtes un coriace, vous les avez tous ignorés. Bien joué !

Il esquissa un demi-sourire, l'air de se demander s'il s'agissait ou non d'un compliment.

— Ce sont vos cadeaux ?

Jess et Arnold baissèrent les yeux. Elle avait dans les mains une petite boîte enveloppée d'un joli papier, et lui une grande caisse en bois avec un simple ruban rouge autour.

— Il faut les mettre sur la table que Gem a sortie dans l'allée, là, les informa Dréa en indiquant l'endroit que tous les invités couvaient d'un regard impatient.

M. Winters recula d'un pas.

— Je m'en occupe, dit Dréa qui, sans attendre de réponse, lui prit la caisse des mains avec un léger « Fiou ! », traversa la foule et la posa au milieu des autres paquets. Ça, c'est un beau cadeau ! s'exclama-t-elle.

Remarque aventureuse, sachant qu'elle n'avait aucune idée de son contenu. Jess, marchant dans son sillage, ajouta son cadeau à la pile puis se hâta de retourner auprès de M. Winters. Elle piétinait, moins à cause de la température glaciale que par nervosité, même s'il faisait un froid à faire des ronds de fumée avec son souffle.

La voix suave de Cliff Richard s'éleva de l'intérieur de la maison, et Gemma fit son entrée dans un déguisement de mère Noël sexy à la limite du convenable.

Quelques Rob'n'Bob la sifflèrent, et furent réduits au silence par leurs épouses et l'œillade protectrice du mari de Gemma, qui se tenait derrière elle, vêtu d'un costume de lutin trop serré. Leurs enfants, deux adorables garçonnets blonds comme les blés, portaient également des tenues de lutins, mais les leurs paraissaient taillées sur mesure. On voyait nettement où passait l'argent dans leur foyer, ce qui eut pour effet de faire fondre le cœur de Jess. Ah, la famille ! C'était compliqué parfois, mais c'était aussi formidable. À ce sujet… Elle scruta la foule en quête d'une version plus jeune de M. Winters. Will ne lui avait pas répondu, et elle doutait qu'il puisse se libérer, mais elle espérait, pour Arnold, qu'il se montrerait. Et puis, pour être honnête, elle était curieuse de voir si le vrai Will ressemblait à l'homme qu'elle connaissait à travers ses e-mails et qu'elle avait appris à apprécier. Mais avant tout, elle voulait que le vieil homme ait une nouvelle raison de vivre et n'ait pas à affronter une année supplémentaire de solitude et de culpabilité. Son regard croisa celui de Josh, qui haussa les sourcils et lui adressa ce petit hochement de menton typiquement masculin. Elle sourit et piqua un fard, réaction idiote parce qu'elle n'envisageait sérieusement aucun avenir avec lui.

Dréa lui flanqua un coup de coude, ce qui la fit rougir encore plus.

Mais qu'est-ce qui lui prenait de flirter avec un parent d'élève ? Elle savait, pour l'avoir observé à de multiples reprises à St Benedict, que c'était d'une stupidité sans nom, surtout quand l'homme en question était le jeune veuf que tout le quartier protégeait bec et ongles.

L'assemblée fit silence et tendit l'oreille pour écouter le petit filet de voix de Gemma, qui agita une clochette et déclara :

— Oh, mon Dieu, un ange a reçu ses ailes !

— Quoi ?

— C'est dans *La vie est belle*, rappelle-toi.

— Elle parle de Clarence ?

— Ils reçoivent tous des ailes, chaque fois que la cloche sonne. Mais oui, Clarence aussi.

La personne qui avait un poulet au four se manifesta de nouveau en grommelant : « Allez, accélère ! » et Gemma, visiblement d'une extrême timidité, vira au rouge écrevisse. Son mari prit les choses en main et commença à distribuer les cadeaux. Des rires et des taquineries résonnaient chaque fois qu'une nouvelle surprise était dévoilée. À un moment, des phares éclairèrent la rue. Sur la pointe des pieds, Jess alla voir de qui il s'agissait, mais la voiture se contenta d'opérer un demi-tour et de disparaître.

Kev reçut un litre d'huile moteur.

Katie l'infirmière, une boîte de Docteur Maboul rafistolée avec du scotch.

Rex et Kai, une bougie décorative à rayures arc-en-ciel dont ils s'émerveillèrent avant de bâiller et de plier bagage (« Le boulot ! Une vraie foire d'empoigne ! »)

Dréa, un mini-mégaphone qui transformait la voix en celle de Minnie Mouse ou de Terminator. On convainquit Gemma de le tester, ce qui déclencha l'hilarité générale. Jess observa M. Winters pour voir sa réaction. Il semblait tendu, inquiet, l'air impatient que la soirée se termine. Elle lui tapota le bras.

— Ce sera bientôt notre tour. C'est par numéro de maison.

Il lui répondit d'un hochement de tête, les lèvres serrées.

Les triathlètes écopèrent d'un paquet de lingettes désinfectantes, s'exclamèrent : « Ah ah, très drôle ! », puis cherchèrent à recruter des volontaires pour l'année prochaine.

L'amateur de poulet reçut un mug « j'♥ mon voisin », et ne s'attarda pas plus longtemps parce que son dîner l'appelait.

Jess se vit offrir un sac de carottes « pour les rennes » de la part d'une Gem'n'Emm.

— Désolée, on ne te connait pas encore assez pour te choisir un cadeau tordu, s'excusa-t-elle.

Cela la vexa un peu, mais après tout, c'était la réalité. Dréa lui suggéra d'en faire du jus, en y ajoutant une pincée de gingembre et, à partir de 17 heures, un trait de tequila.

C'est Josh qui hérita du cadeau de M. Winters. Il parut sincèrement touché lorsqu'il ouvrit la caisse à vin et y découvrit des bulbes de jonquilles sur un mince lit de terre, n'attendant qu'un léger arrosage pour fleurir.

— Il faut juste éviter que la terre ne sèche, expliqua M. Winters.

— C'est... (Josh s'éclaircit la gorge.) C'étaient les fleurs préférées de Claire.

— Je sais, petit.

Tous les voisins restèrent muets. Claire était l'épouse de Josh.

Les deux hommes partagèrent un instant d'émotion que seuls ceux qui avaient perdu un être cher pouvaient comprendre. Une forme de communion.

Martha reçut un appareil de massage des pieds pour deux personnes, pour le plus grand bonheur de Tyler.

— Vous et moi, Martha ! On pourra se faire pétrir la voûte plantaire devant le jeu télé du soir. Génial, non ?

Elle leva les yeux au ciel, mais son amusement n'échappa pas à Jess.

Enfin, le tour de M. Winters arriva.

Tout le monde savait que c'était Mme Snodgrass qui avait décidé de se charger de son cadeau, aussi toutes les têtes pivotaient de l'un vers l'autre comme à une finale de Wimbledon.

Gêné d'être mis sur le devant de la scène, il batailla pour ôter le papier glacé rouge recouvrant un fin paquet carré, qui se révéla être une pochette d'album.

— Marti Morgan, lut-il, le front plissé.

— Ce n'est peut-être pas votre style de musique, mais je me suis dit qu'à part Tyler, notre roi du mixage, vous êtes sans doute le seul qui soit assez âgé pour posséder un tourne-disque. (Elle lui sourit.) Si ce n'est pas à votre goût, j'en ai plein d'autres à la maison. N'hésitez pas à venir y jeter un œil, on prendra une tasse de thé.

Tyler opina avec énergie, comme s'il avait participé à ce plan.

— Je passerai vous chercher en voiture, si ça fait trop loin pour vous.

M. Winters grommela. Martha habitait à deux maisons de chez lui.

— Je suis vieux mais pas faible à ce point-là, jeune homme.

Il adressa néanmoins à Martha un petit signe de tête. Sa proposition avait été entendue et possiblement acceptée.

Gemma les remercia tous dans un murmure et annonça qu'elle ferait mieux de rentrer parce qu'elle ne sentait plus ses doigts ni ses orteils. Les autres ne tardèrent pas à l'imiter, et Jess et Dréa raccompagnèrent M. Winters malgré ses protestations (« J'ai pas besoin de garde-malade ! »), sans omettre de lui rappeler la piñata de Noël du numéro 18 prévue le lendemain à 18 heures.

— Bravo, Jess ! fit Dréa une fois le vieil homme à l'abri chez lui.

— Pour quoi ?

— Pour avoir fait sortir la tortue de sa carapace.

Le compliment la réchauffa de l'intérieur.

— Des nouvelles de Spencer ? demanda-t-elle d'un ton un peu trop innocent.

— Nan. Mais on a notre appel hebdomadaire mardi prochain. C'est le dernier jour où il pourrait prendre un vol et arriver à temps pour Noël, alors... on verra.

Elles atteignirent la maison de Jess. Celle-ci serra son amie dans ses bras, puis croisa tous les doigts.

— Je vais rester comme ça jusqu'à demain !

Dréa pouffa, puis la regarda avec tendresse.

— Merci, miss. Ça fait du bien d'avoir une alliée.

C'était ça, le plus important, songea Jess en refermant sa porte ; elle admira en souriant la fresque de Noël sur son mur et alla se préparer son chocolat chaud du soir. Savoir que quelqu'un était là pour vous soutenir. C'est ce qui l'avait le plus déstabilisée lorsque l'Incident du Sandwich au Fromage s'était produit. Les personnes qu'elle aurait crues de son côté – la directrice, son petit ami, les autres professeurs – lui avaient tourné le dos. Et quand bien même Amanda l'avait approvisionnée en mouchoirs et en verres de pinot, elle n'avait jamais pris ouvertement sa défense. C'est aussi pour ça que Jess éprouvait tant de difficulté à prendre ses appels. Elle se sentait trahie.

Son ordinateur portable émit un tintement.

20 h 43

À : JessGreen2000@gmail.com

De : WillWinters@LeJoyeuxTraiteur.com

Objet : RE : RE : RE : Encore des nouvelles de Christmas Street

Chère Jess(ica),

MEA CULPA !!!! Je suis venu, je vous jure, j'étais même à l'entrée de l'impasse quand j'ai reçu un appel des pompiers. L'alarme s'était déclenchée dans mes locaux. J'avais fait la bêtise d'oublier un plateau de *mince pies* dans le four et... elles ont été calcinées. Heureusement, il n'y a pas eu trop de dégâts, mais je n'ai pas pu vous rencontrer, mon grand-père et vous, comme je l'espérais.

Je suis surbooké jusqu'au jour J, mais je vous en prie, ne baissez pas les bras. Je sais que ce n'est pas à vous de me mettre en contact avec Papi (ça me plaît bien, je crois que je vais garder ça), mais les efforts que vous faites comptent beaucoup pour moi. Les sucettes de Saint-Jacques, c'est simple comme bonjour. Je les ai mises sur la liste.

Bises,

W.

18 décembre

Jess ouvrit le colis, poussa une exclamation de surprise, et sentit les larmes monter.

— Quoi ? Ça ne va pas ? s'inquiéta Dréa en regardant l'intérieur du carton, puis Jess qui s'essuyait les joues. Tu vas devoir m'expliquer.

Des feutres, des crayons de couleur, une énorme boîte contenant le nombre ahurissant de deux cent quatre-vingt-huit crayons gras, joliment rangés dans leur protection cartonnée. Des paillettes, encore des paillettes. Des nouilles de toutes les formes, des cuillères en bois, du fil chenille. La totale.

Ses parents s'étaient surpassés, et ce n'était même pas encore Noël. Sur le colis était marqué en grosses lettres : « OUVRIR AVANT NOËL », avec l'écriture assurée de son père et, bien sûr, le petit smiley à la dentition parfaite qu'il ajoutait toujours.

— Ça vient de mes parents.

— C'est une tradition à vous ? D'offrir du matériel de loisirs créatifs pour enfants à leur fille adulte ?

— Ce n'est pas pour moi, dit-elle avec des trémolos dans la voix. C'est pour mes élèves.

— Ah bon ? L'école n'est pas assez équipée ?

— Si, mais...

Elle grimaça et secoua la tête. Elle ne parvenait pas à lui expliquer que ses parents savaient combien elle adorait voir les yeux des enfants s'illuminer devant ce genre de fournitures avant de se mettre à l'ouvrage. Cette étincelle de joie, de gourmandise, lui procurait une sensation extraordinaire. Ce paquet, c'était une manière pour eux de lui dire : « On a conscience que c'est très dur pour toi, mais pense à tout le bonheur qui t'attend. »

Elle songea à l'Instamatic et à la poignée de pellicules photos qu'elle avait emballés et cachés dans une des chaussures de marche de sa maman pour leur Noël, et regretta soudain de ne pas leur avoir dégoté quelque chose de plus personnel, afin de leur montrer à quel point elle appréciait tout ce qu'ils avaient fait pour elle cette année. Ça n'avait pas dû être facile pour eux de remettre à flot l'épave dégoulinante venue s'échouer dans leur maison. À ce stade de l'existence, elle était plutôt censée prendre soin d'eux, ou au minimum d'elle-même. Eux, ils n'avaient besoin de personne. Sur leur morceau de corail et de sable à l'autre bout du monde, les parodontites et autres problèmes d'occlusion suffisaient à leur bonheur.

Elle promena son regard autour de la cuisine encore à peine fonctionnelle. Elle avait gentiment refusé les appareils ménagers antédiluviens de sa mère, préférant prendre son temps pour équiper son domicile comme elle l'entendait.

Elle habitait ici depuis près de trois semaines à présent, et à part rédiger la totalité de ses fiches pour le catalogue et acheter sa propre agrafeuse, elle n'avait pas fait grand-chose pour y imprimer sa marque.

Les murs étaient toujours blancs, la table et les chaises de cuisine des plus banales, les assiettes blanches aussi. Le choix de la vaisselle ne lui avait pas paru si primordial lorsqu'elle s'était retrouvée au milieu d'Ikea, sans ami ni aucun appétit.

Il restait la fresque dans le couloir, qui lui redonnait le sourire chaque fois qu'elle la voyait, mais avait-elle envie que Noël dure toute l'année ? La recouvrirait-elle avant de déménager si jamais sa rentrée virait à la débâcle ? À cet instant, une famille passa justement devant la fenêtre ; les enfants, qui chantonnaient de leurs petites voix dissonantes « Rudolph le renne au nez rouge », s'interrompirent pour demander à leurs parents pourquoi la « nouvelle dame » n'avait pas enlevé sa pancarte « À vendre ».

Dréa prit la carte au sommet du colis.

— Tu permets ?

— Vas-y, dit Jess en reniflant.

Elle hésitait entre s'activer à refaire du café et s'octroyer une petite crise de larmes, sachant que Dréa lui ordonnerait de les ravaler parce qu'il y avait des choses plus graves dans la vie qu'avoir des parents qui vous envoyaient des cadeaux géniaux débordants d'amour et vous invitaient régulièrement à les rejoindre sous les tropiques. Et, bien sûr, elle aurait raison. La relation qu'elle entretenait avec son fils était un bourbier d'émotions compliquées, de souvenirs difficiles et, semblait-il, d'un avenir incertain. Jess, quant à elle, savait sans l'ombre d'un doute qu'elle reverrait ses parents un jour, et que leurs retrouvailles seraient forcément douces et tendres, pleines de rires et, selon toute probabilité, de chips de légumes.

Son cœur se pinça à l'idée que tout ce que son amie partageait avec son fils, c'était une demi-heure par semaine de discussion tournant autour de chiffres. Elle ignorait quoi faire de plus pour convaincre Spencer de venir. Lui envoyer un nouvel e-mail ? Lui téléphoner ? Filmer une vidéo dans le quartier pour lui montrer combien sa mère était formidable, lui raconter l'accueil sensationnel qu'elle avait offert à Jess dès le premier jour (la bataille de boules de neige mise à part), et surtout, à quel point elle adorait son fils.

— Oh, c'est mignon, commenta Dréa, reposant la carte sur le comptoir et la tapotant. Ils sont clairement inquiets pour toi.

— Quoi ? Non, ils sont juste…

Étaient-ils inquiets ? À son avis, ils ne se seraient pas exilés dans les îles Marshall s'ils ne la jugeaient pas capable de s'occuper d'elle toute seule ! Ils veillaient sur leur fille chérie, c'est tout. Cette pensée lui mit à nouveau les larmes aux yeux.

Dréa lui tendit un mouchoir mentholé puis plaça face à elle la carte, sur laquelle figurait un père Noël en short et chemise hawaïenne.

— C'est ce que font les parents quand ils s'inquiètent pour leurs enfants. Ils mettent le nez dans leurs affaires. Tu comprendras un jour. (Elle décocha un sourire malicieux.) Quand le beau Josh t'emmènera sur son grand cheval blanc.

— N'importe quoi ! protesta Jess en écartant d'un geste ce qu'elle estimait être un délire ridicule. Je ne suis pas amoureuse de Josh, je suis amoureuse de son image, c'est totalement différent. De toute façon, ça, dit-elle en pointant le doigt vers le carton, ce n'est pas de l'intrusion. Ça s'appelle de l'amour.

— C'est du pareil au même. Du point de vue de Spencer, en tout cas.

Jess ne trouva rien à répliquer. Rien d'intelligent et sage qui aurait pu sortir de la bouche du dalaï-lama ou de Michelle Obama, tout du moins. Elle se demanda si c'était ce qui s'était passé entre M. Winters et son fils. Des visions diamétralement opposées. Arnold avait cherché à respecter la volonté de son épouse en la laissant dormir, alors que Robert avait considéré ça comme de la négligence.

Le rebut des uns était parfois le trésor des autres.

Un reste de sandwich brie-canneberge pour un élève, un poison mortel pour un autre.

C'était peut-être ça, la vie. Une longue série de malentendus que les gens qui s'aimaient passaient le restant de leurs jours à s'efforcer de dissiper.

Elle plongea le regard vers le tiroir où la lettre reposait, intacte, et but une gorgée de café tandis que Dréa faisait de même, l'une et l'autre perdues dans leurs réflexions.

— Tu crois que le Bonhomme Hiver viendra ce soir ? finit par demander Dréa, rompant le silence.

— Qui ça ?

— Arnold, précisa Dréa avec la voix de Schwarzenegger.

— Ah, oui. Non. Peut-être ? (Elle haussa les épaules.) On pourrait aller le chercher.

— Bonne réponse ! Je passerai te prendre.

Terminant son café d'un trait, Dréa enfonça sa main libre dans le carton de matériel. Elle en tira un feutre rose vif, qu'elle fourra dans sa poche en souriant de toutes ses dents.

— Allez, je me sauve ! fit-elle. Il faut que j'aille pousser les gens à bouger un peu leur…

Laissant Jess achever cette phrase dans sa tête, elle prit la sortie.

Jess s'empara du colis, un grand sourire aux lèvres. Ce ne serait peut-être pas le plus parfait des Noëls, mais elle n'avait plus si hâte qu'il soit derrière elle.

Bien qu'une lumière soit allumée dans la pièce principale, personne ne répondit à la porte.

— Peut-être qu'il se fait beau, suggéra Jess.

— J'en doute, dit Dréa, indiquant l'autre bout de la rue où une foule se massait déjà et où, d'après les notes de guitare électrique qui résonnaient, Tyler était en train de répéter. C'est trop bruyant pour lui. Il se planque, à tous les coups.

Jess observa les voisins qui affluaient en nombre devant le numéro dix-huit. Sous les regards et les conseils des autres pères de famille, deux hommes s'affairaient à monter une grande armature triangulaire sur la pelouse de la maison.

— Ça va servir à quoi ? questionna Jess.

— À accrocher la piñata Grinch, répondit Dréa comme si c'était une évidence.

— Ils vont faire une piñata en forme de Grinch ?

— Ou alors ils préparent une pendaison publique. Tu n'as rien à te reprocher ?

Jess eut un rire jaune, et appuya une ultime fois sur la sonnette de M. Winters.

— Non, il n'est pas là, conclut Dréa.

Jess tendit le cou pour essayer de jeter un œil à l'intérieur, cherchant surtout à s'assurer qu'il allait bien. Ils avaient pas mal remué la boue du passé ces derniers jours, et elle craignait que cela n'ait été trop éprouvant pour lui. Il n'avait pas l'air du genre à commettre des actes irréfléchis, mais cette période de l'année, joyeuse pour certains, était d'une tristesse insoutenable pour d'autres.

Alors qu'elle s'apprêtait à toquer une nouvelle fois, Dréa descendit une marche et dérapa, écartant les bras pour chercher à se rattraper. Jess la saisit par la manche et la retint le temps qu'elle retrouve l'équilibre.

— La vache ! s'écria Dréa en fusillant des yeux l'escalier. Le verglas commence déjà à se former. Si cette fichue municipalité voulait bien se décider à sabler les rues, ce serait un vrai miracle de Noël !

M. Perkins apparut à la fenêtre, lui lança un regard hautain, puis repartit. S'il était arrivé malheur à M. Winters, le chat serait probablement en train de miauler comme un damné. Un peu rassurée, et pressée par Dréa qui tapotait ostensiblement son Apple Watch, elle accepta de quitter les lieux.

Les deux amies descendirent la rue en prenant garde à ne pas glisser sur les plaques de givre. Dréa râlait parce qu'il y avait deux lampadaires qui n'arrêtaient pas de clignoter sans jamais se résoudre à s'allumer une bonne fois pour toutes. Elle devenait de plus en plus à cran, nota Jess, à mesure qu'approchait le rendez-vous de mardi avec son fils. Vu de l'extérieur, tous les deux semblaient souhaiter une réconciliation, mais chacun selon ses propres conditions. Or, d'après son expérience, c'était utopique.

Elles arrivèrent en bordure du rassemblement, reçurent une poignée de bretzels en forme de flocons de neige et, à leur grande surprise, aperçurent Martha au bout du jardin en pleine conversation avec nul autre que M. Winters.

— Tiens, tiens, tiens, fit Dréa en se frottant les mains. Si on allait tendre l'oreille, ma poulette ?

— Chut ! la rabroua Jess, ravie de voir Arnold bavarder, même s'il n'avait pas encore l'air tout à fait à son aise. Laissons-les continuer sans nous, d'accord ?

— Tout va bien, mesdames ?

Elles se retournèrent comme un seul corps et découvrirent Josh, le bras distendu par la laisse d'Audrey. Son fils et sa fille, déguisés en superhéros, couraient vers le centre du cercle où se réunissaient peu à peu tous les enfants.

— Salut, Josh. Salut, beauté. Comment ça va ? C'est bientôt ton tour, dis-moi !

Jess s'agenouilla pour papouiller la chienne pendant que son amie s'ingéniait à soutirer à Josh des informations sur sa soirée. Elle ignorait pourquoi, mais elle se sentait toujours ridicule quand elle parlait à Josh en présence de Dréa. Heureusement qu'Audrey était là !

— Bonsoir tout le monde ! cria le Rob'n'Bob en tapant dans ses mains. Vous êtes prêts pour la piñata ?

Les enfants poussèrent des vivats, et Kev s'étonna haut et fort que la piñata lui ressemble comme deux gouttes d'eau. Des rires fusèrent tandis que la foule se regroupait autour de la structure, à laquelle était maintenant suspendue une énorme piñata en forme de Grinch, remplie, d'après les rumeurs, de Celebrations et de Quality Street.

— J'espère que vous avez fait votre injection d'insuline ! plaisanta Katie l'infirmière.

Le Rob'n'Bob présenta un immense saladier de clémentines en clamant :

— On mange toujours sainement dans cette maison !

Jess hasarda un coup d'œil vers M. Winters. Son gobelet de chocolat chaud à mi-chemin des lèvres, il s'immobilisa soudain, reluqua le breuvage, et le renversa en douce dans la haie.

Elle eut envie de le prendre dans ses bras. Si elle avait été à côté de lui, elle l'aurait fait ; du moins, s'il l'y avait autorisée. Leur relation avait beaucoup progressé en une semaine, mais ils n'en étaient peut-être pas encore au stade des câlins.

— C'est parti !

On tendit une batte de cricket à Zoé, la fille de Josh, toute mignonne dans sa tenue de Wonder Woman assortie de la cape et des gants d'Elsa. Les yeux bandés, elle balança quelques coups maladroits dont certains touchèrent la piñata. Jess applaudit en riant, et tourna la tête juste à temps pour surprendre Dréa occupée à observer Josh et non Zoé. Intéressant. Son amie lui lança un regard innocent, puis fit mine de se fasciner pour l'enfant que l'on préparait à prendre la suite.

— Où est Ruby ?

Les têtes pivotèrent dans tous les sens, à la recherche du dernier enfant qui devait tenter de pulvériser la piñata déjà passablement amochée avant de céder la batte à Tyler, lequel venait de réapparaître, les joues rouges, après une bonne heure à « envoyer du son ».

La fillette, déguisée en ange, fut enfin repérée : elle sautait sur une marelle invisible avec des petites camarades près de l'endroit où se tenait M. Winters. Depuis tout à l'heure, avait remarqué Jess, celui-ci s'extrayait peu à peu du cœur du troupeau pour s'échapper plus facilement.

Plusieurs voix appelèrent en chœur Ruby, qui se retourna d'un coup et galopa dans la direction de M. Winters. Un instant, elle courait, l'instant d'après, elle était retenue à quelques millimètres du sol par le col de son manteau. Le vieil homme la remit sur ses pieds, son auréole et ses ailes tout de travers. La fillette émit un bruit étranglé, leva les yeux vers lui, et poussa un hurlement strident.

Il y eut un silence horrible, puis le chaos se déchaîna.

La mère de Ruby fonça serrer sa fille dans ses bras.

— Vous êtes malade ou quoi ? vociféra un des pères, probablement celui de Ruby.

Le cœur tambourinant dans sa poitrine, Jess n'arrivait pas à se faire entendre au milieu de tout ce vacarme.

Les accusations pleuvaient sur Arnold, qui se faisait de plus en plus petit sous les attaques.

— Elle a glissé ! cria-t-elle, sans savoir si sa voix portait. Il l'a rattrapée !

— Qu'est-ce que vous avez contre les enfants ?

— Personne ne vous a rien fait, pourtant !

— Quelle méchanceté !

— Il l'a rattrapée ! répéta Jess en forçant sur ses cordes vocales, sans résultat.

— Pas une once de gentillesse, celui-là !

— On n'ira pas chez lui le 24, quand bien même il ferait quelque chose !

— C'est lui qu'on aurait dû mettre sur la piñata à la place du Grinch.

— IL L'A RATTRAPÉE ! s'époumona Jess, incapable de supporter plus longtemps ce flot d'insultes ni la mine bouleversée d'Arnold.

Tous les yeux se braquèrent sur elle.

Une terreur sans nom l'envahit. Avec leurs expressions réprobatrices, le visage familier des parents lui paraissait tout à coup radicalement différent. Comme le conseil d'établissement de St Benedict lorsque, pour la première fois en huit ans, elle s'était présentée devant lui en tant qu'accusée et non plus défenseuse des enfants qu'ils s'étaient tous engagés à surveiller et à protéger.

— Elle a raison. Jess a raison, intervint Josh en se plaçant à côté d'elle.

Il adressa à M. Winters et à elle un bref hochement de tête en signe de soutien, et poursuivit d'un air grave :

— Il l'a rattrapée, je l'ai vu très clairement. Ruby, ma puce ? (Il sourit gentiment à la fillette aux joues striées de larmes.) Est-ce que tu as glissé en courant sur le trottoir ?

Ruby interrogea des yeux sa maman et son papa, lesquels semblaient très gênés. La tension nerveuse faisait trembler Jess de la tête aux pieds.

— Tu n'es pas obligée de répondre, mon lapin, dit sa mère.

M. Winters s'en repartit vers sa maison, les mains au fond des poches de son manteau, courbant ses frêles épaules à cause du froid. Jess se sentait déchirée. Devait-elle le rejoindre, ou le défendre face à la foule qui avait si mal interprété l'incident ?

Le père de Ruby, qui voulait apparemment en avoir le cœur net, insista :

— Ma chérie, est-ce que le monsieur t'a fait mal, ou est-ce qu'il t'a aidée ?

Ruby lança un regard affolé vers M. Winters, les larmes ruisselant sur ses joues, et chuchota : « Aidée », avant d'enfouir la figure dans le cou de sa mère.

Une série de « Ben, il aurait pu le dire ! » résonna au milieu de quelques « Il faut dire qu'il est pas commode, ce type ! » ou « Comment on pouvait savoir, hein ? »

— On devrait peut-être présenter des excuses ? suggéra Jess.

— À qui ? demanda une Gem'n'Emm.

— À M. Winters, répondirent à l'unisson Jess et Josh.

Dréa abonda dans ce sens, et même si ses paroles n'atteignirent pas leur cible, Jess lui adressa ainsi qu'à Josh un sourire reconnaissant. Leur soutien lui faisait chaud au cœur. Elle espérait que M. Winters le percevait comme elle. Elle ne s'était jamais sentie aussi seule que lorsqu'elle avait affronté le « peloton d'exécution » de St Benedict. Amanda lui avait promis d'intercéder en sa faveur auprès de la directrice, mais le moment venu, elle s'était désistée en prétendant que, comme elle n'était pas présente ce jour-là dans le réfectoire, cela ne servirait à rien. Martin ne s'en était pas mieux tiré. Il avait fait semblant de la plaindre pendant environ une demi-seconde, avant de retourner sa veste et de lui conseiller, pour son bien, de faire la paix avec les parents de Crispin parce qu'ils étaient riches comme Crésus. À croire que son seul but, en devenant enseignante, était de côtoyer des millionnaires dans l'espoir que son agent immobilier de petit ami puisse décrocher quelques ventes. Jess mourait d'envie de courir après M. Winters pour lui dire qu'elle savait parfaitement ce qu'il ressentait, mais ses pieds lui paraissaient cimentés au sol.

— Hé, Arnold ! Attendez un peu !

Josh trottina jusqu'au vieil homme qui remontait le trottoir, déjà à mi-chemin de chez lui.

Tout le monde regarda les deux hommes échanger quelques mots. À un moment, Josh posa la main sur l'épaule de M. Winters, et Jess fut contente que ce dernier ne cherche pas à s'en débarrasser. Leur conversation parvint apparemment à son terme car il se tourna vers la foule. Son visage arborait l'expression résignée la plus triste que Jess ait jamais vue. Comme s'il savait depuis le début que s'il sortait, cela ne pouvait qu'aboutir à ce genre de désastre. « Message reçu », semblait-il dire ; et, plus désolant encore : « Vous avez gagné. »

La soirée se termina très vite ensuite. Après l'échec des Rob'n'Bob à achever le Grinch, Mme Nishio prit la relève, et assena à la piñata un coup étonnamment puissant. « Que sont des hommes, comparés à des montagnes ? » cita-t-elle avec un clin d'œil à son mari tandis que les enfants se jetaient comme des loups sur les chocolats enveloppés de papiers scintillants. Puis chacun retourna chez soi avec la directive, pour le Jenga de Noël du lendemain, de se munir de chaufferettes afin d'avoir des doigts en état de marche.

Josh renvoya ses enfants à la maison avec Audrey et, tout en les regardant disparaître dans l'allée, il proposa à Dréa et à Jess qui avaient observé en silence la dissolution du rassemblement de venir déjeuner ce dimanche.

— On ne mettra pas les petits plats dans les grands, prévint-il, mais on a quand même préparé des Yorkshire puddings avec les enfants.

— J'adore les Yorkshire puddings, dit Jess en se frottant le ventre, soudain plus affamée qu'elle ne l'avait été depuis des semaines.

Dréa lui fit un sourire poli, puis demanda à Josh :

— Tu veux que j'apporte quelque chose ? Un accompagnement ? Un dessert ?

Jess l'examina du coin de l'œil. Qui avait transformé Dréa en petite ménagère parfaite ?

— Non, merci. On a nos habitudes. Ça ne vous embête pas, j'espère ? Cela dit… (Ses yeux brillèrent et son sourire s'élargit.) Une petite bouteille de ce picpoul que tu avais l'autre jour ne serait pas de refus. Je ne bois jamais quand je suis seul avec les enfants, mais…

Il dévia le regard vers Jess, dont les joues rosirent aussitôt.

— J'en apporterai aussi. Du vin. Pour boire. (Elle continua à babiller comme ça un moment avant de scruter soudain son poignet nu et de s'exclamer :) Oh là là, il se fait tard ! Je crois que mes parents doivent m'appeler. Il faut que je file.

— Tes parents, dans les îles Marshall où il est 6 heures du matin ? lança Dréa, les lèvres frémissant d'hilarité contenue.

— Oui, ce sont des lève-tôt. Depuis toujours.

Jess courut jusque chez elle et s'affala contre la porte. Elle disposait d'environ seize heures pour apprendre à se comporter comme un être humain normal en présence de Josh. Elle s'accroupit pour se regarder dans le miroir pas encore accroché. Elle avait les joues en feu. La nuit serait longue.

20 h 42
À : WillWinters@LeJoyeuxTraiteur.com
De : JessGreen2000@gmail.com
Objet : Bleurghhhhh

Salut Will,

Catastrophe ! Votre grand-père est venu à la réception de Noël de ce soir, ce qui est génial. Sauf qu'il a rattrapé une petite fille qui allait tomber, et certains parents ont cru qu'il lui avait fait du mal. Ils ont dit des choses pas très sympas, et il a décampé sans demander son reste (à sa vitesse, mais vous voyez ce que je veux dire).

J'ai estimé qu'il valait mieux vous mettre au courant. C'était vraiment affreux. Ça m'a fait la même impression que quand le conseil d'établissement a conclu qu'il était « impossible de statuer avec certitude » si j'avais réellement essayé de porter secours à Ethan ou si j'avais cherché à faire du mal à Crispant, alors je n'imagine même pas combien ça a dû être dur pour votre grand-père. Surtout après ce qu'il a traversé avec votre grand-mère.

Bon. Désolée de vous plomber avec ça, mais je pense que ça vous concerne. Demain soir, il y aura un Jenga de

Noël, quoi que ça puisse être, au numéro dix-neuf, mais je doute qu'Arnold y pointera le bout de son nez.

Je passerai le voir, mais si vous avez la possibilité de venir, ça aiderait peut-être à redresser la barre ??????

Bises, J.

19 décembre

3 h 07
À : JessGreen2000@gmail.com
De : WillWinters@LeJoyeuxTraiteur.com
Objet : RE : Bleurghhhhh

Jessica,

Excusez-moi, j'ai dû rater un chapitre. Qu'est-ce que mon grand-père a traversé avec ma grand-mère ?

Il est tard, désolé d'être bref. J'ai le marché de Noël de Harrogate demain, et après ce sera la dernière ligne droite. Dès que toutes les commandes seront réglées, je pourrai enfin me déclarer l'heureux propriétaire des locaux du Joyeux Traiteur.

8 h 08
À : WillWinters@LeJoyeuxTraiteur.com
De : JessGreen2000@gmail.com
Objet : Pardonpardonpardonpardonpardon

Salut Will,

Euh... j'aurais mieux fait de ne pas le mentionner. Si j'avais un sabre, là tout de suite, je me ferais harakiri. C'est à lui de vous raconter cette histoire, et comme ce sont des affaires de famille, que je ne sais pas ce que votre père vous a dit, le son de cloche qu'il vous a donné (ou pas ?), j'ai préféré ne pas vous en parler. Du moins, jusqu'à hier soir, où j'ai gaffé.

#JeFaisQuoiMaintenant

Bises, J.

8 h 10

À : JessGreen2000@gmail.com

De : WillWinters@LeJoyeuxTraiteur.com

Objet : RE : Pardonpardonpardonpardonpardon

Vous pourriez commencer par me rapporter ce qu'il vous a dit.

W.

Désolé pour les éventuelles fautes : message écrit vite fait sur mon iPhone.

8 h 17

À : WillWinters@LeJoyeuxTraiteur.com

De : JessGreen2000@gmail.com

Objet : RE : RE : Pardonpardonpardonpardonpardon

Salut Will,

Ce serait absurde de ma part de vous faire promettre de ne pas lui dire que c'est moi qui vous ai tout révélé, mais... c'est l'histoire de votre famille, alors... la voici :

Il y a trente-cinq ans, pendant que votre père était en Écosse pour ses études, votre grand-mère a eu ce qu'elle pensait être un rhume...

— Ouvre-moi, poulette !

Jess dévala les escaliers, une serviette enroulée autour de ses cheveux mouillés, et accueillit son amie.

— Waouh, tu es canon !

Dréa prit la pose. Jess la siffla, puis elle frissonna de froid et se dépêcha de la faire entrer à l'abri du crachin hivernal. Elle était magnifique. Coiffure, tenue, maquillage, tout était impeccable, et donnait cependant un effet de beauté naturelle. Un résultat que Jess n'avait réussi à obtenir qu'une seule fois, quand Martin l'avait invitée à une fête sélecte organisée par une agence de mannequins qui louait régulièrement des locaux à son entreprise. Elle s'était offert une longue séance de maquillage dans une boutique MAC et s'était empêchée de cligner des paupières ou de sourire pendant les nombreuses heures qui avaient suivi. Un véritable enfer.

Dréa, qui ne connaissait visiblement pas les mêmes difficultés que Jess avec le mascara qui faisait des paquets, l'eye-liner qui partait dans tous les sens et le blush mal estompé, adopta une nouvelle pose dans l'encadrement de la porte du salon.

— Catalogue chic, ou… mélancolique et rêveuse façon pub pour parfum ?

— Les deux, dit Jess, décelant la pointe de fragilité qui transparaissait derrière cette quête d'approbation. On dirait Angelina Jolie, en meilleure santé.

Dréa fit la moue, mais on voyait bien qu'elle était flattée. Elle détailla la tenue que Jess avait choisie à l'arrache : pull en grosse maille bleu canard, jupe en velours côtelé vert pâle brodée de fleurs, collants en laine violets, bottines hyper-confortables mais pas franchement sexy. De toute façon, ce déjeuner chez Josh n'était pas une entreprise de séduction. Quoique ? Non, pas du tout. Peut-être ? À côté de son amie sublime et tirée à quatre épingles, elle faisait vraiment maîtresse d'école insipide plutôt que trentenaire célibataire délurée. Oh, bon sang ! Voilà qu'elle tombait dans la crise existentielle maintenant !

— Pourquoi tu es en retard ? demanda Dréa en allant admirer les « décorations » du sapin peint sur le mur.

Jess monta quelques marches, poussant un soupir théâtral.

— M. Winters.

— Hein ? Tu es allée chez lui ?

— Non.

Dréa montra qu'elle ne comprenait pas.

— J'ai parlé de lui à Will.

— Will, le petit-fils caché ?

— Lui-même.

— Tu lui as parlé de quoi, au juste ?

— De la raison pour laquelle M. Winters est brouillé avec son père depuis trente-cinq ans.

Dréa écarquilla les yeux.

— Comment tu sais ça ?

Jess porta une main tremblante à la serviette sur sa tête.

— Euh... Tu n'as qu'à te servir un verre de vin en apéro, si tu veux. Il est dans le frigo. Je vais me sécher les cheveux, j'en ai pour deux minutes.

— Oh, pas question, mademoiselle.

— Si, insista Jess en regardant sa montre. Il faut vraiment que je me sèche les cheveux.

— Non. (Dréa se métamorphosa en Maléfique sous ses yeux.) Sûrement pas. Tu vas t'asseoir sur les toilettes pendant que je te coifferai, et tu raconteras tout à tatie Dré-Dré. S'il y a un problème à régler avant le 24 décembre et la possible arrivée de mon petit gars, je ferai tout pour le régler. Ou plutôt, c'est toi qui feras tout. Que ce soit clair... (Ses yeux verts étincelèrent tandis qu'elle commençait à gravir l'escalier.) Rien ne viendra gâcher le Noël de mon fils. Le soir du réveillon, je veux que cette rue explose de l'esprit de Noël, c'est bien compris ?

Jess déglutit. Elle comprenait, oui, mais comment allait-elle s'y prendre ?

Dréa aurait fait fureur à Guantanamo ou n'importe lequel de ces lieux où on arrachait des secrets d'État aux agents doubles. Jess lui déballa absolument tout : le présumé rhume, la dispute après les obsèques, la guerre froide de trente-cinq ans, la famille que Robert avait fondée en Écosse, le petit-fils qui, bien que n'ayant jamais rencontré M. Winters, semblait croire qu'une réconciliation était possible – ce dont le vieil homme aurait grand besoin, surtout après le drame de la veille.

Même si elle s'en voulait quelque part de vendre la mèche, elle se sentait en même temps soulagée qu'une autre personne sache que le mauvais caractère d'Arnold n'était pas totalement gratuit. Il souffrait réellement, atrocement, et comme Jess elle-même l'année passée, il ne parvenait pas à voir le bout du tunnel.

— Tu penses que Will redoublera d'efforts pour entrer en contact avec lui, maintenant qu'il est au courant ? questionna-t-elle.

Son cuir chevelu la picotait sous les attentions de Dréa, qui donna un dernier coup de brosse à sa frange et recula pour examiner son travail, la mine concentrée. Ses yeux plongèrent dans ceux de Jess.

— Je ne sais pas. Il te fait quelle impression, ce Will ?

— Il est sympa.

Le mot lui semblait faible, mais c'était dur à dire sans l'avoir rencontré. Sur le papier, et dans ses e-mails, il avait l'air très gentil. Profondément bon, même. C'était un bosseur, de toute évidence. Il avait vécu des moments difficiles, émotionnellement parlant, mais il en était ressorti plus fort, plus lucide sur la manière dont son comportement affectait son entourage, et décidé à mieux traiter les autres à l'avenir. Son désir de nouer une relation avec son grand-père prouvait que les liens familiaux étaient très importants pour lui. Et, à l'exception de leur échange de ce matin, il avait un côté décontracté qui incitait Jess à lui raconter sa vie sans aucune gêne, ce qui était apparemment réciproque. Ces dernières semaines, c'était un peu comme s'ils avaient voyagé ensemble sur un long-courrier. Côte à côte, la ceinture gentiment bouclée, conscients de partager une de ces rares affinités immédiates qui encourageaient les confidences à dix mille pieds au-dessus du reste du monde.

— Allez, hop ! dit Dréa, n'espérant clairement pas de réponse plus détaillée. Debout ! On est en retard.

Après un rapide coup d'œil dans le miroir et un gros câlin de remerciement pour avoir réussi l'exploit de modeler sa frange récalcitrante à l'image de celle de Claudia Winkleman, Jess et Dréa se munirent de leurs bouteilles de vin et d'une boîte de chocolats « pour les petits », et partirent chez Josh.

Trois heures plus tard, Jess planait sur un petit nuage, grâce au bon repas et au vin. Ou peut-être – elle ne l'admettait qu'en son for intérieur, avec prudence et un rien d'optimisme – grâce au plaisir d'être bien entourée.

La maison de Josh grouillait d'animation. Dès le pas de la porte, les vitres embuées, le joyeux brouhaha et les odeurs alléchantes qui en émanaient ne donnaient envie que d'une chose : entrer. À l'intérieur, des uniformes scolaires s'entassaient à un bout du canapé, dont la moitié avait été démantelée pour construire une cabane où Eli apprenait à lire à Audrey. Zoé portait en guise de robe un tee-shirt de taille adulte – celui de sa mère, sans doute, datant de son enterrement de vie de jeune fille, à moins que « Avant la corde au cou, allons boire un coup » ne fasse référence à une partie de squash. La table était encombrée de monticules de livres pour enfants et de papiers que Josh avait rassemblés vite fait sur l'ordinateur portable avant de l'ôter en même temps que le fer à repasser. Il avait posé le tout au pied de l'escalier, près d'un panier débordant de Lego et d'une impressionnante malle de voyage garnie d'un autocollant « Tombouctou », qui servait de coffre à déguisements.

Josh avait largement minimisé ses talents de cuisinier. Il prétendait qu'il avait suffi de suivre la recette pour composer ce savoureux repas, mais cet homme savait cuisiner un poulet rôti comme personne. Et les Yorkshire puddings ! Double miam ! Il appréciait visiblement de pouvoir passer du temps entre adultes, mais il faisait participer ses enfants aux conversations au lieu de se contenter de leur donner des ordres, ce que tant d'autres parents prenaient pour de l'éducation, et Jess trouva cela formidable.

Dréa entretenait la discussion comme un être humain normal. Ils parlèrent boulot (Josh était chef du service informatique à l'université où enseignaient les Nishio), hantise des achats de Noël (Eli était difficile, mais pour Zoé, tout ce qui avait une licorne ou des paillettes faisaient son bonheur), et finances (les factures se succédaient sans interruption, mais ça pourrait être pire, il ne s'estimait pas à plaindre). Jess et les enfants passèrent la plus grande partie du repas, y compris l'extermination de la succulente bûche Forêt blanche de Dréa, à s'interroger sur le père Noël : s'il n'avait pas trop de travail, s'il préférait les maisons avec beaucoup de décorations extérieures, si la taille des conduits de cheminée était un problème pour lui, et au passage, si Jess comptait faire quelque chose pour que la cantine serve plus souvent du gâteau au chocolat – avec des vermicelles dessus. Il s'agissait, semblait-il, d'une question de la plus haute importance chez les cinq à huit ans. Zoé lui expliqua aussi pourquoi il y avait tant de plats avec des Post-it sur le plan de travail de la cuisine. Bien que Josh ait informé les voisins qu'il était tout à fait capable de préparer lui-même le dîner de ses enfants après le décès de son épouse, la plupart avaient pris l'habitude de leur apporter « un petit quelque chose ». On avait donc le hachis parmentier du lundi de la part des Nishio, les lasagnes ou le gratin de pâtes aux légumes du mercredi de la part d'une des Gem'n'Emm, et ainsi de suite. Josh connaissait d'ailleurs leurs prénoms et noms de famille à toutes, ainsi que ceux des Rob'n'Bob. Une prouesse digne d'admiration. Jess lui avait demandé de lui fournir une antisèche pour éviter l'humiliation le jour de la rentrée.

Après avoir englouti l'équivalent de son poids en pommes de terre rôties, poulet, carottes glacées au miel et Yorkshire puddings, et n'avoir que mollement protesté chaque fois que Josh lui remplissait son verre – au contraire de Dréa qui plaquait sagement la main sur le sien (on ne la reconnaissait plus) –, Jess payait à présent le prix de sa gloutonnerie. Vautrée sur le canapé, elle tenait compagnie aux enfants puisque, un peu plus tôt, Dréa avait décrété : « Les adultes vont débarrasser la table pendant que Jess fera ses trucs avec les marmots. »

— Tu devrais mettre ça, dit Zoé en lui tendant un chapeau de princesse pointu garni d'un magnifique voile arachnéen constellé de sequins.

Eli, lui, arborait un déguisement de Dark Vador avec un masque d'Olaf sur le crâne. Ses yeux, visibles à travers la bouche du bonhomme de neige, étaient rivés sur la télévision qui passait une milliardième rediffusion de *Maman, j'ai raté l'avion !*, tandis qu'il enfilait machinalement tout ce que sa sœur lui tendait, sachant qu'elle changeait d'avis toutes les deux minutes. Il était très conciliant, ce garçon. Jess s'attendait à ce que Zoé lui impose son choix de tenue lors de leur soirée du calendrier, qui aurait lieu le lendemain et dont le thème serait « concours de déguisements de Noël pour animaux ». À défaut d'animal domestique, il avait été convenu qu'une peluche ferait l'affaire, mais pas d'araignée parce que ça n'avait rien à voir avec Noël, les araignées, même avec un bonnet rouge sur la tête (Zoé était très à cheval sur les détails).

— Tu me montres ce qu'Audrey va porter ? suggéra Jess en essayant de ne pas trop manger ses mots ni de bâiller.

Elle tombait de sommeil, douillettement installée comme ça. Et si elle tentait de s'allonger un peu plus, l'air de rien, et de faire une petite... ? Un gros museau poilu se matérialisa soudain devant sa figure, et lui donna un coup de langue sur la joue.

— Coucou, Audrey...

Zoé grimpa sur ses genoux et prit la tête du bouvier bernois entre ses mains.

— Le rouge lui va super bien, déclara-t-elle après un instant de réflexion.

Elle redescendit et alla sortir divers accessoires du coffre, les rejetant l'un après l'autre avant de porter son choix sur un bandeau de Wonder Woman, une manchette de princesse Leia et une cape de Petit Chaperon rouge.

— Bon. Assieds-toi là et tiens-la bien, commanda-t-elle à Jess.

Eli avait changé de place ; il les surplombait, étendu sur le canapé tel un sultan. Zoé se réinstalla sur les genoux de Jess et observa avec une mine pensive la chienne qui paradait de long en large, visiblement séduite par sa nouvelle tenue.

Quand Josh entra dans le salon, un kaléidoscope d'expressions défila sur son visage : amusement, ravissement, joie, tristesse.

Sa tristesse percuta Jess au creux du ventre. Est-ce que sa défunte épouse aimait se déguiser ? Jess usurpait-elle son rôle sans le savoir ? La photo de Claire était exposée à deux ou trois endroits dans les pièces de vie, et quand Zoé avait insisté pour lui faire visiter les lieux, elle avait vu son portrait encadré sur les tables de chevet des enfants. C'était une jolie femme, à l'air dynamique et visiblement très attachée à sa famille. Elle dégageait cette aura particulière des « super mamans » qu'Amanda et Jess appelaient de leurs vœux à chaque rentrée scolaire. Le genre de femmes qui se contentaient d'être elles-mêmes. Pas de manières, pas de chichis, juste de la gentillesse. Souvent un peu éreintées – quels parents ne l'étaient pas ? –, mais toujours prêtes à plaisanter et à hausser les épaules avec fatalisme quand leur gamin leur vomissait sur les chaussures. Le genre de femme que Jess aurait été fière d'avoir pour amie.

— Papa, fais une photo ! cria Zoé. On la mettra avec les carottes pour le père Noël.

Dréa apparut derrière Josh, et ce fut à son tour d'afficher toute une gamme d'émotions. La surprise, l'envie, et quelque chose qui ressemblait tellement à de l'espoir que Jess ne sut comment réagir. Audrey se laissa choir en travers de ses jambes, Josh alla chercher son téléphone dans l'entrée et leur réclama un sourire, mais Jess ne parvenait pas à détacher son regard de Dréa. On aurait dit que les gros nœuds coulants du manque et du désespoir lui serraient la poitrine et l'empêchaient de bien respirer. Comme si cette petite tranche de vie familiale était une chose dont elle avait toujours rêvé mais qu'elle n'obtiendrait jamais. Jess nota dans un coin de sa tête de lui proposer de se déguiser la prochaine fois qu'elles abuseraient du picpoul. Ce ne serait pas tout à fait pareil, mais après tout…

— Dites « ouistiti » ! lança Josh.

Au bout de quelques poses, Audrey avait à moitié arraché son masque avec sa patte, portait sa cape en bavoir et s'était débrouillée pour retirer sa manchette. Zoé essaya de persuader Eli de changer de costume, mais il refusa parce qu'il voulait voir la fameuse scène du room-service du film ; ce qui lui donna l'idée de demander à son père s'il pourrait lui aussi se faire monter un plateau pour son petit-déjeuner du lendemain.

— Bon ! On ferait mieux d'aller se préparer pour le Jenga de Noël, hein ? fit Dréa en claquant dans ses mains, à présent redevenue elle-même. Il va falloir bien se couvrir !

Toute la troupe obéit à ses instructions, et en l'espace de quelques minutes, le salon était rangé et ils étaient tous chaudement emmitouflés, les bras chargés des plats à gratin à rendre et d'une liasse d'invitations au concours de déguisements de Noël pour animaux qu'ils avaient même pris le temps d'imprimer, prêts à partir chez les voisins d'à côté.

— C'était un vrai fiasco ! se désola Dréa en retirant son manteau qu'elle jeta sur la rampe de l'escalier car Jess n'avait pas encore fixé la patère qu'elle n'avait pas encore achetée. Quelle idée de peindre les pièces du Jenga en vert et rouge et de les empiler le temps qu'elles sèchent !

Jess haussa les épaules. Pour elle, il n'y avait pas de quoi être aussi contrariée. Elle avait même trouvé ça assez drôle. Et puis il faisait si froid dehors que ce n'était sans doute pas plus mal que le jeu ait été annulé. Les voisins qui n'avaient pas réussi à s'entasser dans le garage des Cumming s'étaient bruyamment inquiétés d'attraper un rhume de cerveau, surtout Martha, pourtant à l'abri, qui n'avait pas arrêté d'éternuer et de bâiller en se plaignant d'avoir passé une très mauvaise nuit à cause d'une « certaine personne » qui avait joué de sa « musique de sauvages » jusqu'à des heures impossibles. Il n'avait pas fallu longtemps pour qu'ils rentrent tous au bercail, munis de leur invitation au défilé de mode du lendemain, échangeant des idées de déguisements pour leurs compagnons à quatre pattes. Tous, sauf M. Winters, qui bien sûr n'était pas venu, et Kai et Rex qui avaient carrément refusé l'invitation et étaient repartis en silence, main dans la main. Ils feraient sûrement l'impasse sur cette soirée, songeait Jess.

— Du vin ! commanda Dréa, pour qui le flop du numéro dix-neuf constituait manifestement un affront personnel.

Jess remplit la bouilloire pour se faire un thé. Elle sentait déjà la gueule de bois arriver, et jugeait que boire encore de l'alcool n'était sans doute pas la meilleure solution. Attentive à ne pas laisser le moral de Dréa descendre trop bas si près du grand événement du mois, elle lui servit un verre de vin en disant :

— Essaie de voir ça sous un autre angle.

— Quel angle, au juste ? cracha son amie avant de répondre elle-même à sa question : On bousille Noël à l'avance pour avoir l'impression, le moment venu, que c'était mieux que prévu ? Pas génial, comme tactique.

— Non, ce n'est pas ce que je voulais dire. Mais peut-être que ça nous fera du bien à tous de faire une pause d'une journée.

— Qu'est-ce que tu entends par là ? gronda Dréa avec un regard noir.

— Rien. Mais bon, tu vois, quoi…

— Non, madame la grosse maligne. (Elle prit une posture altière façon reine d'Angleterre.) Il va falloir que tu m'expliques.

— Ben, tout le monde est déjà très occupé à cette période de l'année, et avec ça en plus…

— Oh, désolée ! (Elle la fixa d'un air tout sauf désolé.) Je ne m'étais pas rendu compte que je ne faisais qu'ajouter du stress et des contraintes. L'année prochaine, je me ferai oublier, si tu préfères !

Ses yeux étincelaient de fureur.

Jess se mordit les joues et compta dans sa tête à rebours de dix à un. Elle n'avait aucune envie de se chamailler avec Dréa, et encore moins que celle-ci s'imagine que tout le travail qu'elle avait fourni pour le calendrier de l'avent représentait un désagrément. C'était tout le contraire, en plus. Elle se força à rassembler ses esprits et à basculer en mode « réunion parents-professeurs » : se concentrer sur le positif, et trouver des bons côtés au négatif.

— Tu sais, ce calendrier de l'avent est une des plus belles choses qui me soient arrivées.

— Pff ! fit Dréa, avant de boire une gorgée de vin et de demander, les sourcils en accent circonflexe : C'est vrai ?

— Oui, c'est vrai. Je n'aurais jamais pu faire aussi bien connaissance avec mes voisins, sinon. Regarde, dit-elle en indiquant l'entrée où la fresque et ses décorations personnalisées témoignaient de son appartenance incontestable au quartier. Je n'aurais pas de sapin de Noël, sans toi.

Dréa grommela, un brin amadouée.

— Je n'aurais jamais su non plus que les boas étaient faits en plumes d'autruche. Ni appris comment fabriquer des couronnes de bienvenue, ou comment planter des tulipes.

Au fil de son discours, Jess prenait conscience de la vérité de ses paroles. Ces soirées du calendrier l'avaient embarquée dans une aventure extraordinaire. Malgré le scepticisme qui avait régné au départ, au bout de dix-neuf jours il était désormais clair que l'élan participatif dépassait le cadre de la simple cordialité entre voisins. Elle s'apprêtait à lui faire part de cette réflexion lorsque Dréa la coupa :

— En parlant de tulipes, comment ça progresse avec M. Winters ?

Jess regarda son téléphone : toujours aucun e-mail. Les inquiétudes qu'elle avait tenues à distance – en partie grâce au vin qui avait coulé à flots, mais aussi à sa journée merveilleusement rocambolesque dans la petite famille de Josh – revenaient à présent sur le devant de la scène.

— J'ai peur d'avoir détruit sa vie, gémit-elle en posant le front contre le comptoir de la cuisine.

— Dis-toi qu'au moins, il ne lui reste que quelques années à tirer. Moi, j'ai détruit la vie de mon fils alors qu'il a encore des siècles devant lui pour remuer le couteau dans la plaie.

— Oh, allons… Ça ne va pas si mal entre vous deux, si ?

Dréa grimaça, pressant ses pouces contre ses globes oculaires comme pour s'évertuer à penser à autre chose qu'à toutes les erreurs qu'elle avait commises.

— Non, non, mais ça pourrait aller mieux. (Elle parcourut du doigt le bord de son verre à moitié vide.) Quand on se sent obligés d'habiter chacun à un bout du monde pour s'entendre…

— Mes parents aussi sont au bout du monde, avança Jess.

Dréa leva son verre.

— Ils t'auraient volontiers emmenée avec eux, miss, c'est ça la différence. Moi, j'ai fui mon fils. Et le passé qu'il voulait me forcer à affronter. Et maintenant, je le paye très cher, chaque jour de ma vie.

Jess vida son thé dans l'évier et sortit la jolie boîte de chocolat en poudre que ses parents avaient cachée au milieu du matériel d'art.

— On se fait un chocolat chaud, on s'installe bien confortablement sur le canapé et on discute de tout ça ?

Dréa battit de ses cils au mascara impeccable.

— Oh, ma poulette ! Ce serait génial ! Et après je te ferai des nattes, c'est ça ?

Puis elle se mit à ricaner comme une hyène et siffla son verre de vin d'un seul trait.

Peu après le début du deuxième Bridget Jones et la troisième coiffure, Jess prit deux résolutions d'avant Nouvel An. La première : ne jamais plus laisser Dréa lui tresser les cheveux à moins d'avoir besoin d'un lifting. La seconde : offrir à son amie un Noël parfait, aussi parfait que cette dernière l'avait conçu pour les autres.

20 décembre

Jess avait les nerfs en pelote. Elle avait rafraîchi sa messagerie une vingtaine de fois d'affilée, et même débranché puis redémarré son ordinateur au cas où son e-mail ou celui de Will serait resté coincé quelque part dans le câble. Même opération de décrassage informatique pour l'e-mail de Spencer. Elle était aussi allée jusqu'à faire deux ou trois flexions après avoir aperçu Dréa qui effectuait son jogging détoxifiant du matin, dans l'espoir d'attirer de bonnes ondes pour les jours à venir.

L'écran de son portable s'éclaira. Jess sauta sur l'icône de la messagerie.

Rien.

Pourquoi aucun des deux n'avait-il répondu ?

Allez, juste un petit mot, quoi ! Même un commentaire rageur sur les voisines envahissantes qui avaient la sale manie de fourrer leur nez partout. Est-ce qu'un tel message l'arrêterait ? Elle était peut-être incapable de changer sur ce point. Rester en retrait, les bras croisés, n'était tout bonnement pas dans son ADN.

Quoique, elle s'était abstenue quand Josh lui avait proposé de venir visiter, avec les enfants et lui, un manoir décoré pour les fêtes. Même si elle avait adoré les moments passés chez lui avec sa famille, elle n'était pas vraiment sûre de vouloir suivre la direction dans laquelle la poussait Dréa. À savoir, les bras de Josh.

Elle n'avait rien contre lui. Bien au contraire. Il était absolument formidable, tout comme Eli et Zoé. La tendance qu'elle avait à rougir sans arrêt en sa présence était aussi un signe. Mais malgré tout ça, ou peut-être à cause de tout ça, elle ressentait le besoin de voler de ses propres ailes pendant encore quelque temps, maintenant que ses parents n'étaient plus là pour la couver. Ni Amanda. Ni Dréa, d'ailleurs ; la super grande sœur qu'elle n'avait jamais eue. L'heure était venue pour elle de faire comme Adele. Pas un album de platine racontant ses mauvaises expériences dans une école élitiste hors de prix, sa rupture et sa recherche d'emploi. Non, il s'agissait davantage de réapprendre à se connaître et de déterminer qui elle souhaitait devenir avant de chercher à s'incorporer dans la vie d'un autre.

Une petite ampoule s'alluma dans sa tête. C'était peut-être ça, le problème. Elle avait été comme un éléphant dans un magasin de porcelaine à Londres, où elle s'était échinée à adopter un style de vie qui ne lui correspondait pas. Par exemple, la fois où Amanda l'avait traînée chez Harvey Nichols pour une séance shopping. Elle avait tenté de la convaincre d'essayer des vêtements au rayon des grandes marques même si Jess n'aurait jamais eu de quoi se les payer, et surtout, se serait sentie mal à l'aise et stressée dedans, terrifiée à l'idée de coincer une fermeture Éclair, d'arracher un rang de sequins à mille livres, ou autres bourdes auxquelles Amanda, et encore moins Dréa, n'auraient songé une seule seconde. C'était marrant, d'ailleurs. Que Dréa vive dans cette petite rue tranquille, pas tout à fait au milieu de nulle part, mais presque, alors qu'elle aurait eu les moyens de s'installer n'importe où. Cherchait-elle la même chose que tous les habitants de Christmas Street qui avaient joyeusement collé un bandeau « Vendu » sur leurs pancartes « À vendre » ? Un soupçon de normalité ? Une existence paisible dans un joli quartier, loin du tumulte et des embêtements ? Des voisins assez attentionnés pour organiser un roulement de livraison de gratins ?

Son téléphone sonna.

Elle le prit et, à une nanoseconde de presser la touche « répondre », elle vit que c'était Amanda.

Elle contempla l'écran, paralysée par l'indécision. Elle ne pouvait pas rejeter l'appel parce que toute personne âgée de moins de cinquante ans savait ce que signifiaient deux sonneries, puis plus rien. Elle ne pouvait pas décrocher parce que, eh bien, elle avait peur. Pourtant... voler de ses propres ailes, c'était aussi ça, non ? Faire face au passé afin de se projeter dans l'avenir, avec quelques plaies, mais plus forte. Plus confiante. Mieux dans sa peau.

La sonnette de la porte retentit.

Aucune voix ne lui cria de venir ouvrir.

Ce n'était donc pas Dréa.

Elle glissa la tête dans l'entrée, le téléphone braillant toujours dans sa main. Elle discerna une grande ombre et deux plus petites, et eut un large sourire. Sauvée par le gong ! Elle jeta son portable dans le tiroir de la cuisine avec l'enveloppe de St Benedict, et courut ouvrir.

Comme elle l'avait deviné, il s'agissait de Josh, Zoé et Eli. Et comme prévu, elle rougit quand son voisin lui décocha son petit sourire en coin. Il avait des taches de rousseur en travers du nez. Les avait-elle déjà remarquées ? Elles laissaient entrevoir le garçonnet qu'il avait été et témoignaient de l'homme qu'il était devenu, malgré le deuil qui l'avait frappé. Un homme qui avait vécu un immense chagrin mais avait trouvé la force d'affronter l'avenir avec le sourire. Jess se dit qu'elle ferait bien de s'inspirer de lui.

— Tiens, fit-il en lui tendant une petite liasse de courrier.

— Oh ! Tu as un nouveau job ?

— Oui. Postier Josh, à votre service !

Il se frappa la poitrine sous les rires des enfants, lesquels montrèrent du doigt le facteur qui remontait la rue.

— Papa, elle te croira pas si tu n'as pas la casquette ! lança Zoé comme s'il était le père le plus bête de la terre.

— Papa a une casquette de facteur ? interrogea Eli.

Jess fondit un peu plus. C'était le genre de gamin capable de créer tout un royaume imaginaire campé au sommet d'un iceberg intergalactique, mais infichu de conjuguer correctement le verbe être au présent. Elle avait hâte de participer à son éducation. Quel bonheur ce serait de les voir grandir tous les deux ! Cette pensée la réconforta autant qu'elle l'effraya.

— Jessica, dit Josh avec une gravité inattendue.

— Oui, Joshua ? répondit-elle en imitant son intonation, sans trop savoir s'il était vraiment sérieux ou s'il faisait semblant.

— On a besoin de ton aide.

Elle regarda les enfants, qui approuvèrent : oui, en effet, son aide était requise.

Sa résolution de maîtriser la couleur de ses joues ne fit pas long feu quand Josh lui attrapa les mains et la fixa avec de grands yeux de cocker.

— S'il vous plaît, Jessica Green, commença-t-il, lui coupant le souffle. Nous accorderez-vous l'honneur de faire partie du jury du concours de déguisements de Noël ?

Ah.

Elle inspira un bon coup. La plupart des familles du quartier qui possédaient un animal avaient aussi des enfants qui fréquentaient l'école élémentaire. Était-il très judicieux de distribuer ainsi des notes, s'attirant affection ou rancœur avant même son premier jour ?

Son regard tomba sur une camionnette vert foncé qui remontait la rue au pas. Le chauffeur, un type aux cheveux bruns, lui tournait le dos, apparemment occupé à lire le numéro des maisons, puis il disparut quand Josh se planta en plein milieu de son champ de vision.

Elle repensa au sermon qu'elle venait de s'auto-infliger sur l'expérience de Josh, le fait de devenir adulte et de voler de ses propres ailes. De toute façon, elle noterait les copies de ces enfants d'ici quelques semaines. Elle pouvait bien participer à un mignon concours de déguisements, dont, pouvait-on espérer, tout le monde sortirait vainqueur.

Elle récupéra délicatement ses mains et lui offrit son expression la plus impérieuse.

— D'accord. Oui, j'accepte.

Elle fit ensuite mine d'hésiter.

— Je sens arriver la condition, s'inquiéta Josh, perdant un peu contenance.

Il lança à ses enfants un regard qui disait : « Allez, venez au secours de votre vieux père ! »

Bon sang, que cet homme était adorable.

— Tu sens bien, confirma-t-elle, et une petite décharge électrique la traversa quand il reporta son attention sur elle.

— Tu pourras mettre le chapeau de princesse, si tu veux, proposa Zoé avec une mine des plus solennelles.

— Tu auras le droit d'entrer dans ma cabane ! renchérit Eli.

— Ce sont des offres très généreuses, les remercia Jess, tournant la tête vers le fond de l'impasse et une certaine clôture en bois. Mais il faut plusieurs personnes dans un jury, et je me demandais si…

Josh grimaça. Il avait visiblement lu dans ses pensées.

— Vraiment ?

— Ça pourrait être cool, non ?

— Ou horrible. Moi, je n'ai rien contre lui, mais… je ne suis pas sûr que ce soit le cas des autres parents.

— Ma foi, dans ce cas, fit Jess dans sa plus parfaite imitation de Mary Poppins, il va falloir les rallier à notre vision des choses.

En toute franchise, elle ne croyait pas que M. Winters accepterait cette place de juré, mais si elle avait ruiné ses chances de connaître son petit-fils, elle voulait au moins lui offrir une solution de remplacement : une petite-fille d'adoption. Et même si elle manquait d'expérience dans ce domaine, elle se doutait que ce rôle venait avec une bonne dose de soutien. Surtout dans les moments difficiles.

— Alors ? M. Winters dans le jury ? Qu'est-ce qu'on en pense ?

— Chez nous, les grandes décisions sont soumises à un vote, répliqua Josh. Les enfants, qu'en dites-vous ? On demande à M. Winters d'être juré aux côtés de Jess et de Dréa ?

— Vous avez déjà demandé à Dréa ?

Josh plissa les paupières.

Oh, non ! Avait-elle paru jalouse ? Il la reluquait d'un drôle d'air. Ouaip. C'était super gênant. Évidemment qu'ils avaient demandé à Dréa d'abord. Cette fille savait tout faire, le calendrier de l'avent grandeur nature était son idée, et elle rangeait toujours avant de partir de chez les gens, au lieu de mettre la pagaille en jouant à se déguiser. Et puis Jess avait imposé une condition. Dréa n'avait sûrement pas fait ça, elle. Elle avait dû répondre : « Bien sûr, mon Joshounet », avant de sortir faire un petit jogging fortifiant.

Jess vit soudain la porte de M. Winters s'ouvrir. Elle sauta sur l'occasion.

— On dirait que le père Noël est passé en avance ! lança-t-elle, un peu essoufflée d'avoir fait le chemin au trot sans perdre l'équilibre plus de deux ou trois fois sur les plaques de givre qui jonchaient les trottoirs ces derniers jours.

Arnold contempla le paquet qu'il tenait dans les mains. De la taille d'un grand gâteau, il était enveloppé de papier ciré à l'ancienne et noué d'un simple ruban à rayures rouges et blanches. Quelqu'un lui avait offert un gâteau ? Jess se souvint que Martha semblait particulièrement préoccupée par le bien-être de M. Winters. Peut-être s'était-elle entichée de lui ? Le paquet ne portait aucun timbre.

— Je n'ai rien commandé, pourtant.

Il avait l'air déconcerté, comme si cela ne lui était jamais arrivé avant, de recevoir quelque chose sans rien avoir donné.

— Il y a une adresse, ou une carte ?

Il lui tendit le paquet, à croire qu'il en avait peur. Jess l'inspecta, sans rien trouver. Il avait manifestement été déposé en personne.

Elle repensa à la camionnette verte qui avait remonté la rue tout à l'heure. Elle ne l'avait pas vue repartir, mais...

— Quelqu'un a sonné chez vous pour vous le livrer ?

— Ça a sonné, oui, mais il n'y avait personne quand je suis arrivé à la porte. Je n'ai pas été assez rapide, je suppose.

Hmmm. Les livreurs passaient leur temps à courir à cette période de l'année, mais une graine d'espoir germa dans le cœur de Jess. Elle se demanda si, peut-être...

M. Winters frissonna quand une bourrasque glaciale les gifla tous les deux. Les conditions météorologiques s'étaient rudement détériorées.

— Si on l'ouvrait à l'intérieur ?

Arnold regarda le paquet comme s'il risquait de renfermer une bombe.

— Je vais l'ouvrir tout de suite, décida-t-elle à sa place.

Elle défit l'emballage et sentit la joie et le soulagement la submerger.

— Tenez, dit-elle en lui montrant la boîte remplie de *mince pies* faites maison, à la croûte ornée de différents motifs : flocon de neige, clochettes, étoiles. Ça vient de votre petit-fils.

Le vieil homme n'était pas enclin aux grandes manifestations d'émotion, mais l'annonce lui provoqua un choc si violent qu'il en perdit l'équilibre, comme si Jess l'avait poussé. Elle s'élança à sa rescousse et, prenant de nouveau les choses en main, se proposa de leur préparer une bonne tasse de thé ; ils dégusteraient une *mince pie* ensemble, puis elle le laisserait seul digérer la nouvelle.

— Est-ce que manger une *mince pie* peut rendre pompette ? pouffa-t-elle quelques minutes plus tard, tasse de thé dans une main, tourte dans l'autre et, selon toute probabilité, sucre glace sur le nez. Il y a du rhum dans celle-là, j'en suis sûre et certaine.

— Pas dans la mienne, mais il y a quelque chose d'autre.

Il le lui tendit pour qu'elle y jette un œil.

— De la canneberge. Ça a l'air bon.

— Ça l'est.

Il examina la pâtisserie, puis hocha la tête tel un éleveur bovin devant un taureau de concours.

Jess en eut la gorge serrée. Une *mince pie* confectionnée par son petit-fils. Celui dont il venait de découvrir l'existence et qu'il n'avait pas encore rencontré.

Un gâteau incroyablement délicieux et, à l'évidence, préparé avec amour.

Il y en avait quatre douzaines au total, tous magnifiques. À la canneberge, au rhum, nature, ou fourrés aux raisins secs et aux pommes.

Dommage que Will – si c'était bien lui dans la camionnette – ne soit pas resté pour assister à la dégustation, mais il était peut-être trop pressé. Il se pouvait aussi que, à l'image de son grand-père, il se soit senti trop intimidé pour se montrer et que procéder par petites étapes soit sa manière à lui de se préparer au grand moment.

Dans tous les cas, cela signifiait que bien qu'il soit à présent au courant des causes de la brouille entre son père et son grand-père, il ne lui en tenait pas rigueur. En revanche, il y avait des chances pour qu'il en veuille à Jess, car a) il connaissait son adresse et b) elle se tenait sur le pas de la porte quand il était passé. Toutefois c) Josh et les enfants avaient été avec elle. Avait-il cru qu'ils étaient en couple ? Cela ne faisait aucune différence, parce que Will et elle n'étaient pas ensemble non plus, ils étaient simplement des… des correspondants des temps modernes qui avaient subi un petit incident de parcours sur l'autoroute de la communication. Et puis elle avait sans doute une dizaine d'années de plus que lui. Elle devrait peut-être lui envoyer un mot ? Pour lui dire que ses *mince pies* étaient un vrai régal et que M. Winters avait été très touché par son geste.

Après encore quelques minutes de mastication conjointe et de considérations sur la météo, les routes verglacées et la raison pour laquelle M. Winters aurait eu besoin de quatre douzaines de gâteaux selon Will, Jess mit sur la table l'invitation à être juré au concours de déguisements pour animaux.

Le tempérament bougon de son hôte refit surface aussitôt.

— Non. Navré, petite. C'est pas quelque chose dont j'ai envie.

— Ce serait pourtant une bonne initiative, pour renforcer les liens avec la population.

Ils firent tous les deux la grimace. Pourquoi s'exprimait-elle comme une politicienne en campagne ? Parce que d'une certaine manière, c'est ce qu'elle était.

— Écoutez, dit-elle, jouant le tout pour le tout. Si j'écris à Will pour l'informer que vous avez reçu les *mince pies* et que vous les avez trouvées excellentes, pourriez-vous au moins faire semblant d'être juré ? Pour me faire plaisir ?

— Hein ?

— Mettez-vous à côté de moi, hochez la tête, pointez du doigt, approuvez tout ce que dira Dréa parce que de toute façon c'est elle qui commandera, et en contrepartie, j'enverrai à Will un e-mail pour le remercier de votre part.

M. Winters fronça le bout du nez. Juste un tout petit peu. Mais assez pour confirmer à Jess qu'elle lui avait présenté les bons arguments pour qu'il réponde...

— D'accord.

— On devrait mettre ça sur Youtube ! lança Dréa en indiquant un jeune garçon qui essayait en vain d'installer son hamster dans la voiture que Kev avait offerte à son père une quinzaine de jours plus tôt et qu'il tirait derrière lui, accrochée à un ruban rouge.

Jess s'esclaffa. C'était à mourir de rire. Même s'il faisait un froid de canard.

Personne n'aurait imaginé qu'il y ait autant d'animaux dans Christmas Street. Il allait être impossible de désigner un seul gagnant. C'est pourquoi, quand M. Winters finit par suggérer de distribuer des récompenses à tout le monde, le jury adopta son idée à l'unanimité.

Kai, qui avait surpris Jess par sa présence, plia en vitesse une douzaine de rubans, et Rex, qui avait passé le plus gros de la soirée à câliner tous les chiens du concours, colla au centre des rosettes blanches sur fond argent, puis inscrivit en élégantes cursives le nom des animaux. (Dréa avait imposé aux candidats de remplir une fiche d'identité et de signer une décharge car, ce soir-là encore, les sableuses ne s'étaient pas montrées.)

Le moment de la remise des prix arriva. Debout derrière la clôture de M. Winters, Dréa, Jess et lui regardèrent les compétiteurs, plus ou moins consentants, accomplir un dernier tour de piste devant la grande bâtisse qui offrait un cadre idéal au concours. Tout le monde pouvait voir le spectacle, tout le monde était libre de participer. De plus, M. Winters restant derrière sa palissade, tout enfant victime de glissade relèverait de la responsabilité de ses parents. Tout se déroulait à merveille.

Les récompenses – données avec une *mince pie* en cadeau, dont Arnold grommelait qu'elles avaient été préparées par son petit-fils – eurent un succès fou, et contrairement à la veille où la mauvaise humeur avait prédominé, les voisins repartirent avec un sourire jusqu'aux oreilles. Le hamster remporta le prix de « meilleur pilote de bolide » (une chouette idée de M. Winters). Une chatte d'une Gem'n'Emm, celui de « plus belle mère Noël ». Le schnauzer des Nishio (que beaucoup apercevaient pour la première fois), celui de « plus beau lutin ». Et ainsi de suite jusqu'à Audrey, « star canine des tapis rouges », vêtue d'une tenue très glamour agrémentée du boa de Dréa et Kai. Le public l'admira en poussant des oh ! et des ah ! sauf une personne qui laissa échapper un cri de désarroi (Martha), en voyant le rouleau de plumes traîner comme une serpillière derrière le bouvier bernois. Zoé – qui portait sa version personnelle d'une tenue de tapis rouge sous la forme d'un bustier de Petite Sirène, une cape de princesse Anna et le bandeau de Wonder Woman –, avait un sourire indéboulonnable, et quand Josh la prit sur ses épaules, elle cria à tue-tête : « Christmas Street est la meilleure rue du monde ! »

Sa gaieté alla jusqu'à contaminer M. Winters, qui s'empressa de cacher son sourire derrière sa grosse écharpe écossaise.

Kai, visiblement exténué d'avoir passé la soirée à sourire aux animaux et à leurs propriétaires, fit un signe discret à Rex et s'éclipsa.

Jess avait mal au cœur pour lui. Elle trouvait dommage qu'il ne veuille pas adopter un nouveau chien alors que Rex semblait en avoir si envie, mais, ainsi qu'elle commençait à le comprendre, chacun avait sa manière de traverser les nuages noirs du deuil et personne n'avait à porter de jugement.

Elle reporta son attention sur la multitude de voisins ravis qui, devant la maison de M. Winters, se montraient leurs récompenses et discutaient de leurs projets pour les fêtes.

— Trop mignon ! s'extasia Jess.

— Oui, souffla Dréa. C'est vrai, il l'est.

Jess inclina la tête.

— Tu parles bien du hamster, là ?

Dréa eut d'abord l'air perplexe, puis elle se replaqua son éternel sourire, lui planta un baiser plein de rouge à lèvres sur la joue et déclara :

— Je file, miss. J'ai ma visio demain.

Jess la regarda partir, espérant de toutes ses forces que Spencer apparaîtrait à l'écran avec sa valise à la main et annoncerait à sa mère sa venue pour le réveillon.

— Jessica ? (M. Winters resserra son manteau contre lui.) Tu n'oublieras pas de demander à ta machine d'adresser un message à Will, hein ?

Demander à sa machine ? Ah, oui !

— Bien sûr. Je lui enverrai un e-mail dès mon réveil demain.

— Bien.

Il la gratifia d'un petit hochement de tête, le même, imaginait-elle, qu'il devait utiliser dans l'exercice de sa profession pour approuver un travail bien fait. Elle lui répondit par un bref salut militaire.

— Je viendrai vous présenter mon rapport dans la journée.

— Je compte sur toi.

— Ça marche. (Elle ne pouvait s'arrêter de sourire, trop heureuse qu'il ait participé à la soirée.) Je m'en vais, maintenant.

— Très bien.

— Bonne nuit !

— Jess ?

— Oui ?

— Rentre chez toi.

— D'accord. (Après quelques pas, elle ne put résister à l'envie de se retourner et de lancer avec sa voix de Terminator :) Je reviendrai.

Il gravissait déjà le perron vers M. Perkins qui l'attendait, mais sur la dernière marche, il se retourna pour lui faire au revoir de la main, et quand il referma la porte, elle vit que lui aussi, il souriait.

21 décembre

Jess se réveilla avec un sentiment d'impatience qui faisait vibrer tout son corps, ce qui paraissait étrange vu que sa liste de tâches quotidiennes (se lever, remplir la cafetière, se tourner les pouces en méditant sur son avenir), avait été plus ou moins la même depuis son emménagement. Mis à part, bien entendu, son activité de rédactrice pour le catalogue, l'attente de la surprise du soir chez les voisins et le « youhou ! » de fin de matinée de Dréa à travers la fente de la porte, lequel, malheureusement, se faisait de plus en plus rare à mesure que Noël approchait. Elle versa du café en poudre dans le récipient en verre en se demandant comment serait sa vie quand elle enseignerait à nouveau. Plus heureuse ? Plus stressante ? Monotone ?

Alors qu'elle se servait sa première tasse, son ordinateur annonça un appel par Skype.

— Salut, maman ! Salut, papa ! (Elle les observa : ils n'avaient pas l'air dans leur assiette.) Est-ce que… est-ce qu'il y a un problème ?

— Non, ma chérie. Pardon, on est juste un peu contusionnés, c'est tout.

— Pourquoi ?

Ses parents se regardèrent pour savoir lequel des deux lui expliquerait.

— On a essayé d'apprendre à grimper aux cocotiers, finit par avouer sa mère en levant des mains enveloppées de bandages jusqu'au milieu des doigts. De la manière traditionnelle.

— Pourquoi ?

— On voulait aider à accrocher les lumières. Comme ils font ici, tu vois.

Son père fit un geste d'enroulement, et elle s'étonna d'avoir compris. Il sourit, puis l'interrogea sur sa journée, la maison, l'avancée de son installation. Ils en arrivèrent à promettre de se programmer des alarmes pour s'appeler à la fois le soir du réveillon et le matin du 25, afin de pouvoir manger leurs chocolats à l'orange ensemble (ses parents en avaient glissé aussi une boîte dans le colis) et « échanger » leurs cadeaux dans les règles, même si Jess leur avait assuré que l'apport pour l'achat du pavillon compterait comme tel pour les trente Noëls à venir.

Après que Jess leur fit jurer de limiter désormais leurs décorations à des arbres de deux mètres maximum, la communication prit fin. Elle ouvrit sa messagerie et, une fois encore, fut déçue de ne découvrir aucune réponse de Will ni de Spencer. Elle avait en revanche reçu une carte de vœux électronique de St Benedict, avec quelques lignes expliquant que l'établissement était passé au format dématérialisé pour la protection de l'environnement et avait versé un don à Childline, le service d'assistance téléphonique réservé aux mineurs – ce qu'elle trouva si hypocrite qu'elle en eut envie de vomir. Cela lui parut également louche, parce qu'ils ne lui avaient rien envoyé l'année précédente. Par quel mystère figurait-elle de nouveau sur leur liste de diffusion ?

Peu importe. C'était du passé, et dans l'immédiat, elle avait un engagement à honorer envers M. Winters.

11 h 32
À : WillWinters@LeJoyeuxTraiteur.com
De : JessGreen2000@gmail.com
Objet : GÂTEAUX !!!!!!

Cher Will,

Ici Jessica.

Je voulais juste vous prévenir que votre grand-père avait bien reçu vos excellentes (succulentes même) *mince pies*.

Coup de chance, je passais justement par là. Est-ce que c'était vous, dans la camionnette verte ? Je ne sais pas si vous avez remarqué, mais j'étais à ma porte, en train de discuter avec un voisin.

Euh… (silence gênant)… j'espère que ce gentil cadeau était votre manière de lui signifier que même si vous savez tout, vous avez toujours envie de faire sa connaissance mais êtes trop occupé pour le moment. Je ne lui ai pas dit que je vous avais tout raconté, mais il est loin d'être bête. Il est au courant qu'on s'écrit parce que c'est lui qui m'a priée de « demander à ma machine » de vous envoyer un message pour vous remercier pour les gâteaux, qu'il a beaucoup aimés.

Je sais que vous êtes surchargé, je ne vous embêterai donc pas longtemps, mais je me dois de vous informer qu'il a partagé une partie des gâteaux avec tout le quartier au concours de déguisements de Noël pour animaux d'hier soir, en tant que membre du jury. Aujourd'hui, c'est au numéro 21 que ça se passera (logique). Chez Martha Snodgrass, qui a l'âge de votre grand-père, à une dizaine d'années près. Je n'ai aucune idée de ce qu'elle nous réserve. Un discours sur les nuisances sonores pendant les fêtes, ou des leçons de maniement de boa (longue histoire) ? Le suspense est à son comble !

J'espère que ces nouvelles ne vous ennuient pas. C'est juste que... vous avez l'air super sympa, et votre grand-père est affreusement malheureux, et c'est génial de le voir sortir un petit peu de sa coquille. Je suis sûre qu'il s'ouvrirait encore plus si vous veniez le rencontrer, alors... je vous laisse réfléchir ?

Bises, Jess(ica)

— Mets tes plus beaux atours, ma poulette !

Dréa sabra la bouteille de champagne qu'elle transportait au moyen d'une épée. Une véritable épée.

— Mais qu'est-ce qui t'arrive ?

Son amie aspira la mousse sur le dos de sa main puis, tout sourire, glissa la lame d'un geste adroit dans le fourreau qui pendait à sa hanche.

— J'ai un truc à fêter.

— Ah oui ?

— Spencer. (Son sourire s'étendait presque d'une oreille à l'autre.) Il va venir. La veille de Noël, ce sacripant.

— Oh, Dréa ! s'exclama Jess en faisant une petite danse de joie, à moitié pour elle-même. Je suis trop contente pour toi ! C'est une merveilleuse nouvelle !

— Oui, hein ? (Elle fronça soudain les sourcils.) Qu'est-ce que tu attends pour aller nous chercher des coupes ? Allez, que la fête commence !

Martha Snodgrass n'était pas aussi euphorique que Dréa lorsque la foule se fut massée devant sa maison (les enfants, un peu à l'écart, se livraient à un concours du plus beau rond de « fumée » soufflé dans l'air glacial). Elle paraissait nerveuse, demandait sèchement aux gens de ne pas s'éloigner de la zone pavée et de faire attention à ses rosiers.

Toutefois, Jess vit avec plaisir qu'elle portait son manteau et sa toque qui non seulement lui seyaient à ravir, mais lui tenaient bien chaud.

— Cela ne durera pas très longtemps, prévint la vieille dame avec son franc-parler habituel. Certains apprécient moins que d'autres de rester debout pendant des heures, comme on nous l'a souvent imposé ces derniers jours.

Elle jeta à Dréa un petit regard « C'est à toi que je cause », puis fit tinter l'authentique cloche qui servait de sonnette à sa porte d'entrée.

Tyler apparut derrière elle, tel un matador brandissant sa muleta, sauf qu'il s'agissait d'une guitare et d'un ampli un peu plus encombrant. Il écarta une grosse mèche de cheveux de son visage pâlot et s'assit sur ledit ampli en tendant à sa logeuse un micro sorti de sa poche. Elle le testa d'un « Allô » puis s'excusa aussitôt pour le volume. Tyler gratta les cordes, déclenchant un torrent de sons distordus assez effrayants. Jess ne savait pas trop quoi en penser, et d'après la tête que les autres faisaient autour d'elle, ils partageaient ses doutes. Plusieurs bambins plaquèrent leurs mains gantées contre leurs oreilles.

— Tyler ! gronda Martha, avant de s'adresser à tous dans le micro, d'une voix plus douce. Bon, si vous voulez bien faire silence, on pourra en terminer au plus vite.

— Bien dit ! J'ai un hachis parmentier dans le four, alors on se dépêche !

— Vous croyez qu'il va neiger ? Il fait assez froid pour…

— Il fait assez froid pour que tu la mettes en veilleuse !

— Chuuuut !

— Mesdames et messieurs, je vous souhaite la bienvenue au Christmas Street Holiday Blues Club de Marti Morgan et Tyler Butterfield.

Tout le monde lui prêta attention, et surtout, plus personne ne pipa mot.

La voix qui sortait du micro ne ressemblait plus à celle d'une vieille dame. Elle était chaude, pleine d'assurance, parfaitement à son aise au centre de la scène, point de mire de tous les regards. Martha, ou plutôt Marti, lança à Tyler une de ses œillades impérieuses aux sourcils en arc de cercle, puis elle fit un clin d'œil.

— C'est mieux, dit-elle au public captivé. Je préfère qu'il y ait un silence absolu avant que la musique débute.

Jess, abasourdie, observa Dréa, puis M. Winters, mais aucun ne se tourna vers elle. Ils avaient les yeux rivés sur Martha, son manteau de fourrure et son boa qu'elle entortillait entre ses ongles audacieusement colorés. Elle dégageait une formidable aura de glamour. Martha la chanteuse, quand elle osait se montrer, était une véritable bombe.

Quand Tyler plaqua un premier accord, plus conventionnel, et qu'une Gem'n'Emm entreprit de distribuer à la ronde des petites bougies dans des pots à confiture, Jess vit que tout le monde se détendait. Avec une expression espiègle, Tyler écarta la main du manche de sa guitare, fit courir un médiator entre les doigts de son autre main, et amorça une version magnifique, lente et somptueuse de « Douce nuit ».

L'assemblée se pencha en avant comme un seul corps, puis, ô merveille, Martha se mit à chanter.

Marti Morgan était fabuleuse. Sa voix virevoltait et folâtrait au gré des effets tantôt insolents et tantôt envoûtants dont Tyler agrémentait le classique chant de Noël. Elle montait et descendait dans les octaves aussi aisément qu'un enfant glissait d'un toboggan puis repartait pour un tour. Avec une allégresse, et une implication pleine et absolue.

Et alors il commença à neiger.

Le moment n'aurait pu être plus magique. Très différent du soir où les pauvres Marie et Joseph, privés de toit, finissaient après de longues recherches par trouver refuge dans une étable à Bethléem, arrivant juste à temps pour donner naissance à Jésus, mais c'était le même type de magie. Une expérience exceptionnelle et inégalable qui unissait le public dans un rare instant de beauté.

Puis, d'un coup, les dernières notes de la guitare et de la voix de Marti restèrent suspendues en l'air avant de s'évanouir dans la nuit, et ce fut terminé.

— Et voilà ! N'abîmez pas mes rosiers en repartant ! aboya Martha, vrillant des yeux le petit attroupement qui avait réussi à s'entasser sur son allée.

Taylor attaqua « *Let it snow* » tandis que tous applaudissaient la chanteuse, exprimant leur émerveillement d'avoir une telle vedette parmi eux, puis, avec beaucoup plus de chaleur que lorsqu'ils étaient arrivés, ils se souhaitèrent une bonne soirée et promirent de se retrouver le lendemain, même s'ils étaient tous très occupés et croulaient sous les obligations. C'était une chance, convinrent-ils, une vraie chance, d'habiter une rue où ils pouvaient se réunir comme ça, partager un peu d'eux-mêmes, et parfois se surprendre.

M. Winters dit un bref au revoir à Jess, mais elle remarqua avec bonheur qu'il chercha le regard de Martha avant de la remercier d'un signe de la main, levant le pouce comme pour lui confirmer qu'elle chantait aussi bien que sur l'album qu'elle lui avait offert. Dréa serra Jess dans ses bras en répétant avec force soupirs : « La vie est incroyable, non ? » La visite imminente de son fils semblait avoir transformé sa vision du monde, le faisant passer de grisâtre à iridescent. Marrant comme un simple appel pouvait tout changer.

À ce propos, se demanda-t-elle… n'était-il pas temps d'appeler Amanda ?

La soirée avait démontré que les choses n'étaient pas toujours ce qu'elles paraissaient. Martha n'était pas une vieille dame acariâtre qui détestait le bruit, ni M. Winters un tueur en série mal embouché. Cela valait également pour tous les autres, sauf peut-être les hippies, qui laissaient pour de vrai un sillage de patchouli et de sauge partout où ils allaient.

Ce qui voulait dire qu'Amanda désirait peut-être tout bonnement prendre de ses nouvelles.

Donc, pourquoi ne pas se lancer ? Elle allait l'appeler. Elle se sentait assez solide à présent pour lui parler de sa nouvelle vie et de son nouvel avenir.

Venir vivre dans Christmas Street était sans doute la meilleure décision qu'elle ait prise depuis son départ de St Benedict. Elle sourit en regardant ses voisins échanger des bises, se rappeler de sortir les bacs des emballages et pas ceux du verre, promettre de rendre le Tupperware longtemps attendu par son propriétaire. Dréa demandait au couple du numéro vingt-deux l'heure de leur soirée, et s'ils avaient besoin d'une participation financière. Des interactions ordinaires qui pourtant, sous les flocons légers et la beauté résiduelle de la musique de Tyler et Martha, paraissaient extraordinaires.

Jess contempla la petite bougie qui scintillait dans le pot à confiture qu'on lui avait donné. Les gens alignaient les leurs le long du perron de Martha, et elle les imita. Des projecteurs miniatures pour la star cachée en leur sein. Après quoi ils retournèrent à leurs propres existences, mais leurs secrets, leurs espoirs et leurs rêves se teintaient d'un peu plus de chaleur, de bonheur et, pour les plus chanceux, de sérénité.

Jess écarta le téléphone de son oreille et l'examina.

Bizarre. La tonalité à l'autre bout n'était pas normale. Elle cliquetait et bourdonnait comme si elle venait de très loin.

— Allô ? Jess ?

La voix d'Amanda était métallique, un peu endormie, et horrifiée. On entendit un bâillement. Et une autre voix, masculine et familière, demanda qui c'était. Amanda lui dit de se taire, commettant l'erreur d'employer son prénom : Martin.

Martin était avec Amanda.

Martin était censé être aux Maldives.

Jess sentit un frisson glacé la parcourir.

Amanda et Martin étaient tous les deux en vacances – ses vacances – aux Maldives.

— Salut, Jess ! Ça fait plaisir. Tout va bien ?

Son estomac se tordit, et pour une raison étrange, ses narines s'emplirent du parfum de l'huile bronzante et des cocktails aux fruits.

Elle fut tentée de raccrocher. Ce qui aurait été très satisfaisant si elle avait possédé un vieil appareil comme celui de M. Winters, sur lequel on pouvait claquer violemment le combiné. Mais quelque chose la poussa à rester en ligne. La persévérance que ses professeurs avaient soulignée dans ses bulletins scolaires, peut-être. Son incapacité à laisser un travail inachevé, là où tant d'autres auraient jeté l'éponge.

Elle repensa aux fois où Amanda et elle s'étaient amusées, après quelques verres de trop, à rédiger des faux bulletins l'une pour l'autre. Amanda en avait même recraché son vin quand, après une semaine particulièrement riche en rencontres Tinder, Jess avait écrit : « Amanda possède une grande intelligence tactique et un grand sens du travail d'équipe. »

— Jess ? s'inquiéta Amanda.

— Pardon, je suis là, dit Jess, tâchant de garder un ton égal. Alors… c'est comment, les Maldives ?

— Oh, Jess, gémit Amanda d'une voix éraillée. J'ai essayé de te joindre pour te prévenir.

Elle hocha la tête, oubliant qu'il serait sans doute plus efficace de répondre oralement.

« Jessica a tendance à se renfermer sur elle-même en situation de stress, alors qu'il serait plus utile de s'exprimer. »

Amanda disait vrai. Elle avait tenté de la joindre, à de multiples reprises. Le savoir plus tôt aurait-il été préférable ? La pilule aurait-elle été plus facile à avaler ? Découvrir que sa meilleure amie de Londres, sa collègue et alliée, était en voyage sous les tropiques avec son ex, et allait probablement emménager avec lui dans un appartement dont, à l'époque, il n'aurait voulu pour rien au monde ? Elle imagina leurs disputes au sujet du choix des coussins. Accepterait-il qu'elle ajoute un plaid négligemment drapé sur le côté du canapé ? Jess l'avait longtemps bassiné pour en mettre un, en alléguant qu'il était inconcevable de regarder *Game of Thrones* sans plaid à portée de main. Cela dit, pour partir en vacances comme ça au bout de seulement quelques mois (semaines ?) de relation, le temps de tomber amoureux et d'acheter un appartement, peut-être étaient-ils totalement en phase sur la décoration de leur intérieur ? Après tout, Amanda avait le même type d'ambitions que Martin. Plus Jess y réfléchissait, d'ailleurs, plus la situation lui semblait logique. Ce qui n'en était que plus douloureux.

— Vous avez choisi les bungalows sur pilotis, ou ceux avec une plage privée ? finit-elle par lancer.

— Les pilotis, avoua Amanda. Jess, écoute, il y a autre chose…

— Non. Non, non. Ça suffira pour le moment.

— Oui, d'accord. (Sa voix chevrotait.) J'imagine que ça fait déjà beaucoup. Il ne s'est rien passé pendant que vous étiez ensemble, je te le jure. En fait… ça ne fait que depuis novembre. Le jour du Black Friday, plus précisément.

— Ha ! Elle est bien bonne !

— Non, je suis sérieuse. Enfin, je l'avais vu au cours de l'année, bien sûr, mais pas de cette façon-là.

Jess grogna. Admettons. Dans le recoin de son esprit qui ne souffrait pas, elle savait que ni Amanda ni Martin n'étaient du genre à faire des coups en traître.

— Et l'appartement ? interrogea-t-elle, désormais convaincue que tout ce qu'elle avait déduit des nouvelles de Martin était lié à Amanda.

— C'est dans un immeuble neuf, confia celle-ci, incapable de dissimuler une pointe de fierté et d'enthousiasme.

Elle se lança dans le récit de sa rencontre fortuite le jour du Black Friday avec Martin, auquel elle avait demandé de venir avec elle visiter un appartement qu'elle avait repéré pour un éventuel investissement. Il l'avait accompagnée, après quoi ils avaient bu un verre, et une chose en entraînant une autre, ils avaient signé une promesse de vente pour un deux-pièces ultramoderne juste à côté du stade (un rêve pour Martin) et à seulement trois minutes à pied de la gare (une exigence d'Amanda qui, si elle devait prendre les transports en commun, refusait d'avoir à marcher un tant soit peu jusqu'à la station la plus proche). Il ne serait pas livrable avant le printemps, mais le bâtiment posséderait un toit-terrasse et les locaux commerciaux avaient déjà été réservés par une boutique Lululemon, un supermarché Waitrose et un quelconque bar à jus dont Jess n'avait jamais entendu parler, mais qui avait l'air tendance et ruineux, tout à fait le style d'Amanda.

Jess eut un drôle de rire sec.

— Avec de grandes baies vitrées ?

— Oui. Chauffage au sol, douche à l'italienne. Il y a même un robinet pour l'eau bouillante dans la… (Amanda se tut.) Ça te gonfle pas que je te dise tout ça ? Je veux dire, c'est un peu bizarre, non ?

Bien que travaillant dans la plus élitiste des écoles d'élite, Amanda n'avait jamais fait l'effort de policer son langage. C'est ce qui avait plu à Jess au début. Son refus de gommer ses origines modestes malgré son désir ardent d'appartenir au grand monde. Ou alors, se dit-elle soudain, elle était juste attirée par ce qui était à la mode. Si ça se trouve, c'était aussi simple que ça. Elle n'était pas maniérée pour un sou, elle n'avait pas les dents qui rayaient le parquet. Elle aimait les beaux vêtements, les restaurants chics et les vacances de luxe, voilà tout. Cela ne faisait pas d'elle quelqu'un de mauvais, ce n'était pas une raison pour la détester. Cela étant dit, le problème, c'est qu'elle jouisse de toutes ces choses avec l'ex de Jess.

— Jess, dis quelque chose, je t'en supplie !

Ben voyons. Qu'on ne compte pas sur elle pour leur souhaiter tout le bonheur du monde.

— Il faut que j'y aille.

— Jess, non. J'aimerais qu'on parle.

— Non, moi pas.

Sur ce, elle raccrocha et enfouit son téléphone sous un coussin du canapé. Loin des yeux, loin du cœur.

Deux heures plus tard, Jess n'était pas vraiment sûre que son remède miracle habituel consistant à descendre un pot de glace aux pépites de chocolat devant la télé ait fonctionné. Elle n'aurait peut-être pas dû choisir un film sur le thème « une jeune femme ordinaire devient une princesse à Noël ». En plus, maintenant, elle avait trop mangé, et se faisait l'effet d'être une grosse masse bouffie de problèmes et dégoulinante d'auto-apitoiement, comme après sa rupture avec Martin et son renvoi de St Benedict (pardon, sa « prise de recul vis-à-vis du contexte conflictuel »), quand elle s'était terrée sous sa couette licorne pendant plusieurs semaines d'affilée.

« Jessica a tendance à se renfermer sur elle-même en situation de stress, alors qu'... »

C'était ridicule. Elle n'allait tout de même pas laisser les bains de soleil d'Amanda et son emménagement avec son ex la détruire !

Est-ce que ça faisait mal ?

Oui, bien sûr.

Est-ce que ça lui donnait l'impression que le reste du monde progressait à vue d'œil tandis qu'elle s'escrimait à remonter la pente millimètre par millimètre, pour sortir de ce gouffre de tristesse où elle avait plongé tête la première dès que la situation avait tourné au vinaigre ?

En effet.

Mais…

Amanda et Martin empruntaient-ils un chemin qu'elle leur enviait ?

Voulait-elle enseigner à des sales mômes comme Crispin Anand-Haight, qui frappaient leurs professeurs et se griffaient eux-mêmes le visage dans le but de faire renvoyer quelqu'un qui avait besoin de ce salaire et aimait son travail, sans aucune raison particulière ? Voulait-elle vivre avec une personne qui n'avait clairement pas les mêmes aspirations ?

N'avait-elle pas, en réalité, choisi la vie qu'elle désirait tout au fond, ici à Christmas Street ?

Son regard se posa sur sa fresque de Noël, sur les décorations qui témoignaient des progrès accomplis depuis un an.

Quand elle exhuma son téléphone du canapé, elle vit qu'il y avait pas moins de vingt-sept appels en absence d'Amanda.

Il était tard, et une rapide recherche Google lui apprit qu'il était très tôt le matin aux Maldives. Le dernier appel remontait à dix minutes.

— Salut.

— Je suis vraiment, vraiment, vraiment désolée, assura Amanda en reniflant, l'air sincèrement bouleversée. Jess, honnêtement, je te jure, je n'ai jamais voulu…

— Je sais. Tu es heureuse, on dirait.

Il y eut un blanc, puis Amanda couvrit le micro et chuchota : « Tout va bien, mon cœur, je sors juste sur la terrasse. » Quand elle ôta sa main, Jess entendit le bruit des vagues.

— Je suis heureuse, oui. On est heureux tous les deux. La seule chose qui manque pour que notre bonheur soit parfait, c'est ton feu vert.

Jess tressaillit. Ils lui demandaient son approbation ?

Elle repensa à la vie qu'elle avait menée à Londres et où, en huit longues années, elle n'avait jamais trouvé sa place. Avec une autre école, un autre appartement, un autre copain, le résultat aurait peut-être été plus réussi, mais le simple fait d'habiter la capitale obligeait presque inconsciemment à briguer toujours plus, toujours mieux. Une attitude qui ne cadrait pas avec sa personnalité. Au contraire d'Amanda et Martin.

— Je suis contente pour toi. Pour vous deux.

— Oh, ma puce, sanglota Amanda. Merci ! Écoute, j'aimerais continuer à en discuter, mais je dois économiser sur le téléphone maintenant que j'ai un emprunt à rembourser.

— Pas de souci, dit Jess en riant et en pleurant en même temps.

Elle n'avait pas eu conscience de cette émotion qui enflait dans sa poitrine. De toute façon, ce n'était pas comme si Amanda et elle devaient fixer une date pour, comme dirait Dréa, se faire des nattes. Non, il n'y avait rien à ajouter à part : « Amuse-toi bien, mets de l'écran total, et si tu nages avec les tortues, s'il te plaît, ne me dis rien, parce que… ben… »

Parce que c'était son rêve au départ.

— Joyeux Noël, Amanda.

— Joyeux Noël à toi, Jess. J'espère que tu auras tout ce que tu désires là-bas, dans ta nouvelle vie.

— Oui, murmura-t-elle. Moi aussi.

Quand elle pressa la touche « raccrocher » du téléphone, elle eut la sensation qu'un fil était tranché entre son ancienne vie et la nouvelle. Une étrange sensation de liberté. Le chapitre était désormais clos sur cette partie de son histoire.

Elle grimpa à l'étage et s'allongea sur son lit toujours dépourvu de cadre, essayant de ne pas permettre à la déprime d'envahir l'espace laissé vacant dans son cœur. Alors qu'il y avait tant de choses joyeuses à y mettre ! Que son e-mail ait ou non joué un rôle, Dréa aurait le Noël dont elle avait rêvé. M. Winters semblait bien parti pour recevoir le meilleur des cadeaux possibles : un petit-fils. Elle-même avait un repas pour une personne à acheter, une invitation chez Martha à boire un sherry devant le discours de la reine et, si Will tenait sa promesse, de chouettes cours de cuisine qui l'attendaient. Sans parler de sa rentrée scolaire. Elle commençait même à envisager cette perspective avec impatience. L'école élémentaire de Boughton n'était pas une solution de repli, ni un pansement sur la plaie que St Benedict avait ouverte. C'était un nouveau départ. À l'image de sa vie ici.

Oui, se dit-elle en remontant la couette sur ses épaules, la vie ici était réellement celle qui lui convenait. Tout ce qui lui restait à faire, c'était s'assurer que tout continue à se dérouler au mieux jusqu'au réveillon, où, avec un peu de chance, les rêves de tous se réaliseraient. Quant à elle, elle devrait patienter encore, mais son intuition lui soufflait, tandis que le sommeil diminuait peu à peu ses tensions, que ce ne serait plus très long. Elle se trouvait au bon endroit, au bon moment, avec l'espoir chevillé au corps. Que demander de plus ? Hormis quelqu'un pour vous apporter une bouillotte.

22 décembre

2 h 27
à : JessGreen2000@gmail.com
De : Spencer.Zamboni@BaldwinHaveyWilkinson.com
Objet : Visite chez Dréa Zamboni en Angleterre

Chère Jessica,

Merci pour votre message que je viens de trouver dans mes spams. Comme vous pouvez le comprendre, il s'agit d'une affaire de famille qui n'a rien à faire dans ma messagerie professionnelle. C'était gentil à vous de m'écrire, mais j'apprécierais que vous me laissiez prendre ma décision seul.

Cordialement,
Spencer Zamboni
Avocat
Baldwin, Havey & Wilkinson

Cet e-mail est destiné à l'attention exclusive de la personne à qui il est adressé, et il est susceptible de contenir des informations confidentielles. Si vous avez reçu le présent e-mail par erreur, toute communication, diffusion, distribution ou copie en est strictement interdite.

4 h 59
À : JessGreen2000@gmail.com
De : WillWinters@LeJoyeuxTraiteur.com
Objet : RE : GÂTEAUX !!!!

Salut Jess(ica)

Oui, c'était moi dans la camionnette. Je n'avais pas le temps de m'arrêter, et j'avoue, j'ai un peu le trac de vous rencontrer. Presque autant que de rencontrer Arnold (papi), ce qui explique sans doute pourquoi, quand il n'a pas répondu à la porte tout de suite, j'ai pris mes jambes à mon cou. Pas très adulte, comme réaction, pas vrai ?

Mais c'est celle d'un petit-fils dont le cœur s'est pratiquement brisé en deux quand il a appris la raison pour laquelle son père n'avait pas adressé la parole au sien depuis trente-cinq ans. Votre e-mail m'a fait comprendre des tas de choses, et il vaudrait mieux, je pense, que je discute avec mon père avant de rencontrer Arnold en vrai. J'ai beaucoup de peine pour lui, vraiment. C'est le genre d'épreuve qui peut totalement vous faire perdre pied et miner le reste de votre existence.

Ça m'a fait énormément d'informations d'un coup, et j'aurai besoin de temps pour assimiler tout ça, maintenant que je connais la gravité des faits, la profonde souffrance et les motifs réels de ce qui, pour moi, n'était qu'un stupide désaccord entre un père et son fils.

En fait, vous voyez... je suis moi-même venu vivre en Angleterre à cause d'un « stupide désaccord ». On se parle toujours, mon père et moi, mais le plus gros de nos discussions passe par l'intermédiaire de ma mère. Ce qui ne doit pas être facile pour elle non plus. Le truc, c'est que je n'étais pas destiné à devenir cuisinier. J'ai fait des études d'ingénieur, et après mon diplôme j'ai monté une boîte avec mon frère et mon père : Winters & Fils. C'était le rêve de mon paternel. Je comprends d'autant mieux maintenant, vu les difficultés qu'il a rencontrées avec son propre père. Du coup, comme tout bon fils qui se respecte, je me suis efforcé de réaliser son rêve, quand je ne bûchais pas jusqu'à pas d'heure à la recette d'une tuile qui ne se craquèlerait pas, d'un vol-au-vent qui ne fasse pas trop années 70 ou de la parfaite omelette déconstruite (je plaisante, là, promis). Je n'étais pas super doué, comme ingénieur. Ça n'a jamais été mon trip. Mon frère détestait aussi notre domaine d'activité, mais il n'avait pas le cœur de l'avouer. Il aimait ce métier, mais il aurait préféré travailler sur ces méga gratte-ciel au Moyen-Orient ou en Asie. Vous savez, ceux depuis lesquels Tom Cruise fait ses cascades. Mais mon père avait cet idéal d'entreprise familiale, alors on a persévéré. Quand la réussite n'a pas été au rendez-vous, il a fini par me le reprocher sans arrêt. Il disait qu'en famille, il fallait se serrer les coudes. Qu'on voyagerait dans le monde entier si je donnais davantage de ma personne, mais le plus loin qu'on soit allés, c'est à Glasgow. Il me mettait de plus en plus de pression pour décrocher des contrats toujours plus gros (c'est moi qui servais de commercial), jusqu'au jour où, sachant que mon petit frère était au bout du bout, j'ai foiré en beauté, volontairement, une présentation décisive chez BP, l'ancien employeur de papa. Winters & Fils a très vite coulé, mon frère a obtenu un poste à Séoul, et papa est tombé pour ainsi dire en dépression nerveuse, même si ses médecins ont appelé ça un « épisode dépressif ». C'est pour ça qu'il est parti sur cette île écossaise reculée pour rebâtir des murets de pierre et compter les moutons. Ça lui fait du bien. Il a toujours trimé comme un dingue et ma mère se plaignait tout le temps de ne pas le voir assez, alors en définitive, mon acte de sabotage a consolidé leur mariage. Et moi, j'ai filé vers le sud pour essayer de prouver ma valeur en montant Le (pas trop) Joyeux Traiteur. Dans l'opération, comme vous le savez déjà, j'ai perdu tout ce que je possédais au profit de ma petite amie. Je lui ai tout donné volontiers, je vous assure, mais si je sue sang et eau pour acquérir mon local, c'est aussi parce que j'aimerais acheter l'appartement du dessus, pour avoir un endroit où habiter. NB : Camper dans son bureau n'est pas une expérience que je conseille.

Comme vous le voyez, ces nouvelles m'ont donné pas mal de grain à moudre, et là tout de suite, je dois préparer environ quatre cents gâteaux chocolat-noix de coco en forme de bonhomme de neige, alors…

Je suis ravi que vous ayez apprécié mes *mince pies*, et même si je reste vague quant à notre future rencontre, j'aimerais vous remercier, sincèrement. J'ai carrément mis la main sur le cœur quand j'ai lu que mon grand-père avait partagé avec tout le quartier. C'est un événement mémorable, qui j'espère se reproduira, et avec un peu de chance, je serai là pour le voir.

Bises, W.

2 h 27

À : Spencer.Zamboni@BaldwinHaveyWilkinson.com

De : JessGreen2000@gmail.com

Objet : RE : Visite chez Dréa Zamboni en Angleterre

Cher Spencer,

Je suis désolée, vraiment. Mince, je ne peux pas vous envoyer ça sur votre adresse professionnelle, si ? Vous m'avez demandé d'éviter ça. Merde ! Votre mère a très, très envie de vous voir. Vous lui avez dit que vous veniez. J'espère que c'est la vérité. Venez, s'il vous plaît.

Bien à vous,

Supprimer supprimer supprimer

7 h 07
À : WillWinters@LeJoyeuxTraiteur.com
De : JessGreen2000@gmail.com
Objet : RE : RE : GÂTEAUX !!!!!!

Cher Will,

Ici Jess(ica) !!!

Nom d'un petit bonhomme en pain d'épices ! Vous n'êtes pas le seul à avoir plein de nouvelles infos à digérer. Zut alors ! Je suis désolée que ça ait été si durhorriblaffreux pour vous ces derniers mois. On est un peu des jumeaux de galère, tous les deux.

Supprimer supprimer supprimer

Salut Will

Ici Jessica (qui d'autre ?).

Câlin virtuel !!!!

Supprimer supprimer supprimer

Cher Will,

Ça fait peut-être un peu *Vous avez un message*, mais je crois que je suis en train de tomber amoureuse de vous.

Supprimer supprimer supprimer

L'ordinateur s'éteindra dans 3… 2… 1…

— Et si vous faisiez quelque chose de simple ? Comme, par exemple, commander quelques douzaines de *mince pies* chez Le Joyeux Traiteur…

Le regard de M. Winters se durcit.

Jess n'avait pas été aussi subtile qu'elle l'avait espéré. Entre la renonciation à son ancienne vie, le message de Will à intégrer, et l'impossibilité de lui rédiger une réponse un tant soit peu cohérente, elle était dans un état de nerfs invraisemblable. (Tomber amoureuse de lui ? Ça sortait d'où ?) Elle tâcha d'agglomérer ce bric-à-brac d'émotions diverses et de le projeter vers son objectif : offrir un Noël magique à M. Winters.

Malheureusement, celui-ci ne jouait pas le jeu.

— Bon, d'accord, peut-être pas des *mince pies*, alors. Pourquoi pas… (Elle tapota contre son carnet son stylo orné d'un superbe sapin en feutrine couvert de grelots.) Pourquoi pas…

— Pourquoi pas lâcher l'affaire, ma mignonne ? compléta-t-il sans méchanceté. Je connais les gens, je sais que leurs attentes seront bien trop élevées, après le canon à neige, l'atelier de couronnes de bienvenue et le concert de Broadway.

Jess sourit. C'était adorable qu'il voit Martha comme une star de Broadway.

— Mais pour dire la vérité, poursuivit-il, je n'ai pas envie d'être envahi par des gens que je me sens incapable d'accueillir chez moi.

Ah.

— J'ai une réputation de monsieur Scrooge, alors j'aime autant me conformer à cette image pour le moment.

Il poussa un soupir d'une fragilité à fendre l'âme.

Il ne pouvait pas baisser les bras maintenant ! Alors qu'hier encore, il était tout guilleret (à son modeste niveau, du moins), lançait des sourires et même, arborait un petit chaloupé d'octogénaire dans sa démarche.

— Vous n'êtes pas un monsieur Scrooge ! protesta-t-elle en pointant du doigt la tasse de chocolat chaud qu'il lui avait servie. Ebenezer Scrooge ne serait pas allé acheter quelque chose qu'il n'apprécie pas uniquement pour faire plaisir à son invitée.

Elle désigna d'un signe de tête la tasse de chocolat devant lui à laquelle il n'avait pas touché, preuve de sa grandeur d'âme.

— Je ne... commença-t-il, puis il contempla sa tasse un instant avant de lever vers elle ses beaux yeux bleus pleins de gentillesse. J'ai perdu l'habitude, voilà tout.

— Je vous aiderai, promit-elle du ton le plus mesuré dont elle était capable.

Il semblait prêt à faire des efforts, mais elle ne voulait surtout pas trop s'emballer. Après tout, il ne leur restait que soixante-dix heures environ pour réfléchir à un moyen de déjouer les attentes de tout le quartier.

— Si les gens pensent vraiment ces choses méchantes, et ils ont tort, ça veut dire que la barre est assez basse, non ? Alors on n'a même pas besoin de mettre le paquet, genre feu d'artifice ou autre.

Il secoua la tête, l'air peu disposé à chercher des idées.

— M. Winters... Arnold. Est-ce qu'il s'est passé quelque chose entre hier et aujourd'hui qui vous a fait changer d'avis ?

— Je n'avais jamais rien décidé, jeune demoiselle.

Certes, ce n'était pas faux, mais...

La peur s'insinua en elle. Will lui avait envoyé son message aux petites heures du matin. Peut-être avait-il aussi déposé un mot chez son grand-père pour lui dire qu'il avait fait fausse route et que le contacter avait été une mauvaise idée ?

Elle balaya du regard la cuisine accueillante et douillette. Rien en vue. Elle n'avait rien aperçu non plus dans le vestibule, mais d'un autre côté, qui irait exposer une carte annonçant « Je ne veux plus te voir » ?

Elle se força à réprimer ses craintes. Le Will dont elle n'était résolument, absolument pas en train de tomber amoureuse ne ferait jamais une chose aussi ignoble. Même s'il souffrait d'avoir découvert que l'histoire avait une façon cruelle de se répéter. Non. Il lui paraissait n'avoir besoin que d'un peu de temps et de solitude pour se remettre. Ensuite, il ferait tout pour résoudre le conflit avec son propre père, et tisser une relation avec son grand-père. Dommage qu'il n'ait pas entrepris cette démarche quelques mois plus tôt. Cette bâtisse était si vaste qu'il devait y avoir des tas de chambres libres à l'étage, à moins que M. Winters n'aime dormir dans une pièce différente chaque nuit. Un élan de compassion transperça le cœur de Jess. Il devait se sentir si seul dans cette immense maison ! Pourquoi ne s'était-il jamais remarié ? Ou, au strict minimum, lié d'amitié avec quelqu'un ?

Elle se repassa les événements de la veille afin de discerner ce qui aurait pu le faire retourner ainsi dans sa coquille. Rien d'assez grave, en tout cas, pour qu'il lui ferme sa porte, donc…

Elle revit le regard qu'il avait échangé avec Martha, son lever de pouce complice.

Est-ce que… est-ce qu'il avait flirté avec elle ? C'était peut-être ça ! Il avait flirté par accident, ce qui l'avait ensuite perturbé, et en tant que veuf peu habitué à ces choses-là, il s'était replié sur une valeur sûre : son repaire.

— Et si…

Jess se tapota le menton, essayant de faire croire que son seul but était de pousser l'esprit de Noël à fond le soir du réveillon dans Christmas Street et pas du tout d'en profiter pour jouer les entremetteuses.

— Et si vous organisiez une chorale de Noël ?

Il fronça les sourcils.

— Je ne sais pas chanter.

— Non, mais Martha oui, et Tyler aussi, et apparemment les enfants se sont entraînés pour la messe de Noël, alors ils pourraient peut-être faire une petite répétition chez vous ? Ou une seconde représentation, selon l'heure à laquelle vous voudrez recevoir.

— Je te l'ai dit, je ne veux recevoir personne.

— Mais de quoi avez-vous peur ?

La question prit Arnold au dépourvu. Jess aussi, à vrai dire. Était-elle capable elle-même de mettre le doigt sur ce qui l'effrayait le plus ?

Dans l'immédiat, c'était que Noël tombe à l'eau. Un scénario catastrophe qui semblait plus que probable, à en juger par les e-mails de ce matin et la mauvaise volonté de M. Winters.

— Bah ! fit-il en agitant sa grande main noueuse. Personne n'a envie de venir chez moi. Tu le sais bien, Jessica. Ils préfèrent fêter Noël avec leurs amis et leur famille, avec ceux qu'ils aiment. Je ne veux pas leur gâcher le réveillon en me prétendant capable de leur faire passer une bonne soirée.

Et voilà. C'était ça, la plus grande peur de M. Winters : ne pas être digne d'amour. Un contrecoup du chagrin et de la culpabilité qui le taraudaient depuis la mort de son épouse et le départ définitif de son fils. La gorge de Jess la picota. Elle s'excusa et s'éclipsa aux toilettes le temps de ravaler les larmes qui menaçaient de déborder. Une partie d'elle brûlait d'appeler Will et de lui ordonner de rappliquer sur-le-champ pour dire à son grand-père combien il se réjouissait de faire sa connaissance et combien Robert regrettait de ne pas l'avoir dans sa vie. Qu'il lui raconte comment celui-ci avait, semblait-il, contraint ses propres fils à une association imposée afin qu'ils ne souffrent jamais de la longue séparation que lui-même avait endurée avec son père. L'autre partie d'elle, celle qui peinait encore à interpréter le message de Spencer Zamboni, lui conseillait de calmer ses ardeurs.

Lorsqu'elle regagna la cuisine, elle avait une idée derrière la tête.

— Ça va peut-être vous paraître un peu loufoque, et il faudrait que je voie avec Kai et Rex s'ils en ont encore en stock, mais je me disais que, vu qu'il fait si moche en ce moment et qu'en effet les gens ont en général quelque chose de prévu pour le réveillon, pourquoi ne pas plutôt essayer d'illuminer leur soirée ?

M. Winters plissa les paupières, l'air de dire : « Continue, je t'écoute. »

— J'ai vu dans la boutique de Kai et Rex de super feux de Bengale en forme de sapin. Que diriez-vous d'en distribuer à tous les voisins pour qu'ils les allument dans leur jardin avant de se coucher, comme pour envoyer un signal au père Noël ?

— Et ?

— Et c'est tout. Vous avez raison, pourquoi imposer des obligations aux gens alors qu'ils sont déjà surchargés ?

D'un geste distrait, il but une gorgée de son chocolat, puis fixa sa tasse, l'air étonné de ce qu'il venait d'avaler.

— Il est délicieux, votre chocolat, confirma Jess avec sincérité.

— C'est la recette de mon épouse. Sa technique, du moins. Elle ne versait pas la poudre directement sur le lait comme la plupart des gens, elle la mélangeait avec un peu de lait au fond de la tasse avant d'ajouter le reste. Elle disait que c'est le soin qu'elle y apportait qui le rendait meilleur. En réalité, c'est scientifique, bien sûr. C'est une histoire de chimie, mais…

Il se tut et regarda par la fenêtre avec tant d'espoir dans les yeux que Jess avait presque l'impression qu'il s'attendait à la voir là. Sa chère Anne.

— Je vais réfléchir à ton idée, petite. Si tu pouvais te renseigner auprès de tes deux amis sur la question des feux de Bengale, ça me ferait plaisir.

— C'est comme si c'était fait ! assura Jess, tout sourire.

Elle eut du mal à rester assise assez longtemps pour finir son chocolat avant de détaler dans la rue et de sauter dans sa voiture en direction de « Fleurs à la folie », pressée d'arriver avant l'heure de la fermeture.

Quelques heures plus tard, en compagnie d'une Dréa positivement radieuse, Jess attendait avec impatience la fin de la soirée du numéro vingt-deux. Elle regarda sa montre. Ils avaient déjà fait quatre parties. Plus qu'une, puis un gagnant serait désigné et elle pourrait rentrer chez elle pour réfléchir à une solution au problème des Winters.

— Pied gauche sur la boule verte.

— Pourquoi c'est Martha qui fait l'arbitre ? se plaignit quelqu'un.

L'intéressée répondit la première :

— Parce que Martha est la plus âgée et la moins stable sur ses jambes, et qu'elle n'a pas la moindre intention de jouer à ce jeu à la noix.

— C'est marrant pourtant, non ? fit Emma, ou peut-être Gemma.

Tous considérèrent le grand drap étalé dans la véranda vide, ses quatre coins lestés par divers jouets d'enfants. La Gem'n'Emm l'avait reconverti en Twister de Noël géant. Elle avait vraisemblablement passé le plus clair de sa journée à coudre les boules vertes, les nez de rennes rouges, les puddings de Noël marron et les étoiles jaunes. Ils étaient désormais un peu de travers ou à moitié arrachés, voire portés en chapeau par un bambin de trois ans. Elle-même avait l'air au bout du rouleau.

Tout le monde lui assura qu'ils s'amusaient comme des fous.

Jess fit tourner la flèche.

— Main droite sur le nez rouge, annonça Martha.

Oh, non !

Son pied gauche coincé sur une étoile jaune, elle devrait réussir à se faufiler entre Chantal et Josh, lesquels n'arrêtaient pas de glousser comme des écoliers, bras et jambes entremêlés. Eli, lui, se tenait debout sur un pied, en chaussettes dépareillées, sur un pudding marron, si loin d'elle qu'il aurait aussi bien pu s'y être téléporté.

Elle chercha des yeux les nez rouges disponibles. Le plus proche se trouvait juste à côté de la jolie main gauche de Josh, à proximité troublante de son torse gainé d'un pull de Noël et de son visage parfaitement symétrique (taches de rousseur incluses). Soupir.

Craquait-elle réellement pour lui ? Oserait-elle enfreindre la règle de ne pas sortir avec un parent d'élève ? Elle surprit le regard de Dréa sur elle. Cela lui fit prendre conscience que courir après Josh sans savoir si ses sentiments étaient sérieux risquait de mettre en péril ses relations avec ses nouveaux amis et voisins lorsque l'histoire tournerait mal, ce qui serait inévitable.

Et que penser de l'étrange message qu'elle avait écrit à Will puis effacé ? Elle s'était probablement trompée en le croyant plus jeune qu'elle, en fin de compte. À moins qu'il ne soit un de ces génies précoces, il devait avoir plus ou moins son âge. Mais là encore, il y avait une ombre au tableau. Il passait tout son temps à travailler et à essayer de désembrouiller son propre bagage émotionnel. Et M. Winters ne lui adresserait plus jamais la parole si elle faisait du mal à son petit-fils. En plus, dans le fond, elle ne le connaissait pas. Pouvait-on tomber amoureuse de quelqu'un qu'on n'avait jamais rencontré ?

Les conversations tourbillonnaient autour d'elle telles des paillettes dans une boule à neige tandis qu'elle se livrait à ces ruminations qui ne menaient nulle part.

— Allez, on se dépêche ! Qu'on en finisse !

— Est-ce que je suis la seule à ne plus avoir assez de place dans mon frigo pour toutes ces provisions ?

— J'ai dû en laisser dans le garage, moi. J'espère qu'elles ne se perdront pas.

— Le congélateur de la remise a décidé de rendre l'âme hier soir.

— Oh là là, la tuile !

— Tu comptes en racheter un ?

— Il reste peut-être un peu de place dans le nôtre, mais pas beaucoup. On a de quoi nourrir une armée !

— Caitlyn ! Fiche la paix à Violet, je te prie. Elle ne veut pas de tes doigts dans sa bouche. Désolée, elle a mangé trop de sucre cette semaine.

— Allez, Jess, contente-toi de mettre la main sur un nez rouge ! On n'est pas aux jeux Olympiques.

— Il y a quand même un prix à gagner. N'est-ce pas, Gemma ? Pardon, Emma ?

Jess regarda de nouveau Josh. Il lui fit un clin d'œil.

— Courage, je crois en toi.

Une bouffée de gratitude lui réchauffa la poitrine.

C'était agréable, cette marque de confiance. C'était aussi agréable de ne pas attendre un avis extérieur pour se sentir bien dans sa peau. Surtout après avoir découvert seulement la veille que son ex allait emménager avec sa meilleure amie. Le seul constat qui soit fiable, c'est que ses sentiments ne l'étaient pas, eux.

Chassant de son esprit ses incessants « Il me plaît ou il me plaît pas ? », Jess revint à la situation présente. Elle se dressa sur la pointe des pieds, demanda pardon à Chantal quand sa chaussette dérapa de l'étoile jaune pour empiéter sur la boule verte de cette dernière alors qu'elle se tendait vers le nez rouge de l'autre côté de Josh, et s'écroula par terre avec ses deux adversaires dans un enchevêtrement de bras, de jambes et de rires. Elle se retrouva nez à nez avec Josh. Leurs regards se soudèrent et elle reçut à nouveau cette décharge électrique vaguement dérangeante dans sa colonne vertébrale. Il sentait l'orange et le pain d'épices, et il était assez proche pour qu'elle découvre s'il en avait aussi le goût. Un petit baiser de Noël, ça ne ferait de mal à personne, si ?

— Bon ! s'éleva la voix de Dréa. Donne-moi ta main, Jess. Je vais te tirer de là.

Jess prit la main de son amie qui, bien que toujours aussi rayonnante, montrait quelques signes d'impatience. Pourvu que Spencer n'ait pas changé d'avis et annulé sa venue ! Dréa l'aurait avertie, dans ce cas, non ? À moins qu'elle n'ait, comme Spencer l'avait laissé entendre, outrepassé les limites, et que ce ne soit pas ses oignons ?

— Plus que quarante-huit heures, glissa Jess avec un grand sourire.

— J'ai trop hâte ! jubila Dréa.

23 décembre

— Mais quel temps de chien !

Dréa s'engouffra dans l'entrée, accompagnée d'une grande bourrasque de vent hivernal. Elle passa dans le salon et s'arrêta si net que Jess faillit lui rentrer dedans.

— Je croyais que tu préférais attendre pour ouvrir les cadeaux de tes parents ?

Jess contempla les cartons vides qui jonchaient la pièce.

— Je me suis dit qu'il était temps de tout ranger.

Et puis surtout, elle avait un trop-plein d'énergie à dépenser. Elle avait prévu de rendre visite à M. Winters un peu plus tard dans la journée, mais elle tenait à élaborer un plan de bataille au préalable. La tempête lui avait donné un bon prétexte pour s'offrir un délai de réflexion.

— Il y a un vent à décorner les bœufs dehors ! pesta Dréa tandis qu'une rafale de pluie glaciale fouettait les vitres. Alors comme ça, tu défais tes cartons ? Est-ce que ça veut dire que tu vas arracher cette fichue pancarte « À vendre » ?

Jess acquiesça. Elle y comptait bien. Pas aujourd'hui, avec ce temps horrible, vu que le seul endroit où la remiser était son jardin à l'arrière et qu'on ne pouvait y accéder qu'en traversant la maison. Mais l'heure était venue de l'enlever, oui. M. Winters avait vécu ici presque la moitié de sa vie, dans les bons et les mauvais moments. Les mauvais, surtout, mais sa demeure avait une importance dont lui-même n'avait sans doute pas conscience. C'était un phare. Vers lequel son fils se dirigerait, avec un peu de chance, et son petit-fils avant lui. Maintenant que ses parents à elle avaient vendu leur maison et que son premier Noël sans eux approchait, elle s'apercevait qu'elle n'avait pas seulement coupé les liens avec sa vie londonienne, mais avec tout le reste. Plus de chambre d'enfance où se calfeutrer, plus de couette licorne où se blottir, plus de garde-manger où se consoler en dévorant la réserve secrète de biscuits glacés au sucre ou, mieux encore, fourrés au chocolat. Le moment était venu pour elle de bâtir ses propres fondations. Ses propres traditions qui, à l'inverse du schéma classique, lui vaudraient des visites de ses parents de temps à autre, à mesure qu'elle imprimerait sa marque dans Christmas Street.

— Café, commanda Dréa.

— Tu veux du chocolat dedans ?

Son amie fit la grimace.

— Allez, pour Noël ! insista Jess. Le chocolat, c'est totalement keto.

Dréa pinça les lèvres.

— Qu'est-ce que tu connais au régime keto ?

— Presque rien, avoua Jess avec un large sourire. Mais la dernière fois que j'ai lu un magazine féminin, j'en ai retenu qu'il suffisait d'ajouter une noisette de beurre ou des fèves de cacao pour rendre keto n'importe quoi.

— Oui, ça se tient, répondit Dréa d'un air distrait.

Jess eut soudain peur que Spencer lui ait parlé de l'e-mail qu'elle lui avait envoyé, et soit revenu sur sa décision en rejetant l'intégralité de la faute sur elle. Mais si c'était le cas, Dréa ne lui aurait même pas réclamé de café. Elle lui aurait sauté à la gorge d'entrée de jeu.

Jess remplit la bouilloire en la surveillant du coin de l'œil, pendant que son amie farfouillait dans les fournitures de bureau et empochait quelques Post-it en forme de poussin. Elle ne manifestait pas de comportement meurtrier. Pas encore, du moins. Sauf si elle envisageait de la saigner à mort avec des ciseaux à bouts ronds.

— Qu'est-ce qui t'amène ? finit par demander Jess en lui tendant un mélange moitié chocolat chaud bien épais (avec la technique d'Arnold) et moitié café.

Dréa la regarda bizarrement.

— J'ai besoin d'une raison particulière ?

— Non, rigola Jess, rassurée qu'elle ne soit pas venue la chapitrer sur le respect de la vie privée des amis.

— Tant mieux. (Elle goûta une gorgée du breuvage.) C'est délicieux ! À part ça, quoi de neuf avec M. Winters ?

C'était Josh, que Jess conduisit dans la cuisine, tenté lui aussi par un bon moka pour se réchauffer par ce temps épouvantable.

La sonnette retentit.

— Désolé d'interrompre votre café du matin.

— On n'est pas en train de causer chiffons, Josh, le tança Dréa. Cela est une conversation sérieuse. (Elle indiqua d'un signe de tête le fond de l'impasse.) Jess a mené sa petite enquête.

Celle-ci chercha une façon diplomatique d'annoncer qu'elle avait certes progressé dans sa mission, mais pas encore gagné la bataille.

La sonnette retentit de nouveau.

C'était un livreur, flanqué de Martha. Elle signait le reçu d'un gros colis, et lui donna une pièce d'une livre rutilante en guise de pourboire.

— Il faut toujours récompenser un travail bien fait à cette époque de l'année, n'est-ce pas ? dit-elle en remettant le paquet à Jess, avant d'entrer dans la maison. Aurais-tu mis de l'eau à chauffer, par hasard ?

Une fois qu'ils furent tous assis autour de sa petite table avec un mug fumant devant eux, moka pour les uns et thé au lait pour Martha, Jess comprit que ce cortège de visiteurs inattendus désiraient tous savoir ce que M. Winters avait prévu pour sa soirée, et à quelle heure.

— Quelle importance ? interrogea-t-elle.

Ils la fixèrent avec de grands yeux incrédules.

— Euh, miss, certains d'entre nous auront une journée chargée. Surtout s'ils reçoivent de la famille venue tout droit d'Australie, ajouta Dréa en se montrant du doigt ; puis elle énuméra les questions exigeant réponse en levant un à un ses ongles décorés sur le thème de Noël : On doit connaître les horaires, si c'est en extérieur ou en intérieur, s'il est dans un bon état d'esprit, et surtout, si ça va être suffisamment... (Elle tendit les mains et son regard se fit intense.)... impressionnant. Il faut impérativement que ce le soit.

— Pourquoi ?

— Parce que mon fils sera là, voilà pourquoi !

Elle se pencha en avant, prête à lui flanquer une pichenette sur le front, puis se ravisa en se rappelant qu'elles avaient de la compagnie.

— Et, évidemment, reprit-elle, parce que ce calendrier de l'avent rend tout le monde heureux ici. Ton concours de déguisements était sensationnel, Joshua. Et votre concert, Martha ! La classe internationale ! Vous avez une voix d'or. Une vraie révélation. Je me demande pourquoi vous avez abandonné la scène, vous feriez encore un malheur. Qu'est-ce qui s'est passé ?

Martha faillit en recracher son thé.

Jess rentra la tête dans les épaules.

Josh se prit d'un grand intérêt pour son mug.

Martha se racla la gorge et reposa le sien.

— Je ne crois pas que ce soit le bon moment pour aborder ce sujet.

— On a tout notre temps ! assura Dréa en parlant pour eux trois.

Josh jeta un rapide coup d'œil à sa montre puis approuva de la tête. Jess, elle, n'avait rien de prévu à part monter son cadre de lit. Elle avait fait un rêve étrange cette nuit dans lequel Josh, ou bien peut-être Kit Harington, se livrait à un strip-tease déguisé en père Noël, et elle se sentait encore toute chose. Bref, elle avait le temps aussi.

Martha fit la moue, puis, à leur grand étonnement, entama son récit :

— Bien. Vous vous doutez qu'il y avait un homme derrière tout ça.

Tous acquiescèrent.

— Des détails, s'il vous plaît, Marti ! l'implora Dréa en léchant une coulée de chocolat sur le rebord de son mug.

Les lèvres de la vieille dame s'amincirent.

— Ça m'aiderait bien, s'excusa Dréa d'un ton presque plaintif. Je deviens folle, moi, à attendre que mon fils arrive. Il est dans l'avion vers Singapour en ce moment même. J'ai encore vingt-quatre heures à tuer, alors je vous en prie, racontez-nous tout.

Martha les étudia tour à tour comme pour jauger leur fiabilité puis, après une gorgée de thé, elle poursuivit.

— Il s'appelait Augustin Cuvier.

Jess et Josh échangèrent un regard. Martha avait un accent français impeccable.

— Il m'avait vue chanter dans un club de Soho, et il m'a dit qu'il aimait bien ma voix.

Dréa reluqua le manteau de fourrure parsemé de gouttes de pluie sur le dossier de la chaise.

— À mon avis, il n'y a pas que ça qu'il aimait bien. Tout le reste lui plaisait aussi.

— Oui, sans doute.

Martha haussa un sourcil et avala une autre gorgée avec raideur, mais Jess remarqua que ses mains tremblaient légèrement à mesure que les souvenirs affluaient.

— Il me couvrait de cadeaux. Fourrures, boas, gants en cuir les plus fins que j'aie jamais portés. Du luxe qui dépassait tous mes rêves. J'ai grandi dans le coin, vous comprenez. Avec des parents terre-à-terre, des projets de vie simples. Surtout pas de folie comme s'enfuir à Londres pour devenir chanteuse. En fait, je devais épouser le fils du marchand de primeurs, Harold.

— C'est ce que vous avez fait ? Vous vous êtes enfuie à Londres ? demanda Jess dans un murmure.

Sa propre situation était un peu similaire. Attirée par les ors et les paillettes, elle était partie travailler parmi les gens riches et célèbres, tout ça pour découvrir au final que ce style de vie répondait à tout un ensemble de règles dans lesquelles la morale n'entrait guère en ligne de compte.

Martha acquiesça.

— J'ai brisé le cœur de mes parents, en les abandonnant. Mais j'étais jeune et écervelée, et à cet âge, comment ne pas y croire quand un bel homme avec un accent étranger promet de faire de vous une star ?

Josh voulut intervenir, mais Jess et Dréa le firent taire. La question était purement rhétorique.

— Il m'a proposé de m'emmener à Paris. (La nostalgie adoucit ses traits.) Selon lui, c'est là qu'étaient tous les « vrais » chanteurs de jazz et de blues. Je n'étais qu'une petite fille à l'époque où les plus grands se produisaient là-bas, mais ça ne m'a pas empêchée de me persuader que Paris était la seule destination possible pour qui souhaitait percer dans le milieu.

Ils hochèrent la tête comme s'ils comprenaient tous de quoi elle parlait, mais d'après les regards qu'ils échangèrent, Jess devina que Josh et Dréa en savaient aussi peu qu'elle sur le sujet.

— Enfin bref, reprit Martha d'un ton sec. Comme une idiote, je l'ai cru. Je pensais être amoureuse de lui, je me voyais déjà sortir toute une série d'albums et passer le restant de mes jours à chanter dans des fourreaux à sequins, perchée sur un piano à queue.

Elle but à nouveau, puis plongea les yeux dans son mug, comme si elle espérait que le reste de son récit jaillisse de lui-même avec les volutes de vapeur de son thé.

Jess avait du mal à se représenter cette gentille vieille dame en train de se trémousser langoureusement dans une robe scintillante au sommet d'un piano.

— Et ? l'encouragea Dréa.

— Et en réalité, tout ce qu'il voulait, c'était une maîtresse.

Le ton acide de Martha laissait entendre que la séance des questions était terminée.

— En tout cas, dit Jess, votre voix magnifique nous a tous scotchés. Augustin ne sait pas ce qu'il a perdu.

— Il a surtout perdu sa femme, sa fortune et, si l'on en croit la rumeur, une poignée d'autres maîtresses réparties le long de la côte méditerranéenne. Une sirène dans chaque port, apparemment.

— Et vous l'avez épousé à la fin, le fils du marchand de primeurs ? interrogea Josh.

— Oui, répondit Martha, étonnée que Josh ait deviné la suite si aisément. L'homme le plus gentil et le plus attentionné que j'aie connu. On n'a jamais pu avoir d'enfants et on n'a pas vécu dans un château, mais on était si heureux ensemble qu'on n'avait pas besoin de tout ça. J'ai appris que le grand amour n'arrivait pas forcément avec tambour, trompettes et projecteurs. Parfois, il est juste sous notre nez, dans un emballage très modeste. Il attend simplement qu'on le voie.

Les pieds de la chaise de Dréa raclèrent le sol.

Jess jeta un regard involontaire à Josh, son subconscient cherchant la confirmation du propos de Martha, mais à sa grande stupeur, elle ne ressentit rien. De l'amitié, oui, mais pas de chaleur irradiante, pas de papillons dans le ventre. Il cochait pourtant presque toutes les cases, et ses taches de rousseur étaient vraiment craquantes, mais... rien. Elle n'éprouvait pas de désir d'être avec lui à la hauteur du regret qu'avait Martha de ses années de bonheur passées avec son Harold. Quel soulagement ! Elle n'avait plus à s'inquiéter d'une idylle compliquée avec le beau veuf. Elle reporta son attention sur Martha.

— Je l'ai perdu il y a quelques années maintenant, à cause d'une crise cardiaque, mais il m'a offert les meilleures années de sa vie. Il adorait la période de Noël. (Elle s'esclaffa.) Chaque décembre, il fabriquait des couronnes de bienvenue avec des bottes de carottes, des oignons, ce genre de choses. Elles étaient affreuses, rien à voir avec les œuvres d'art de Kai et Rex. Mais elles étaient faites avec amour. Il me traitait comme une reine, mon Harold. Son nom de famille était ridicule, mais on ne peut pas tout avoir, n'est-ce pas ?

Ils secouèrent la tête : non, impossible de tout avoir, en effet. Néanmoins, cela faisait réfléchir. Qu'est-ce qui était le plus important dans une relation ? La fidélité, ou un joli nom de famille ? La proximité, ou... le contraire de la proximité ?

— Martha ? fit Jess quand tout le monde eut vidé son mug. Pourquoi êtes-vous venue me voir ?

— Ah, oui, ça. (Elle sembla avoir la tête ailleurs un instant, puis répondit :) Je me demandais si tu savais ce que M. Winters nous préparait pour le réveillon. Tyler avait envie d'inviter quelques amis, et comme le pauvre n'a pas de logement à lui, je me suis dit qu'il serait sûrement content que je lui laisse la maison quelques heures pour qu'ils puissent faire de la musique, piller le chariot à alcools, ce qu'ils voudront.

— Tyler n'a pas de parents ?

Martha parut surprise que Jess ne soit pas au courant.

— C'était un enfant placé. Il a passé la plus grande partie de sa vie en famille d'accueil. C'est chez moi qu'il a vécu le plus longtemps. Pas étonnant, d'ailleurs, vu le boucan qu'il fait !

Jess sourit. On sentait un amour incommensurable dans cette pique.

— Je suis sûre que Tyler aura du temps pour sa soirée, quoi qu'ait préparé M. Winters. Et sinon, ajouta-t-elle (car si ce dernier consentait à recevoir les voisins, elle savait qu'il ne les retiendrait pas très longtemps), je serais ravie de vous accueillir chez moi. Dans ma famille, la tradition, c'est de se passer *La vie est belle*, alors si ça vous tente...

Martha joignit les mains devant sa bouche.

— Oh, ce serait fantastique ! On pourrait faire du pop-corn ? C'est très mauvais pour les dents, mais j'adorerais grignoter un gros saladier de pop-corn en regardant Jimmy Stewart. Merci, Jessica. J'accepte volontiers.

— Parfait, dit Jess en souriant, emballée à l'idée de ce réveillon avec sa charmante voisine.

Ce serait chouette de revoir ce grand classique avec une nouvelle personne. Elle se demanda si Martha aimait les chocolats à l'orange.

— Les enfants et moi aussi, on a prévu une soirée cinéma, déclara Josh.

— Ah oui ? fit Dréa. Vous allez regarder quoi ?

— Ce sera un véritable marathon. Pendant la préparation du dîner, ce sera *La Reine des neiges* – le choix de Zoé –, pendant le repas ce sera *Shrek* – celui d'Eli –, et après ce sera *Miracle sur la 34e rue* sur le canapé. La nouvelle version. Enfin, la vieille pour les enfants, mais la nouvelle pour les vieux croûtons comme moi.

Dréa se renfrogna.

— On a le même âge, Joshua. Tu n'es pas encore un vieux croûton.

Josh, au grand étonnement de Jess, devint tout rouge.

— Désolé, j'ai parlé sans réfléchir. Bien ! (Il se claqua les cuisses et se mit debout.) Il vaut mieux que j'y aille. C'est toujours bon pour ce soir ?

Dréa se leva à son tour.

— Pour ce que j'en sais, oui. Les Bartleet vont sûrement faire quelque chose. Ils ne bougent jamais de chez eux le soir.

Jess lui lança un regard interrogateur.

— Je vois toutes les voitures qui entrent et qui sortent de l'impasse, je te rappelle, expliqua son amie.

Jess s'avisa soudain que celle-ci avait dû passer un nombre considérable de réveillons seule avec elle-même. Elle n'était pas d'un naturel solitaire, Dréa. Rien de surprenant à ce qu'elle paraisse si tendue, si angoissée à l'éventualité que son fils ne soit pas là pour partager ce moment avec elle. Repoussant ses propres inquiétudes dans un coin de son esprit, elle demanda :

— Et Spencer et toi, vous avez des traditions ?

La mine enjouée de Dréa s'assombrit un instant, puis elle répondit :

— Aucune qu'on puisse transposer ici. Les plages anglaises ne sont pas excessivement accueillantes à cette époque de l'année. Non, on s'en créera de nouvelles, Spencer et moi. On débouchera peut-être une petite bouteille de champ' en discutant le bout de gras, une fois rentrés de... (Elle lui décocha un regard disant « Tout repose sur tes épaules ».)... la soirée spectaculaire du numéro vingt-quatre !

Jess déglutit. C'est elle qui s'était portée volontaire pour sortir M. Winters de sa carapace et l'inciter à participer au calendrier de l'avent du quartier. Le réveillon était un événement important en soi, mais elle sentait au plus profond d'elle-même que si demain, tout se déroulait sans incident pour lui, il verrait sa vie changée à jamais. Et elle ferait tout ce qui était en son pouvoir pour s'assurer que ce changement soit le plus bénéfique possible.

M. Winters fit glisser une tasse de chocolat chaud fumant sur la table devant Jess. Elle venait déjà d'ingurgiter deux mokas chez elle, mais le refuser aurait été impoli et elle avait prévu de sortir le grand jeu aujourd'hui – même si ça ne fonctionnait pas trop jusqu'à présent.

— Oui, dit Arnold quand elle aborda une nouvelle fois le sujet des feux de Bengale. On pourrait faire la distribution dehors, mais s'il pleut encore, on risque de me mettre ça sur le dos.

— Personne ne vous reprochera qu'il pleuve !

Il hocha la tête, pas convaincu.

— Ils trouveront bien quelque chose d'autre. Ils trouvent toujours.

Sans pouvoir se retenir, elle s'écria :

— Pas tous ! Will ne vous en veut pas pour ce qui s'est passé avec votre épouse. Autrement, il ne vous aurait pas apporté ces gâteaux en gage de réconciliation.

L'air entre eux se solidifia.

Jess tenta d'avaler sa salive, mais n'y parvint pas.

Elle avait fait un pas de trop sur la glace fragile de leur amitié, fendillant la surface.

Le tic-tac de l'horloge résonna durant un tour entier de cadran, puis M. Winters demanda :

— Et comment tu sais ça ? (Il pointa le doigt vers la rue.) Tu lui as tout dit avec ta machine, je me trompe ?

Ses mâchoires remuèrent comme s'il ruminait des mots sans pouvoir décider s'il allait ou non les lui cracher à la figure, et il opta finalement pour le silence.

Oh, zut ! C'était mauvais signe.

— Je lui ai dit, oui, avoua-t-elle. Je n'aurais pas dû, et je l'ai regretté ensuite, mais même si ça a été dur à encaisser pour lui, il ne vous reproche rien.

— Alors qu'est-ce qui l'empêche de venir me voir, hein ?

— Il est trop occupé avec son entreprise. Il m'a dit qu'il avait attendu un peu devant votre porte quand il est passé déposer les gâteaux, mais…

M. Winters lui fit signe de se taire. Il n'avait pas besoin qu'on lui rappelle qu'il traînait la patte. Encore une fois, si les choses n'avaient pas pris la bonne tournure, c'était de sa faute.

Jess se sentit affreusement mal. Comme quand les parents d'Ethan l'avaient informée qu'ils retiraient leur fils de St Benedict parce qu'à leurs yeux, il n'y était pas en sécurité. Le même sentiment d'horreur qui s'était fiché tout au fond d'elle lorsque la directrice lui avait répété l'interdiction formelle faite aux enseignants de recourir aux châtiments corporels ; quand bien même Jess lui avait juré qu'elle n'avait jamais eu l'intention de faire le moindre mal à Crispin, et qu'elle ne l'avait assurément pas griffé. La même horreur qui l'avait glacée quand Martin lui avait suggéré d'assumer ses torts et de négocier avec les Anand-Haight pour récupérer son poste. Travailler à St Benedict lui avait accordé un certain statut, et même marquée du sceau de l'infamie…

Elle comprit alors ce qu'Arnold voulait dire. Elle avait eu beau s'expliquer, s'excuser tant et plus et raconter à n'en plus finir ce qui s'était passé, cela n'avait servi à rien, car ce que les gens désiraient, c'était un coupable. Il fallait trouver le méchant de l'histoire. Jess s'était vu attribuer ce rôle dans l'Incident du Sandwich au Fromage, de la même façon que M. Winters était devenu le méchant dans l'histoire de sa vie pourtant irréprochable.

— Vous préférez continuer à vous complaire dans votre malheur, c'est ça ? lança-t-elle, à sa propre stupéfaction.

— Quoi ? Non, ce n'est pas…

— Parce que ça m'en a tout l'air, à moi. Vous croyez que votre femme aurait approuvé ? Que vous restiez tout seul comme ça dans cette grande maison, à vous demander si un jour votre fils ou votre petit-fils viendra vous voir ? (Elle n'attendit pas la réponse.) Moi, je vous garantis que ça n'arrivera pas ; pas si vous persistez à accepter de porter le chapeau. Vous êtes innocent. Vous n'avez rien fait de mal. Vous ne devriez pas rester comme ça, les bras croisés, à regarder votre existence défiler. J'ai fait ça pendant un an, et ça n'a abouti à rien d'autre qu'à amplifier mes angoisses. Ça fait maintenant vingt-trois jours que j'habite dans ma nouvelle maison. Vingt-trois jours merveilleux, où tout le monde m'a traité avec une gentillesse infinie, et pourtant je n'ai toujours pas enlevé ma pancarte « À vendre » !

Il secoua la tête, l'air dérouté.

Les larmes se mirent à couler sans crier gare sur les joues de Jess alors qu'elle poursuivait :

— Je l'ai laissée parce que j'avais peur que, si je l'enlevais, si je m'habituais à l'idée de vivre ici, heureuse, il arriverait peut-être un malheur un jour et c'est moi qu'on accuserait, et il faudrait de nouveau que je m'en aille, sauf que cette fois je ne pourrais plus me réfugier chez mes parents. Et puis ce n'est pas comme ça qu'on résout ses problèmes, non plus ! Après tout, regardez Dréa. Son fils a enfin accepté de venir la voir, mais il a fallu pour ça qu'elle lui envoie des billets d'avion hors de prix pendant des années. Et Josh, qui habite dans la maison où son épouse est morte ! Ce devait être quasi insurmontable au début, mais il a gardé courage. Et Martha, qui est revenue à Boughton après avoir vu s'écrouler son rêve de devenir chanteuse professionnelle, et qui pourtant a fini par trouver le bonheur. Je veux dire, si à chacune de mes erreurs je prenais la fuite, je passerais beaucoup de temps à déménager, vous croyez pas ? Si je compte rester ici, ce qui est le cas, je vais devoir apprendre que j'ai parfois raison de me fier à mon instinct. Et vous, vous allez devoir apprendre que ce qui est arrivé il y a trente-cinq ans n'était pas de votre faute. C'était une erreur épouvantable, horrible, irrémédiable, mais vous n'avez rien à vous reprocher.

M. Winters la dévisagea en fronçant les sourcils, puis il ouvrit un tiroir et lui tendit un mouchoir bien repassé.

— Merci, fit-elle en reniflant. Désolée. Je n'avais pas l'intention de ramener ça à moi, ni de jouer les mères la morale, c'est seulement que… je vous trouve génial, et je déteste l'idée de vous voir passer le restant de vos jours à moisir ici dans votre chagrin.

— Moisir, hein ?

— Pardon, se reprit-elle avec une moue contrite.

— Arrête de t'excuser. Je comprends très bien ce que tu veux dire. Il n'empêche… (Il leva ses deux grandes mains solides à la Clint Eastwood.) Laisse-moi m'occuper de tout, petite.

Elle essuya ses larmes et plissa le front.

— Non. Je me sens mal maintenant. Je refuse que vous vous croyiez obligé de programmer quelque chose si vous n'en avez pas réellement envie. Je peux faire des cookies, ou en acheter, par exemple.

— Tu me connais assez pour savoir que personne ne peut me forcer à faire ce dont je n'ai pas envie, non ?

Jess sourit. Oui, Arnold Winters était un homme de caractère, tout à fait capable de résister à la tyrannie de ses voisins.

— Alors… je peux dire aux autres que vous ferez quelque chose ?

Il hésita avant de répondre.

— Dis-leur de prévoir ce qu'ils veulent et de vivre leur vie, mais qu'à 18 heures demain, le vieillard moisi ici présent essaiera de trouver l'énergie de tirer de son chapeau une petite surprise. Ça ne durera pas des heures, par contre, je te préviens tout de suite.

Jess ne put se retenir. Elle se jeta à son cou et le serra très fort contre elle. Il lui tapota maladroitement les épaules puis se libéra de son étreinte en lui conseillant de réserver sa gratitude pour le lendemain. Il ne lui promettait rien. Il ne s'engageait pas non plus à divertir les résidents de Christmas Street à partir d'aujourd'hui jusqu'à la fin des temps, cependant... il ne disait pas non.

En redescendant la rue vers sa maison, elle fit à peine attention à la pluie et au froid tant elle se réjouissait que les choses s'arrangent si bien. Non seulement M. Winters leur organiserait un réveillon magique, mais ce faisant, il mettrait tout le quartier dans sa poche. Pour toujours. Y compris le fils de Dréa, qui serait si impressionné par cet aperçu de la vie dans Christmas Street qu'il quitterait son travail pour venir habiter ici, et après... Jess se surprit à faire une petite danse de la joie. Will ! Oui, Will débarquerait dans sa camionnette verte pile au moment où le voisinage tout entier applaudirait des deux mains et acclamerait à grands cris le réveillon le plus extraordinaire qu'il ait jamais vécu. En résumé, ce serait parfait. Exactement comme Noël devait l'être.

24 décembre

Jess se réveilla moitié anxieuse, moitié survoltée. Elle ne tenait pas en place en pensant à la soirée, et n'avait donc sans doute pas besoin de café ce matin ; il y avait néanmoins quelque chose de thérapeutique à verser du chocolat en poudre dans un mug pendant que l'eau chauffait dans la bouilloire avant de transformer le tout en une pâte onctueuse et parfumée. Ce n'était pas le seul petit bonheur de la matinée : il avait cessé de pleuvoir. Signe, espérait-elle, que la journée se passerait bien. Aucune nouvelle de M. Winters pour le moment, mais il était encore tôt.

Trois grands coups retentirent à la porte.

— Jess ! C'est moi !

Pas de « Youhou ! » Pas de mirettes surmontées de grands cils qui l'épiaient à travers la fente de la trappe à lettres. Ça ne ressemblait pas à Dréa.

Jess ouvrit la porte à son amie emmitouflée dans sa longue doudoune épaisse. Elle semblait frêle, les joues marquées de larmes, complètement dépourvue de l'assurance à vingt mille watts qui irradiait d'elle en temps normal.

Il gelait à pierre fendre dehors. La pluie avait cessé, mais Jack Frost avait pris sa place. Lui, ou son méchant frère John Iceberg. Les flaques s'étaient transformées en patinoires miniatures. Le vent vous transperçait littéralement. Les nuages se massaient, sombres et pesants, tels des oiseaux de mauvais augure prêts à semer la désolation sur les pauvres habitants innocents de Christmas Street.

Tout ça n'annonçait rien qui vaille.

Après l'avoir fait entrer et asseoir sur le canapé, avoir couru à l'étage chercher sa couette pour l'enrouler dedans, préparé un chocolat chaud (sans café), et déniché une boîte de mouchoirs, Jess écouta son amie lui expliquer pourquoi elle ne se trouvait pas chez elle en train de faire cuire une montagne de pancakes aux myrtilles pour son fils.

— Il n'était pas dans l'avion, gémit-elle d'une voix étrange.

— Tu es sûre que c'était le bon vol ?

Dréa acquiesça.

— La bonne compagnie, le bon aéroport, le bon horaire, mais pas de Spencer à l'arrivée. Il m'a joué un vilain tour, on dirait.

— Ce n'est pas son genre, pourtant, s'étonna Jess.

— Et qu'est-ce qui te fait dire ça ? gronda Dréa.

— Euh… il est possible que je lui aie envoyé un e-mail.

— Tu as quoi ? (Son expression se fit railleuse et cruelle.) Tu ne peux pas t'en empêcher, hein ? De mettre tes sales pattes dans les affaires des autres ?

— Non, ce n'est pas ce que…

Elle s'obligea à s'arrêter. C'est précisément ce qu'elle avait fait.

— Alors écoute-moi ! Écoute-moi attentivement ! Tu ferais mieux de te concentrer sur tes propres problèmes avant de te mêler de ceux des autres, d'accord ? Parce que moi, ce que je vois, c'est que côté maturité, tu as des progrès à faire. On n'est plus à la maternelle, Jessica Green. On est dans la vraie vie, et tu es allée trop loin cette fois. Beaucoup trop loin.

Une gifle lui aurait fait moins mal.

— Non, ce n'est pas ce que... bredouilla-t-elle, cherchant à s'expliquer.

Mais cela n'intéressait pas Dréa. Tout ce qu'elle voulait, c'était la punir de s'être immiscée dans cette histoire de famille.

— Tu lui as parlé du foyer d'accueil pour femmes, aussi ? Tu lui as promis que je lui donnerais mon nom ? Vous avez évoqué mes échecs ensemble ? La pauvre Dréa, si faible, si pitoyable ! En pleurs, en sang, en miettes, pas assez forte pour s'occuper de son fils ou tenir tête à un homme, ni assez courageuse pour admettre que sa vie est un désastre !

— Ta vie n'a rien d'un désastre.

— Oh, Jess ! (Elle secoua la tête, les larmes ruisselant sur ses joues, si abondantes qu'elle ne prenait pas la peine de les essuyer.) Pauvre gamine pathétique et naïve !

— Je ne suis pas pathétique !

— Ah oui ? cracha Dréa, déchargeant toute sa bile. C'est pour ça que ta maison est aussi parfaite, peut-être ? Que la pancarte « À vendre » a été retirée et que ta cheminée croule sous les cartes de vœux des enfants à qui tu vas enseigner à la rentrée prochaine ? Je parie que tu n'as même pas encore monté ton cadre de lit ! Qu'est-ce que tu attends ? Qu'un grand mec baraqué se pointe et le fasse pour toi ? Qu'un sauveur apparaisse d'un coup et règle tous tes problèmes, parce que c'est trop difficile de t'en charger toi-même comme le reste d'entre nous ?

Jess se mordit l'intérieur de la joue. Elle n'était pas fâchée que cette altercation soit seulement verbale et pas physique. Dréa l'aurait réduite en compote.

— Je crois qu'on devrait boire notre chocolat et prendre le temps de rassembler nos esprits, hasarda-t-elle. Tu t'es levée tôt ce matin. Tu as besoin d'un peu de repos.

— Pourquoi ? Pour que tu puisses appeler ta maman et ton papa et leur dire que la méchante dame du bout de la rue a été odieuse avec toi parce qu'on venait de lui arracher le cœur ?

Dréa éclata en sanglots.

La courageuse, l'infatigable, l'endurante Dréa pleurait avec une tristesse si profonde que Jess avait du mal à le supporter. Elle avait bel et bien envie de s'enfuir, ou d'appeler ses parents. Mais c'était impossible, évidemment. Pas dans un cas comme celui-là. Alors elle mit son ego blessé de côté et s'assit près de son amie, la prit dans ses bras et la garda contre elle jusqu'à ce que ses larmes se tarissent.

Dréa finit par s'endormir. Sans son maquillage, effacé par les larmes, Jess entrevit ce à quoi elle devait ressembler bien des années plus tôt, avant qu'elle se façonne ce masque impénétrable de femme forte qu'elle revêtait chaque jour telle une armure. Une beauté vulnérable. Ouverte, sincère. L'image publique qu'elle entretenait, comprit Jess, lui servait à tenir les gens à distance. C'était un pouvoir qu'elle utilisait pour contrôler les hommes qui voulaient l'approcher. Regarde ce que tu rates, disait-elle. Et si jamais tu l'obtiens, ce sera à mes propres conditions.

Jess aurait aimé que Spencer la voie à cet instant. Qu'il soit témoin de l'étendue de son chagrin. Il avait été cruel de lui donner tant d'espoir, avant de tout anéantir en ne se montrant pas à l'aéroport. Son ventre se tordit à l'idée que c'était peut-être de sa faute. On n'était pas dans *Love Actually*, avec ses scènes d'embrassades joyeuses et extravagantes à l'aéroport. On était dans la vie réelle. Pleine de hauts et de bas, d'épreuves qu'on pensait ne jamais pouvoir surmonter, où il fallait pourtant trouver la force de survivre. Un peu comme dans *Love Actually*, finalement.

Jess prit la résolution de rendre le sourire à Dréa. Quel qu'en soit le prix. Elle rassemblerait toutes les bribes de courage qui lui restaient pour lui prouver qu'elle n'avait jamais voulu que son bonheur.

***

Jess remonta jusqu'au menton la fermeture de son manteau. Bien que l'après-midi débute à peine, l'obscurité emplissait déjà la rue malgré les décorations qui scintillaient à l'extérieur et à l'intérieur de la plupart des maisons. Quelques personnes, tels les Nishio et les hippies, n'allumaient que de vraies bougies, mais dans l'ensemble, la majeure partie du stock de déco de Noël des magasins alentour avait atterri dans Christmas Street. Aujourd'hui toutefois, les fausses stalactites clignotaient de manière désynchronisée, conférant au paysage une atmosphère de fin de journée lugubre qui rendait la marche d'autant plus périlleuse sur les trottoirs verglacés. Comme pour conforter le mauvais pressentiment étrange qui s'était infiltré sous le manteau de Jess, les lampadaires s'allumèrent, puis s'éteignirent et se rallumèrent, hésitant à déverser leurs flaques de lumière chaleureuse sur la rue en contrebas.

Une voiture pénétra dans l'impasse en roulant doucement. Elle s'arrêta à côté d'elle et ses vitres sombres se baissèrent : c'était Kai et Rex.

— Salut, Jess. Prête pour le grand jour ?

Ils paraissaient fatigués tous les deux. Pas aussi enthousiastes qu'ils essayaient de le faire croire, loin de là.

Elle haussa légèrement les épaules. Elle n'était pas encore allée au supermarché choisir son plateau-repas, espérant se remettre un peu dans l'ambiance de Noël avant de rentrer fêter son premier réveillon en solo. Maintenant que Dréa campait sur son canapé devant *Bad Moms 2*, elle devrait peut-être en acheter deux.

— Vous venez ce soir ? demanda-t-elle.

Ils eurent un air hébété l'espace d'un instant, puis Rex jeta un coup d'œil vers le numéro vingt-quatre.

— Tu crois qu'il va faire quelque chose ?

— En fait, on pensait passer une soirée tranquille, expliqua Kai, un peu gêné.

Leur expression ne trompait pas : leur chien leur manquait. À l'exemple de Dréa, ils trouvaient difficile de faire la fête alors que ceux qu'ils aimaient seraient absents. M. Winters, lui, endurait ce même calvaire depuis trente-cinq ans.

— Arnold m'a avertie qu'il ferait quelque chose, oui, répondit-elle avec plus d'assurance qu'elle n'en éprouvait. Mais ça ne durera sûrement pas longtemps. S'il vous plaît, dites-moi que vous viendrez !

Un grondement étrange attira leur attention à l'entrée de l'impasse. La sableuse. Elle fit halte au niveau du virage. Jess adressa un geste de la main au chauffeur, qui pencha la tête sur le côté avant de redémarrer lentement.

— Vous avez vu ça ?

— Ce n'est pas faute de relancer la mairie, grommela Rex en levant les yeux au ciel. C'est une vraie patinoire ici !

Kai poussa un soupir d'exaspération.

— Qu'est-ce qu'ils croient ? Qu'on adore faire des glissades ? C'est dangereux, voilà ce que c'est !

M. Winters et sa soirée déjà oubliés, ses deux voisins lui envoyèrent des baisers expéditifs. Rex appuya sur le bouton pour remonter la vitre parce qu'il tremblait visiblement de froid.

Jess tenta de ne pas considérer leur scepticisme comme un signe que les autres réagiraient de façon identique et, doutant qu'Arnold organise quoi que ce soit, ne prendraient même pas la peine de se déplacer. Si presque personne ne venait, ce serait une catastrophe, quand Dréa avait tant misé sur son calendrier de l'avent pour renforcer la cohésion entre les voisins. L'objectif avait d'ailleurs été atteint. Pas seulement pour elle, la nouvelle arrivante, mais pour les habitants les plus anciens aussi. Ces rassemblements avaient resserré les liens d'amitié qui existaient déjà, et en avaient créé de nouveaux. Si différents soient-ils les uns des autres, les résidents de Christmas Street formaient une espèce de deuxième famille. Si l'un manquait de sucre ou de lait, un autre serait toujours là pour le dépanner. Jess ressentit soudain un désir éperdu de faire de cette soirée la parfaite cerise sur le pudding de Noël.

Elle franchit le portillon de M. Winters et faillit perdre l'équilibre non pas une, mais deux fois, en montant les marches du perron.

Dès qu'elle repartirait, elle irait se procurer un sac de sel format industriel pour en verser dessus. Inutile d'ajouter une action en justice aux malheurs d'Arnold. Surtout pas ce soir.

Alors qu'elle s'apprêtait à frapper, un crissement de pneus s'éleva au loin, puis un coup de klaxon, et un grand fracas suivi d'un silence surnaturel.

Les lampadaires s'éteignirent.

La lumière derrière la fenêtre de M. Winters disparut à son tour.

Quand elle se retourna, plus une seule stalactite ne clignotait.

Oh, zut !

— Chéri ? entendit-elle Rex crier à Kai. L'alarme ne marche plus.

Comme dans une scène de film au ralenti, Jess promena son regard le long de la rue. Les ampoules qui jusque-là scintillaient à qui mieux mieux étaient à présent obscures, leur noirceur absorbant d'autant plus la maigre lueur du jour qui filtrait à travers le ciel plombé.

Kev sortit sur le pas de sa porte en bleu de travail, avisa Jess et hurla :

— Plus de courant !

À croire que tout le monde l'avait entendu, d'autres portes s'ouvrirent. Des pères de famille émergèrent en pantoufles et examinèrent leurs avant-toits ou les rennes lumineux sur leur pelouse pour confirmer qu'il n'y avait pas plus d'électricité dehors que dedans, et que ce n'était donc pas un fusible qui avait sauté.

Jess rebroussa chemin en quête d'information. Elle retournerait chez M. Winters ensuite pour s'assurer qu'il allait bien, mais elle voulait en savoir plus avant de lui parler. Arnold ne pouvait pas annuler son réveillon, c'était hors de question. Pas à ce stade.

Kai brandit son téléphone.

— Apparemment, il y a eu un « incident majeur ».

Elle poursuivit sa route avec l'impression d'être Jimmy Stewart dans *La vie est belle*, qui traversait la ville où partout régnait le chaos. Elle avançait, invisible et inutile, tandis que des discussions acerbes éclataient autour d'elle, sur le risque qu'une dinde se gâte en l'absence de courant, sur l'impossibilité de la cuire tout court, cette fichue dinde, vu qu'une certaine personne avait oublié de remettre une bonbonne dans le barbecue ; oui, mais telle autre avait refusé l'invitation chez ses parents alors que ça aurait impliqué moins de travail, pas de vaisselle et une bouteille de bon vin. Non, il était trop tard maintenant pour accepter l'invitation : les Whitmore et leurs enfants avaient pris l'avion pour le Canada parce qu'ils avaient le sens de la famille, eux. Martha, devant chez elle, cognait une fourchette contre une boîte de pâtée pour chat en appelant : « Billie ! Billie ! Billie ! » Josh et les Nishio débattaient avec sérieux du dilemme déontologique que posait le fait d'utiliser la clé de l'université, qu'ils détenaient en leur qualité d'employés, pour accéder aux cuisines.

Apercevant Jess, Josh lui fit signe.

— Tu as reçu le message ?

Elle secoua la tête, et il montra son téléphone.

— C'est la compagnie électrique. Un camion a sectionné deux lignes à quelques rues d'ici, à cause du verglas. L'électricité ne sera pas rétablie avant demain, au mieux.

— Ah, fit-elle d'une voix bizarrement enjouée. Merci !

Elle vit en passant une Gem'n'Emm debout à sa fenêtre, en pleurs.

Quand elle arriva chez elle, les doigts engourdis par le froid, elle trouva Dréa qui, lorgnant d'un air furibond l'écran de son téléphone, ne leva même pas la tête et se contenta de marmonner qu'il ne lui restait presque plus de batterie et qu'elle ferait aussi bien d'aller se coucher.

Après avoir constaté que son téléphone serait bientôt à court de jus également, elle repartit chez M. Winters. La rue plongée dans la pénombre était étrangement silencieuse. Sans guirlandes lumineuses ni éclairage public, le trajet fut deux fois plus stressant car le peu de verglas qui avait réussi à fondre se reformait déjà. Une odeur de fumée emplissait l'air ; Jess avait beau savoir qu'elle venait des confortables feux de cheminée, après le bruit de l'accident qui avait résonné dans tout le quartier elle ne pouvait s'empêcher d'imaginer un énorme cratère dans le sol, avec au fond les vestiges fumants du traîneau du père Noël et des millions de cadeaux qu'il lui restait à livrer.

Elle toqua à la porte d'Arnold, qui la fit entrer dans la précipitation.

— Le froid, le froid, le froid !

Il était vêtu de son uniforme habituel, chemise et pull sans manches, auquel s'ajoutait toutefois un gros gilet. Quand ils passèrent dans le salon, elle se sentit curieusement rassurée, puis s'aperçut qu'une belle flambée crépitait dans le poêle à bois, rendant les lieux douillets et chaleureux. Des lanternes de camping à piles étaient stratégiquement placées devant des miroirs qu'Arnold avait sans doute transférés depuis d'autres pièces, vu leur disposition insolite.

Pas de sapin de Noël en vue, mais sur une des petites tables était posé un carrousel en laiton qui projetait des silhouettes d'angelots tournoyantes autour du salon.

— Bien, dit-il en ouvrant la main pour lui indiquer un deuxième fauteuil tiré près du feu, garni d'un coussin à franges rebondi, comme s'il n'attendait qu'elle.

— Bien, répéta-t-elle en s'y enfonçant.

— On dirait qu'il y a une madame Scrooge ici aujourd'hui.

Jess inclina la tête.

— Je plaisantais. Je voulais parler de dame Nature. Du verglas. Il a provoqué un accident, d'après ce que j'ai entendu à la radio. Un accident impressionnant, même. Une chance que personne n'ait été blessé. C'est toujours malheureux quand ça arrive, mais un jour comme celui-ci...

Il laissa sa phrase en suspens. Il n'avait pas besoin d'en dire plus. Tout semblait plus intense la veille de Noël. Plus viscéral. Comme si les attentes de toute une année se cumulaient sur ces vingt-quatre heures magiques où régnaient la bonté, la beauté et la joie.

— Vous avez de quoi manger ? Je peux aller faire des courses, si nécessaire.

— Non, petite. Je ne te demanderai pas de prendre ta voiture. Pas par ce temps.

— Je suis sûre que Kev a du sel planqué quelque part dans son garage.

Elle n'en avait aucune idée, mais Kevin lui paraissait être du style prévoyant. M. Nishio n'avait cessé de chanter ses louanges depuis qu'il avait réparé son véhicule.

— Ça ne me dérangerait pas, je vous assure, insista-t-elle, désirant plus que tout se sentir utile.

— Non, merci. (Il abaissa les mains comme pour apaiser les tensions autour d'elle, puis se pencha et lui tapota le genou.) Tout va bien pour moi. La question, c'est plutôt : est-ce que toi, tu vas bien ?

Une pointe d'émotion lui piqua le fond de la gorge. Elle ne savait pas trop quoi répondre, mais la vie était parfois comme ça, non ? Il fallait encaisser les mauvais coups qu'elle vous envoyait à l'improviste, se relever et repartir. En tout cas, elle ne pouvait pas abandonner Dréa pour rester blottie au coin du feu chez M. Winters avec un de ces jolis plaids écossais qu'elle avait repérés dans l'angle de la pièce.

Non. Elle allait se lever, retourner dans son petit pavillon et aider son amie dont elle avait, selon toute probabilité, gâché le Noël. Elle dénicherait quelque chose à manger et tâcherait de la convaincre de faire un jeu de société à la lueur des bougies. Elle devait bien avoir un Scrabble quelque part.

Ce serait sympa.

Elles pourraient commander un dîner à emporter et s'offrir une bonne nuit de sommeil. Noël laisserait un peu à désirer, mais ça pouvait aussi être marrant. Peut-être que, dans quelque temps du moins, elles pleureraient de rire en y repensant. Après tout, c'était la vie. Peu importe ce qui arrivait, il fallait regarder vers l'avenir. Continuer à gravir la pente.

Après s'être assurée que M. Winters n'hésiterait pas à l'appeler s'il avait besoin de quoi que ce soit, Jess ressortit dans la rue, et son regain d'optimisme se volatilisa aussi vite qu'il était apparu.

Il faisait noir. Elle entendait quelques couples se demander, certains avec calme et d'autres moins, comment ils allaient réussir à sauver ne serait-ce qu'un fragment des festivités. Les mots fusaient telles des torpilles : désastre, gâchis, débâcle.

La joyeuse bonhommie qui prédominait dans les soirées du calendrier de l'avent semblait s'être également évaporée.

Personne ne suggérait de mettre en commun les ressources, ni de s'épauler.

C'est une sensation de malaise plus que de froid qui faisait frissonner Jess quand elle réintégra sa maison. En fin de compte, ce ne serait peut-être même pas marrant dans quelque temps. Peut-être que ce serait le Noël Dont On Ne Parlait Pas. Le pire Noël que les habitants de Christmas Street connaîtraient jamais.

25 décembre

— Ho ! Ho ! Ho !

Jess glissa un œil par la trappe à lettres de Dréa. Rien en vue. Est-ce qu'elle dormait encore ? Ou alors elle était morte congelée ? Il faisait un froid de tous les diables. Jess appela de nouveau, s'efforçant de garder un ton guilleret de circonstance. Ce matin, malgré la température moins que confortable, elle s'était réveillée avec un élan de détermination inattendu. Le genre de sursaut d'énergie qui l'envahissait quand une de ses classes, pour une raison ou une autre, avait le moral en berne. Elle parvenait toujours à renverser la vapeur. Même si c'était à la toute dernière minute du cours, elle réussissait systématiquement à terminer dans la joie et la bonne humeur ; et elle était bien décidée à faire pareil aujourd'hui.

Au bout d'un long moment, Dréa ouvrit la porte. Elle portait une combinaison pyjama molletonnée, un bonnet en tricot, des mitaines et une paire de Ugg ultra-douillettes. Elle lui jeta un regard sombre puis se fendit d'une ébauche de sourire. Jess se félicita de s'être affublée de bois de renne clignotants et d'un pull ridicule.

— Joyeux Noël !

— Joyeux Noël à toi, miss, dit Dréa en pinçant son faux nez de Rudolph.

— Tu veux venir chez moi ouvrir les cadeaux ?

— Non, sauf si l'un d'eux est un groupe électrogène, et l'autre mon fils.

Le menton de Dréa montra un infime frémissement, et Jess lui prit la main.

— Il se peut qu'on se soit trompées. Si ça se trouve, il a tout bonnement raté son vol.

— Spencer ne rate jamais son vol.

Son ton indiquait clairement qu'elle était la seule à avoir le droit de spéculer sur les faits et gestes de son fils, et que le sujet était donc clos.

Après s'être pratiquement mise à plat ventre pour la supplier, Jess finit par la convaincre de déjeuner chez elle, mais elle se rendit compte en explorant ses placards à la lumière de sa petite torche électrique qu'un demi-paquet de chips de légumes et un assortiment de mini boîtes de céréales ne constitueraient pas vraiment un repas de Noël digne de ce nom.

— Des Coco Pops et un yaourt pomme-cannelle périmé, ça te dit ?

La moue de Dréa fut sans équivoque. Son estomac gargouilla très fort et elle ramena contre elle les pans de son manteau.

— Il doit bien y avoir un restaurant ouvert, suggéra-t-elle dans un vague effort de conciliation.

Jess se retint de rétorquer que même si c'était le cas, toutes les tables avaient dû être réservées la veille quand le courant avait été coupé. Il valait mieux se concentrer sur les solutions possibles.

Elle prépara deux mugs de lait chocolaté, montra bien à Dréa qu'elle lui offrait son tout dernier biscuit fourré, puis elle but une gorgée pour se donner du courage et joignit les mains. La pendule qu'elle avait prise dans la cuisine de ses parents – ornée d'une grosse molaire et de la devise : « On a toujours le temps de se brosser les dents » – capta son attention. Il était un peu plus de 10 heures.

Bien. Parfait. Elle avait trois heures devant elle pour improviser un déjeuner de Noël. Allez, elle pouvait y arriver !

Elle ouvrit le tiroir fourre-tout pour chercher parmi ses prospectus si par hasard, un restaurant du coin proposerait des plats à emporter le 25 décembre.

Sa gorge se noua.

Là, intacte, reposait la grande enveloppe de St Benedict.

Jess l'examina d'un air sévère, puis elle se décida.

Elle la lut en silence, la parcourant en diagonale une première fois, puis plus minutieusement une deuxième et une troisième fois.

— Quoi ? fit Dréa au bout d'un moment. Dis-moi !

— C'est... (Jess secoua la tête, n'en croyant pas ses yeux.) C'est une lettre d'excuses officielle et une proposition de reprendre mon poste à St Benedict si je le souhaite.

Le front de Dréa se plissa un peu plus, puis elle eut un demi-sourire et leva son mug.

— Félicitations, miss ! Alors, le petit démon a fini en maison de correction ?

— En quelque sorte, répondit Jess avec une grimace.

Dréa cligna des paupières, ébahie.

— Sérieux ?

— À l'école militaire.

Jess lui tendit la lettre, ainsi que la mini-torche qui n'était plus vraiment nécessaire parce que de miraculeux rayons de soleil avaient envahi la pièce.

Après le temps détestable que la météo leur avait infligé la veille, cette journée s'annonçait étonnamment belle. Le calme après la tempête. Jess enfila des chaussettes et courut à la fenêtre pendant que Dréa lisait. Le ciel était d'un bleu vif et clair, et même si la vitre était froide au toucher, l'atmosphère semblait revigorante, encourageante. Une journée pleine de promesses.

— Bien, dit Dréa après avoir achevé sa lecture. On dirait que celui qui méritait d'être puni l'a été, finalement.

Sans s'étendre sur les « circonstances ayant permis de percer à jour le comportement problématique de Crispin », la directrice de l'école élémentaire de St Benedict rapportait qu'après « mûre réflexion et des preuves irréfutables », celui-ci avait été forcé de reconnaître que c'est la version des faits de Jessica qui reflétait la vérité.

— Un de ses copains a dû le filmer pendant qu'il s'en vantait. Je parie que c'est sur YouTube, décréta Dréa comme si elle avait mené de pareilles enquêtes toute sa vie.

Pour Jess, cela n'avait pas tellement d'importance. Elle se sentait soulagée d'un poids immense, légère à un point inimaginable. Un autre fil qui la rattachait à un passé dont elle ne voulait plus s'était rompu. Elle était à nouveau une bonne enseignante. Une belle personne. Elle n'en avait jamais réellement douté, mais qu'une école parmi les plus prestigieuses du pays fasse primer sur la sienne la parole d'un môme pourri gâté, c'était comme un dictateur annonçant qu'il avait gagné les élections à la loyale.

La sonnette retentit.

Les deux amies se regardèrent puis, galvanisées par la bonne nouvelle du jour, firent la course pour aller ouvrir.

— Des pièces de deux pence ? répéta Jess.

M. Winters opina du chef.

— J'ai essayé de remplacer le mécanisme par un autre qui accepterait les pièces en chocolat, mais...

Il s'interrompit.

— Arnold ? s'inquiéta Jess. Vous allez bien ? Vous ne vous êtes pas cogné ou cassé la figure hier soir, j'espère ?

Il éclata de rire. Un bon gros rire franc à secouer les épaules et dévoiler les amygdales.

— Non, je vais bien, ma mignonne. J'aurais préféré que ce soit une vraie surprise, mais les magasins sont fermés et ma réputation étant ce qu'elle est... tu comprends, quoi.

(Il se dandina, puis la regarda à nouveau dans les yeux.) Je n'ai pas l'habitude de réclamer de l'aide, mais là...

Jess ouvrit la bouche pour lui dire qu'il ne devait surtout pas hésiter à lui demander n'importe quoi, mais il secoua la tête : non, ce n'était pas le problème.

— Pour faire court, reprit-il, j'aimerais que tout soit prêt avant d'inviter tout le monde chez moi.

— Que quoi soit prêt ?

— Ah, fit-il, ses yeux bleus pétillant de malice. Si je te le disais, ce ne serait plus une surprise !

Après avoir promis à M. Winters qu'elles rassembleraient le plus de pièces de deux pence possible et qu'elles les lui apporteraient, Dréa rentra chez elle et Jess enfila à la hâte trois paires de collants et une épaisse jupe en velours côtelé fermée en son milieu par une rangée de boutons de diverses formes et couleurs. Elle superposa deux pulls puis plongea dans un carton pas encore déballé et en exhuma le pull de Noël le plus farfelu qu'elle possédait, avec un corps de lutin pailleté jusqu'au niveau du cou et des grelots cousus autour du col montant. Elle courut au numéro un où Dréa avait, quelle surprise, revêtu une tenue d'hiver qui aurait été plus à sa place dans la luxueuse Bond Street que dans Christmas Street, et qui contrastait comiquement avec le plaisir qu'elle eut à montrer à Jess son impressionnante collection de pièces de deux pence. Elle lui expliqua qu'autrefois, quand l'argent ne coulait pas encore à flots, Spencer s'amusait à empiler les pièces de monnaie pour en faire des petites tours jusqu'à ce qu'il y en ait suffisamment pour acheter des tickets de cinéma. Elle lui parla de ces merveilleuses soirées à deux, avec pop-corn et bonbons – le grand jeu. Elle s'était remise à conserver ses pièces de deux pence depuis qu'elle avait commencé à lui envoyer des billets d'avion, espérant revivre un jour ces heureux souvenirs.

— Ça ne t'embête pas de les utiliser, tu en es sûre ?

La mâchoire de Dréa remua d'avant en arrière, signe qu'elle luttait contre un trop-plein d'émotion.

— C'est Noël, miss. Je dois essayer de profiter de ce que j'ai, pas de ce que je n'ai pas.

Jess la serra dans ses bras, puis Dréa alla retoucher son maquillage en vitesse et toutes les deux filèrent chez M. Winters, ravies de voir au passage que la sableuse avait enfin trouvé le chemin de leur petit cul-de-sac.

En arrivant devant le numéro vingt-quatre, Jess eut le souffle coupé.

En lieu et place de la fidèle Volvo d'Arnold se dressait un food truck. Un logo familier était peint sur le flanc.

Le Joyeux Traiteur.

Son estomac fit un saut périlleux.

Will. Will était ici.

La vitre du camion n'était pas ouverte mais les senteurs qui s'en échappaient la firent aussitôt saliver.

C'était idiot de s'enfiévrer comme ça ; elle ne pouvait pas en pincer pour quelqu'un qu'elle ne connaissait pas, sans parler du fait qu'il était sûrement beaucoup plus jeune qu…

Un homme d'une trentaine d'années – brun, plutôt grand, le visage empreint de douceur et, il fallait l'avouer, d'une beauté dont Jess avait vu des traces chez M. Winters – descendit du food truck, son regard faisant la navette entre Dréa et elle. Ses yeux étaient du même bleu que ceux de son grand-père. Il avait aussi une dentition bigrement harmonieuse. Aucun problème d'occlusion à signaler.

— Jess ? fit-il.

— C'est elle, dit Dréa en la poussant en avant.

— Sa… salut.

Will s'élança vers elle et lui prit les deux mains dans les siennes.

— Je ne vous remercierai jamais assez.

— Hein ? Moi ? Pourquoi ?

M. Winters apparut à l'angle de sa maison, équipé d'un diable.

— William ? Tu pourrais donner un coup de main à ton grand-père avec… Oh, Jess ! Formidable. Tu as rencontré mon petit-fils, à ce que je vois.

Le sourire jusqu'aux oreilles, Jess regarda Arnold, puis Will. Puis Dréa, qui venait de lui flanquer une bourrade dans le dos.

— Oui, en effet. Euh… Qu'est-ce que vous faites ? On dirait que vous…

Elle eut du mal à trouver les bons termes.

— Eh bien, fit M. Winters en posant la main sur l'épaule de Will. Comme le vieux Scrooge a privé tout le monde de soirée hier, mon petit-fils et moi avons décidé de montrer ce dont la famille Winters était capable, et d'apporter un peu d'esprit de Noël à Christmas Street. N'est-ce pas, William ?

Jess se sentit fondre. Il y avait tant d'affection dans sa voix quand il prononçait ce simple mot : « Petit-fils. »

Dréa fit semblant de tousser pour masquer un petit sanglot. Jess lui attrapa la main et la serra. Ce serait une journée difficile pour son amie, mais elles la surmonteraient ensemble.

— Mais comment… ? balbutia Jess en désignant les deux hommes, la maison, le food truck, n'ayant pas encore recouvré toutes ses facultés d'expression.

— Pas le temps de tout t'expliquer, petite. On peut parler en travaillant, si ça te va.

Après avoir branché son téléphone sur le groupe électrogène de Will, Dréa partit diffuser dans la rue la nouvelle que le déjeuner de Noël serait servi dans trois heures. Elle avait également une liste d'objets à réunir : les tables de Chantal, les chauffages extérieurs des Gem'n'Emm, un maximum de chaises pliantes, et ainsi de suite.

Il apparut que Will avait passé la moitié de la nuit à préparer des palanquées de nourriture et à rôtir plusieurs dindes, ses locaux de Greenleigh ayant échappé à la panne de courant. Il restait toutefois beaucoup à faire.

Jess fut envoyée dans le food truck éplucher une montagne de pommes de terre, ce qu'elle fit en écoutant la radio qui diffusait, naturellement, une série ininterrompue de chansons de Noël.

Quand Arnold et Will revinrent de derrière la maison, ils l'appelèrent pour qu'elle les rejoigne.

— On devrait mettre ça où, d'après toi ? questionna son voisin.

La mâchoire de Jess se décrocha.

Will tirait sur l'allée un chariot à roulettes. Posé dessus se trouvait le plus beau distributeur automatique qu'elle ait jamais vu, une machine à l'ancienne, rouge cerise. Des tourbillons de flocons de neige duveteux s'enroulaient autour d'un père Noël style années 1950 qui tenait entre ses mains gantées une pancarte marquée « Joyeux Noël ». Les quatre vitres exhibaient un assortiment féerique de pièces en chocolat, fruits en pâte d'amande, flacons à bulles, ainsi que – elle en demeura bouchée bée – des dizaines de sachets contenant des feux de Bengale en forme de sapin. Le prix ? Deux pence.

— C'est ça que vous aviez prévu de faire hier soir ? s'exclama-t-elle, les mains pressées contre son cœur palpitant.

M. Winters acquiesça.

— Malheureusement, le timing n'était pas idéal.

— Mais…

Elle scruta l'arrière du distributeur. Non, pas de prise de courant. Pas d'électricité. Il fonctionnait grâce à un bon vieux mécanisme automatique. Elle secoua la tête, essayant de remettre ses idées en place, mais en voyant le regard de fierté qu'Arnold posait sur Will, elle ne put que lui donner raison : tout était une question de timing. Si elle avait ouvert la lettre de St Benedict dès qu'elle l'avait reçue, elle aurait peut-être accepté la proposition d'emploi et serait retournée à Londres, tout ça pour découvrir que la vie avait poursuivi son cours sans elle.

Dréa réapparut en mode cheffe de troupe, s'enquérant des détails du menu parce qu'elle revenait de chez les hippies qui, bien qu'emballés, désiraient savoir s'il y avait des options végans, sans gluten, sans sucre, sans soja. Ils se déclaraient cependant prêts, vu que c'était Noël, à « faire une exception pour la dinde ». Ils s'étaient également proposé d'apporter plusieurs bouteilles de vin de sureau pétillant, ce que Dréa avait accepté.

Will, visiblement préparé à de telles exigences, lui fournit la liste des plats qu'il avait imprimée à l'avance.

Dréa la consulta, puis entreprit de distribuer ses instructions. Bien qu'elle ne soit pas à l'initiative de l'événement, les deux hommes convinrent avec Jess qu'il valait sans doute mieux lui laisser le commandement du « terrain des opérations », ainsi qu'elle s'était mise à appeler le grand espace qui permettait aux voitures de faire demi-tour au fond de l'impasse, et où auraient lieu les festivités. C'était sa manière, supposait Jess, de compenser le fait que, contrairement à M. Winters, elle ne passerait pas Noël en famille.

Environ trois heures plus tard, tous les habitants de la rue, bien au chaud dans leurs pulls de Noël, écharpes et bonnets à pompon tout neufs, bavardaient joyeusement, échangeant leurs « anecdotes de guerre » sur le pire réveillon de tous les temps, tout en répartissant sur les tables les assiettes et couverts recyclables de Will (que les hippies applaudirent), ainsi que toute une gamme de serviettes hétéroclites que les gens étaient allés chercher chez eux quand on s'était rendu compte que Will les avait oubliées. Ils avaient aussi apporté du vin et des boissons sans alcool. Tous ceux qui possédaient un réchaud à gaz l'avaient mis à disposition pour garder au chaud du thé et une délicieuse tisane pomme-cannelle sur des petites tables près du camion. Kai et Rex avaient fait un tour rapide en ville et en étaient revenus avec des piles de peaux de moutons et des paniers remplis de plaids en laine – et aussi, pour le plus grand bonheur de Jess, leur tout nouveau chiot, que Kai trimballait dans un porte-bébé en expliquant à qui voulait bien l'écouter qu'il était important pour l'animal d'entendre son cœur battre afin de faciliter le processus d'attachement. Martha ironisa sur ce que ça donnerait si on essayait ça avec un chat, mais Kai, sur son petit nuage, fit à peine attention. Tyler proposa de garder le chiot au besoin.

Quelques personnes avaient sorti leur sapin décoré. Ceux qui ne l'avaient pas encore fait ajoutèrent leur couronne de bienvenue sur la clôture afin que chaque foyer soit représenté.

Tout en écrabouillant une grosse marmite de pommes de terre cuites, Will demanda à Jess s'il s'agissait de celles qu'elle avait accrochées la fois où elle en voulait à son grand-père.

Elle opina d'un air penaud en se détournant. Non, elle n'était pas du tout en train d'admirer ses bras musclés qui transformaient les tubercules en une purée aérienne et onctueuse.

Leurs regards se rivèrent alors l'un à l'autre. Une agréable petite flamme s'alluma dans le ventre de Jess puis se répandit dans toute sa poitrine, imposant à son pouls un rythme désordonné, à la manière des personnages de dessins animés quand le cœur leur sort de la cage thoracique et qu'une ronde de petits oiseaux tourne autour de leur tête. Comme si une telle intensité était trop dure à gérer, ils reportèrent tous deux leur attention sur les couronnes, avant de se regarder à nouveau, plus timidement cette fois.

— C'est joli, dit-il en contemplant la clôture de la maison de famille qu'il n'avait jamais connue.

Elle le vit assimiler la situation, méditer sur toutes les occasions manquées, puis, jugeant sans doute qu'il valait mieux se focaliser sur l'avenir, il ramena son regard vers les yeux de Jess, ses lèvres, puis encore ses yeux.

— Très joli, ajouta-t-il.

Elle vira aussitôt à l'écarlate et s'affaira à empiler un millier de chipolatas sur un plat. Les battements de son cœur étaient toujours aussi erratiques, et dans cet espace exigu, leurs bras n'arrêtaient pas de se frôler. Par chance, ils étaient très occupés à remplir plateau après plateau de tranches de dinde juteuses, d'amas de pommes de terre rôties, de choux de Bruxelles grillés avec et sans bacon, de carottes à la cardamome, de pichets de gravy et, bien sûr, d'une montagne de purée.

— Il n'y a jamais trop de patates, lança Will avec un sourire espiègle, prenant une cuillerée de purée et la portant aux lèvres de Jess pour qu'elle y goûte.

Lorsque M. Winters sonna la cloche qu'il avait dénichée et, avec la permission de Will, suspendue à l'extérieur du camion, les voisins se jetèrent sur ces mets alléchants comme s'ils n'avaient pas mangé depuis des semaines.

— Puis-je avoir le plaisir d'offrir à mademoiselle son déjeuner de Noël ? proposa Will.

Il lui tendit une assiette garnie d'un peu de tout, puis désigna une paire de chaises vides non loin du véhicule.

Elle hocha la tête, et avant qu'elle puisse lui demander où était son assiette à lui, il en produisit une seconde et lui fit signe d'ouvrir la voie.

Ils mangèrent côte à côte, se joignant à l'occasion aux conversations joyeuses, tantôt fantasques et tantôt sentimentales qui virevoltaient autour d'eux. Mais surtout, ils dévorèrent d'un bon appétit cet excellent repas en échangeant des sourires et en savourant les petites scènes qui se jouaient alentour et, dans le cas de Jess, un délicieux frisson chaque fois que leurs mains s'effleuraient pour se passer la sauce ou les jouets de leurs crackers (que Dréa avait généreusement partagés avec eux). M. Winters était assis entre Martha et Tyler, en face des Nishio. Ceux-ci le convainquirent de leur raconter comment il avait fait pour dégoter et remplir son magnifique distributeur avec ces surprises de dernière minute. Grâce aux supermarchés ouverts vingt-quatre heures sur vingt-quatre, apparemment. Et à son désir de voir s'il pouvait encore apporter un peu de bonté dans ce monde.

Des enfants avaient remis la main sur le Twister de Noël géant et s'y essayaient avec Audrey couchée au milieu du drap en guise de lest. Un des pères de famille était parvenu à décoller les pièces du Jenga et l'avait placé à l'extrémité d'une des tables de camping. Il criait « Houlà, attention ! » dès qu'un convive à l'autre bout se levait pour aller se resservir.

Josh était assis avec Dréa et l'un des Rob'n'Bob, tous trois engagés dans une discussion animée sur le sujet de la propriété intellectuelle, tandis qu'Eli, appuyé contre son père, lisait les premières pages d'un livre qu'il devait avoir reçu pour Noël. En écoutant parler Dréa, Josh semblait s'illuminer de l'intérieur, remarqua Jess. Il riait un peu plus fort aux blagues qu'elle lançait, remplissait son verre quand il était vide. Alla chiper le reste des carottes à la cardamome quand il apprit qu'elle en raffolait. À un moment, elle le surprit en train d'enlever une miette sur la joue de Dréa, et ses doigts s'y attardèrent juste assez pour qu'elle se rende compte que ces deux-là étaient fous l'un de l'autre depuis le début. Lors de l'atelier de décoration de biscuits, c'est Jess qui était assise à côté de Josh, certes, mais Dréa s'était installée juste en face et n'avait rien perdu des échanges. C'était pour Dréa, non pour Jess, qu'il les avait invitées chez lui à déjeuner ; cette dernière avait seulement servi à désamorcer par sa présence l'attirance mutuelle qui leur faisait sans doute un peu peur. Aucun des deux ne paraissait effrayé à présent. Zoé courut vers Dréa et lui murmura quelque chose à l'oreille. Dréa fit un grand sourire, repoussa sa chaise, ouvrit son immense doudoune et prit la fillette sur ses genoux, rabattant le manteau autour d'elle et posant le menton sur le sommet de son crâne, tandis que son regard effectuait des allers-retours entre Josh et le Rob'n'Bob. Peut-être que la famille dont elle avait besoin se trouvait ici depuis le départ.

— Tu as l'air heureuse, observa Will.

— Je suis incroyablement heureuse, répondit Jess, prenant conscience au même instant de la réalité de ses paroles.

C'était ça qu'elle avait tant cherché. Qu'elle avait tant espéré. Faire partie d'une communauté, être un petit rouage d'une grande machine. La seule chose qui lui manquait, c'étaient ses parents.

Elle aussi avait mis son téléphone à charger dans le camion de Will.

— Je vais jeter un œil sur les desserts, dit-elle.

Will devina qu'elle avait besoin d'être seule quelques minutes et il la remercia ; lui-même irait voir si tout allait bien du côté de son grand-père.

Elle alluma son téléphone et sourit quand une notification lui annonça un message vidéo de ses parents. Bronzés, un peu pompettes et rigolards, ils lui envoyaient des baisers et lui souhaitaient le plus joyeux de tous les Noëls, puis retournaient la caméra pour lui montrer comment ils avaient décoré leur bananier en l'absence de sapin. Ils avaient pris en photo chacun de leurs patients avec leur Instamatic tout neuf. Pas leur visage, mais leur sourire. C'était un bananier couvert de sourires. Ce ne fut que lorsqu'une larme vint s'écraser sur son écran qu'elle s'aperçut qu'elle pleurait.

— Tout va bien ? s'inquiéta Will qui venait d'entrer dans le food truck et qui pour justifier sa présence ajouta : c'est l'heure du dessert.

Jess s'essuya les yeux et lui adressa un sourire larmoyant.

— Mes parents me manquent un peu. C'est le premier Noël que je passe sans eux.

Il mit la main sur le cœur.

— Ça ira ? Je peux faire quelque chose pour toi ?

Elle hocha la tête : oui, ça irait. Puis elle la secoua : non, il ne pouvait rien faire pour elle, pour soulager cette douleur en particulier. Néanmoins, le fait d'être venu et d'avoir organisé ce déjeuner avait apporté un bonheur immense, à elle et à tous les habitants de Christmas Street.

— Je connais un excellent remède en cas de mal du pays, déclara Will.

Il sortit deux mugs d'un grand placard, puis brandit une boîte de chocolat en poudre. Il en mit deux cuillères bien bombées dans l'un des mugs puis ajouta un peu de lait.

— Mon père conseillait toujours de mélanger d'abord avec un fond de lait avant de verser le reste. Ça exalte le goût du chocolat.

Une fois les deux tasses remplies, il agrémenta le breuvage d'un trait de liqueur de menthe, puis ils trinquèrent et, côte à côte, contemplèrent la scène qu'un jour plus tôt, Jess aurait crue totalement inenvisageable.

25 décembre, plus tard

— Un discours ! cria quelqu'un.

— Un toast ! lança un autre.

— À la santé de M. Winters ! clamèrent gaiement quelques voix.

On fit tinter des couverts contre des verres en réclamant des applaudissements pour Dréa et M. Winters. Écartant les compliments d'un revers de main, celui-ci se rassit après avoir attribué à Will tout le mérite de l'opération, mais on sentait bien que l'intention le touchait. Dréa fit la révérence et s'adressa à la foule avec des trémolos dans la voix : voir tous les voisins réunis de cette façon lui prouvait que l'esprit de Noël était bien vivant en chacun d'eux, et à ce titre, cette année avait été vraiment exceptionnelle. Sachant à quel point son amie dissimulait sa souffrance, Jess lui souffla un baiser. Dréa lui renvoya la pareille, et ajouta qu'elle n'y serait jamais arrivée sans son petit lutin Jessica à ses côtés. Un chœur de « Oooh ! » et de « C'est trop mignon ! » parcourut l'assemblée, puis Martha fut invitée à réitérer son mini-concert avec Tyler. La vieille dame pinça les lèvres et se mit à protester, tandis que son pensionnaire, lui, était déjà parti chercher sa guitare.

Quand il revint, Jess remarqua que la belle et vivifiante lumière du jour commençait à décliner et les détails du paysage à s'estomper dans le crépuscule.

Tyler se percha sur le coin d'une table de pique-nique en bois qu'on avait tirée dans la rue, installa sa guitare sèche sur son genou et fit signe à Martha de le rejoindre.

Elle renâcla un peu mais finit par se lever, remonta le col de son manteau de fourrure et traversa la foule d'un air faussement timide. Après un instant de réflexion, elle annonça :

— Je ne chanterai pas « Douce nuit ».

Quelques « Oh, non ! » et « S'il vous plaît ! » retentirent, mais elle dressa un doigt et toute son attitude se transforma, révélant la bête de scène qui sommeillait en elle. Le silence se fit tandis qu'elle donnait ses instructions à Tyler. Puis elle entonna les premières notes de « *Have yourself a merry little Christmas* », d'abord a cappella, puis accompagnée de la guitare jouée d'une main experte. Les familles se rapprochèrent, les amoureux se serrèrent un peu plus l'un contre l'autre. Jess vit même Arnold, gagné par l'émotion, sortir un de ses mouchoirs bien repassés.

Pendant que Martha chantait, Jess avisa un homme qui remontait la rue en tirant une valise à roulettes. Il semblait à peu près de son âge, ou peut-être un peu plus jeune. Dréa se redressa d'un coup, les yeux rivés sur lui. L'instant d'après, elle courait vers lui et le prenait dans ses bras en répétant : « Mon chéri, mon chéri, mon trésor ! » Puis, leurs fronts collés l'un à l'autre, ils s'échangèrent des explications à voix basse.

Par un accord tacite, on laissa leurs retrouvailles se dérouler en privé, avec pour fond sonore l'interprétation magnifique de Martha. Puis, tandis que résonnaient les dernières mesures, Dréa réintégra la foule, main dans la main avec son fils.

Un tonnerre d'applaudissements enthousiastes retentit et, comme catalysées par la joie ambiante, les lumières se rallumèrent peu à peu dans les maisons. Pour une raison inconnue, les lampadaires ne suivirent pas le mouvement, mais les illuminations extérieures qui ornaient les bâtiments suffisaient à éclairer la rue d'une lueur festive. Personne ne s'empressa de rentrer chez soi. Personne ne partit écouter le discours de la reine. Personne ne bougea, en fait, à part Martha qui se balançait toujours au rythme de la musique qui avait pourtant cessé.

Après quelques instants de silence contemplatif, le charme fut rompu lorsqu'un bambin annonça bruyamment qu'il avait envie de faire pipi. Tyler commença à jouer « *Rockin' around a Christmas tree* », une file se forma devant le distributeur automatique de M. Winters et bientôt la rue se remplit d'enfants qui dansaient avec des feux de Bengale en forme de sapins dans la main, soufflaient des bulles de savon et déballaient des pièces en chocolat.

Dréa présentait son beau et charmant fils à tous ceux qu'elle croisait, leur expliquant que, bien qu'extrêmement intelligent, il était infichu de savoir lire un billet d'avion. Sa contrariété causée par le malheureux quiproquo s'éclipsait clairement derrière sa fierté de maman. Au milieu du brouhaha ambiant, Jess percevait des bribes de ses fanfaronnades : « l'avocat le plus recherché de Melbourne », « Q.I. hors norme », et surtout : « Mon fils chéri. »

Devant Kai, une file composée de fillettes et de Tyler attendait de pouvoir câliner le chiot. Martha, pour le plus grand bonheur de Jess, posait une couverture sur les genoux de M. Winters avant de s'asseoir à côté de lui pour bavarder avec Kev et son épouse sous le rougeoiement d'une lampe chauffante.

En bref, tout était magique.

Plus tard, alors que le rassemblement commençait à se disperser, Dréa se matérialisa près d'elle et lui colla un bras autour des épaules.

— Merci, miss.
— Pour quoi ?
— Ton e-mail. Celui que tu as envoyé à Spencer.
Jess grimaça.
— Ne me remercie pas pour ça.
— Pourquoi ? D'après lui, c'est ça qui a fait pencher la balance. Il hésitait encore jusque-là, et quand il l'a reçu, il a compris que sa vieille mère avait changé.
— Qu'est-ce qui lui a fait penser ça ?
— Le fait que tu interviennes en ma faveur de façon complètement désintéressée. Ça lui a plu.
Jess frotta son pied par terre, à la fois ravie et bêtement gênée.
— Tu crois que ça restera toujours aussi bien ? interrogea Dréa en reportant son attention sur la foule, désormais réduite à quelques familles qui finissaient de ranger avant de regagner leurs pénates.
— Non, répondit Jess, amusée. Mais quoi qu'il arrive, ce sera forcément mieux qu'avant, grâce à tout ça.
— Alors selon toi, les gens n'ont pas de poupées vaudoues à mon effigie planquées chez eux ?
Jess secoua la tête.
— Mais non. Tu as beau être un sacré petit despote, tu es bien trop fabuleuse.
Elle glissa un bras autour de sa taille et la serra contre elle. Elle ne la connaissait que depuis quelques semaines, mais leur lien lui semblait déjà d'une solidité à toute épreuve, comme pouvait l'être à ses yeux celui de deux sœurs après toute une vie passée ensemble, qui savaient tout de leurs diverses petites manies et s'aimaient malgré tout.
— Vous allez papoter jusqu'à pas d'heure en vous faisant des nattes, ce soir, Spencer et toi ? lança Jess en lui donnant un petit coup d'épaule.

— Ha, ha ! grinça Dréa, avant d'ajouter d'un ton plus doux, le regard tourné vers Josh : On a été invités à un marathon cinéma chez Josh, et comme Spencer est crevé à cause du décalage horaire, je me dis que c'est une bonne manière de terminer cette longue journée.

— Ah oui ? fit Jess, l'air innocent. Chez Josh ?

Dréa la bouscula.

— Arrête !

— Arrête toi-même ! (Elle sourit.) Joyeux Noël, Dréa.

— Joyeux Noël, miss.

Elles s'étreignirent avant de se séparer en échangeant un sourire entendu : elles savaient toutes les deux que leurs vies étaient désormais liées pour toujours.

Jess se dirigea vers M. Winters, qui se tenait devant son portillon avec une expression sereine sur le visage.

— Ça va, petite ?

— Très bien, et vous ?

— Oui. Je songe à parler à William de toutes les chambres vides que j'ai dans ma maison.

— Ah bon ?

Elle sentit des papillons dans son ventre quand, comme appelé par un metteur en scène invisible, Will apparut à la vitre de son food truck, fit un signe de la main, puis alla fermer le panneau.

— Oui. Il me soutient que ça ne le dérange pas de loger dans le bureau au-dessus de son local, mais on a besoin de s'éloigner un peu de son travail de temps en temps, tu ne crois pas ? Il n'est pas obligé de venir s'installer ici définitivement, mais… ce serait agréable de le voir plus souvent.

Jess hocha la tête. Elle était bien d'accord avec lui. De la même façon qu'il était parfois nécessaire de s'évader de son quotidien pour différencier les répliques kitsch fluo des merveilleux pères Noël traditionnels. À l'époque de St Benedict, ses valeurs étaient complètement faussées.

Il avait fallu qu'elle perde son emploi, son petit ami, son individualité, pour redécouvrir qui elle était vraiment. Cette année avait été la plus difficile de sa vie, aucun doute là-dessus. Mais le jeu en avait valu la chandelle.

Will les rejoignit d'un pas guilleret, un pichet dans la main.

— L'un de vous serait-il tenté par une tasse de chocolat chaud ?

— Si j'avale encore quoi que ce soit, je vais exploser, petit, rétorqua M. Winters en lui tapotant l'épaule. Bon, si vous voulez bien m'excuser tous les deux, je vais aller réchauffer mes vieux os devant le feu.

Arnold parti, Jess se rendit compte qu'elle était en train de se trémousser comme une collégienne enamourée.

— Et toi ? Il te reste un peu de place ?

Elle se tâta le ventre avec un faux grognement de désespoir.

— Je suis gavée comme une oie. On remet ça à plus tard ?

Quand leurs regards se rencontrèrent, l'électricité entre eux s'intensifia comme jamais, se muant en une chaleur exaltante.

— Aucun problème, dit Will. Un brunch, peut-être ?

— Ce serait super.

— Et ensuite un déjeuner ?

Jess s'esclaffa.

— Ce serait très sympa aussi.

— Et peut-être un dîner après ça ? Je fais un espresso Martini du tonnerre, on peut en boire jusqu'au bout de la nuit. Et comme en-cas de deux heures du mat, il n'y a pas mieux que mes sandwiches au bacon !

Elle éclata de rire, rougissante. Il l'avait donc sentie, lui aussi, cette connexion.

— Ça m'a l'air fantastique, mais ce soir, j'ai quelque chose à faire.

Il leva le menton, comprenant qu'elle ne cherchait pas à rejeter ses propositions.

— J'ai été enchanté de te rencontrer en personne, Jessica Green.

— Pareillement, Will Winters.

— Joyeux Noël !

Elle se dressa sur la pointe des pieds et planta un baiser sur sa barbe de trois jours.

— Joyeux Noël à toi. Et merci.

Lorsqu'elle s'écarta, la main de Will était posée légèrement sur sa taille, ses mains à elle sur ses bras, leur souffle se mêlaient en petits nuages de vapeur, et l'air crépitait d'étincelles électriques.

— À plus tard, Joyeux Traiteur.

— À plus tard, mademoiselle Green.

Il se pencha pour l'embrasser à son tour sur la joue, délicatement, longuement, puis il recula, passa d'un pied sur l'autre, bredouilla qu'il faisait un froid de canard et qu'ils feraient mieux tous les deux de mettre les bouts avant de se transformer en bonshommes de neige. Il salua Jess et la suivit des yeux tandis que, tout sourire, elle descendit la rue, tourna à gauche sur la petite allée de pierre qui menait à sa maison, puis, avant de franchir la porte, arracha le panneau « À vendre ». Elle était ici chez elle à présent.

Remerciements

J'aimerais adresser de nouveau ma reconnaissance et mes remerciements à l'équipe de chez Orion, et en particulier à mon éditrice Olivia Barber avec qui travailler fut un vrai plaisir. Merci également à mon amie et courageuse relectrice des premiers jets, Jackie N, qui est un véritable ange de Noël. Pour vos relectures, votre soutien et plus globalement votre génialité, mille mercis à Pam Brooks, Christine Brookes, Nicolette Heaton-Harris et Sophia Bartleet. Merci à tous ceux qui m'ont autorisée à voler leur nom et, bien sûr, à la famille Morgan de m'avoir prêté celui, fabuleux et bien réel, de Martha Snodgrass – une femme au tempérament de feu qui n'est malheureusement plus parmi nous mais chez qui je louais autrefois une chambre (sans guitare électrique). Mes remerciements à la reine de Noël, Debbie M, qui non seulement ne cesse de m'inspirer, mais m'a aussi offert des chocolats de Noël à tomber par terre (je vous conseille ceux aux éclats de sucre d'orge à la menthe). Et merci, naturellement, à mon beau mari chéri pour avoir corrigé la première mouture du texte et ne pas s'être opposé à la « décision générale » de laisser en place les décorations de Noël bien plus longtemps que prévu pour l'écriture de mon livre. Noël, c'est toi. Ma joie, c'est toi. Gros bisous.

Composition et mise en pages
Nord Compo à Villeneuve-d'Ascq

Pour plus d'information :
#lisez! engagé
www.lisez.com
Imprimé sur du papier issu de forêts gérées durablement.

CET OUVRAGE
A ÉTÉ ACHEVÉ D'IMPRIMER
SUR ROTO-PAGE
PAR L'IMPRIMERIE FLOCH
À MAYENNE EN SEPTEMBRE 2025

N° d'impression : 107581
N° d'édition : R15954/01
Imprimé en France